btb

Buch

Wir schreiben das 14. Jahrhundert: Auf einer kleinen Insel in der Lagune von Venedig herrscht Hungersnot – der Frühling will einfach nicht kommen in diesem Jahr. Um sich bemerkbar zu machen, planen die Bewohner des Dorfes den Bau eines Glockenturms. Sie leben in einer Welt des Aberglaubens, wo Leben und Tod von magischen Gleichungen bestimmt werden und nur einfache Wahrheiten Gültigkeit haben. Und wo die Liebe ganz besondere Macht besitzt. Das gilt nicht zuletzt für die junge Piarina, die mit sonderbaren Heilkräften ausgestattet ist und für das Schicksal des Dorfes entscheidend sein wird – denn als das Werk, das den Frühling zurückbringen soll, fast vollendet ist, fegt ein Sturm über die Insel, der die kleine Dorfgemeinschaft auf eine harte Probe stellt.

Autor

Michael Golding schlug sich als Schauspieler und Kellner in New York durch, bis er schließlich nach Europa übersiedelte, um sich ganz dem Schreiben zu widmen. Er entdeckte Venedig, heiratete dort, wurde Vater eines Sohnes und begann mit der Arbeit an seinem ersten Roman, dessen Filmrechte umgehend verkauft wurden. Golding lebt heute in Nordkalifornien.

Michael Golding

Das Licht der Lagune

Roman

Aus dem Amerikanischen
von Gisela Stege

btb

Die Originalausgabe erschien 1994 unter dem Titel
»Simple Prayers« bei Warner Books, New York

Umwelthinweis:
Alle bedruckten Materialien dieses Taschenbuches
sind chlorfrei und umweltschonend.

btb Taschenbücher erscheinen im Goldmann Verlag,
einem Unternehmen der Verlagsgruppe Bertelsmann.

1. Auflage
Genehmigte Taschenbuchausgabe Januar 1997

Umschlaggestaltung: Design Team München
Umschlagfoto: AKG/Lessing
Satz: Filmsatz Schröter GmbH, München
RK · Herstellung: Augustin Wiesbeck
Made in Germany
ISBN 3-442-72116-4

Für jene, die mich belehrt,
ermutigt und inspiriert haben
in Dankbarkeit

Wo gibt es ein Ende von ihnen, den Fischern, die
Hinter dem Wind segeln, wo der Nebel kauert?
Unvorstellbar ist uns eine Zeit ohne Ozeane,
Unvorstellbar ein Ozean frei von schwimmendem Müll,
Oder eine Zukunft, die nicht,
Gleich der Vergangenheit, ohne Bestimmung wär.

T. S. Eliot
«Die Dry Salvages»

«Da wären hundert Schafe, die zum Markt gebracht werden müßten», sagte der Pfarrer, «aber ich möchte nicht, daß wieder so etwas passiert wie heute.»
«Um Gottes willen!» sagte Pirolo. «Es wird doch nicht jeden Tag so ein Unglück geschehen!»

Italo Calvino
«Wer die Geduld verliert, verliert die Wette.»

An die Leser

Die in diesem Roman verwendeten italienischen Ausdrücke sind eine Mischung aus normalem Italienisch und venezianischem Dialekt. Der Autor hofft, daß dieses *misto* in seinem Buch genauso funktioniert wie in Wirklichkeit.

PROLOG

Gleich nachdem Piero das erste kleine Piniengehölz hinter sich gelassen hatte, stieß er auf den Leichnam. Da es noch immer neblig war, konnte er weder sehen, wo die Insel in Wasser, noch, wo das Wasser in Himmel überging, den Leichnam aber sah er deutlich. Er lag mit dem Gesicht nach unten in der kleinen Bucht, die sich zwischen Siora Bertinellis Kate und dem Salzschuppen der Rizzardellos sanft zum Wasser hinabsenkte. Anscheinend hatte die Flut ihn hereingespült, und Piero wußte, ohne näher heranzugehen, daß es bestimmt niemand aus Riva di Pignoli war.

Aber er näherte sich dem Toten trotzdem. Von der Calle Alberi Grandi trat er auf den nassen Erdboden hinab und ging dort hinüber, wo der Leichnam wie der verwitterte Stumpf eines uralten Baumes auf dem Boden lag. Unmittelbar neben ihm kniete er nieder und sprach leise ein kurzes Gebet; dann schob er den Arm zurück, der das Gesicht bedeckte, und versetzte dem Körper einen sanften Stoß, damit er auf die Seite rollte.

Er schien schon einige Zeit tot zu sein. Dicke Seetangbüschel hatten sich in seinen Haaren verfangen, die Glieder waren vom Wasser stark aufgedunsen, und er verströmte einen Geruch nach Urin und welken Veilchen. Was Piero aber am meisten störte, das waren die seltsamen Schwellungen an seiner Kehle und seiner Seite: Sie waren schwarzviolett außen, pechschwarz in der Mitte und von einer so erschreckenden Bedrohlichkeit, daß sie Piero Schauer über den Rücken jagten.

Er wußte nicht, wessen Leichnam es war. Er wußte nicht, woher er gekommen war. Er wußte nur, daß er ihn verschwinden lassen mußte, bevor die anderen im Dorf davon erfuhren.

1. KAPITEL

Das Zimmer, in dem Albertino saß, war eigentlich gar kein Zimmer – das heißt, es hatte kein Dach, keine Tür, keine *vasi di fiori* vor den Fenstern. Es gab keinen Tisch, keinen Stuhl, keinen Schreibtisch und kein Bett – kein Stück handgenähten Stoff, keinen Schemel zum Buttern – für Albertino aber war es dennoch ein Zimmer. Draußen, in der Nähe des alten Friedhofs auf dem winzigen Eiland unmittelbar nördlich der Insel, auf der Albertino geboren war, ragten seine zerfallenen Mauern wie eine Festung gegen das Wasser der Lagune empor. Es gab eine Nordmauer und eine Südmauer, eine Ost- und eine Westmauer, und wie alles andere in der Lagune spiegelten sie die Himmelsrichtungen auf dem Kompaß der Fischer und rochen nach den dunklen, bitteren Algen, die vom Meer hereingespült wurden.

Die Westmauer war die höchste. Mit dem Kopf an ihrem Fuß schlief Albertino auf einem Stapel alter Wolldecken, die ihm die Vedova Stampanini geschenkt hatte: zuerst die kastanienbraune, dann die azurblaue, dann die karmesinrote; anschließend kamen die smaragdgrüne, die ockergelbe, die violette, die rostbraune und die goldene. Die Vedova Stampanini hatte ihn ausdrücklich die Namen der Farben und die genaue Reihenfolge gelehrt, in der sie ausgelegt werden mußten, und Albertino, der sich an keinen einzigen Namen erinnern konnte, schüttelte sie einmal im Monat aus und legte sie gewissenhaft genauso wieder hin, wie sie es ihm gezeigt hatte. Sie waren abgenutzt und schmutzig, sie beherbergten, je nach Jahreszeit, die verschiedensten Ungeziefer, aber sie waren Albertinos Bett, und er war glücklich mit ihnen.

Nach der Westmauer kam die Nordmauer. Hier entzündete Albertino sein Feuer, hängte er seine Stiefel auf, kochte er seine

Mahlzeiten. Die Ostmauer existierte eigentlich kaum: An ihrem höchsten Punkt reichte sie ihm etwa bis zur Taille, der niedrigste lag gleich oberhalb von Albertinos Knien (diesen Teil betrachtete Albertino als Tür). An der Südmauer jedoch, in der geschützten Höhle, die früher einmal der Kamin gewesen sein mußte, verwahrte Albertino seine Schatullen. Große, düstere Schatullen mit komplizierten Verschlüssen, zierliche Dosen aus poliertem Elfenbein, mit wunderschönen, geschnitzten Dreimastern verzierte Holztruhen. Diese Schatullen waren Albertinos einziger Stolz; stets sparte er den größten Teil des Geldes, das er sich durch den Verkauf von Obst und Gemüse verdiente, um einmal im Jahr nach Venezia zu fahren und sich wieder eine neue zu kaufen. Jedesmal, wenn er die Insel verließ, und sei es auch nur, um hinüberzurudern und frischen Dung für sein Radicchio-Beet zu holen, trug er sie auf den Friedhof und versteckte sie tief unten in einer leeren Gruft, die er hinter einem Zypressenhain entdeckt hatte. Gewissenhaft hielt er sie in Schuß, indem er sie ölte, wachste, bürstete und polierte, vor allem aber ließ er sie leer.

«Ich habe nichts, was schön genug ist, um es da hineinzutun», erklärte er seinem Bruder Gianluca, der ihn für einen *pazzuccio* hielt, weil er sein Geld für derartige Extravaganzen ausgab, die er nicht einmal benutzte. In Wirklichkeit fand Albertino es jedoch einfach schöner, wenn seine Schatullen leer waren. So wirkten sie ehrlicher auf ihn.

In diesem Jahr hatte der Frühling Riva di Pignoli vergessen. Rosenknospen, die mit einem plötzlichen Knall und einer winzigen, trockenen Rauchwolke aufplatzten, waren innen hohl. Möhren und Kohlköpfe wurden wie gebrochene Finger und Schrumpfköpfe aus dem Boden gezogen. Die Bäume blieben kahl; das Erdbeerbeet bot nichts als winzige Kügelchen harter, ungeborener Früchte. Das Wetter wurde wärmer – sogar schwül –, doch auf den kleinen Feldern an der Südküste der Insel und in den Gärten neben den Bootsstegen rührte sich nichts. Die Natur weigerte sich zu reagieren.

Die Menschen versuchten alles mögliche, mitternächtliche

Beschwörungen ebenso wie frühmorgendliche Gebete. In der Hoffnung, die Erde werde sie erkennen, sich erinnern und irgend etwas Lebendiges sprießen lassen, bestreuten sie den Boden mit *bazzarello-* und *salsiccia*-Stückchen und dicken Scheiben von altem Brot. Den anderen Inseln ging es gut – Torcello und Burano im Norden ebenso wie Chioggia im Süden und der großen Venezia, wo es zu jeder Jahreszeit und unter allen Bedingungen wuchs und gedieh. Am anderen Ufer der Lagune war es ein Frühling wie in allen anderen Jahren, in dem leuchtend grüne Flächen einen Ausgleich zum allgegenwärtigen Blau schufen. Nur auf Riva di Pignoli änderte sich die Palette der Farben nicht. Braun blieb Braun und Grau blieb Grau, als wäre es noch mitten im Winter.

Ugolino Ramponi sagte, das komme daher, daß sich Saturn und Jupiter in Opposition zum Mars befänden. Giuseppe Navo sagte, es komme daher, daß sie zu viele Fische aus dem Meer geholt hätten. Doch Albertino konnte niemand etwas vormachen. Albertino wußte genau, was den Boden so sehr erzürnte, daß er seine Früchte zurückhielt.

«Es ist diese verdammte Ermenegilda», sagte er sich, als er lang ausgestreckt auf seinem Stapel zerschlissener Wolldecken lag. «Die beschmiert sich mit soviel Fliederwasser und Jasmin und stopft sich mit so vielen Auberginen, Artischocken und Zwiebeln voll, daß die verdammten Dinger dieses Jahr einfach nicht aus dem Boden kommen wollen.»

Ermenegilda war in Albertino verliebt. Als jüngste Tochter der einzigen wohlhabenden Familie auf Riva di Pignoli – der einzigen Familie, die ein Steinhaus besaß, der einzigen Familie, die Hühner *und* Schweine *und* Kühe besaß – hätte Ermenegilda ihr Leben für Albertino gegeben. Daß ihr Vater, Enrico Torta, sich überhaupt entschlossen hatte, auf Riva di Pignoli zu wohnen, schien ein irgendwie perverser Witz zu sein: Enrico Torta war so reich, daß er leben konnte, wo er wollte, und Riva di Pignoli war kaum ein Ort, an dem sich jemand freiwillig niederließ. Außerdem führte Enrico Torta seine Geschäfte in Verona und mußte jedesmal eine absurde Entfernung zurücklegen – eine mehrtägige Reise –, um seine abgelegene Heimatinsel zu erreichen. Aber fast alle auf Riva di Pignoli wußten, daß Enrico Torta seine Geschäfte sogar in Afrika führen würde, wenn er dort einen guten Wechselkurs erzielen konnte. Je weiter er sich von seiner Familie entfernte, desto glücklicher schien er zu sein. Orsina, seine Gemahlin, war eine ungeheure Explosion von einer Frau, mit feurig-heißen Augen und einem Mund, aus dem ständig glühende Lava quoll. Die beiden hatten vier Töchter: Maria Prima, Maria Seconda, Maria Terza und Ermenegilda (Orsina hatte Ermenegilda «Maria Basta» nennen wollen, aber Enrico hatte Mitleid mit dem Kind und wählte statt dessen «Ermenegilda»; erst daraufhin erkannten die ersten drei Töchter, wie froh sie über ihre Namen sein konnten). Jede Tochter war dicker als die vorhergehende, jede häßlicher, jede zorniger. Ob nun ihr Zorn Orsinas Blut, Enricos Abwesenheit oder der hilflosen Enttäuschung entsprang, auf einer Insel reich zu sein, auf der es nichts zu kaufen gab – auf jeden Fall war er stark genug, um die Ca' Torta zu einem Ort zu machen, den selbst die mutigsten Bewohner von Riva di Pignoli kaum jemals aufzusuchen wagten. Dienerinnen und Köchinnen kamen und gingen im Wochenrhythmus: Oft genug sah man, wie sie einander zuwinkten, wenn ihre Boote auf der Lagune aneinander vorbeifuhren. Aus Padova, Mantova und Milano kamen Frauen, die den Torta-Töchtern Nähen und Weben beibrachten – und das reiche Haus im allgemeinen so schnell wieder verließen, daß bunte Fäden an ihren Fersen wehten. Einladungen zum Abendessen in der Ca' Torta – die Orsina unsinnigerweise verschickte, obwohl sie die Dorfbewohner haßte – wurden unweigerlich in den Kanal geworfen, im Kamin verbrannt oder bei den Rosen vergraben (Siora Scabbri meinte, daß der Frühling deswegen nicht gekommen sei). Zwar konnten nur eine Handvoll der Bewohner von Riva di Pignoli lesen, doch alle wußten, welch eine Hölle diese in sorgfältiger Schönschrift gehaltenen Zeilen verhießen. Allwöchentlich machte Orsina die Runde durch den Ort, um ihre jüngsten Einladungen aus dem Trinkbrunnen oder dem Schweinemist zu fischen, sie nach Hause mitzunehmen und dort an die Küchenwand zu heften: eine ihrer Lieblingsmethoden, das Feuer ihres Zorns hell lodernd in Brand zu halten.

Ermenegilda, die Jüngste der Familie, war besonders bösartig. Als Kind wanderte sie von einer Weide zur anderen und schnürte die Beine der Tiere zusammen, bis die ganze Insel aus einer bestialischen Kakophonie von Grunzen, Blöken und Meckern bestand. Später machte es ihr Spaß, Abfälle in die Brunnen der Leute zu kippen oder die Boote von ihren Liegeplätzen zu lösen, damit sie weit aufs Meer hinaustrieben. Wenn die Leute Ermenegilda kommen sahen, klappten sie ihre Fensterläden zu. Sogar die Fischer fürchteten sie, weil sie glaubten, von ihr gingen Schwingungen aus, die die *salmone* veranlaßten, wieder stromabwärts zu schwimmen. Doch Ermenegilda war zwar das bei weitem unerträglichste Mitglied der Familie, aber zugleich auch das einzige, für das noch ein wenig Hoffnung bestand. Denn Ermenegilda konnte lieben – innig, leidenschaftlich, ohne Rückhalt und ohne Vorsicht –, und in dieser Fähigkeit lag ihre Chance zur Erlösung. In Albertinos Nähe kühlte ihr Zorn ab und wurde zu einer Art stieräugigem Strahlen. Für einen Moment seiner Aufmerksamkeit opferte sie die köstlichsten, boshaftesten Ränke, die sie in ihrem achtzehnjährigen Hirn ausbrütete, und wurde zu einer gigantischen, stummen Masse aus parfümiertem Fleisch.

Albertino hingegen konnte Ermenegilda nicht ausstehen. Obwohl er selbst ein wenig merkwürdig aussah – er hatte ein teigiges, nichtssagendes Gesicht, das ständig, was immer er auch empfinden mochte, denselben neutralen Ausdruck trug –, besaß Albertino ein ganz außerordentlich freundliches Wesen. Daß er freiwillig einen Nachmittag pro Monat mit ihr verbrachte, verblüffte allerdings alle, die sie kannten – außer Gianluca. Gianluca wußte, daß Ermenegilda Albertino Schatullen schenkte. Die glänzende Silbertruhe mit den glatten Jadeplättchen rings um den Rand. Das herzförmige Kästchen aus rotem Muranoglas mit den tanzenden *pesci gatto* als Griff. Und da Albertino ihnen nicht widerstehen konnte, wanderte er einmal im Monat mit ihr die Calle Alberi Grandi entlang, hielt ihre schwitzende Hand, die sich anfühlte wie eine aufgeplatzte Wurst, und setzte sich mit ihr auf den Bootssteg an der Ostseite der Insel, wo er mit ihr plauderte. Wenn sie mit Albertino zusammen war, wurde Ermenegildas Rede zuckersüß. Sie stellte sich vor, sie sei sylphidengleich zart und schön, und schon verpuffte ihr Zorn wie Rauch in der feuchten Seeluft. Wenn Albertino die Augen schloß, vermochte er sogar ihre Erzählungen von Kreuzrittern und holden, schönen Burgfräulein zu ertragen. Doch wenn die Geschichten zu Ende waren und er sich zu ihr umwandte, um sie anzusehen, konnte er sich nur noch fragen, ob eine neue Schatulle ihm wirklich so viel bedeutete.

«Es muß an ihr liegen», dachte er sich jetzt. «Wer sonst könnte die Erde so sehr in Schrecken versetzen, daß ihr das ganze Blut entweicht?»

Albertino erhob sich von seinen Decken und ging zur Ostmauer. Seit acht Jahren lebte er nun schon in diesem Zimmer, das kein Zimmer war – seit damals, als das große Unwetter die Kate zerstört hatte, die ihm und Gianluca nach dem Tod ihrer Mutter geblieben war. Im ersten Jahr, nachdem er hier eingezogen war, hatte er das Radicchio-Beet bepflanzt; die purpurweißen Köpfe gaben ihm jeden Frühling neue Hoffnung und Kraft. Doch als er jetzt durch den Morgennebel auf den Garten hinausblickte, sah er nichts als eine leere Fläche mit trockener, verklumpter Erde.

Er stieg über die Mauer und ging zum Friedhof. Aber obwohl es dort so still war wie immer, schien diese Stille sich jetzt auch auf die Wiese, quer über das Wasser und über ganz Riva di Pignoli auszubreiten. Er ging so lange, bis er den kleinen Wacholderbusch erreichte, der auf halbem Weg zwischen seinem Zimmer und dem Friedhofstor stand. In jedem Jahr hatte er beobachtet, wie er ein wenig größer wurde, wie er seine dünnen Nadeln spreizte und zarte Zapfen ins Gras warf. Jetzt aber gab es dort kein Gras, und der Wacholderbusch stand genauso nackt da wie im Dezember.

«Ich muß unbedingt mit Gianluca sprechen», sagte sich Albertino. «Wenn dies noch lange so weitergeht, wird sein Obst- und Gemüsestand nicht mehr lange ein Obst- und Gemüsestand sein.»

Er bückte sich und hob ein winziges Kügelchen auf, das zu seinen Füßen auf dem rissigen Boden lag.

«Andererseits», sagte er, während er das Kügelchen zwischen Daumen und Zeigefinger zu Staub zerdrückte, «was könnte Gianluca tun, was Gott nicht auch schon eingefallen wäre?»

Einen Augenblick sah er zu, wie die trockene Brise den zerdrückten Staub in Richtung Friedhofstor wehte. Dann kehrte er zu seinem Zimmer zurück, stieg über die Mauer, kroch wieder zwischen die smaragdgrüne und die ockergelbe Decke und schlief ein.

Piero wußte nicht recht, was er mit dem schwarz verfärbten Leichnam machen sollte. Er erwog, ihn ins Wasser zurückzuwerfen, fürchtete aber, er könnte an einer anderen Stelle der Insel angespült werden, und Piero war überzeugt, daß die Bewohner von Riva di Pignoli nicht noch mehr böse Vorzeichen verkraften konnten. Ein zufälliger Wind und die Hoffnung auf einen guten Fang hatte die Väter der Väter ihrer Väter – nicht lange nachdem Marco Polo die Venezianer mit seiner Reiselust angesteckt hatte – zu diesem Stück Land in der Lagune geführt, und obwohl der Fischfang stets gut war und die Familien zu einer Gemeinschaft zusammenwuchsen, vergaßen sie niemals, daß ein weiterer kräftiger Windstoß, der die Adria heraufkam, sie sofort wieder davonblasen konnte. Drei Generationen nachdem jene erste ihrer Väter den Kabeljau gefangen und gepökelt hatte, herrschte im Dorf noch immer eine Atmosphäre der Unbeständigkeit und ein nachlässiger Mangel an Ordnung. Häuser machten eine Neunzig-Grad-Wendung, wenn sie auf einen Kanal stießen. Gärten machten sich in der Mitte breit oder verengten sich zu einer Spitze. Hühner, Schweine und Enten liefen frei auf der Insel herum und kamen und gingen nach

Belieben in allen Hütten, und so waren Fußböden und Straßen mit Hühnerkot, Schweinekot und Entenkot übersät, der entweder am Ersten eines jeden Monats mit Wasser weggespült oder mit einer dünnen Schicht Stroh und Blumen bedeckt wurde (ein weiterer Grund, warum die Dorfbewohner ihren Frühling vermißten). Brot, das am Montag nicht gegessen worden war, wurde für Dienstag oder Mittwoch aufgehoben; Brot, das am Dienstag oder Mittwoch nicht gegessen worden war, wurde am Donnerstag oder Freitag in Mahlzeiten verwandelt; Brot, das am Montag, Dienstag oder Mittwoch nicht gegessen worden war und das am Donnerstag oder Freitag nicht in Mahlzeiten verwandelt worden war, wurde am Sonnabend und Sonntag als Futter für die Hühner, Schweine und Enten auf den Boden geworfen. Gebadet wurde am Mittsommernachtsabend und an Mariä Geburt. Die Kleider wurden gewechselt, wenn sie in Brand geraten waren.

Für Piero waren diese Dinge normal, obwohl er auf einer anderen Insel in einem Kloster aufgewachsen war. Was ihn störte, war die Tatsache, daß die Lage schlimmer wurde. Die Winter wurden kälter und nasser. Die Tiere gingen ein, weil die Dorfbewohner es sich nicht mehr leisten konnten, das Getreide zum Viehfüttern zu verwenden. Immer häufiger peitschten heftige Stürme die Küsten der Insel. Und nun warf die See, nachdem die Wurzeln verdorrt waren und die Erde nur noch kümmerliche Früchte aus ihrem Bauch geboren hatte, zu allem Überfluß noch Leichen mit gräßlichen, mitternachtsschwarzen Schwellungen ans Ufer.

Was hatte das zu bedeuten? Welch ein fürchterliches Unglück kündigten diese unheimlichen Symbole an?

Als Piero hinter sich ein Rascheln vernahm, fuhr er erschrokken herum; aber er sah lediglich die Sau der Guarnieris, die gemächlich die Calle Alberi Grandi entlangtrottete. Als er sicher war, daß sie seinen Fund weder gesehen noch gewittert hatte, bedeckte er den Leichnam mit Zweigen und Binsen und ging eine Schubkarre holen; als er zurückkam, fand er es jedoch leichter, ihn zu schleifen, statt ihn in die Schubkarre zu hieven. Also schleifte er ihn zum Rand der Lagune, versteckte ihn unter den zersplitterten Resten eines vom Sturm beschädigten Bootsstegs und wartete bis Sonnenuntergang, denn dann wollte er ihn zu der Wiese mit dem wilden Thymian bringen, die sich an der Nordküste der Insel entlangzog, ihn dort vergraben und anschließend eine Möglichkeit suchen, den Frühling herbeizuholen.

«Vielleicht solltest du's mal mit Singen versuchen», schlug die Vedova Stampanini vor.

«Mit Singen?» fragte Gianluca.

«Für den Boden. Damit wieder was wächst. Du hast so eine schöne Stimme, Gianluca.»

Gianluca versenkte das letzte Stück Brot in seinen *brodetto di pesce* und beobachtete, wie es die helle, fettige Flüssigkeit aufsog.

«Das würde Albertino nicht wollen. Er haßt es, wenn ich singe. Er sagt, dann muß er immer daran denken, wie wir klein waren und ich längst vor ihm aufgegessen hatte. Dann hab ich immer laut gesungen, und er hatte dann immer das Gefühl, daß er sich beeilen muß.»

Die Vedova räumte Gianlucas Schale vom Tisch und trug sie mitsamt ihrer eigenen zu dem hölzernen Waschzuber neben dem Zuschneidetisch.

«Ein bißchen Singen würde Albertino guttun. Wenn er das nächstemal hier übernachtet, werde ich darauf bestehen.»

Da Albertinos Zimmer kein Dach hatte, verbrachte er die kalten, regnerischen Nächte mit Gianluca in dem dunklen Zimmer, das dieser bei der Vedova Stampanini gemietet hatte. Gianluca war nicht gerade erfreut über diese Regelung, denn es gab kaum eine Nacht der Woche, in der er nicht jemanden mit nach Hause brachte, um sein Bett zu teilen, doch Albertino war sein Bruder, und Gianluca hatte seiner Mutter vor zehn Jahren, als sie auf dem Sterbebett lag, geschworen, sich «mit Herz, Knien, Zunge, Zehen und Leber um Tintino zu kümmern».

Gianluca beabsichtigte zwar nicht, seinen Bruder jemals «Tintino» zu nennen oder seinen Schwur zu halten, doch wenn der Regen über Riva di Pignoli herfiel, erlaubte er ihm, sich auf dem Boden neben seinem Bett auf einem weiteren Stapel Wolldecken der Vedova Stampanini zusammenzurollen, und kam sich deswegen überaus großmütig vor.

«Vielleicht könntest du's mal mit Schöntun versuchen.»

«Mit Schöntun?»

«Na ja, du weißt schon. So wie immer. Da kann keine Frau widerstehen, Gianluca. Und vergiß nicht, daß die Natur auch eine Frau ist.»

Gianluca war ein Mann, den die Frauen liebten, das wußte die Vedova nur zu gut. Hochgewachsen und gutaussehend, mit dichtem schwarzem Haar und dunklen, funkelnden Augen, schritt er die Calle Alberi Grandi mit einem Ausdruck saturierter Selbstzufriedenheit entlang. Ein Mundwinkel tendierte ständig zu der winzigen Andeutung eines Lächelns, eine Hand lag stets im Schritt, um zu kontrollieren, zurechtzurükken, ein bißchen Leben in seine Wurzel zu massieren. Gianlucas Penis wurde gemeinhin *Il Bastòn* genannt, und jedermann auf Riva di Pignoli wußte von seiner außergewöhnlichen Länge. Die Männer hatten ihn im Sommer gesehen, wenn sie gemeinsam in der Bucht hinter Giuseppe Navos Boot schwimmen gingen: Seit der Zeit, als er zwölf Jahre alt war, hatte Gianluca sie alle eingeschüchtert, und vom Jüngsten bis zum Ältesten bildeten sie eine lange, bewundernde Reihe hinter ihm. Die Frauen hatten ihn bei Kerzenschein in der Enge seines winzigen Zimmerchens gesehen: Zwar wollte keine von ihnen zugeben, bei ihm gewesen zu sein, doch jede einzelne strahlte eine verlegene Wärme aus, wenn sie einander auf der Straße begegneten. Zumeist aber holte sich Gianluca des Nachts Frauen von anderen Inseln ins Zimmer, und mehr als ein paar seiner verflossenen Eroberungen ließen durchblicken, daß er vor allem den Ausdruck ehrfürchtiger Bewunderung auf ihren Gesichtern genoß, während sie zusahen, wie er die Kleider ablegte.

«Ich glaube kaum, daß uns das den Frühling bringen wird», sagte Gianluca.

«Das weiß man nie», sagte die Vedova. «Bei der richtigen Tonart könnte möglicherweise etwas geschehen.»

Mit ihren dreiundachtzig Jahren hatte die Vedova Stampanini es versäumt, sich persönlich an Gianlucas Reizen zu erfreuen; doch sie genoß die Vorstellung, daß unter ihrem Dach so viel geliebt wurde, so sehr, daß sie sich die Miete von Gianluca in Gemüse bezahlen ließ. Fedrige Kohlköpfe. Süße Fenchelknollen. Frische, knackige Karotten. Die meisten Dorfbewohner hatten einen eigenen kleinen Garten, aber nur wenige konnten sich mehr leisten als ein bißchen Sellerie und etwas Blumenkohl. Diese magere Ernte ergänzten Gianluca und Albertino mit Zwiebeln, Rüben, Pastinakwurzeln, Erbsen, Brokkoli, Kohl, Auberginen, Fenchel, Karotten, Artischocken und drei Sorten *insalata* – ganz zu schweigen von den Erdbeeren, Äpfeln, Birnen und Feigen aus der Riege der Obstsorten. Das feuchtere, kältere Wetter machte es immer schwieriger, den Boden zu bearbeiten, aber Gianluca gab nicht auf, sondern verzichtete auf Spargel (zu strohig) und rote Bete (zu rot), und ließ in jedem Jahr zwei kleine Felder im Wechsel brachliegen. Nach ein paar schlechten Jahren begann sich die Lage allmählich zu bessern: In den letzten drei Jahren hatte der Obst- und Gemüsestand, den sie auf dem Dorfmarkt betrieben, tatsächlich Gewinn eingebracht. Jetzt aber war es fast schon Mai, und die ausgetrocknete Erde hatte noch nicht einmal einen Hauch von Grün ausgespuckt, geschweige denn ein Fünkchen Hoffnung aufkeimen lassen.

«Andererseits», erklärte die Vedova Stampanini, «hat jede Frau ein Recht auf ihre Launen. Ich habe zehn Kinder zur Welt gebracht und jedes einzelne begraben. Glaub mir, Gianluca, das laugt aus.»

Gianluca hörte ihr zu, konnte das Argument aber nicht akzeptieren. Es gab bestimmt eine andere Erklärung. Es mußte eine andere geben. Und er war fest entschlossen herauszufinden, welche.

Die Sonne war gerade am Horizont aufgegangen, als er die

Hütte der Vedova Stampanini verließ und mit seinem Boot zu der winzigen Friedhofsinsel hinüberfuhr; bis er angelegt, sein Boot neben Albertinos festgemacht hatte und bei dem kleinen, ungedeckten Zimmer ankam, stieg sie gerade hoch genug, um ihre Wärme über die Ostmauer auf den schlafenden Albertino zu senden. Gianluca blieb einen Augenblick stehen und dachte daran, wie viele Minuten – Stunden, Tage, so schien es – er damit verbracht hatte, den schlafenden Albertino zu betrachten. Doch der Gedanke an die Zeit brachte Gedanken an den widerstrebenden Frühling mit sich; also trat er so nahe an die Mauer heran, daß sein breiter Schatten die Strahlen der Morgensonne verdeckte.

Albertino öffnete ein Auge und funkelte Gianluca damit wütend an.

«Du hast dich vor meinen Traum gestellt!»

«Steh auf, Brüderchen. Du träumst zuviel.»

«Es war ein schöner Traum. Er hat mir viel Freude gemacht. Und du hast ihn einfach ausgelöscht.»

«Steh auf», wiederholte Gianluca und stieg über die Mauer. «Der Frühling hat sich um siebenundzwanzig Tage verspätet. Wir haben jetzt keine Zeit, faul im Bett zu liegen und schön zu träumen.»

Albertino drehte sich auf den Bauch.

«Ja, aber was soll ich denn sonst tun? Arbeiten kann ich nicht. Und wenn ich nicht arbeiten kann, kann ich genausogut schlafen.»

«Hast du darüber nachgedacht, Albertino? Hast du darüber nachgedacht, was das bedeutet?»

«Ja, Gianluca. Ich habe darüber nachgedacht.»

«Und warum begreifst du's dann nicht? Wenn der Frühling nicht kommt, werden wir alles verlieren, wofür wir gearbeitet haben. Wir dürfen nicht einfach im Bett liegenbleiben. Wir müssen etwas unternehmen!»

«Na schön», sagte Albertino. «Aber was?»

Gianluca begann im Zimmer umherzuwandern wie eins von Siora Scabbris Hühnern in ihrem Stall. Er wußte, was er sagen wollte, wagte aber nicht, sich vorzustellen, wie Albertino darauf reagieren würde.

«Weißt du, ich habe alles versucht, was mir eingefallen ist. Und alles war reinste Zeitverschwendung. Aber heute morgen ist mir ein Gedanke gekommen, den ich bis dahin noch nicht hatte.»

«Und was?»

«Ermenegilda.»

Albertino sprang auf wie ein Scharnier an einem Streichbrettpflug.

«Ermenegilda!»

«Ich wußte, daß dir das nicht gefällt. Aber ich glaube, es ist unsere einzige Chance.»

Als Gianluca die Südwand erreichte, nahm er eine von Albertinos Schatullen zur Hand und begann an den Bändern zu fingern, die durch die reich verzierte Schließe geschlungen waren.

«Leg das hin, Gianluca», sagte Albertino. «Ich hab dir doch gesagt, du sollst meine Schatullen nicht anfassen.» Gianluca gehorchte, während Albertino auf den Knien vorwärts rutschte. «Gianluca», sagte er flüsternd zu seinem Bruder, «du glaubst es also auch, nicht wahr?»

«Was soll ich glauben?»

«Daß der Frühling wegen Ermenegilda nicht kommt.»

«Wegen Ermenegilda?»

«Weil sie so häßlich ist. Weil sie so fett ist.»

Gianluca blieb regungslos stehen und erwog Albertinos Worte; dann brach er in schallendes Gelächter aus.

«Sei nicht so dumm!» sagte er. «Ermenegilda ist reich – das ist alles. Enrico Torta prahlt ständig herum, daß er mit Torta-Geld alles kaufen kann. Na also, probieren wir das doch mal. Wollen mal sehen, ob er uns den Frühling kaufen kann.»

Albertino ließ sich auf sein Bett zurückfallen.

«Das ist lächerlich!»

«Albertino, wir sind verzweifelt.»

«Ermenegilda kann uns den Frühling nicht kaufen.»

«Woher weißt du das?»

«Das ist die dümmste Idee, die du jemals gehabt hast.»

Gianluca trat näher an den Deckenberg heran und hockte sich neben den Bruder.

«Ermenegilda ist reich. Und für dich würde sie wirklich alles tun. Sag ihr einfach, du brauchst einen Frühling.»

«Du hast wohl zuviel getrunken.»

«Es ist unsere einzige Chance, Albertino.»

«Du warst zu lange in der Sonne.»

«Albertino ...»

«Nein! Das werde ich nicht tun, Gianluca! Und bitte mich bloß nicht noch einmal darum!»

Gianluca ließ sich auf die Knie nieder und schob sein Gesicht ganz dicht vor Albertino.

«Willst du den Rest deines Lebens damit verbringen, für Giuseppe Navo *code di rospo* auszunehmen?»

Albertino schloß die Augen und hob die Arme hoch über den Kopf. Gianluca mußte sich auf die Lippe beißen, um nicht zu lachen; der ernsthafte Kummer seines jüngeren Bruders amüsierte ihn immer wieder, aber er wollte ihn nicht kränken, solange er seine Mitarbeit brauchte.

«Warum steck ich nur immer mit den Armen bis zu den Ellbogen im Boden», sagte Albertino, «und du hast immer eine Blume zwischen den Zähnen?»

Gianluca tätschelte Albertinos Oberschenkel und stand auf: Er wußte, daß er gewonnen hatte.

«Sprich am besten noch heute mit ihr», sagte er. «Noch haben wir Zeit genug, den Brokkoli zu pflanzen, bevor es zu heiß wird.»

Gianluca sprang über die Ostmauer und kehrte zu seinem Boot zurück. Es war kein Streifen am klarblauen Himmel zu sehen – kein Wölkchen – keine Eintrübung – kein Weißkohl, keine Karotte, kein Blumenkohl. Er wußte nicht, ob es ein törichter oder ein genialer Einfall war, Albertino zu Ermenegilda zu schicken. Er wußte nur, daß Albertino es tun würde und daß ihnen allmählich die Einfälle ausgingen.

Die Ca' Torta war nicht einfach aus Stein erbaut, sondern aus *pietra d'Istria*, demselben glänzenden Marmor, mit dem die großen Kirchen Venedigs verkleidet sind. Ein Vermögen hatte Enrico Torta ausgegeben, um die riesigen elfenbein- und cremefarbigen Platten über die kalten Gewässer der Adria nach Riva di Pignoli schaffen zu lassen. Zusammen mit den dicken Steinplatten, die er aus den Steinbrüchen seines eigenen Landes hergeschickt hatte, darunter einige ausgewählte Stücke von toskanischem *pavonazzetto*, ließen sie die Villa wie einen Brillanten in der Sonne funkeln. Eine Anzahl der besten venezianischen Baumeister brauchte über anderthalb Jahre, um das Haus nach Enricos und Orsinas Wünschen zu gestalten. Es gab Auseinandersetzungen, Konflikte über Arbeitsbedingungen, Vorwürfe des Diebstahls und der Fehlplanung – sogar eine kleine Schlägerei über die Plazierung einer Zierurne. Doch das Ergebnis war jeden einzelnen *denaro*, jede zähneknirschende Anstrengung wert. Die Ca' Torta war nicht nur eine luxuriöse Villa. Sie war ein Palazzo.

Ermenegildas Zimmer hatte, genau wie Albertinos, eine Nordwand, eine Südwand, eine Ostwand und eine Westwand – doch damit endeten die Gemeinsamkeiten. Während Albertinos Zimmer schlicht und karg war, quoll Ermenegildas buchstäblich über. Auf dem Fußboden prangten Perserteppiche, an der Decke handgemalte Fresken und an den Wänden gestickte Gobelins. Ein solcher Luxus war – vom Hof abgesehen – etwas Außergewöhnliches, doch Ermenegilda liebte ihren Komfort, und Enrico Torta hatte eingesehen, daß es einfacher war, dafür zu sorgen, daß sein kleines Mädchen bekam, was es wollte, als seinen Zorn zu ertragen, wenn es seinen Willen nicht durchsetzen konnte. Während die Schlafzimmer der drei Marias außer mit einem Bett und einem Waschbecken kaum mit Möbeln ausgestattet waren, gab es in Ermenegildas Zimmer einen Tisch, zwei Sessel, eine Kommode und einen Webstuhl. Ihr Bett hatte einen Himmel aus chinesischer Seide, der an vier kräftigen Seilen von der Decke herabhing. Ihre Fresken schilderten die Sage von Leda mit dem Schwan, und ihre Gobelins zeigten die vier Jahreszeiten anhand einer Reihe ländlicher Szenen. Wenn sie ihnen auch nicht den Frühling zu kaufen vermochte, so hätte Ermenegilda Albertino und Gianluca wenigstens den Gobelin von ihrer Westwand leihen können: Er war nicht minder üppig und grün als alles, was die Brüder mit ihren schwieligen Händen aus der Erde zu holen vermochten.

An dem Morgen, an dem Gianluca Albertino aufgesucht und aufgefordert hatte, mit Ermenegilda zu sprechen, saß diese verträumt an ihrem Webstuhl. Ihre Webversuche waren längst fehlgeschlagen, und sie war weit davon entfernt, auch nur einen Gedanken auf Dinge zu verschwenden, die sie etwa anfertigen könnte, aber die langen Holzspindeln, die den Rahmen säumten, waren perfekt dazu geeignet, als Halter für ihre ringförmigen Frühstückskuchen zu dienen, an denen sie sich jeden Morgen gütlich tat. Also hockte sie sich auf zwei türkische Kissen, spreizte die Beine zu beiden Seiten des Rosenholzrahmens und verlor sich in einer *miel-pignole*-Träumerei.

Ermenegilda dachte an ihren Hochzeitstag. Das Fest würde hier draußen im Torta-Garten stattfinden, und ganz Riva di Pignoli würde teilnehmen. Sie stellte sich die langen, breiten Tafeln vor, auf denen sich die köstlichsten Delikatessen türmten, und den Pfad aus Wildrosenblättern, der über den Rasen dorthin führte. Sie stellte sich ihre Mutter vor, aufgetakelt wie ein Festtagsaltar, und ihre drei Schwestern, in ganze Bahnen importierter Edelstoffe gezwängt. Sie stellte sich die Fischer vor, in steifen Joppen und vom Kabeljaugeruch befreit. Und sie stellte sich Albertino vor: still, heiter, fast strahlend – ein Mann, der bei dem Gedanken an seine Braut in Glückseligkeit schwelgte. Das einzige, was noch fehlte, die einzige abwesende Person war sie selbst. An ihrer Stelle sah sie nur ein helles Licht, ein strahlendes Energiefeld ohne bestimmte Züge und Formen. Ein wunderbares Leuchten im Brautschleier.

Als Romilda Rosetta, Ermenegildas Magd und der einzige Dienstbote, der es länger als sechs Wochen in der Ca' Torta aushielt, an die Tür klopfte und sie aus ihren Träumereien riß, entdeckte Ermenegilda zu ihrem Verdruß, daß der Glanz wieder zu Asche geworden war, sah sie ihre gewaltigen Schenkel vor sich gespreizt und spürte die enorme Masse ihres Körpers, die zwischen Webstuhl und Wand gezwängt war. Als die Magd ihr mitteilte, «Sior Tonolo» warte unten auf sie, kehrte der Glanz zwar sofort zurück – doch diesmal nistete er sich in ihrer Herzgegend ein und brannte in ihrem erstaunten Busen, während sie sich bemühte, zwischen Phantasie und Wirklichkeit zu unterscheiden.

«Sior Tonolo?» fragte sie, Romilda Rosettas Meldung halb fragend, halb ungläubig wiederholend. «Albertino Tonolo?»

Romilda Rosetta war jetzt seit sechs Jahren bei Ermenegilda, seit dem zwölften Geburtstag ihrer Herrin. Sie war geblieben, weil sie nicht wußte, wohin sie sonst gehen sollte, und weil sie sich – da sie nur halb so groß war wie Ermenegilda – vor dem fürchtete, was das junge Mädchen ihr antun würde, sollte sie jemals den Versuch machen, sie zu verlassen. Für Romilda Rosetta war Ermenegilda ein Monster. Ganz gleich, wie beflissen die winzige Dienstmagd ihre Gobelins ausklopfte, ihr im Bad die Nägel schnitt oder ihr, wenn das ganze Haus bereits schlafen gegangen war, noch einen Teller *frittele di manzo* brachte –, stets ließ Ermenegilda an ihr die kochende Wut aus, die durch ihre mit Torta-Blut gefüllten Adern wallte. Als sie vierzehn war, und Romilda Rosetta vierzig, befahl sie der Ärmsten, während eines Hagelsturms aufs Dach der Ca' Torta zu klettern und wie eine Möwe zu schreien. Im folgenden Jahr stieß sie sie auf einem Einkaufsbummel in Venezia auf der Piazza San Marco um und ließ sie dort liegen, bis sie von einem Fischerboot nach Hause gebracht wurde. Sie verfluchte und verspottete, quälte und beschimpfte sie. Aber so grausam sich Ermenegilda auch verhielt, Romilda Rosetta nahm ihre Demütigungen als Fegefeuer auf dem Pfad zur religiösen Läuterung hin. Je schlimmer das junge Mädchen sie behandelte, desto sicherer war sie ihrer letztlichen Erlösung; und obwohl sie ihre Befehle unterwürfig befolgte und gelegentlich Gegenstände fallen ließ, wenn Ermenegilda ihren Namen brüllte – im innersten Herzen empfand sie den Frieden und die Gelassenheit der von Gott Auserwählten. Nie wäre sie auf die Idee gekommen, daß sie Ermenegildas Quälereien genoß, daß sie ohne diese Torturen nichts weiter als eine ganz normale, nur außergewöhnlich kleinwüchsige Zofe gewesen wäre. Die Mißhandlungen, die Ermenegilda ihr angedeihen ließ, gaben ihrem Leben erst einen Sinn, verliehen ihr jenes Gefühl, eine Märtyrerin zu sein, das ein angemessener Ausgleich für ihren ungewöhnlichen Kleinwuchs war. Daher antwortete sie, als Ermenegilda sich zu vergewissern suchte, daß es Albertino war und nicht Gianluca, der unten auf sie wartete, mit großem Ernst: «Es ist der Kleine.»

Ermenegilda traute ihren Ohren nicht. Daß Albertino sie unangemeldet – einem *Impuls* folgend – besuchte, überstieg ihr Begriffsvermögen bei weitem.

«Heda, was stehst du da rum?» kreischte sie. «Geh runter und sag ihm, daß ich gleich komme!»

Unten im Salon saß Albertino unbequem auf einem rosafarbenen, mit Eicheln bestickten Seidensofa und wartete. Er war noch nie in der Ca' Torta gewesen, sondern hatte Ermenegilda stets draußen am Tor oder – höchstens – an der Haustür abgeholt. Jetzt saß er auf einem mit Quasten verzierten Thron in einem goldenen Saal in einem Palast voll schimmerndem Glanz – und wünschte sich in den Schmutz und das Stroh seines winzigen Zimmerchens zurück. Aber bevor er seine Meinung ändern konnte, kam Ermenegilda in den Raum gefegt.

«*Bon di*, Albertino», zwitscherte sie munter.

«*Bon di*, Ermenegilda», gab Albertino zurück, der zwar aufgestanden war, als sie eintrat, aber den Blick abwandte.

«Und wie geht's deiner kleinen Insel?»

«O danke, gut. Gut. Dahin ist keiner mehr rausgekommen, seit Vincenzo Bassetti beerdigt wurde, und das war im letzten Januar.»

Ermenegilda stieß ein hohes, gezwungenes Lachen aus, als seien Albertinos Worte ungeheuer witzig, und begann langsam im Zimmer umherzuwandern – in einer unnatürlichen Spirale, als sei ihr linkes Bein kürzer als das rechte. Schließlich landete sie auf dem winzigen Sofa, vor dem Albertino stand. Und Albertino blieb nichts anderes übrig, er mußte sich dicht neben sie setzen.

«Und dein Bruder Gianluca? Geht's dem auch gut?»

«Aber ja. Gianluca geht's wunderbar. Gianluca geht es ganz ausgezeichnet.»

«Und deinem kleinen Zimmer?»

«Gut, gut. Alles ist vollkommen in Ordnung.»

So ging das Gespräch etwa eine halbe Stunde lang weiter, doch nach dieser halben Stunde senkte sich lähmendes Schweigen herab. Ermenegilda war von Albertinos Gegenwart viel zu berauscht, um sich weitere Fragen ausdenken zu können, und Albertino war sich ihrer Nähe viel zu stark bewußt, um selbst einige zu erfinden. Aber das Schweigen führte zu heftigem Atmen, und das heftige Atmen zum Schwitzen, und bald entschied Albertino, daß es wohl ungefährlicher sei, ihr zu erklären, warum er gekommen war, als die Richtung, in die sie allmählich gerieten, noch länger weiterzuverfolgen.

«Ermenegilda ...», sagte er, seine Worte sorgfältig abwägend. «Gianluca und ich haben uns was überlegt.»

«Ja?»

«Na ja ...»

Er rutschte unbehaglich auf dem Sofa herum.

«... wir haben uns gefragt, ob du vielleicht was tun könntest, damit der Frühling endlich kommt.»

Unwillkürlich begannen Ermenegildas Schultern zu zucken; sie sah Albertino an, als sei er ein Stück Wildbret, das ein anderer schon bis auf die Knochen abgenagt hatte.

«Wie bitte?»

«Der Frühling», wiederholte er geduldig. «Er ist in diesem Jahr noch nicht gekommen, falls du das noch nicht bemerkt haben solltest. Keine Blumen. Keine Blätter an den Bäumen. Und weit und breit kein Hauch von Gemüse. Ich weiß nicht, ihr könnt euch vermutlich auf einer der anderen Inseln Gemüse besorgen, aber auf Riva di Pignoli wird es kein Gemüse geben, weil es keinen Frühling gibt. Keinen Frühling, Ermenegilda. Keine Erbse, keine Bohne, keine Linse. Nichts.»

Albertino wirkte tief niedergeschlagen, während er Ermenegilda das alles erklärte; Ermenegilda äußerte kein Wort. Stumm erhob sie sich, ging zu dem Teller mit Gänseleberscheiben hinüber, den Romilda Rosetta auf ein Seitentischchen gestellt hatte, und verschlang mehrere von ihnen auf einmal.

«Ich hab davon gehört», antwortete sie undeutlich mit vollem Mund.

«Also, Gianluca und ich haben darüber gesprochen», fuhr Albertino fort, «und da ist uns plötzlich eingefallen, daß du mit deinem vielen Geld vielleicht... na ja, daß du uns vielleicht den Frühling *kaufen* könntest. Ich weiß, das klingt unsinnig, aber daß der Frühling nicht kommt, ist auch irgendwie unsinnig. Jedenfalls dachte ich, es könnte sich lohnen, herzukommen und dich zu fragen, ob du meinst, daß du das tun könntest.»

Inzwischen hatte sich Ermenegilda umgedreht und starrte Albert, die fettigen Hände regungslos vor ihrem Körper, ausdruckslos an. Doch während sie ihn beobachtete, wie er da saß, stellte sie sich ihn in einem Dutzend Verkleidungen vor: als Fischer, Grundbesitzer, Pirat; als Schäfer, Eunuch, Priester; als Bankier, Brigant, Bischof, Leibeigener, Kreuzritter und Henker. Aber wie immer er vor ihren Augen erschien – ganz gleich, welche Kleidung er trug oder welchen Stand er vertrat –, sie vermochte nur zärtlichste Liebe für ihn zu empfinden.

«Ja», sagte sie.

Albertino starrte sie an.

«Was meinst du – ‹ja›?»

«Ich meine ‹ja›. Ich meine, ich kann's.»

Ermenegilda hob die linke Hand an den Mund und leckte ein bißchen Gänsefett von einer Fingerspitze. Wichtig war nicht, weswegen er gekommen war, wichtig war nur, daß er gekommen war. Wichtig war nicht, daß er sie wegen ihres Geldes brauchte, wichtig war nur, daß er sich entschlossen hatte, ihr sein Problem vor die wartenden Füße zu legen.

«Ich kann dir den Frühling bringen, Albertino», sagte sie. «Wenn es das ist, was du wirklich willst.»

Albertino spürte, wie seine Haare heiß wurden und seine Ohrläppchen zu kribbeln begannen. «Und was tun wir?» fragte er, während er aufsprang und zu ihr hinübereilte.

«Jetzt fährst du erst mal nach Hause zurück», sagte sie, schob ihren Arm unter den seinen und führte ihn zur Tür. «Du ziehst dir deine Decken über den Kopf und träumst schön von Artischocken, Petersilie und Baby-Kopfsalat. Träum von Karotten und Blumenkohl, und träum dir mehr von ihnen, als du dir jemals vorstellen könntest.» Sie führte ihn zum Zimmer hinaus, die Steintreppe hinab und durch die große Halle, die zur Haustür führte. «Und dann erwartest du mich um Mitternacht am Bootssteg deiner Insel.»

«Um Mitternacht?»

«Um Mitternacht.»

«Auf dem Bootssteg meiner Insel?»

«Auf dem Bootssteg deiner Insel.»

Albertino schluckte mühsam. «Und dann?»

Ermenegilda zeigte ihm ein breites, honigsüßes Lächeln.

«Dann», sagte sie, «werden wir uns den Frühling holen.»

Albertino sah ihr in die gierigen Augen, und obwohl seine Miene nichts verriet, wußte er genau, was sie im Sinn hatte. Es beunruhigte ihn nur, daß er nicht hundertprozentig sicher sein konnte, daß ihm das, was sie im Sinn hatte, den Frühling auch wirklich bringen würde. Also wandte er sich ab, stülpte sich die Mütze auf den Kopf und marschierte zum Tor.

Ermenegilda sah ihm nach, wie er auf die große Wiese zuging. Dann schloß sie die schwere, geschnitzte Eichentür und stieg die Treppen zum ersten, zweiten und dritten Stock empor zum Zimmer ihrer Magd, von dessen Fenster aus sie ihn mit den Blicken quer über die Insel verfolgen konnte, bis er seine winzige *barca da pesca* erreichte. Einen Moment ließ sie sich, als sie vor dem niedrigen Bogenfenster unter dem schrägen Dach kniete, vom Anblick einer anderen Gestalt ablenken, die etwas zum Ufer der Lagune schleifte, das so aussah wie eine Leiche.

Dann aber entdeckte sie Albertino, der wie ein liebeskranker Dachs über die knochentrockene Wiese trottete, und all ihre Gedanken kreisten nur noch um dieses bezaubernde Bild.

Ein Frühling. Albertino wünschte sich einen Frühling. Und obwohl Ermenegilda ebensoviel von Landwirtschaft verstand wie von Alchimie, gab es jemanden, der ihr dabei helfen konnte, Albertinos Wunsch zu erfüllen. Es war nur so eine Idee, basierend auf einer Schwäche, die sie nicht besonders gern zugab – doch Albertino wünschte sich einen Frühling. Und wenn sie ihn dadurch endlich, endlich in die Arme schließen konnte, war Ermenegilda fest entschlossen, ihm einen zu verschaffen.

2. KAPITEL

Valentinas Mißhandlungen erreichten ihren Höhepunkt, als sie versuchte, Piarina im Brunnen zu ertränken. Da die verträumte Kleine den ganzen Vormittag damit zugebracht hatte, die Herdstelle zu reinigen, hatten sich ihre Wangen und ihre Stirn zu einem schmutzigen Grau verfärbt, und obwohl sie aufrichtig bemüht war, der Mutter so viel wie möglich zu helfen, stürzte der Anblick ihrer knochigen Knie und ihrer fast geisterhaft fliegenden Haare Valentina in einen Wutanfall, der noch weit schlimmer war als sonst. Als Piarina müde zum Brunnen hinausschlich, um Wasser zum Backen zu holen, ging Valentina der Tochter nach, und als sie sich vorbeugte, um es zu schöpfen, versetzte sie dem zierlichen Körper einen so kräftigen Stoß, daß das Kind über den Rand stürzte. Da Piarina erst sieben Jahre alt war, fiel sie ganz in den Brunnen hinein, stieß sich den Kopf und verlor das Bewußtsein. Als Valentina erkannte, was sie getan hatte – und daß sie das kleine Mädchen möglicherweise noch brauchte, um die Aalpasteten zu wenden –, rief sie Gesmundo Barbon herbei, damit er sie dort heraushole, während sie sich über die Tolpatschigkeit des Kindes beschwerte und lauthals schimpfte, es sei idiotisch, auf einer Insel, die rings von Wasser umgeben sei, einen Brunnen benutzen zu müssen.

Normale Mutterliebe war dies nicht.

Sechs Monate zuvor, als Piarina beim Abendessen darauf bestand, alle Erbsen in ihrem Erbsbrei zu zerdrücken, war Valentina so wütend geworden, daß sie ihre Schneiderschere nahm und Piarina die Haare kurzerhand bis auf einen einzigen, rebellischen Schopf mitten auf dem Kopf abschnitt. Diesen Schopf färbte sie grellrot und schickte Piarina am Morgen mit den Hühnern hinaus. Dann war da noch die Sache mit den

Polsternägeln. Oder die mit dem Pech zum Dachabdichten. Piarina war noch ein Kind, das wußte Valentina, doch dieses Mädchen hatte etwas Besonderes an sich, und das reizte ihre Nerven so sehr, daß sie ihr bei jeder Kleinigkeit heftige Ohrfeigen und Fußtritte versetzte und damit bewirkte, daß die zartgliedrige Piarina sich immer tiefer in ihre eigene Welt verkroch.

Valentina, deren gesunde, robuste Gestalt einen krassen Kontrast zu Piarinas zarter Figur bot, war im Alter von siebzehn Jahren mit der linken Hand in eine Roggenmühle geraten. Deswegen trug sie ständig einen abgesägten Hackenstiel, der an die zerquetschte Hand und ihren Unterarm geschnürt war; diesen wußte sie mit bemerkenswerter Wirkung einzusetzen. Bei Piarina aber benutzte sie nur die Hand. Von dem Tag an, da Gesmundo Barbon sie zusammengekrümmt und tropfnaß in die Hütte zurücktrug und sie auf das karge Strohbett legte, gab Piarina kein einziges Wort mehr von sich. Anfangs stieß Valentina sie mit der Spitze ihres roten, rechten Zeigefingers an. Als das nichts half, versuchte sie es mit Schimpfwörtern. *Facciamuto. Sordo Maria. La Maravègia Senza Lingua.* Doch nichts von dem, was sie sagte oder tat, vermochte Piarina einen Laut zu entlocken. Und obwohl sie fortfuhr, sie genauso regelmäßig zu verprügeln wie zuvor, bereitete ihr das nun, da nicht wenigstens der eine oder andere Aufschrei zu hören war, bei weitem nicht mehr so viel Genugtuung.

Mit der Zeit wurde das Schweigen zur Gewohnheit. Beide begannen auf das Rauschen des Windes in dem tief heruntergezogenen Strohdach und das Rascheln der Ratten zu lauschen, die über den Fußboden ihrer verkommenen Kate huschten. Diese bestand nur aus einem einzigen Raum. Valentina arbeitete bis spät in die Nacht und kochte die Seife, die sie tagsüber verkaufte. Obwohl nur wenige Familien auf Riva di Pignoli die Seife kauften, weil der Talg, den sie benutzte, nach Lauge roch, war sie stolz darauf, daß sie das Leben mit einer Hand, ohne Ehemann und mit einem so trostlosen Kümmerling von Tochter bewältigte. Was machte es letztlich schon, daß das Mädchen nicht sprechen konnte? Hinderte sie das etwa daran, die Seifenmesser zu reinigen? Hinderte sie das etwa daran zu backen? Also machte Valentina sich weiter keine Sorgen darüber und vergaß mit der Zeit, daß ihre Tochter jemals ein Wort gesprochen hatte.

Dann, ein Jahr nach dem Ertränkungsversuch – einem Jahr der quälenden Blicke und des langen, rätselhaften Schweigens –, begann Piarina wieder zu sprechen. Es war am frühen Abend, als sie an dem jämmerlichen kleinen Feuer saßen, das in der brüchigen Herdstelle hustete und zischte. Auch Valentina hustete – sie hatte es seit zwei Wochen schwer auf der Brust, litt an einer Halsentzündung und fand nichts, das ihre Krankheit gelindert hätte. Piarina lauschte dem trockenen Rasseln, während sie auf allen vieren zu Valentinas Füßen kauerte, denn trotz der Gewalttat, die ihr vor Schreck die Sprache verschlagen hatte, fand Piarina nichts schöner, als vor der bleichen Flamme des abendlichen Feuers zu Füßen ihrer Mutter zu sitzen. Und nun sagte sie plötzlich ohne die geringste Vorankündigung oder Andeutung, daß es sich um etwas Ungewöhnliches handeln könne: «Rhabarberblätter. In Honigwasser. Mit kleinen Stückchen von Kiefernzapfen.»

Valentina dachte, der Geist ihrer toten Mutter sei durch den Kamin in ihre winzige Hütte herabgefahren, so sehr hatte sie sich inzwischen an das Schweigen der Tochter gewöhnt. Als ihr klarwurde, daß Piarina gesprochen hatte und nicht die Flammen, gab sie nicht den kleinsten Laut der Dankbarkeit oder Freude von sich.

«Jesus Maria, Piarina», sagte sie und versetzte dem Mädchen eine Kopfnuß, daß das feine, strähnige Haar vor Schreck in die Höhe flog. «Du hast mir aber einen schönen Schreck eingejagt.»

Piarina blickte ihr in die Augen und wiederholte ihre Worte. «In Honigwasser. Mit kleinen Stückchen von Kiefernzapfen.»

Valentina zwickte sie kräftig ins Ohr.

«Red keinen Unsinn, Mädchen! Mir ist es lieber, du bleibst stumm.»

Piarina hob die Arme und legte ihre Hände an Valentinas roten, geschwollenen Hals. «Rhabarberblätter», sagte sie abermals. «In Honigwasser. Mit kleinen Stückchen von Kiefernzapfen.»

Diesmal duckte sie sich rechtzeitig, als Valentina zur Ohrfeige ansetzte, aber sie ließ nicht locker. Immer wieder, wie ein wahrsagender Papagei, wiederholte sie das seltsame Rezept – bis Valentina schließlich verärgert aufstand, zum Tisch ging, Honig mit Wasser mischte, ein paar Rhabarberblätter zerdrückte, einen Kiefernzapfen zu Staub zerstampfte und alles zusammenrührte.

«Als hätte man ein zurückgebliebenes Tier zum Kind», sagte sie, als sie die bittere Mixtur trank.

Als aber am nächsten Morgen Halsschmerzen und Husten vollständig verschwunden waren, änderte Valentina ihre Meinung ein wenig.

«Wie hast du das nur gemacht, Mädchen?» fragte sie das zarte Kind und starrte auf das schlafende Gesicht hinab. Aber obwohl Piarina sofort hochschreckte, äußerte sie keinen Laut. Sie legte nur die Hände an den inzwischen kühlen Hals der Mutter und lächelte ihr glitzerndes, schiefes Lächeln. Und kein einziger von Valentinas Aufmunterungsversuchen (etwa Stücke von dem Eisblock oben in ihr zerrissenes, viel zu weites Hemd zu stopfen) vermochte ihr ein weiteres Wort zu entlocken.

Piarina kehrte an ihre Arbeit, Valentina zu ihrer unberechenbaren Wut zurück. Jetzt aber beobachtete sie das Kind aufmerksamer und warf ihm verstohlene Blicke zu, wenn es vornübergebeugt stand, um Bergminze über das Stroh zu streuen; sobald die Kleine erschöpft eingeschlafen war (wenn Piarina in tiefen Schlaf fiel, tat sie das wortwörtlich und fiel mit einer solchen Heftigkeit ins Nacht- und Traumland, daß sie tiefe, dunkle Prellungen davontrug), saß sie stundenlang da und starrte sie an. Irgend etwas hatte sich in Piarina verschoben. Irgend etwas hatte sich verändert. Und Valentina war fest entschlossen, herauszufinden, was das war.

Als Piarina eines Morgens erwachte, ungefähr zwei Wochen nachdem sie die Mutter von ihrer Halsentzündung geheilt hatte, sah sie, daß Gesmundo Barbon still am Fuß ihres Bettes saß.

Anfangs glaubte sie noch zu schlafen: Sein zerschlagenes Gesicht und der gedrungene Körper wirkten wie die Nachwehen eines verblassenden Alptraums. Die Stimme der Mutter riß sie jedoch sehr schnell ans Tageslicht: Kein Traum vermochte jemals die Schärfe zu produzieren, die dieser Klang für Piarina besaß.

«Na schön, Siorina Magica. Nur zu. Laß sehen, ob du auch Sior Barbon heilen kannst.»

Piarina musterte den plumpen, massigen Mann: Seine Haut war gelblich verfärbt, an Armen, Hals und Stirn hatte er unregelmäßige Flecken. Da sie selbst auf Befehl ihrer Mutter so früh am Morgen einen so unangenehmen Anblick nicht zu ertragen vermochte, schloß sie die Augen und rutschte hinunter, bis sich ihr ganzer Körper sicher unter den Decken befand.

«Komm sofort wieder da raus!» schrie Valentina. «Sonst brauchst du selbst einen, der dich heilt!»

Piarina rührte sich nicht, schloß unter den Decken jedoch die Augen und konzentrierte sich. Und schließlich suchte sich ihr dünnes Stimmchen durch die schmutzigen Decken einen Weg wie ein feines Dampfwölkchen, das durch einen Riß im Kessel dringt.

«Zwei große Rüben, gekocht und gewürfelt. Eine Prise Beinwurz, eine Prise Beifuß. Mit Essig mischen. Kühlen. Auf Hüfte und Hals auftragen.»

Gesmundo Barbon war zur Hütte hinausgestürzt, bevor Piarina wieder hervorkommen konnte; am folgenden Tag aber schickte er ihr zum Dank sechs frische *sogliole*. Von da an kamen die Bewohner von Riva di Pignoli jedesmal, wenn sie krank wurden, zu Piarina. Sie heilte das Rheuma der Vedova Stampanini und das Zipperlein der Vedova Scarpa. Sie beseitigte Fausto Morettis Hinken und diagnostizierte Anna Rizzardellos Blähbauch als Zwillinge. Nie steckte eine Logik in Piarinas Rezepturen; sie halfen einfach. Ob das Leiden körperlicher oder seelischer, akuter oder chronischer Natur war – es gab nichts, das sie nicht heilen konnte. Selbst Simulanten erkannte sie sofort.

«Fünf verfaulte Oliven in sechs Löffel Schmalz zerdrücken. Vier Prisen Wermut, zwei *sarde* und drei Korianderperlen hinzugeben. Alles zerstoßen. Morgens und abends einnehmen.»

Das verschrieb sie Brunetto Fucci, der sie als Quacksalberin entlarven wollte. Brunetto Fucci war der Medicus der Insel. Zwar hatte er noch nie jemanden von irgend etwas geheilt, doch da die Leute von Riva di Pignoli keinen praktischen Arzt, ja nicht mal einen Bader hatten, blieb ihnen nichts anderes übrig, als zu ihm zu gehen. Als jedoch Piarinas Heilkräfte bekannt wurden, geriet Brunetto Fuccis Lebensunterhalt in Gefahr; deswegen täuschte er eine seltsame Magenkrankheit vor und machte sich auf, um zu beweisen, daß ihre Magie nur Schwindel war. Nach einer Woche heftigen Durchfalls – und keinerlei Besserung der Geschäfte – bestellte er ein neues Firmenschild und verlegte sich auf den Gewürzhandel.

Als Piarina mit ihrer Heilkunst begann, hörte Valentina auf, sie zu schlagen. Eine Zeitlang. Doch die Gewohnheit war viel zu tief eingewachsen; sie konnte kaum das Leuchten in den schwindelerregenden Augen des Kindes sehen, ohne ihr sofort eine Ohrfeige versetzen zu wollen. Und so begann Valentina, obwohl Piarinas Heilkunst ein wenig zusätzliches Geld einbrachte, schon bald wieder mit ihrer alten, vertrauten Gewalttätigkeit. Keine von beiden wußte vorher, wann diese finstere Besessenheit sie wieder überfallen würde. Keine von beiden ahnte auch nur, ob es mit einem Klaps auf den Hinterkopf sein Bewenden haben würde, mit einem Knuff unterhalb der Rippen oder einem tückischen Tritt gegen die Schienbeine. Für Piarina spielte das allerdings keine Rolle. Schon bald war ihre Zauberkraft für sie nur noch eine weitere Schwerarbeit: Wäsche waschen, Unkraut jäten, Maria Luigis Ischias kurieren. Ihr Geist rollte sich ein wie eine Zitronenschale in der Sonne, und ihre Stimme schrumpfte, falls sie sie überhaupt benutzte, zu einem schwachen, embryonischen Wispern.

So wäre es vermutlich weitergegangen, wäre Ermenegilda nicht krank geworden. Obwohl sie von ihren Heilungen wußte, hatte sich die Familie Torta von Piarinas Tür ferngehalten.

Wenn Maria Prima Grippe oder Maria Seconda einen entzündeten Fuß hatte, ließ Orsina einen Spezialisten aus Padova kommen und bezahlte jeden Preis, um sicherzugehen, daß ihre Töchter die beste Behandlung von ganz Italia bekamen. Daß diese beste Behandlung von ganz Italia häufig genug nichts anderes war als ein Rätselraten, störte Orsina dabei nicht; viel wichtiger war das Prestige des Doktortitels.

Doch auch die besten Ärzte vermochten Ermenegilda nicht zu helfen. Sie versuchten es mit Blutentnahme, Aderlaß, Kauterisieren und Schröpfen, aber sie hörte nicht auf, im Schlaf um sich zu schlagen und ihre Bettwäsche durchzuschwitzen, während sich ihr Körper schuppig-grün verfärbte. Nach monatelangen Schmerzen und mindestens zwei Dutzend Ärzten wurde ihr Zustand dann als «unbehandelbar, unheilbar und hoffnungslos» diagnostiziert. Erst dann gestattete Orsina es Romilda Rosetta in einem Anfall sizilianischer Verzweiflung, mit ihr zu Piarina zu gehen.

Für Piarina war das nur eine von vielen Diagnosen. Sie staunte, wie dick das junge Mädchen war und wie vornehm gekleidet, davon abgesehen jedoch nahm sie kaum Notiz von ihm. Prompt verschrieb sie Ermenegilda zehn Tropfen Ackermennig, zwei Eier, die Punkt Mitternacht gelegt worden waren, ein paar schwarze Senfkörner und eine Handvoll frischer Erde. Diese Zutaten sollten miteinander vermischt, in einen Umschlag gestrichen und ihr fest auf den Hintern gebunden werden. Dabei durchlief Piarina ihre gewohnte Routine – Augen geschlossen, Hände an den Schläfen, eine vorübergehende Trance. Mit Ermenegilda jedoch geschah etwas Unvorhergesehenes. Denn als sie unter qualvollen Schmerzen beobachtete, wie dieses arme, schielende Kind die Augen zukniff und eine Reihe von Bildern vor sich ablaufen ließ, die ihr durch das siebenjährige Gehirn schossen, merkte sie plötzlich, daß sie sich in Piarina verliebt hatte. Es war keine sexuelle Liebe, nicht wie das Sehnen, das sie nach Albertino Tonolo empfand – eine Liebe, die ihre Zehen in Brand setzte und bewirkte, daß sie sich bei Sonnenaufgang in den Torta-Garten setzte und Neunaugen mit scharfer Sauce aß –, aber es war dennoch Liebe. Piarina wirkte so außergewöhnlich, so absolut unwissend, daß Ermenegildas zornerfülltes Herz ganz einfach dahinschmolz.

Als das dicke junge Mädchen, gefolgt von ihrer maulwurfgrauen Magd, die kaum größer war als Piarina selbst, watschelnd die Kate verließ, war diese Heilung für Piarina nicht anders als jede andere Heilung auch; zwei Tage später wußten sie und Valentina, daß sich ihr Leben endgültig verändert hatte. Denn Ermenegilda stand, dicker, rosiger und fröhlicher, als sie es jemals im Leben gewesen war, vor ihrer Tür, und mit ihr eine ganze Armee von Torta-Dienstboten, die alle möglichen Geschenke herbeitrugen: Hühner, Schweine und Gänse; Eggen, Zuber und Krüge; Kleiderschränke, Laternen, Kopfkissen, Mistgabeln und Spitzen. Vor allem aber schenkte sie Piarina etwas, das das junge Mädchen bisher noch nicht kennengelernt hatte: die Aufmerksamkeit und Zuneigung eines liebenden Herzens. Täglich, wenn die Sonne am späten Nachmittag unterging, stürmte Ermenegilda in die Hütte, riß Piarina in ihre Arme und schleppte sie zur Westküste, wo die beiden zusahen, wie das letzte Licht in der Lagune verschwand. Saß Piarina tief im Stroh, um die Seifenmesser zu reinigen, öffnete Ermenegilda lautlos die Tür, schlich sich an sie heran und kitzelte sie, bis das federleichte Kind beinah davonflog. Im Grunde taten die beiden Mädchen wenig, sie saßen einfach nur zusammen, Ermenegilda auf dem Boden, und Piarina warm auf ihrem Schoß zusammengerollt. Wichtig war einzig der Kontakt. Wichtig war die körperliche Wärme der anderen und das beruhigende Gefühl, akzeptiert zu werden.

Daher wandte sich Ermenegilda an Piarina, als Albertino wegen des Frühlings zu ihr kam. Sie war nicht sicher, ob die Kunst des Mädchens so weit ging – und wenn sie es tat, konnte sie sich nicht vorstellen, warum Piarina sie noch nie angewandt hatte –, aber der Instinkt sagte ihr, daß bisher wohl noch niemand daran gedacht hatte, sie zu fragen, und daß sie selbst viel zu bescheiden war, um von sich aus diesen Vorschlag zu äußern. Also machte sich Ermenegilda, nachdem Albertino sie am

Morgen seines seltsamen Begehrens wieder verlassen hatte, quer über die Insel zu ihr auf.

Als Ermenegilda eintraf, saß Piarina vor der Hütte und rupfte ein Huhn. Beim Anblick der vertrauten Gestalt, die auf sie zukam, verzog sich ihr Gesicht zu einem breiten, strahlenden Lächeln. Als sie ihr zum Tor entgegenlief, stolperte sie und fiel vornüber; als sie sich erhob, klebten dunkle Dreckklumpen an ihrem Hemd und in ihrem feinen Haar, aber das Lächeln war noch immer so breit und so strahlend, als sei sie auf Engelsflügeln zu ihrer Freundin getragen worden.

Als sie Ermenegilda erreichte, hob sie die Arme und legte beide Hände ganz leicht an die weichen, vollen Wangen der Freundin: ihre übliche Form der Begrüßung. Ermenegilda hob sie empor, setzte sie sich bequem zwischen Arm und Hüfte und trug sie lachend zu ihrem Lieblingsplatz draußen, hinter dem Komposthaufen. Dort blieben sie lange eng aneinandergelehnt sitzen. Ermenegilda streichelte die feinen Haarsträhnen des zarten Mädchens. Doch Ermenegilda glühte viel zu sehr vor lauter Gedanken an Albertino, also brach sie nach einiger Zeit das Schweigen und erklärte, warum sie gekommen war.

«Er braucht den Frühling, hat er gesagt. Seine Karotten müssen wachsen, hat er gesagt, und der Löwenzahn und die Brombeeren. Ich weiß zwar nicht, ob du das kannst, aber ich möchte, daß du's mal versuchst. Für Albertino. Für meine komische, törichte, dumme kleine Liebe.»

Piarina spürte die Finger, die sich leicht über ihre Kopfhaut bewegten. Dieses sanfte Streicheln wirkte auf sie wie die Musik eines Minnesängers. Sie unterbrach den Kontakt zwischen ihnen nur ungern, doch irgend etwas in Ermenegildas Stimme bewirkte, daß sie sich aus ihren Armen löste und sich vor ihr niederkauerte, um ihr in die Augen zu sehen – in denen sie eine so heiße Liebe entdeckte, daß sie sich kaum auf den Fersen halten konnte. Ihr fiel ein, daß Ermenegilda schon mehrfach von dieser Liebe gesprochen, sie sogar «Albertino» genannt hatte, das wahre Ausmaß ihrer Bedeutung ging ihr jedoch erst in diesem Augenblick auf. Aber sosehr sie Ermenegilda zu hassen wünschte

– sie aus ihrem Herzen vertreiben wollte, weil sie diese andere Liebe hegte –, an den Auswirkungen ihrer Zuneigung änderte das nichts. Sie konnte sie verfluchen, mit den Fäusten auf den Boden hämmern, sich kopfüber in die Lagune stürzen und bis nach Serbien schwimmen, doch an der Tatsache, daß dieses gigantische, parfümierte junge Mädchen sie in die Arme genommen, gestreichelt und ihr wahrhafte Liebe bewiesen hatte, würde auch das nie etwas ändern. Also schlug sie die Augen nieder, legte die feinen Hände flach auf den kargen Erdboden und nickte.

«Meinst du das ernst?» erkundigte sich Ermenegilda atemlos. «Soll das heißen, du kannst es wirklich?»

Wieder nickte Piarina, und Ermenegilda überschüttete sie mit glücklichen Küssen. Dann sanken sie einander wieder in die Arme und dachten daran, wieviel Arbeit, aber auch wieviel Freude die bevorstehende Nacht bringen würde.

Als Piero zum Bootssteg zurückkehrte, war der Leichnam sehr stark verwest. Während er ihn zum Nordende schleifte, mußte er den Atem anhalten, und da der Frühling noch nicht gekommen war, gab es, als er dort anlangte, nicht einmal den Thymianduft, um ihm Erleichterung zu verschaffen. Da er noch niemals zuvor eine Leiche beerdigt hatte, entdeckte er erst als er zu graben begann, daß der Boden beim Nordrand morastig und schwierig war. Nachdem die Seitenwände des Grabes immer wieder zur Mitte rutschten, fürchtete er, daß schon bei leichtem Wind und leichtem Regen plötzlich eine Haarsträhne oder ein paar Zehen durch die Erde lugen würden. Er konnte nur hoffen, daß weder Katzen noch Neugierige sie interessant fanden.

Als er die salzige Erde auf den Leichnam schaufelte, versuchte Piero die verborgene Bedeutung des Vorgangs zu enträtseln. Dies war kein normaler Ertrunkener, nicht bei diesen teuflischen Symptomen. Aber woher war er gekommen, und warum war er auf Riva di Pignoli an Land gespült worden? Für Piero existierte so etwas wie Zufall nicht. Alles hatte seinen Platz und seinen Sinn, auch wenn sie ihm nicht immer klar waren. Wäre es eine Vision gewesen, hätte er sie leichter akzeptiert. Ein gespenstisches Phantom des Todes hätte eine klare, wenn auch unheilverkündende Bedeutung für ihn gehabt. Eiskalte Körper und bleischwere Knochen dagegen brachten ihn völlig durcheinander.

An Visionen war Piero ebenso gewöhnt wie die anderen Inselbewohner an den Anblick von Entenkot, Schweinekot und Hühnerkot. Seine Mutter war gestorben, als sie ihn auf die Welt brachte, aber sobald er sprechen konnte, begann Piero, eingehende Gespräche mit ihr zu führen. Im Gegensatz zu den üblichen Phantasien eines mutterlosen Kindes besaßen Pieros Gespräche eine unheimliche Realität, die Pieros Vater größtes Unbehagen bereiteten: Wenn der kleine Junge auf seinem Hocker neben dem Bett saß und leise in die dünne Strohunterlage hineinsprach, nahm Umberto Po den Geruch seiner Frau im Zimmer wahr. Als diese zarten Kontakte allerdings in Gespräche mit dem Jesuskind übergingen, nahm er den Jungen, brachte ihn auf die Klosterinsel Boccasante und überließ ihn dort der Erziehung durch die Mönche. Die Fratres von Boccasante waren zutiefst beeindruckt von Pieros religiösem Eifer. Sie lehrten ihn lateinische Grammatik, die Rudimente des heimischen Dialekts, Rhetorik, Logik und Mathematik. Sie sahen eine glänzende Zukunft in den Armen eines gütigen Gottes für ihn voraus.

Als er neun war, begann Piero Drachen zu sehen. Etwa zweimal pro Woche tobten sie sich am Plafond seiner winzigen Zelle mit der schrägen Decke aus und versetzten die übrigen Klosterbrüder in größeren Schrecken als an die tausend Visionen Christi zusammen. Die Mönche von Boccasante waren fest überzeugt, ein Wunderkind in ihrer Mitte zu haben. Als Piero in die Pubertät kam, wurden alle anderen Erscheinungen jedoch unversehens durch Visionen von Phalli verdrängt. Er sah Phalli, die sich in der Kapelle aufrichteten, die im Garten lauerten, die während der Frühmette über dem Kloster schwebten. Für Piero waren sie ein Symbol für das Sehnen des Menschen, sich über sich selbst hinauszuheben und mit Gott zu vereinigen. In diesem Fall waren die Fratres weniger bereit, ihn zu unterstützen. So große Hoffnungen sie auch in ihn setzten, so eifrig sie ihn als Lehrer auf seine Zukunft vorbereitet hatten – sobald Piero begann, vom «Penis Gottes» zu berichten, schickten sie ihn so schnell nach Riva di Pignoli zurück, wie sie die Ruderblätter ins Wasser tauchen konnten.

Als Piero auf die Insel zurückkehrte, war sein Vater bereits gestorben, und die Einheimischen waren von seiner Religiosität so tief beeindruckt, daß sie ihn mit offenen Armen empfingen. Beppe Guancio war so sehr von seiner Ausstrahlung begeistert, daß er sich erbot, ihm die Hälfte seiner winzigen Behausung zu überlassen und sich mit ihm das Wenige zu teilen, das er mit dem Ausnehmen der Fische für Giuseppe Navo verdiente. Beppe Guancio fand, daß Piero in der Chiesa di Maria del Mare predigen sollte, und war fest davon überzeugt, daß das Glitzern in Pieros Augen das Licht Gottes sei. Piero dagegen entdeckte einen neuen Fokus für seine Tatkraft: Er verwandelte seinen Winkel von Beppe Guancios Kate in eine Werkstatt und begann aus den Granit- und Marmorfragmenten, die Giuseppe Navo ihm von seinen Ausflügen nach Venezia mitbrachte, winzige Skulpturen zu formen. Die Bildhauerei war für Piero ein Ort, an dem er sein andächtiges Herz niederlegen konnte. Seine Objekte variierten: Er schuf Schwäne, Kirchen und Fischer, gelegentlich auch einen Drachen oder Phallus – doch selbst die konventionellsten Inselbewohner mußten zugeben, daß seinen Werken eine seltsame, vergängliche Schönheit eigen war.

Im Laufe der Jahre fand Piero seinen Platz in der Gemeinde. Während Albertino ein Beet aus feuchter Erde war, war Piero eine kryptische Inschrift auf einer Steintafel. Während Gianluca aus geschmeidigen und kraftvollen Kurven bestand, war Piero straff gespannt, hager und kantig. Und je trüber das Schicksal von Riva di Pignoli wurde, desto finsterer wurde Pieros Wesen. Als der Frühling nicht kommen wollte, wußte er, daß es mehr war als nur Vergeßlichkeit. Er wußte, daß es ein Omen war. Doch wie der schwärzliche, aufgequollene Leichnam befand sich auch er im Prozeß des Begrabenwerdens, vermochte er seine Bedeutung nicht zu enträtseln.

Piero arbeitete stetig weiter, bis man kaum noch zu erkennen vermochte, daß der Boden jemals aufgegraben worden war. Eine leichte Brise war aufgekommen und brachte den willkommenen Salzgeruch vom Meer herüber. Als Piero alles erledigt hatte, war es stockdunkel, und er mußte sich langsam und vorsichtig den Rückweg über die dürren Felder zur Calle Alberi Grandi suchen. Die Schwerarbeit hatte ihn erschöpft, und der Gedanke an Schlaf war unwiderstehlich, aber er hatte sich vorgenommen, eine Möglichkeit zu finden, den Frühling herbeizuholen, und damit wollte er nicht bis zum Morgen warten.

Die einzige Möglichkeit sah er darin, einen Ausflug nach Boccasante zu unternehmen. Obwohl die Mönche ihn hinausgeworfen hatten, standen ihm ihre Türen noch offen; im Lauf der Jahre hatte Piero das Kloster immer wieder aufgesucht und eine herzliche Freundschaft mit einem gutmütigen Mönch namens Fra Danilo geschlossen. Er bezweifelte zwar, daß dieser pausbäckige Puttenengel ihm helfen konnte, aber vielleicht vermochte er ihm die Richtung zu jemandem zu weisen, der das konnte. Also kehrte er in seine Kate zurück, um sich einen Umhang und eine Fackel zu holen, begab sich zu den westlichen Anlegern, wo das Boot seines Vaters lag, und ruderte lautlos zur Klosterinsel hinüber.

Pieros Boot kam dicht an dem Steg vorbei, auf dem Albertino saß und auf Ermenegilda wartete, doch Albertino, der an seinen baumelnden Füßen vorbei ins Wasser starrte, bemerkte ihn nicht. Bei Nacht glänzte die Lagune so schwarz wie Fischgedärm, und obwohl hoch oben ein Zaubermond am Himmel stand, vermochte er unter der glatten, glitzernden Wasserfläche nichts zu erkennen. Albertino spürte ein schwaches, kribbelndes Sehnen in den Knien. Warum war er nicht als Fischer geboren? Und lebte bei Nacht, voll Liebe zum Meer, sicher in einer Welt, wo es nichts Beständiges gab außer der feinen Linie des Horizonts? Manchmal stellte er sich vor, was für ein Gefühl das sein mußte: der erste, reiche Fang am frühen Morgen. Im Wettstreit mit der Sonne zu leben. Den eigenen Namen zu vergessen. Das eigene Herz mit den Maschen des Fischernetzes auszuwerfen und die Geheimnisse des Meeres nach Hause zu tragen. Immer ein wenig distanziert, ein wenig abgelenkt, ein wenig einsam zu sein. Wäre er da hineingeboren, wäre es möglicherweise das ideale Leben für ihn geworden. Albertino, der Fischer. Meister der tiefen und der seichten Gewässer. König des Fischfangs.

Aber er war nicht da hineingeboren. Trotz des Salzgeruchs in der Nase seiner Mutter und des Seetangs, der an seiner Wiege hing, war Albertino für den Erdboden geboren. Für die Hacke und den Pflug und den Stolz des armen Mannes, Gemüse nach Hause tragen zu müssen.

Das Gemüse. Deswegen saß er um Mitternacht auf dem Bootssteg und starrte auf das tiefschwarze Wasser hinaus. Wegen seiner Liebe zu Gianluca und zum Gemüse. Seit elf Jahren baute er nun, wie sein Vater und vor ihm dessen Vater, Gemüse an. Sosehr er alles andere liebte, sosehr er sein Zimmer liebte, das kein Zimmer war, sosehr er es liebte, lange zu schlafen, so sehr er seine magischen, lackglänzenden Schatullen liebte – vor allem liebte er das Gemüse. Daher war Albertino, sollte der Frühling beschlossen haben, sich dieses Jahr davonzumachen und die Zucchini, die Zwiebeln, Äpfel und Erdbeeren mitzunehmen, gerne bereit, alles zu tun, was Ermenegilda von ihm verlangte, um ihn zurückzuholen. Ermenegilda liebte ihn, und er liebte das Gemüse: eine ganz einfache Gleichung. Also war er bemüht, nicht die Zehen in seinen Stiefeln zu kreuzen oder die Zähne zusammenzubeißen oder überhaupt an das zu denken, was ihm, wie er glaubte, mit Sicherheit bevorstand.

Wenige Minuten vor Mitternacht hörte er erregte, heftige Stimmen und sah am gegenüberliegenden Ufer den winzigen Punkt einer Handlampe aufleuchten. Er drehte sich so, daß er das Licht sehen konnte, und beobachtete, wie es eine trunkene

Bahn über die schmale Wasserzunge zog, die zwischen den beiden Inseln lag, und auf ihn zuhielt. Als das Licht allmählich größer wurde, erkannte er ein winziges Boot mit zwei Insassen: Romilda Rosetta, die, in einen Leinenschal gewickelt, ungeschickt mit zwei hölzernen Rudern hantierte, und Ermenegilda, die, in ganze Wolken burgunderroter Seide gehüllt, auf der Sitzplanke hinter ihr hockte. Als sie den Anlegesteg erreichten, stand Albertino auf und klopfte seine zerrissene, schmutzige Strumpfhose ab; dabei kam ihm der Gedanke, daß er vielleicht die andere hätte anziehen sollen, die ein wenig sauberer war. Nachdem sie das Boot angehalten und an einem Pfosten vertäut hatte, kletterte Romilda Rosetta die ausgewaschene Leiter empor, damit sie Albertino helfen konnte, Ermenegilda heraufzuhieven. Das war ein schwieriges Manöver – einen Moment lang stellte sich Albertino vor, wie sie ins Wasser zurückplumpste und sich die blutrote Seide wie ein Segel um sie ausbreitete, während die Fische im Licht der Handlampe aus dem Wasser sprangen, um sich vor ihr in Sicherheit zu bringen –, dann aber schafften sie es doch gemeinsam, die schwere Last heraufzuziehen.

«*Bona sera*, Albertino», sagte sie atemlos.

«*Bona sera*, Ermenegilda», gab er zurück.

Ermenegilda wandte sich um, schenkte Romilda Rosetta einen erbosten Blick und schickte die unglückselige Dienerin ebenso schnell die Leiter wieder hinab, wie sie sie heraufgescheucht hatte. Bald schon verschwand das orangefarbene Licht der Handlampe wie ein schwirrendes Glühwürmchen in der Nacht. Ermenegilda verschränkte ihre Finger mit Albertinos und drückte ganz fest seine Hand.

«Bist du bereit?» fragte sie.

Albertino nickte. Er empfand die unvermeidliche Annäherung an ihn wie einen trägen, unerbittlichen Nebel; er spürte, wie dieser Nebel über die Lagune kroch und sich ihm mit seinem kalten, feuchten Atem auf die Schultern legte. Ermenegilda führte ihn vom Steg herunter und quer über die kleine Insel; als sie das Radicchiofeld erreichten, machte er halt.

«Wohin gehen wir?»

«In dein Zimmer», antwortete sie und zerrte ihn zu den vier Steinwänden am anderen Ende des leblosen Gartens.

Wieder blieb Albertino stehen, und dieses Mal gelang es ihm, seine Hand aus Ermenegildas heißer Umklammerung zu lösen. Während der ganzen Zeit, da er sie kannte, während der ganzen Zeit, da er mit ihr die Calle Alberi Grandi entlanggewandert war, sich ihre Erzählungen angehört und die Schatullen hatte schenken lassen – während dieser ganzen Zeit hatte er sie kein einziges Mal in sein Zimmer geladen. Genauso wie der tiefste, reinste Platz in seinem Herzen war dieser Raum für sie tabu. Und wenn es irgend möglich war, wollte er dafür sorgen, daß das so blieb.

«Aber du willst doch gar nicht in mein Zimmer kommen», sagte er.

«Aber ja doch, Albertino – *carissimo* – das will ich!»

«Nein, nein, glaube mir, das willst du nicht. Es ist sehr feucht dort, weil es kein Dach gibt, und so weiter. Und der Wind kann ziemlich unangenehm sein. Die Ratten suchen da immer Schutz.»

«Die Ratten?» Unwillkürlich dachte sie an die gewohnte Sicherheit im zweiten Stock der Ca' Torta.

«Beißen tun sie kaum, aber es wird ziemlich eng werden. Ich wüßte einen viel besseren Platz, den wir aufsuchen könnten.»

Ermenegilda schob ihre Hand wieder in Albertinos und folgte ihm in die Nacht. Sie war froh, den Ratten zu entkommen, darüber hinaus war es ihr ziemlich gleichgültig, wohin sie gingen. Hauptsache, es war Albertino, der sie an der Hand hielt, der sie über den unebenen Boden seines Inselchens führte, Hauptsache, der Moment, von dem sie so endlos lange geträumt hatte, war endlich gekommen! Sie konnte kaum noch das Gewicht der schweren burgunderroten Seide ertragen, die sich um ihre Beine wickelte, als sie ihm folgte. Sie konnte kaum das Pochen in ihrer Brust ertragen, das so laut hämmerte, daß sie meinte, Albertino müsse es ebenfalls hören.

Niemals wäre es ihr in den Sinn gekommen, daß Albertino sie

auf den Friedhof führte. Als sie die Steinpfosten sah, deren Eisentor so stark verrostet war, daß es sich nicht mehr schließen ließ, war ihr einziger Gedanke, daß sie nun endlich ins Paradies eingehen würde. Albertino dagegen hatte nicht gewußt, wohin er sonst mit ihr gehen sollte, und dachte sich, wenn er nun schon mal das tun mußte, was er zu tun beabsichtigte – und was er noch niemals zuvor getan hatte –, könnte es ebensogut in Gesellschaft derer geschehen, die niemals darüber reden würden.

Wie ein schlafendes Dorf lag der Friedhof vor ihnen. Da die meisten Fischer auf See gestorben waren, gab es höchstens etwa einhundert Gräber; doch weil sie sehr eng beieinanderlagen, wirkten sie weit mehr wie ein richtiges Dorf als die Hütten und Katen der Hauptinsel. Viele Gräber lagen so dicht nebeneinander, daß sie sich berührten; andere schienen so angeordnet zu sein, daß ihre Toten Tarot legen oder ein Glas heißes Ale miteinander trinken konnten. Windschiefe Palmen neigten sich über die Grabtafeln, boten mit ihren verwitterten Stämmen einen Pfosten zum Anlehnen, mit ihren herabhängenden Wedeln ein schattiges Dach, um darunter zu lesen. Entlang der Mauer standen Pinien wie Wachsoldaten, deren Taschen überquollen von *pignoli* für die Toten. Gleich hinter dem Eingang wuchs eine Gruppe verkrüppelter Rosenbüsche, die ihre geschlossenen Knospen wie blinde Friedhofsbettler ausstreckten. Die Rosen erinnerten Albertino an den abwesenden Frühling und verliehen ihm dadurch die Kraft, den Weg, den er eingeschlagen hatte, weiterzuverfolgen.

Als sie das Tor durchschritten und zwischen den Grabtafeln entlanggingen, wich Ermenegildas Vision des engelhaften Gastgebers unvermittelt der Realität.

«Albertino!» sagte sie. «Das ist ja ein Friedhof!»

«Der beste Platz, den es gibt, Ermenegilda», versicherte ihr Albertino. «Du wirst dich eins mit Gott fühlen.»

Ermenegilda hatte nicht das geringste mit Gott im Sinn und war vor Leidenschaft viel zu erhitzt, um einen anderen Ort vorzuschlagen. Unversehens lüftete sie Albertinos Kittel und schob ihre Hände in seine Strumpfhose. Albertino stieß einen schrillen Schrei aus, der jeden Toten hätte erwecken können, der weniger als sieben Jahre begraben war, doch es gelang Ermenegilda, Albertino aufzurichten, bevor er einen zweiten ausstoßen konnte. Ihren Liebsten fest im Griff, führte sie ihn an dem reich verzierten Marmor von Silvana Zennaro sowie dem kannelierten Granit von Guido Bo vorbei, bis sie in der nordwestlichen Ecke schließlich eine schlichte Grabplatte erreichten, die flach in die Erde eingelassen war. Hier legten sie sich auf die eingehauene Inschrift von Cherubina Modesta Colomba Ernesta Franchin.

Albertino war verblüfft über die Wirkung, die der Griff ihrer Hand auf sein Gehirn ausübte. Sprachlos vor Staunen sah er zu, wie er mit seinen eigenen Händen ihre Röcke beiseite schob, unter ihre Hinterbacken griff und sein eingefangenes Geschlecht in ihren Körper einführte. Dabei hielt er die Augen fast immer geschlossen; nur eine Sekunde lang spähte er aus dem dichten Nebel hervor, der sein Gehirn ausfüllte, um nachzusehen, was da eigentlich mit ihm geschah.

Ermenegilda dagegen hielt die Augen weit geöffnet. Sie wollte sich diesen Moment mit jedem Stern, jedem Schatten, mit jeder Haarsträhne auf der Rinde des Palmenstammes und auf Albertinos Kopf ins Gedächtnis einprägen. Durch die Kälte des Grabsteins unter ihr und die Hitze seines Körpers über ihr fühlte sie sich zwischen zwei Welten, zwischen zwei verschiedenen Ermenegildas gefangen. Zwischen der braven Tochter Enrico Tortas und dem sinnlichen Bauernmädchen, das mit weit gespreizten Beinen ausgestreckt hier auf dem Friedhof lag. Zwischen dem naiven Mädchen, das sich diese Vereinigung als abstraktes Himmelserlebnis vorgestellt hatte, eingehüllt in geheimnisvoll wogenden Nebel und Fliederduft, und der nunmehr erfahrenen Frau, die nie einen solchen Schmerz erwartet hätte.

Hätte er vergessen können, daß es Ermenegilda war, hätte er nur die sahneweiche Haut an der Innenseite ihrer Schenkel und die köstliche Wärme ihres Atems an seinem Hals spüren können, hätte er nur sein Herz seinen Körper sein lassen können, hätte er zulassen können, daß es sich mit den erregenden Schauern vereinigte, die seine Schenkel spannten, und mit dem Licht, das seinen Verstand ausdehnte – er hätte glauben können, es sei Liebe. Aber das konnte er nicht. Und daher war das, was Ermenegilda quälte, Glückseligkeit für ihre Seele, während das, was Albertino so wundervoll erschien, für die seine qualvoll war.

Es dauerte länger, als beide erwartet hatten. Als es vorüber war und sie ineinander verschlungen auf dem Grabstein der Cherubina Modesta Columba Ernesta Franchin lagen, staunte Albertino darüber, daß sich der harte Marmor unter seinen Knien, die feuchten Falten ihres Rockes auf seinem Bauch und der kalte Schweiß, der ihm in Strömen den Rücken hinunterrann, so unerwartet wieder bemerkbar machen konnten. Er staunte darüber, daß so viel dabei gekeucht, so viel dabei gestrampelt worden war, und daß Ermenegilda sich dieser Aufgabe so selbstlos hingegeben hatte. Vor allem aber fragte er sich, wie der liebe Gott – sollte es wirklich dieses Opfer sein, das dargebracht werden mußte, um den Frühling herbeizurufen –, wie der liebe Gott um alles in der Welt oder im Himmel eine derartige Idiotie jahraus, jahrein ertragen konnte.

3. KAPITEL

Die Chiesa di Maria del Mare hatte kein Querschiff, keine Spitz- und keine Strebebogen, doch für die Bewohner von Riva di Pignoli bot sie alles, was man von einem Gotteshaus verlangen konnte. Die Angehörigen der zweiten Generation hatten erkannt, daß es viel zu mühsam war, bei jeder Geburt, jedem Todesfall und jeder Hochzeit eigens nach Ponte di Schiavi oder Pescatorno zu fahren. Also taten sie ihre handwerklichen Fähigkeiten zusammen und errichteten eine schlichte Kapelle aus Stein, mit einem einfachen Holzdach und einem einzelnen, frei stehenden Altar. Alles in allem brauchten sie vom Grundstein bis zum eisernen Kreuz mit Wetterfahne dreizehn Jahre, bis die Kapelle vollendet war (einschließlich von zwei mal achtzehn Monaten, in denen niemand etwas tat), aber Giovanni Sardo konnte noch drei Wochen vor seinem Tod im Alter von dreiundsiebzig Jahren das Kreuz mit der Wetterfahne aufs Dach setzen, und so wurde die Chiesa di Maria del Mare Riva di Pignolis erstes Wahrzeichen.

Die Mauern, hell und von glatter Struktur, reflektierten das Sonnenlicht, das über die Lagune hereinfiel. Der einzige Schmuck war das Marmorportal, das den Haupteingang rahmte: Dort war im Zweidrittelrelief die Geschichte von San Nicolo, dem Schutzheiligen der Fischer, Jungfrauen, Kinder, Diebe und praktisch jedem einzelnen Haus auf der Insel, eingehauen. Im Innern der Kapelle gab es zehn Bankreihen, fünf auf der linken, fünf auf der rechten Seite, die dem Altar zugewandt waren. Dieser wiederum war durch eine flache Stufe und ein niedriges Holzgeländer vom Rest getrennt. Sehr viel Marmor gab es nicht in der Chiesa di Maria del Mare – Giacomo Navo, Giuseppes Großvater, war es gelungen, sich bei einer reichen

Veneziana, die vor allem seine *baccala* liebte, einige ausgesuchte Stücke zu beschaffen –, doch der wenige, den es gab, blieb klugerweise auf den Altar beschränkt. Die obere Fläche war aus einer einzigen Platte toskanischem *pavonazetto* geschnitten worden; die Vorderseite bestand aus zwei Rosettendiamanten, einem Streifen Kobaltblau und einem gelben Kreis, der von sechs cremefarbenen Cliptei umgeben war. Der Altar war mit einem so wundervollen weißen Tuch bedeckt, daß die Bewohner von Riva di Pignoli soviel Schönheit nicht tagtäglich zu ertragen vermochten.

Hinter dem Altar hing, von zwei Basreliefsäulen eingerahmt, das Bild einer Madonna mit Kind. Es stammte von Massimo Correlli, dem Vater der Vedova Stampanini, und wurde von jedermann auf der Insel wegen seiner weichen Töne und seinem tiefen, leuchtenden Licht geliebt. Nur drei Dinge wurden an Correllis Madonna mit Kind bemängelt: erstens, daß die Madonna zu stark der Mutter der Vedova Stampanini ähnelte; zweitens, daß das Kind zu stark der Vedova Stampanini ähnelte (die Vedova Stampanini hatte bereits als Säugling eine gewisse, zarte Sinnlichkeit ausgestrahlt, die manche Leute an einer Darstellung des Jesuskindes störte); und schließlich, daß Massimo Correllis Jesuskind statt des traditionellen goldenen Erdballs eine Flunder in den Händen hielt. Der Maler von Riva di Pignoli hatte sich kein passenderes Symbol für Gottes Liebe zu den Menschen vorstellen können.

Piarina liebte viele Dinge an der Chiesa di Maria del Mare. Sie liebte die Kühle im Innern, die dort auch an heißen Sommertagen herrschte. Sie liebte es, wie die Tür leise knarrte, wenn sie sich hinter ihr schloß, und daß die Wände niemals einen Laut von sich gaben. Vor allem aber liebte Piarina die Kerzen. Wann immer sie konnte, schlüpfte sie zu der kleinen Kapelle hinauf, um dort im Schatten vor den brennenden Kerzen zu sitzen – solange sie brannten, blieb ihr mißhandeltes Herzchen still. Oft mußte sie sich beherrschen, um nicht die Finger in die Flammen zu stecken; sie wußte zwar, daß sie sich an ihrem Feuer verbrennen würde, doch irgend etwas in ihr sehnte sich danach.

Es gab keine Geistlichen auf Riva di Pignoli – keine Priester, keine Prälaten, keine Pfarrer, keine Mönche. Gelegentlich fühlte sich jemand aufgrund einer göttlichen Eingebung wohl plötzlich dazu berufen, eine Predigt zu halten, zumeist jedoch fand die fromme Kommunikation direkt zwischen Dorfbewohner und Herrgott statt. Jeder Bewohner von Riva di Pignoli hatte seine eigene Art des Betens. Es gab Pieros Art der fast besessenen Idolatrie und Romilda Rosettas Art des demütigen Dienens. Es gab die Abendgebete der Inselwitwen und die Morgengespräche der Fischer mit den Bildern der Santa Maria, die sie an den Bug ihrer Boote hefteten. Die Frage, ob man an Gott glaube oder nicht, existierte nicht. Auf Riva di Pignoli war Gott eine feststehende Tatsache.

Für Piarina war Gott in den Kerzen. Wenn sie in die Kirche kam und sah, daß sie niedergebrannt waren, lief sie über die Wiese zu Beppe Guancio und erklärte ihm, daß sie ersetzt werden müßten. Beppe Guancio war eines Spätnachmittags im Februar in tiefe Depressionen gefallen, als er die Kapelle betrat und das Jesuskind nicht von der Flunder zu unterscheiden vermochte; von diesem Augenblick an übernahm er es, tagtäglich die Kerzen zu kontrollieren: vor und nach seiner Arbeit bei Giuseppe Navo, für den er die Fische ausnahm, sowie abends, unmittelbar bevor er zu Bett ging. Er nahm seine Aufgabe sehr ernst, und niemand brauchte ihn daran zu erinnern; doch immer wenn Piarina an seine Tür klopfte, behauptete er, sie sei gerade rechtzeitig gekommen, denn er hatte gemerkt, wieviel Freude dem Kind der Gedanke bereitete, das Licht vor dem Erlöschen bewahrt zu haben.

Als Ermenegilda Piarina verließ, um sich auf ihr mitternächtliches Stelldichein mit Albertino vorzubereiten, dachte Piarina angestrengt über die Bitte nach, mit der ihre Freundin zu ihr gekommen war. Daß dies etwas anderes war, als Armida Barbons geschwollene Leber zu kurieren, war ihr klar; bei dieser Aufgabe würde sie Hilfe brauchen. Also schlich sich Piarina in der Nacht, als Valentina neben ihr eingeschlafen, Ermenegilda zu Albertino auf seine Insel gerudert und Piero aufgebrochen war, um in Boccasante guten Rat einzuholen, aus der Kate und ging in die Kapelle, wo sie vor den Flammen stehenblieb. Sie dachte nicht an Gott, als sie da stand. Sie dachte an gar nichts. Sie ließ nur das Licht in sich hineinströmen und flehte um Hilfe. Piarina bat die Kerzen um Hilfe, weil sie Ermenegilda liebte, die Piarina um Hilfe gebeten hatte, weil sie Albertino liebte, der Ermenegilda um Hilfe gebeten hatte, weil er Gianluca liebte und sein Gemüse. Es war eine Kette der Liebe, die vom Erdboden bis zum Himmel reichte – eine Kette der Sehnsucht, Hingebung und Großmut –, und Piarina spürte, wie diese Kette von beiden Seiten an ihr zog, als sie ihre zarte Seele vor den Flammen ausbreitete.

Fast hätte sie die Finger hineingesteckt. Fast. Statt dessen stellte sie sich auf die Zehenspitzen, hob die Hand hoch über ihren Kopf und nahm die längste Kerze herunter. Der heiße Hauch ließ, als sie sie vor sich hielt, ihre feinen Haare tanzen, und die feste, schlanke Form lag glatt in ihren zarten Feenhänden. Ohne einen Wimpernschlag wandte sie sich um, verließ die winzige Kapelle und machte sich auf, das Land zu heilen.

In jedem normalen Jahr hätte der Frühling Piero einfach einen neuen Stapel Bücher gebracht. Da Fra Danilo ganz wild auf Kräuter war, überließ er Piero gegen ein bißchen frische Katzenminze oder würzigen Sauerampfer einen Teil der Manuskripte, die dem Kloster im Verlauf des Winters geschenkt worden waren. Seit zwölf Jahren tauschte Piero nun schon seine zarten Sträußchen aus Schafgarbe und Gartenraute gegen Plato und Aristoteles ein, seine winzigen Säckchen Klette, Basilikum und Pimpernelle gegen Thomas Aquinas, Marcus Aurelius und die beiden großen Schriftsteller seiner Zeit, Dante und Petrarca. Die besterhaltenen Bände behielt Fra Danilo stets für sich, Piero überließ er nur die schäbigsten, aber Piero verschlang gierig alles und freute sich über den neuen Lesestoff.

In diesem Jahr ohne Frühling hatte Piero Fra Danilo allerdings nichts zu bieten und fragte sich, wie sein Freund reagieren würde, wenn er in Boccasante nicht mal mit einem Dillstengel aufwarten konnte. Als er die Insel erreichte, war es fast Mitternacht; in der Ferne hörte er die Glocken von Torcello, Burano und Mazzorbo, die nicht ganz gleichzeitig die Stunde schlugen. Aus Respekt machte er sein Boot am letzten Anlegesteg fest; dann näherte er sich dem massiven Tor, das in den steinernen *portico* des Eingangs eingelassen war. In diesem blauschwarzen Licht nahmen die Reliefs an den Wänden eine beängstigende Realität an: Als Pieros Fackel wogendes Licht auf den Marmor warf, sah er zweiköpfige Vögel auffliegen und Bruchstücke lateinischer Schrift vor seinen Augen tanzen.

Auf sein Klopfen öffnete Fra Antonio, ein schwächlicher Gnom von einem Mönch, halb blind und dreiviertel tot, der es als ältestes Mitglied des Ordens für seine uneingeschränkte Aufgabe hielt, alle Besucher des Klosters zu empfangen. Piero erkannte er weniger durch Augenschein als am Geruch – ein wenig holzig, ein wenig wie etwas, das man im Regen draußen gelassen hat –, und nickte bedächtig, als er ihn einließ.

Piero empfand, was er immer empfand, wenn er Boccasante betrat: daß er froh war, nicht mehr den Regeln des Klosterlebens unterworfen zu sein, und daß er es immer irgendwie als Zuhause betrachten würde. Viele Mönche erhoben sich schon zu den ersten Gebeten; Piero sah zu, wie sie, die Gesichter von den Kerzen in ihren Händen beleuchtet, aus den Schatten hervorkamen und kurz darauf um Ecken, durch Türen, hinter verborgenen Steinbogen verschwanden. Er wolle mit Fra Danilo sprechen, erklärte er Fra Antonio; der alte Mönch führte ihn zu einem kleinen Alkoven, wo er ihm eine eigene Kerze gab, und begleitete ihn dann zum Kreuzgang, wo Fra Danilo sich mit einem Gast unterhielt.

Es verwunderte Piero nicht, daß Fra Danilo Besuch hatte, selbst nicht zu einer so späten Stunde. Fra Danilo hatte ständig Besuch. Die Kirche von Boccasante war zwar etwa zehn Jahre vor der Kirche auf der benachbarten Insel Due Vigne erbaut worden, nach dem Besuch eines Wanderheiligen namens Francesco auf Due Vigne hatte sich auf der Nachbarinsel jedoch alles drastisch verändert. Von überall her kamen die Gläubigen, um an dem Altar zu beten, an dem Francesco gebetet hatte, und Due Vigne wurde zum heiligsten Ort der ganzen Lagune. Da *Il Santo d'Assisi*, dessen war sich Fra Danilo sicher, bei einem nur etwas anderen Wind nach Boccasante gekommen wäre, widmete er sich der Bewirtung von Besuchern in der Hoffnung, daß einer von ihnen seiner Insel den gleichen Respekt und die gleiche Würde verleihen werde, wie Due Vigne sie seither genoß. Zunächst konzentrierte er sich ausschließlich auf andere Geistliche, in jedem Jahre erweiterte er seine Besucherliste jedoch um Ärzte, Theologen, Juristen und Gelehrte, denn wie er zutreffend beobachtet hatte, mochte sich der Visionär auch ohne weiteres ebenso inmitten des gemeinen Volks wie in den Reihen der Geistlichen befinden. Auf dieser Theorie beruhte auch seine Liebe zu Piero: Obwohl ihn Boccasante des Klosters verwiesen hatte, hielt Fra Danilo es für klüger, ihm die Tür einen Spaltbreit offenzulassen – nur für den Fall, daß die phantastischen Visionen des jungen Mannes möglicherweise doch bedeutenderen Ursprungs waren, als seine Mitbrüder es ahnten.

Piero betrat den Kreuzgang, der im Licht der Kerzen zwischen den Säulen und im Schein des Mondes, der auf den offenen Klostergarten fiel, in einer magischen Trance zu schweben schien. Fra Danilo saß auf der niedrigen Mauer, die zwischen den Säulen verlief, und neben ihm saß ein schlanker Herr mit schütterem Haar, einem dicken schwarzen Schnauzbart und winzigen Augen, die sich öffneten und schlossen wie bei einem mondsüchtigen Frosch.

«Piero!» rief Fra Danilo freundlich, als er ihn sah. «Ich hätte fast nicht mehr gehofft, daß du noch kommst.»

«Leider komme ich mit leeren Händen», gab Piero zurück, als sie einander umarmten. «Leider habe ich Euch nichts, aber auch gar nichts zu bieten.»

«Wirklich gar nichts?»

«Nicht mal einen Stengel Petersilie», gestand Piero.

Fra Danilo beugte sich vor und flüsterte Piero ins Ohr: «Gibt es Probleme? Es paßt nicht zu dir, daß du die Kräuter vergißt.»

«Ich habe sie nicht vergessen», gab Piero flüsternd zurück. «Und es gibt tatsächlich Probleme. Aber vielleicht wäre es besser, wenn ich mit Euch unter vier Augen sprechen könnte.»

«Ich werde sehen, was sich machen läßt. Aber zunächst möchte ich dich mit Sior Bon bekannt machen.» Fra Danilo legte Piero die Hand auf die Schulter und dirigierte ihn zu seinem Gast, der wartend dasaß. «Ich möchte dir Sior Bartolomeo Bon vorstellen, einen der größten Gelehrten aus Bologna.»

«Ihr schmeichelt mir, Fra Danilo», wehrte der Gelehrte mit müdem Lächeln ab.

«Ganz und gar nicht», widersprach der Mönch. «Eure Erfolge sind überall bekannt, selbst hier, in der Lagune. Ich möchte Euch Piero Po vorstellen, ein ehemaliges Mitglied unseres Ordens.»

Piero nickte.

«Freut mich», sagte Bartolomeo Bon, und wieder öffneten und schlossen sich seine Augen.

«Piero ist so etwas wie ein Experte für die Legende des San Giorgio», erklärte Fra Danilo. «Ganz zu schweigen von anderen, weniger orthodoxen Symbolfiguren.»

«San Giorgio ist zu Tode angebetet worden», sagte Bartolomeo Bon. «Ich bevorzuge San Stefano oder San Sebastiano. Irgendeinen, bei dem man noch zusammenzuckt.»

«Aber die Macht, die sein Bild ausstrahlt, kann man nicht leugnen.» Piero setzte sich neben ihn. «Der Heilige. Der Drachen. Sie symbolisieren einen ewigen Kampf.»

«O ja, ich streite nicht ab, daß das eine primitive Anziehungskraft ausübt. Wenn man für so was empfänglich ist.»

«Ich schätze jede Darstellung des Konflikts zwischen Gut und Böse», sagte Piero.

«Piero verfügt über eine ganz außerordentliche Phantasie», erklärte Fra Danilo. «Für einige der Brüder von Boccasante ein wenig allzu außerordentlich, muß ich leider sagen.»

«Habt Ihr Sior Dantes *Commedia* gelesen?» fragte Piero.

«Nein», antwortete Bartolomeo Bon. «Für mich ist politische Polemik keine Literatur.»

«Aber es ist ein äußerst bemerkenswertes Buch! Ihr solltet es lesen!»

Bartolomeo schlug die Beine übereinander und lachte.

«Ich muß schon jetzt viel zuviel lesen», sagte er. «Sior Dantes Vorstellungen von Himmel und Hölle vereinfachen für meinen Geschmack zu stark.»

«Da, wo ich herkomme», gab Piero zurück, «hält man die einfachsten Dinge für die besten.»

«Und wo», erkundigte sich Bartolomeo Bon mit erhobener linker Braue, «wäre das?»

«Riva di Pignoli.»

«Wie bitte?»

«Eine Insel nördlich von hier», warf Fra Danilo ein. «Klein, aber sehr grün.»

Bartolomeo Bon starrte einen Moment vor sich hin; dann schüttelte er den Kopf.

«Gibt es nicht», behauptete er dann.

«Tut mir leid, aber ich muß Euch widersprechen», sagte Piero. «Sie existiert eindeutig. Denn ich habe – bis auf die sieben Jahre hier in Boccasante – mein ganzes Leben dort verbracht.»

«Zu buchstäblich», sagte Bartolomeo Bon. «Es ist mir klar, daß die paar Klumpen Erde, die Euer winziges Eiland bilden, irgendwo verschlafen im Wasser liegen. Im Sinne der eigentlichen Bedeutung jedoch – in dem Sinne, daß etwas eine Spur in unserer erbärmlichen Zivilisation hinterläßt –, existiert es nicht.»

Piero wollte widersprechen, doch Bartolomeo Bon fuhr fort, bevor er etwas sagen konnte.

«Die Tage der *contadi* sind gezählt», sagte er. «Diese armseligen Dörfer mit nichts als ein paar Pißpötten werden die neuen Zeiten nicht überstehen können. Das Feudalsystem ist tot. Ein Leben ohne Bildung? Tot. Der Ärmste, dem es nicht gelingt, sich in einer der richtigen Städte anzusiedeln, wird sich auf seinen Feldern kaputtschuften.»

«Diese Inseln gibt es schon sehr lange», wandte Fra Danilo ein, um die Worte des Gelehrten abzuschwächen. «Da werden sie die sich verändernde Mode doch sicher überleben.»

«Wenn sie nicht mehr existieren», entgegnete Bartolomeo Bon, «können sie nicht überleben. Diese Insel, von der Ihr sprecht – was hat sie zu bieten, das die Zeit überdauern wird?»

Piero versuchte sich die unterschiedlichen Landstriche von Riva di Pignoli vorzustellen.

«Sie hat einen Palazzo», sagte er.

«Eine von diesen billigen venezianischen Zuckerschachteln?»

«Sie hat eine Kirche.»

«Romanisch oder byzantinisch?»

«Weder – noch. Einfach eine Kirche.»

«Kann man sie vom Wasser aus sehen?» fragte Bartolomeo Bon. «Hat sie einen richtigen Campanile?»

«Nein», sagte Piero.

«Woher wißt Ihr dann, wann der Tag beginnt? Woher wißt Ihr, wann er endet? Wie klingt die Stimme Eurer Insel? Ihr Atem? Ihre Musik?»

Piero hatte immer gedacht, der Tag beginne, wenn er begann, und ende, wenn er vorüber war. Die unbarmherzigen Worte Bartolomeo Bons bewirkten jedoch, daß er sich fragte, ob er die Sonne vom Mond von Siora Bertinellis *pignole*-Backwerk zu unterscheiden vermochte. Schweigend erhob er sich von der Mauer des Kreuzgangs und schritt zu dem kleinen Springbrunnen in der Mitte des Gartens hinüber.

«Habt Ihr eine Piazza auf Eurer Insel?» erkundigte sich Bartolomeo Bon. «Einen *campo*? Ein Denkmal?»

«Nein», antwortete Piero leise.

«Woher weiß sie dann überhaupt ihren eigenen Namen? Wenn Ihr Euren eigenen Namen nicht wüßtet, wie würde er lauten? Ignazio? Alfonso? Buondelmonte? Eine Stadt muß ihren Namen nennen können, sonst ist sie keine Stadt. Eine Insel muß einen Mittelpunkt haben, muß ihre Identität in Stein hauen, stündlich durch Glockenläuten ihren Namen verkünden – sonst wird sie einfach davongespült wie ein paar tote Möwenfedern.»

Piero spürte den kühlen Stein des Springbrunnens unter den Handflächen, und drinnen hörte er das gedämpfte Skandieren der betenden Mönche. Bartolomeo Bons Worte waren hart, aber sie übten eine seltsame Wirkung auf Piero aus.

«Gott segne Euch», murmelte er in die stille Nacht hinein. «Gott segne Euch!» rief er dem erschrockenen Gelehrten zu, während er auf ihn zustürzte und ihn umarmte.

«Piero!» rief Fra Danilo. «Hast du den Verstand verloren?»

«Nein, Fra Danilo», antwortete Piero, «ich glaube, ich habe ihn gerade gefunden. Sior Bon, ich muß gestehen, daß Ihr recht habt. Insofern, als Ihr meint, daß Riva di Pignoli gar nicht existiert. Aber wir haben noch Zeit genug, etwas zu unternehmen. Vielen Dank, Ihr habt mir sehr geholfen. Wenn Ihr mich jetzt entschuldigen wollt – ich muß nach Riva di Pignoli zurück.»

Piero machte eine leichte Verbeugung, dann hastete er zum Kreuzgang hinaus, durchs Klostertor und zu dem Anleger hinüber, an dem sein Boot wartete. Er war nach Boccasante gekommen, um nach einer Möglichkeit zu suchen, wie man den Frühling nach Riva di Pignoli holen könne; aber wie sollte man den Frühling an einen Ort holen, der nicht existierte? Plötzlich verstand er die Botschaft des Leichnams: Es war dieselbe wie die Botschaft des ausbleibenden Frühlings. Und beide versuchten der Insel zu sagen, sie müsse erwachen. Beide versuchten, sie aus ihrer verträumten Zufriedenheit zu reißen und zu bewirken, daß sie ihren Platz in der Welt beanspruchte. Das konnte gelingen, soviel war Piero klar. Und als er sein Boot vom Steg in Boccasante löste, wußte er auch genau, was er tun mußte, damit es gelang.

Beim Erwachen blieb Albertinos Herz ganze drei Schläge lang stehen, weil er merkte, daß er in den dichten Schatten des Friedhofs fest an Ermenegildas Busen gepreßt lag. Ermenegilda schnarchte; ihr Rocksaum war noch hoch über ihre Schultern geschlagen, und ihr Gesicht trug den Ausdruck der *Maria Ascendente*. Anfangs glaubte er, bis zum Morgen so liegenbleiben zu müssen, doch die Erinnerung an ihre mitternächtliche Wollust war zu beunruhigend. Auf die Gefahr hin, sie zu wecken – und sich zu der Intimität bekennen zu müssen, die sie miteinander erlebt hatten –, kroch er ganz langsam rückwärts, bis seine Stirn ihre Füße berührte, und richtete sich dann hastig auf.

Ermenegilda regte sich kaum; nur einen Sekundenbruchteil drohte Maria aus den Wolken zu fallen, bevor ein wachsamer Engel sie schnell wieder zu Gott emportrug. Nachdem er seine Strumpfhose angezogen und sie unter seinem Kittel befestigt hatte, schlug Albertino Ermenegildas Röcke herunter, faltete ihr die Hände auf der Brust und legte ihr eine aschgraue Rose auf den Busen. Vielleicht hielt sie sich, wenn sie erwachte, für den Geist der Cherubina Modesta Colomba Ernesta Franchin.

Eilig schlug Albertino die Richtung zu seinem Zimmer ein, aber die Klugheit ließ ihn innehalten, bevor er es erreichte. Falls Ermenegilda erwachte und sich erinnerte, wo sie war, und sich erinnerte, was sie getan hatten, würde sie sich zweifellos auf die Suche nach ihm machen. Wenn er sich zum Schlafen in sein eigenes Bett legte, würde sie sich zweifellos über die Ostmauer stemmen und zu ihm unter die Decke kriechen. Sosehr er sich nach dem Schlaf sehnte – sosehr er sich nach der wundervollen Sicherheit seiner vier ungleichen Mauern und seiner acht fadenscheinigen Decken sehnte –, den Gedanken daran, daß sie in sein Zimmer eindrang, konnte er nicht ertragen. Also betrat er es eben nur so lange, daß er sich die goldene Decke holen konnte, und ging dann hinaus, um den Rest der Nacht am Anleger zu verbringen.

Als er die schwimmende Zufluchtsstätte seines kleinen, ramponierten Bootes erreichte, hob er die Sitzplanke, breitete die Decke über die Spanten, rollte ein Stück Tau zu einem Kopfpolster zusammen und streckte sich aus, um die Sterne zu beobachten. Albertino kannte die Sterne fast so gut wie seine Gemüse: Er hatte sein ganzes Leben damit verbracht, ihre gemächliche

Wanderung über den Himmel zu verzeichnen. Der Delphin und der Hase. Das Fliegende Pferd und Noahs Taube. Die Sterne waren Albertinos Freunde; das war einer der Gründe dafür, weshalb er sich auf seinem unbewohnten Eiland nie einsam fühlte.

Wenn auch der Frühling nicht gekommen war, der Himmel wußte nichts davon. Albertino sah den Bären, den Löwen und die Krähe genauso deutlich wie in jedem Jahr seines Lebens im April. Der Krebs zog sich seitlich gen Osten zurück, und am westlichen Horizont stieg gerade die Jungfrau herauf, die für ihn irgendwie eine Beschützerin war. Als er nun über sein Zusammensein mit Ermenegilda nachdachte, erwartete er fast, daß sie vom Himmel herabstürzte und neben ihm ins Wasser der Lagune platschte.

Wie kam es, daß er es so sehr genossen hatte?

Wie kam es, daß es so unbeschreiblich, so unaussprechlich angenehm gewesen war?

Er dachte an die Nacht, Jahre zuvor, als Gianluca von seinem eigenen ersten Abenteuer nach Hause zurückgekehrt war – geistesabwesend, entrückt, hingerissen. Als er an jenem Vormittag den Brokkoli zurückschnitt, war Maria Patrizia Lunardi, deren Vater Cherubino die Weizenfelder im Ostteil der Insel gehörten, in den Garten geschlendert gekommen, hatte ihm die Hand zwischen die Beine geschoben und ihm zugeflüstert: «Zehn Uhr.» Gianluca, der damals erst vierzehn war, wurde sofort steif und sofort schlaff; er konnte sich nur mühsam beherrschen, damit er nicht einfach davonstürzte, den Brokkoli Brokkoli sein ließ und in die Lagune sprang. Am selben Abend um zehn Uhr schlich er zu Maria Patrizia ins Zimmer: Als er um vier morgens wie auf Wolken nach Hause kam, war er so ekstatisch, daß er nicht anders konnte und lauthals sang. Dann unterhielt er Albertino bis zum Morgengrauen mit einer detaillierten Schilderung aller Stellungen, die sie ausprobiert hatten, und benutzte dabei eine Reihe von Adjektiven, die mit «paradiesisch» begann, um sich sodann zu Ausdrücken aufzuschwingen, die seiner eigenen Phantasie entsprangen. *Spuntinoso. Incardelito.*

Stronzinfatagura. Albertino war erst elf, doch niemals vergaß er den Eindruck, den Gianluca auf ihn gemacht hatte, als er sich über die Freuden der Maria Patrizia Lunardi verbreitete. Nun, nach so vielen Jahren, in denen er auf dem Boden gelegen und gehört hatte, wie sein Bruder jaulte, kannte Albertino endlich die Wahrheit: daß es genauso wundervoll, wie Gianluca es geschildert, und genauso gräßlich war, wie er es gefürchtet hatte.

Er versuchte, diese Gedanken aus seinem Kopf zu verbannen. Er versuchte, sich auf die Sterne zu konzentrieren. Doch alles am Himmel schien ihn an sein hitziges Erlebnis zu erinnern. Der Zentaurus. Der Wolf. Die Wasserschlange. Plötzlich schienen sich die Sternbilder selbst zu einem seltsamen, orgiastischen Spektakel zu vereinigen: der Löwe mit dem Bären, die Krähe mit dem Krebs. Albertino bedeckte seine Augen, aber die Bilder wurden nur noch deutlicher. Also verkroch er sich tief zwischen Wolldecke und Kopfkissen aus Tauen und betete um Schlaf, der ihn von dieser Orgie erlöste.

Als Piarina, die tropfende Kerze in beiden Fäusten, das Kirchlein verließ, war sie bereits in Trance gefallen. Ohne innezuhalten, schritt sie geradewegs zum östlichen Anleger; dann suchte sie sich langsam einen Weg um den Außenrand der Insel. Ihre Augen standen zwar weit offen, sahen aber nichts; nur die Hand Gottes verhinderte, daß sie über Steine stolperte, auf Gras ausrutschte, gegen Bäume prallte oder in die Lagune fiel. So wanderte sie stundenlang dahin und zeichnete mit ihrer Flamme eine feine Linie rings um die Insel. Während Albertino und Ermenegilda auf dem Friedhof entflammten. Während Piero die brennende Fackel von Boccasante zurückbrachte. Während die Feuerstellen der Hütten und Schuppen zu einer Handvoll glühender Asche zusammenfielen. Die Vedova Stampanini sah sie ganz kurz, als sie Speisereste für die Katzen vor die Tür stellte. Gesmundo Barbon sah sie an seinem *sandolo* vorbeischweben, als er zum Morgenfang hinausfuhr. Piarina ging ganz einfach weiter – die Arme ausgestreckt, den Verstand ausgeschaltet, das Herz weit geöffnet.

Als der Mond untergegangen war, hatte sie neunmal die Runde gemacht. Ihre Hände waren über und über mit Kerzenwachs bedeckt, und ihr schmutziges Überkleid war von der feuchten Nachtluft naß. Als sie jedoch nach dem Ende der neunten Runde wieder den Punkt erreichte, an dem sie ihren Weg begonnen hatte, den Anleger an der Ostküste, blieb sie stehen, schloß die Augen und nieste. Als sie nieste, erlosch die Kerze, und als die Kerze erlosch, wußte sie, daß ihre Aufgabe beendet war.

Sie trug den winzigen Wachsstumpf zur Chiesa di Maria del Mare zurück, stellte ihn genau dort ab, wo sie ihn als hohe, schlanke Kerze gefunden hatte, und ging nach Hause, um sich zur Mutter in das schmale, gemeinsame Bett zu legen.

Ermenegilda erwachte in dem Moment, da die ersten Lichtstrahlen die Dunkelheit des Friedhofs durchdrangen. Ohne überrascht zu sein, entdeckte sie, daß sie lang ausgestreckt auf Cherubina Modesta Colomba Ernesta Franchin lag, und ohne überrascht zu sein, entdeckte sie, daß Albertino verschwunden war: An ihren Lidern klebten noch feine Strähnen von Engelshaar, und nichts, sei es nun körperlicher oder geistiger Natur, konnte das Gefühl des Friedens beeinträchtigen, das sie empfand. Ihr burgunderrotes Seidenkleid war zwar mit tiefrotem Blut besudelt, für Ermenegilda war das jedoch ein Symbol der Glorie.

Als sie sich aufrappelte und an den Grabmälern vorbei zum Tor stolperte, erwartete sie fast, daß sich die Totengerippe erhoben und ihr applaudierten. Alle Gesetze waren aufgehoben, Formen, Sinne und Vernunft auf den Kopf gestellt. Sie erwog, Albertinos Zimmer aufzusuchen, entschied sich aber statt dessen dafür, sich schnurstracks zum Bootssteg zu begeben. Dort angelangt, blieb sie bei seinem Anblick – zusammengerollt wie ein Welpe und immer noch glühend von ihrem gemeinsamen Erlebnis – wie angewurzelt stehen. Und wäre dort womöglich ewig stehengeblieben, völlig zufrieden damit, ihn zu betrachten, wie er schnarchend auf dem Boden seines Bootes lag, hätte sie Romilda Rosetta nicht Anweisung erteilt, sie bei Tagesanbruch abzuholen. Als die kleinwüchsige Magd Punkt halb sieben weit hinten auf dem Wasser auftauchte, verfluchte Ermenegilda ihre Pünktlichkeit; doch als das kleine, elegante Boot anlegte, lupfte sie die Röcke und stieg ohne einen Mucks, ohne eine bissige, bösartige oder keifende Bemerkung ins Boot. Wortlos lehnte sie sich, die Arme schlaff in den Schoß gelegt, in dem blankpolierten Bug zurück und ließ sich von der verwirrten Romilda Rosetta zur Hauptinsel zurückrudern.

Als Albertino zum zweitenmal erwachte, verspürte er ein scharfes Stechen im Bauch; ein seltsamer Geruch lag in der Luft, den er nicht richtig einordnen konnte, ein wundersames Gefühl des Frohlockens. Als er sich auf den Rücken drehte, sah er, daß die Sonne bereits ein Drittel ihres Weges am Himmel zurückgelegt hatte; also mußte es nach zehn Uhr sein. Er warf die goldene Decke von sich, sprang auf und versuchte die Spuren der bewegten Nacht abzuschütteln.

Zum Glück konnte er sich an den Pfosten des Anlegers festhalten, denn bei dem, was er sah, wäre er fast in die Lagune gefallen.

Abermals glitt das schlanke Torta-Boot über den schmalen Wasserarm herüber, der zwischen den beiden Inseln lag. Abermals führte Romilda Rosetta die Riemen; abermals war Ermenegilda der einzige Passagier. Doch dieses Mal stand Ermenegilda aufrecht, und dieses Mal vermochte er sie kaum zu sehen, vor all den Zweiglein und Reislein, den Stengeln, Dolden und Büscheln saftiger, leuchtender Blumen, die sie in ihren Armen hielt. Stiefmütterchen, Chrysanthemen, Veilchen, Margeriten, Lilien, Flieder, Nelken. Ihr Duft ließ wilde Bänder durch die Luft flattern, und ihre Farben weckten die Karnickel.

Endlich war der Frühling nach Riva di Pignoli gekommen.

Und die Blumen waren erst der Anfang.

4. KAPITEL

Es war wie eine gigantische, lautlose Explosion, eine Eruption, das Hervorbrechen eines Gedankens, eines Traums, einer sinnesverwirrenden Beschwörung. Mit einer einzigen, flinken Bewegung schien die Hand der Natur ihre Feder auf die leere Fläche der Insel zu senken und in jeden Zentimeter grenzenlose Schönheit zu zeichnen. Felder, die ausgedörrt und rissig dagelegen hatten, wogten plötzlich vor Leben. Die Äste der Bäume, die erstarrt und stumm dagestanden hatten, hingen plötzlich schwer von süßen, saftigen Früchten. Blätter sprossen wie neue Ideen. Grashalme schossen empor wie die vielstimmigen Schreie auf dem Höhepunkt eines Ritterturniers.

Jeder Bewohner der Insel hatte eine andere Geschichte über den Moment zu erzählen, da ihm klarwurde, was geschehen war. Die Vedova Stampanini war in den Garten gegangen, um die Fischgräten einzusammeln, die die Katzen immer verstreuten, nachdem sie ihnen ihr spätabendliches Futter hingestellt hatte. Statt dessen fand sie ein ganzes Rudel von ihnen – Felice, Filippo, Rinaldo, Federigo, Nastagio, Lodovico und Lidia – zusammengerollt auf einem Bett aus Klee, das sich, während sie zusah, immer weiter ausdehnte und immer dicker wurde. Siora Bertinelli hatte in ihrer Morgensuppe gerührt, als sie draußen ein prasselndes Geräusch hörte. Als sie die Tür öffnete, sah sie, daß der Feigenbaum in ihrem Vorgarten Früchte von seinen Zweigen schüttelte, während die verblüfften Vögel herabstießen, um sich den Bauch vollzuschlagen. Ugolino Ramponi war ein wenig Holz für seine Feuerstelle hacken gegangen, als er unter seinen Füßen ein Rumpeln spürte. Er warf sich zu Boden und bedeckte den Kopf mit beiden Armen, weil er fest davon überzeugt war, daß das Meer die ganze Insel in seinen Rachen sog; als das Rumpeln nachließ und er die Augen öffnete, merkte er, daß er von Kopf bis Fuß mit Geißblatt, Narzissen und Winden bedeckt war, deren Duft so berauschend war, daß er eine halbe Stunde lang nicht aufstehen konnte. Siora Scabbri erwachte von lautem Gegacker in ihrem Hühnerhaus: Die süße Macht, die in der Luft lag, hatte ihre empfindsamen Hennen so sehr erschüttert, daß sie sie mit ins Bett nehmen mußte.

Maria Luigi und Fausto setzten sich gerade zu einem Essen aus Knoblauch mit Pökeldorsch nieder, als die Äste einer Buche durch das winzige Fenster über ihrer Herdstelle hereinstießen. Gianluca lag mit einem Mädchen aus Pieve di Forna im Bett, als das Zimmer so wild zu beben begann, daß er sich in seine erste Ekstase mit Maria Patrizia Lunardi zurückversetzt glaubte. Orsina und die drei Marias befanden sich in ihren Kammern, um sich auf den Tag vorzubereiten, als die Gobelins von den Wänden fielen, die Fackeln sich in ihren Haltern entzündeten und die Gänsefederkopfkissen explodierten, als sei der Tag des Jüngsten Gerichts gekommen.

Giuseppe Navo und Gesmundo Barbon behaupteten, das Ganze von der Lagune aus beobachtet zu haben. Anfangs hatten sie den verschwommenen Eindruck, als bewege sich die Insel auf einmal schneller, fliege durch einen leeren Sommer, einen trockenen Herbst und einen öden, spröden Winter, bevor sie in der Fülle eines wiederbelebten Frühlings landete. Eine totale Stille entstand – an der sich selbst die Fische beteiligten –, gefolgt von einer wahren Farbenexplosion, die sich über den Himmel verbreitete: gigantische Streifen von Traubenblau und Grenadinerot, dicke Kleckse wilden Zinnobers, warme Bäche Saphirgrün, Indigoblau, Bernstein- und Himmelschüsselgelb. Es war, als schüttle eine schöne Frau ihre Röcke aus und sehe plötzlich, daß sich ein Schwarm von Vögeln in ihren Falten verborgen hatte. Es war, als steige eine riesige Woge des Lachens aus dem Erdboden auf und tränke die Luft mit ihrer Lebenskraft.

Valentina war in ihren Vorgarten gegangen, um die Apfelpresse in Gang zu setzen. Sie und Piarina mußten am Nachmittag eine Lieferung Seife bereithaben, und es sah aus, als werde es ein langer, durstiger Vormittag, an dem sortiert, gestapelt und getrimmt werden mußte. Als sie zum Brunnen kam, hörte sie ein seltsames, reißendes Geräusch – gefolgt vom Platzen der Knospen an den Zweigen der Bäume. Als sie das sah, lief sie in ihre Kate zurück, schlug die Tür zu und weckte Piarina.

«Großer Gott», sagte sie mit gedämpfter Stimme, «du wirst nicht glauben, was sich da draußen abspielt.»

Aber Piarina wußte es schon. Von dem Augenblick an, da sie die Kerze aus der Chiesa di Maria del Mare holte, hatte sie die gesamte Entwicklung vor sich gesehen. Sie hoffte nur, daß Ermenegilda glücklich war. Und daß sie mit ihrem Eingriff in den großen Plan der Natur keinen Schaden angerichtet hatte.

5. KAPITEL

Dicht hinter der Mauer, die den Torta-Garten umgab, verlief ein schmaler Kanal, und jedes Jahr, wenn das Wetter wärmer wurde, watete Ermenegilda in sein kühlendes grünes Wasser hinaus. Im inneren Winkel der Gartenmauer stand eine große Wistarie, die ihre spitzenfeinen Finger über ihr ausstreckte, wenn sie wieder auftauchte; am gegenüberliegenden Ufer stand ein Schößling dieses Baumes, der seine zierlicheren Äste wiederum dem großen entgegenreckte. Solange sie sich erinnern konnte, hatte Ermenegilda in diesen Bäumen jedesmal, wenn der Frühling seinen plötzlich auftretenden Duft und sein kurzes Aufflammen von Violett mitbrachte, sich selbst und Albertino gesehen: wogend und scheu, voll Sehnsucht nach Berührung, nur durch eine schmale Wassergrenze getrennt. Und wenn sich die Zweige endlich treffen würden – daran hatte sie fest geglaubt –, wenn sie einen natürlichen Bogen über dem klaren Kanal bildeten, würden sie und ihr Geliebter eins werden. Nun jedoch, als sie beim ersten Bad des verzögerten Frühlings in den Kanal hinabtauchte, war diese Vereinigung gekommen und vorübergegangen – und Ermenegilda hätte die Glyzinie am liebsten mit all ihren Wurzeln ausgerissen.

Ermenegilda war zornig. Es war ein kochender Zorn, ein konzentrierter Zorn, heiß und empfindlich wie die rosigen Ränder eines Fieberbläschens. Denn nach ein paar idyllischen Stunden in den traulichen Bereichen seines Herzens war Albertino einfach verschwunden. Zwei Tage lang hatte sich Ermenegilda die Haare gerauft, ihr Essen mit Salz bestreut und die Fischer gebeten, die Lagune mit ihren Netzen abzusuchen – dann war Albertino ebenso unvermittelt zurückgekehrt, wie er verschwunden war. Und als er kam, verhielt er sich, als sei ihre leidenschaftliche Begegnung nichts weiter gewesen als der klebrige, mitternächtliche Wunschtraum eines jungen Mädchens, das zu viel *miel-pignole*-Backwerk gegessen hatte.

Um die Wahrheit zu sagen, empfand Albertino die drastische Fluktuation seiner Gefühle nicht weniger verwirrend als Ermenegilda. An jenem Morgen, als der Frühling eingekehrt war – als die Landschaft verrückt geworden und Ermenegilda mit diesen Bergen von Blumen gekommen war –, hatte er gespürt, wie in seinem Herzen ein süßes Gefühl erwachte, das anders war als alles, was er bis dahin kennengelernt hatte.

«Es hat gewirkt», murmelte er, als Ermenegilda ihm die Blumen in die verwundert ausgebreiteten Arme drückte.

«Hattest du daran gezweifelt?» fragte Ermenegilda und führte ihn sanft über das Radicchiobeet, um endlich Albertinos Zimmer zu betreten.

Von diesem Moment an war Ermenegildas Stimme den ganzen Tag lang Lautenklang, und ihr lang herabfallendes Haar glich den Sonnenuntergangswogen eines Wasserfalls. Sie saßen auf dem Boden und aßen *pignoli*; sie wanderten Hand in Hand rings um das winzige Eiland; sie schmückten die Ostwand mit ihrem duftenden Blumenmeer. Doch als die Nacht hereinbrach, begann der Duft der Blumen schwächer zu werden, und Ermenegilda begann von der Zukunft zu sprechen.

«Ich will ein Haus, das noch weit schöner ist als die Ca' Torta. Ich will einen Pastetenbäcker und eine persönliche Näherin, und ich will jeden Monat mindestens zweimal nach Venezia.»

Nun war Albertino zwar von dem unerwarteten Ansturm des Frühlings berauscht gewesen, aber er war keineswegs bereit, sein Zimmer zu verlassen und sein ganzes Leben mit Ermenegilda zu verbringen. Innerlich vibrierte ein Teil von ihm noch immer von dem, was sie auf dem Friedhof getrieben hatten, ein anderer Teil jedoch war über die verblüffende Intimität ihres Tuns entsetzt. Also schlich er sich, bevor er den tödlichen Fehler begehen und es noch einmal tun konnte, zum Bootssteg hinunter und machte sich in seiner *barca da pesca* auf und davon.

Drei Nächte und zwei Tage ruderte er auf der Lagune umher.

Die Angst, die er empfand, lag ihm wie eine Rübe im Magen, und erleichtern konnte er diesen Druck nur, wenn er immer weiter ruderte. Er ruderte im Kreis und im Zickzack und hielt nur hier und da für ein kurzes Nickerchen an. Er ruderte an den glänzenden Turmspitzen von Venezia und an dem kargen Gestrüpp von Inseln vorbei, die nicht größer waren als sein Boot. Als die Morgenbrise aufkam, spürte er die Gischt im Gesicht, und bei Sonnenuntergang folgte er den Möwen. Er ruderte mit den Fischern und den Lastkähnen und den großen Klumpen Seetang, die mit der Tide dahintrieben. Aber je länger er ruderte, desto schwerer und fester wurde die Rübe, bis er spürte, wie der steinerne Kloß allmählich verfaulte. Bis er die Spannung zwischen seinem Ekel über das, was er auf Cherubina Modesta Colomba Ernesta Franchin getan hatte, und dem fast schmerzhaften, fiebrigen Begehren, es noch einmal zu tun, nicht länger ertragen konnte.

Also verdrängte er alles aus seinem Gedächtnis. Am dritten Abend, als seine Arme nicht mehr rudern konnten, beschloß er einfach, das Ganze sei niemals geschehen. Mit dieser festen Überzeugung ruderte er nach Riva di Pignoli zurück, vertäute das kleine Boot an seinem kleinen Anlegesteg und fragte sich, wer wohl so freundlich gewesen war, sein Zimmer mit so vielen Blumen zu schmücken.

Woraufhin Ermenegilda überaus zornig wurde. So zornig, daß sie kaum im friedlichen Wasser des Kanals zu baden vermochte. Am liebsten hätte sie die Wistarien mitsamt den Wurzeln ausgerissen – dazu die Azaleenbüsche, die Stechginsterhecke und die Tulpenbeete. Ein paar flüchtige Stunden lang hatte der Frühling triumphiert. Das Land war plötzlich grün und Ermenegilda zum schönsten Mädchen der Lagune geworden. Jetzt hohnlachte ein jedes Blatt, ein jedes Lüftchen, eine jede Blüte über sie. Aber sie würde nicht nachgeben, bis sie dieses Hohnlachen zum Schweigen gebracht hatte.

Als Albertino auf die Lagune hinausruderte, vergaß er das Wunder des wiedererweckten Frühlings. Als er jedoch an diesem Morgen zurückkehrte, nachdem die Lorbeerbäume aufgetaucht waren und die Granatapfelbäume sich wieder in ihr zartes, seltsames Hellrot gekleidet hatten, war er noch überwältigter von der Fülle und Schönheit des Landes als in dem Augenblick, da er die ersten Vibrationen seines Erwachens spürte. Als er auf dem Weg zum Markt über die Wiesen wanderte, dachte er sich, es müsse tausend verschiedene Schattierungen von Grün geben, jede mit ihrer ganz eigenen Macht, zu lindern, zu kühlen und zu trösten. Schon über die Schmetterlinge allein war er sprachlos vor Staunen: Noch nie hatte er so transparente Flügel, noch nie eine so schwerelose Ekstase in ihrem Flug gesehen. Und doch kam ihm, während er all diese Pracht bewunderte, kein einziges Mal der Gedanke, daß der Markt anders aussehen könnte als sonst.

Der Markt von Riva di Pignoli war eine eher gemächliche Veranstaltung. Die Leute kamen und gingen nach Lust und Laune, kauften am Montag ein paar Karotten, am Mittwoch ein paar Eier, am Freitag einen schönen Fisch. Niemals hatten sie es eilig, und niemals mußten sie irgendwo warten; ein jeder wußte, daß alles, was sie heute nicht kauften, am folgenden Tag auch wieder da sein würde. Es gab bestimmte Tage, an denen die Geschäfte an bestimmten Ständen besonders gut liefen – Siora Bertinellis Backwerk verkaufte sich zwischen Weihnachten und dem Dreikönigstag besonders gut, Ugolino Ramponi konnte zu Ostern nicht genug Täubchen vorrätig halten, und der Freitag war für Giuseppe Navo und Gesmundo Barbon stets ausnehmend günstig – aber zumeist war der Markt nichts weiter als eine gemessene Parade von Betrachtern und Befühlern, weil mehr Menschen kamen, um die Klatschgeschichten der Insel auszutauschen, als um tatsächlich etwas zu kaufen. Die Stände waren in zwei kurzen Reihen aufgebaut, die einander gegenüberlagen: Eier, Backwerk, Schweinefleisch und Kleider auf der Nordseite des Platzes, Obst und Gemüse, Fisch, Wildbret und Geflügel auf der Südseite. Die Stände waren aus zerlegten

Kisten und abgesägten Baumstämmen zusammengezimmert und mit zersplitterten Planken aus den vom Sturm gepeitschten Anlegestegen gedeckt. Um sie vor der Sonne zu schützen, waren Markisen aus den Segeln von Giuseppe Navos Booten und einigen von Maria Luigis weniger eleganten Kleidern über sie gespannt. Unter den Füßen der Käufer breitete sich ein Teppich aus, der eine Mischung aus verfaultem Obst, verfilzten Hühnerfedern, Schweinekot, altem Backwerk und Fischköpfen war, die in die Morgensonne emporgrinsten.

Albertino verließ sich auf die schlichte, langweilige Atmosphäre des Marktes ebenso, wie er sich darauf verließ, daß der Schwan am Sommerhimmel aufging. Daher war er, als er schließlich bei den Ständen auf dem Platz zwischen dem Räucherschuppen der Guarnieris und Siora Scabbris Hühnerstall eintraf, völlig unvorbereitet auf das, was er dort vorfand.

Siora Bertinelli packte ihre Pasteten ein, bevor sie auskühlten. Maria Luigi tanzte mit ihren Kleidern. Die Guarnieris schnitten zarte, rosa Berge aus Schinkenscheiben; die Fischstände quollen über von Katzenfischen und Sardinen, von mondförmigen Garnelen und dunklen, schwarzen *seppie*. Doch nirgends fiel der Überfluß so sehr ins Auge wie an Gianlucas und Albertinos Obst- und Gemüsestand. Mit einem wahrlich betäubenden Schlag hatte der Frühling Produkte geliefert, die normalerweise bis Juni, August oder Oktober brauchten, um zu reifen – in jeder Form und Variante und von der herrlichsten Qualität, die sie alle, von der Vedova Stampanini bis ganz nach unten, jemals gesehen hatten. Leuchtende Rettiche mit heiß geröteten Wangen und langem, spitzem Hexenkinn. Dicker, wulstiger Fenchel mit fleischigen Schenkeln und Adern in Hoffnungsgrün. Blaurote Auberginen, ganze Wälder von Brokkoli; farbenfrohe Äpfel und dunkle, schwermütige Birnen. Sie quollen aus den Körben. Sie ergossen sich über die Ränder der Kisten. Sie stiegen als üppige Pyramiden in die salzige Luft.

Und mitten darin bewegte sich wie ein auf Hochglanz polierter Gipfel Gianluca. Gianluca neigte durchaus nicht dazu, sich die Haare zu raufen, und Salz streute er nur sehr selten auf seine

Speisen, doch über Albertinos Verschwinden hatte er sich genauso sehr aufgeregt wie Ermenegilda. Fast einen Monat lang hatten sie auf den winzigsten Frühlingsschimmer gewartet; und dann, als er unvermittelt über sie herfiel, mit aller Gewalt und praktisch triefend vor Fruchtbarkeit, war Albertino plötzlich verschwunden. Da er den Fleiß des jüngeren Bruders und seine leidenschaftliche Hingabe an die Früchte des Feldes kannte, vermochte Gianluca sich nichts anderes vorzustellen, als daß er möglicherweise in der Lagune ertrunken war. Daher wußte Gianluca, als er die kleine, plumpe Gestalt energisch auf den Stand zukommen sah, dem lieben Gott nicht anders dafür zu danken, daß er ihn vor einem nassen Tod bewahrt hatte, als ihm eine besonders dicke Aubergine an den Kopf zu werfen.

«Herzlich willkommen zu Hause, Albertino!» rief er hinter der Aubergine her. «Und wenn du ein Wort darüber verlierst, wo du gewesen bist – ein einziges Wort –, werde ich dir jedes Stück Obst und Gemüse an diesem Stand in deinen dämlichen Rachen rammen. Und nun setz dich endlich hierher in Marsch und hilf mir bei der Arbeit!»

Albertino war nicht sehr glücklich darüber, von einer fliegenden Aubergine empfangen zu werden – die ihn nur deshalb verfehlte, weil er sich hastig vor ihr duckte –, aber er hörte die Gefahr in Gianlucas Ton. Also eilte er, ohne sich auch nur zu räuspern, hinter die Erdbeeren und machte sich an die Arbeit.

Der Tag ging weiter, wie er begonnen hatte. Am späten Vormittag schon hatten Siora Scabbri und Siora Bertinelli keine Eier und Pasteten mehr, veranlaßten die Leute jedoch, an ihren Ständen zu verweilen, indem sie Fischerlieder sangen, die sie von ihren Vätern gelernt hatten. Am frühen Nachmittag hatte Maria Luigi es aufgegeben, mit ihren Kleidern zu tanzen, und diese Aufgabe ihrem Schwiegervater Fausto überlassen, der trotz seiner sechsundsechzig Jahre die Tarantella darzubieten verstand wie kein zweiter auf der Insel. Irgendwann am Spätnachmittag kam es bei den Fischständen zu einem Streit: Brunetto Fucci beschuldigte Gesmundo Barbon, Seetang auf die Waagschalen gemogelt zu haben, worauf der bärtige Fischer den mürrischen Medikus mit einem Aal zu erdrosseln versuchte. Und während all dieser Geschehnisse waren ständig die Rufe: *«Atenziòn!»* und *«Diese per do denari!»* zu hören, mit denen Armando Guarnieri seinen Besen mit dem abgebrochenen Stiel durch den Matsch führte.

In diesen Wirbel von Geschäftigkeit stieß Piero mit seiner Aufregung über die Zukunft von Riva di Pignoli. Nachdem er Boccasante verlassen hatte, war Piero in seinen Winkel von Beppe Guancios Kate zurückgekehrt und hatte begonnen, mit seinem Meißel ein kleines Stück Granit zu bearbeiten. Was daraus werden sollte, wußte er nicht; er wußte nur, daß er die Energie, die das Gespräch im Klosterkreuzgang in ihm geweckt hatte, irgendwie abreagieren mußte. Dann war er schließlich eingeschlafen, bis er am folgenden Morgen mit höchst bemerkenswerten Nachrichten geweckt wurde.

«Piero!» rief Beppe Guancio. «Wach auf! Der Frühling ist da! Endlich ist der Frühling gekommen.»

Piero sprang auf und lief in die erblühende Landschaft hinaus. Statt ihn jedoch mit Freude zu erfüllen, stürzte der Anblick ihn in Verwirrung. Wenn der Frühling doch gekommen war, hatte Bartolomeo Bon vielleicht gar keinen Grund zu seiner Warnung, war Pieros Plan, die Insel zum Leben zu erwecken, möglicherweise überflüssig. Während der folgenden zwei Tage saß er auf der Wiese mit dem wilden Thymian, wo er den aufgedunsenen Leichnam vergraben hatte, und fragte sich, ob nicht alles, was Bartolomeo Bon gesagt hatte, törichtes und übertriebenes Geschwätz gewesen war. Während Albertino draußen auf der Lagune umherruderte, saß Piero da und dachte über die Existenz der Insel an sich nach. Doch schließlich brachte ihn die Erinnerung an die schwarzen Beulen zu der Überzeugung, daß die Gefahr zwar diesmal an ihnen vorübergegangen sein mochte, das nächstemal aber nicht so leicht zu verscheuchen sein würde. Deshalb ging er am Spätnachmittag desselben Tages, an dem Albertino vom Rudern auf der Lagune heimkehrte, auf den Markt, um den Bewohnern von Riva di Pignoli seine neuen Erkenntnisse mitzuteilen.

«Piero!» rief Siora Bertinelli, als er sich den Ständen näherte. «Du siehst ja aus, als hättest du mit dem Teufel gefrühstückt!»

«Gefrühstückt nicht, Siora Bertinelli», sagte Piero, «nur ein paar Schluck *vin santo* getrunken.»

«Auf den Teufel würd' ich keinen *vin santo* verschwenden», sagte Ugolino Ramponi. «Für den genügt gewöhnlicher *bianco*.»

«Für Piero sind alle Weine *vin santo*», erklärte Siora Scabbri. «Das liegt daran, wie er den Becher hält.»

«Für mich sieht er aus, als wäre er eben erst aus dem Bett gekrochen», sagte Siora Guarnieri und wischte ihre molligen Hände an der Schürze über ihrem Bauch trocken. «Piero! Seit wann ist es Gott wohlgefällig, bis in den späten Nachmittag zu schlafen?»

«Ist es schon Nachmittag?» fragte Piero. «Ich dachte, es wäre erst Vormittag.»

«Aber Piero!» sagte Maria Luigi. «Es ist fast Zeit zum Abendessen!»

«Woher weißt du das, Maria Luigi? Wie kannst du eine Stunde von der nächsten unterscheiden?»

«Du könntest versuchen, nach der Sonne zu sehen», sagte Gianluca. «Hier auf Riva di Pignoli steht gewöhnlich die Sonne am Himmel.»

«Und woher wißt ihr, daß wir auf Riva di Pignoli sind? Woher wißt ihr, daß es sich nicht um San Cortino oder Borgomagnolo oder Terra del Pozzo di Luna handelt?»

«Der hat tatsächlich *vin santo* getrunken», stellte Ugolino Ramponi fest. «Und der Teufel hat ihm eingeschenkt.»

«Könnt ihr den Kelch trinken, den ich trinke?» fragte Piero. *«Oder die Taufe auf euch nehmen, mit der ich getauft werde?»*

«Wir sind hier auf dem Markt, Piero», rief Gianluca. «Die Kirche liegt auf der anderen Seite der Insel.»

«Bist du sicher, Gianluca? Woher weißt du, wo überhaupt irgend etwas liegt, auf Riva di Pignoli?»

Beppe Guancio legte sein Fischmesser neben eine Reihe *coda di rospo*. Er hatte geschwiegen, als Piero diese seltsamen Fragen stellte; jetzt aber ging er zu ihm hinüber und legte ihm die Hand auf die Schulter.

«Piero», sagte er, «was ist passiert?»

Piero stützte die Hand gegen den Rahmen des Fischstandes und blickte auf den Markt hinaus wie ein Prophet auf eine riesige, unaufmerksame Volksmenge.

«Ihr freut euch alle, daß der Frühling gekommen ist», begann er. «Das Leben könnte nicht schöner sein. Aber hat sich einer von euch schon mal gefragt, warum der Frühling so spät gekommen ist?»

Verwunderte Blicke wurden getauscht, Waren wurden hin und her geschoben, aber keiner wußte eine Antwort auf Pieros Frage.

«Warum?» fragte Siora Scabbri.

«Weil er uns nicht finden konnte!» antwortete Piero. «Wenn ihr von irgendeinem Punkt der Küste Riva di Pignolis aus nur sechs Meilen weit hinausrudert, könnt ihr weder das Dach der Ca' Torta noch das der Chiesa di Maria del Mare sehen. Überhaupt nichts könnt ihr sehen, weil's nämlich nichts zu sehen gibt! Außerhalb von Riva di Pignoli existiert Riva di Pignoli nicht! Selbst die Vögel, die über uns hinwegfliegen, weigern sich, auf uns herabzuscheißen.»

«Das», sagte Fausto Moretti, «trifft aber nicht ganz zu.»

«Als der Frühling sich um siebenundzwanzig Tage verspätete», sagte Piero, «wollte er uns damit etwas sagen. Es war ein Omen.»

«Und was wollte er uns sagen, Piero?» erkundigte sich Albertino.

«Daß wir existieren!» rief Piero aufgeregt. «Er wollte uns sagen, wir sollen die Tatsache kundtun, daß wir existieren!»

«Und wie», wollte Ugolino Ramponi wissen, «fangen wir das an?»

Piero stand ganz still, als er die Gesichter der Menge musterte. Dann steckte er die Hand in den Behälter mit den Schaltieren und zog einen großen, roten Hummer heraus. Mit einer schnellen Bewegung des ganzen Körpers schleuderte er ihn in die

Marktluft empor – über die verschossenen Markisen der gefüllten Stände hinaus, über den goldenen Glanz der untergehenden Sonne hinaus –, bis er hoch über den Dächern der Insel den Zenit erreichte und mit einem gigantischen Klatschen in Beppe Guancios wartenden Händen landete.

«*Numero uno*», sagte er. «Wir bauen einen *campanìl* für die Chiesa di Maria del Mare.»

«Einen *campanìl?*» fragte Siora Bertinelli. «Wozu brauchen wir Glocken, die den ganzen Tag lang läuten?»

«*Numero do.* Wir bauen einen *campo* am Fuß des *campanìl.*»

«Einen *campo?*» sagte Maria Luigi. «Was ist los, Piero – ist dir San Marco nicht groß genug?»

«*Numero tre.* In die Mitte des *campo*, an den Fuß des *campanìl*, stellen wir ein Denkmal, das auf ewig das Wahrzeichen von Riva di Pignoli sein wird.»

«Mit dir als Bildhauer, Piero?» fragte Siora Guarnieri.

«Wir brauchen keine weiteren Drachen mehr, Piero!» sagte Gesmundo Barbon.

«Wer schert sich um Drachen?» sagte Siora Scabbri. «Ich frage mich, was Piero wohl sonst aufstellen will.»

Der ganze Markt brach in lautes Gelächter aus.

«Und wer soll das alles bezahlen?» fragte Ugolino Ramponi.

«Wenn wir das Material selbst sammeln, wird es uns keine zwanzig *denari* kosten», versicherte Piero. «Und wenn wir selbst ein bißchen mit Hand anlegen.»

Die Leute auf dem Markt wurden still, als sie Pieros Vorschlag ernsthaft in Erwägung zogen. Nach diesem wahrhaft berauschenden Frühling schien nahezu alles möglich zu sein; die Farben der Felder und Wiesen und der süße Honigduft in der Luft schienen ihren Verstand in nichts aufzulösen. Piero beobachtete ihre Gesichter, während sie sich vorzustellen versuchten, was er beschrieben hatte: Siora Scabbri kaute heftig auf der Innenseite ihrer Wange; Ugolino Ramponi rümpfte die Nase, als hätte er etwas Schlechtes gerochen; Beppe Guancio starrte stumpfsinnig und verträumt auf den Morast, der seine Füße beschmutzte. Doch das Gesicht, das sich Piero ins Gedächtnis gebrannt hatte – das Gesicht, das ihn vorantrieb und seinen Ehrgeiz nährte –, war das entstellte Gesicht der Leiche, die er auf der Wiese mit dem wilden Thymian vergraben hatte.

«Es ist zu schwierig, Piero», sagte Gesmundo Barbon. «Wir haben schon genug zu tun, um all die Arbeiten zu schaffen, die wir ohnehin bewältigen müssen.»

«In einem solchen Frühling», sagte Gianluca, «können wir nur noch versuchen, das ganze Gemüse zu ernten.»

Piero drängte sich ins Zentrum der Menschenmenge.

«Warum bauen wir das alles dann nicht, um *grazie* zu sagen?» schlug er vor. «Wenn Gott angesichts so großer Sorgen so gut zu uns gewesen ist – warum sollen wir dann nicht sein Haus vergrößern und seiner Insel einen Ort schenken, an dem sich die Bewohner versammeln können?»

Wieder wurde die Menge still; Piero spürte fast, wie sie erwogen, was er soeben gesagt hatte.

«Ich könnte die Steine für den *campanìl* besorgen», sagte Giuseppe Navo.

«Ich könnte die Balken besorgen», sagte Paolo Guarnieri. «Der Ehemann von meiner Cousine Francesca arbeitet im Arsenale. Daher habe ich auch das Holz für meinen Räucherschuppen gekriegt.»

«Ich könnte dir beim Bauen helfen», erbot sich Albertino.

«Du bist noch nicht mal einen halben Tag zurück und willst schon deine Zeit verschenken?» sagte Gianluca.

«Ist doch für die Insel», sagte Albertino. «Damit wir einen Sommer kriegen und einen Herbst und einen Winter. Man kann nie vorsichtig genug sein, Gianluca.»

Darüber dachte Gianluca einen Moment nach und musterte zuerst Albertino, dann Piero und schließlich das üppige Gemüsemeer, das sich rings um ihn ausbreitete.

«Na schön», sagte er dann. «Na schön, ich werde ebenfalls helfen. Aber nun halt endlich den Mund und laß uns wieder an die Arbeit gehen!»

Piero stimmte zu, und so kehrte der Markt allmählich zu dem fröhlichen Treiben zurück, bei dem er nur wenige Minuten zuvor so abrupt gestört worden war. Diesmal jedoch enthielt die Fröhlichkeit ein Element, das zuvor nicht dagewesen war, denn zum erstenmal in ihrem Leben dachten die Bewohner von Riva di Pignoli darüber nach, wie Riva di Pignoli auf den Rest der Welt wirken mochte. Und ein solches Nachdenken mußte, Frühling oder nicht, den Dingen auf jeden Fall eine Wendung geben.

Ermenegilda nahm ihren Zorn, wickelte ihn sauber in ganze Ballen feinster importierter Seide und übergab das Paket Piarina.

«Nimm es zurück», bat sie. «Das Obst, die Wiesen, das Gras, die Bäume, das Gemüse. *Vor allem* das Gemüse.»

Piarina war dankbar, daß sie stumm war. Denn hätte sie zehntausend Wörter zur Verfügung gehabt, sie hätte dennoch nicht gewußt, was sie sagen sollte. Als Ermenegilda um den Frühling bat, hatte sie sich mit Kerzenwachs begießen lassen, um ihn herbeizuholen, aber wegschicken konnte sie ihn nicht mehr. Piarina konnte heilen, nicht aber verdammen. Piarina konnte Gesundheit bringen und Wachstum, nicht aber das Leben nehmen, das sie dem Land geschenkt hatte.

Als ihr klarwurde, daß Ermenegilda es ernst meinte, ging Piarina hin, pflückte eine wilde Iris aus der Rabatte, die am Rand des Pfades zu ihrer Kate wuchs, und trug sie zu ihrer Freundin. Sieh doch, schienen ihre Augen zu sagen. Sieh doch, wie schön sie ist. Wie zart und voller Freude. Niemals könnte ich auch nur ein einziges Blütenblatt verletzen!

Ermenegilda betrachtete die Blume. Die weit geöffneten Blütenblätter erinnerten sie an den Friedhof. Und da sie es nicht ertragen konnte, so schmerzhaft daran erinnert zu werden, daß ihre Liebe zurückgewiesen worden war, brach sie die Blüte ab, zerdrückte sie in ihrer Faust und warf sie zu Boden. Dann ging sie zum Birnbaum und riß ein paar Birnen von den Zweigen. Mit den Fingern zerfetzte sie die Birnen und klatschte das

Fruchtfleisch an die Wand der Kate. Dann watschelte sie in den Kräutergarten. Valentina hatte nur Basilikum und Thymian gepflanzt, doch Ermenegilda riß die Stengel mitsamt den Wurzeln aus und schleuderte sie in den Brunnen.

Anschließend sah sie Piarina an, um ihr eine letzte Chance zu geben. Doch Piarina ließ nur den Kopf hängen und versuchte ihre Tränen zurückzuhalten. Also nahm Ermenegilda ihren Zorn, schob ihn sich unter den Arm und stürmte zur Ca' Torta zurück.

Als sie fort war, betrachtete Piarina traurig die zerquetschte Irisblüte, die vor ihren nackten Füßen lag. Mit dem Finger fuhr sie durch das zerdrückte Birnenfleisch, das an der Katenwand herabrann. Sie holte einen Kochlöffel und fischte die Kräuter aus dem Brunnen, die Ermenegilda hineingeworfen hatte. Dann nahm sie einen Korb, legte alles hinein, hockte sich neben den Komposthaufen und wiegte sie sanft in ihren verlassenen Armen.

6. KAPITEL

Der kraftvolle Frühling mit seinen geschmeidigen Muskeln hielt ohne Unterbrechung an; bald schon ließen sich die Bewohner von Riva di Pignoli in die Gewohnheit des Überflusses und ein tiefes Gefühl des Wohlbefindens sinken. Die Freude über die blühende Landschaft mündete in Plänen für den *campanìl*: Die Arbeiten konnten im Grunde erst beginnen, wenn Steine, Seilwinde und Holz zusammengebracht worden waren, doch schon bald erfaßten die Vorbereitungen die ganze Insel. Ein Arbeitsplan wurde entworfen, nach dem jeder Dorfbewohner an einem Vormittag und einem Nachmittag pro Woche bei den Arbeiten eingesetzt werden konnte: Die Jungen, Starken wie Gianluca übernahmen das Hochziehen und -winden; die Schwächeren, wie die Vedova Stampanini, machten sich nützlich, indem sie die Taue flickten oder Zweige aus dem Mörtel suchten. Gewiß, über Nacht würde der *campanìl* nicht errichtet werden, aber Piero war überzeugt, daß sie, wenn sie an Pfingsten begannen, spätestens an Mariä Namenstag fertig sein würden und somit noch ausreichend Zeit blieb, bis Weihnachten den *campo* und das Denkmal fertigzustellen.

Inzwischen konzentrierte sich Pieros Aufmerksamkeit so ausschließlich auf das neue Ortszentrum, daß alle anderen Probleme unwichtig wurden. Er richtete sich auf dem Stumpf einer alten Pinie in der Nähe der Kirchentür ein und versuchte das neue Bauwerk durch seinen schieren Willen ins Leben zu zwingen. Er aß dort, er schlief dort. Und immer war er fest davon überzeugt, daß er sich nur ein jedes Detail des Endergebnisses möglichst genau vor Augen zu führen brauchte, damit es in der Realität entstehen würde. So intensiv, so obsessiv, so konzentriert auf sein Ziel war er, daß er möglicherweise dortgeblieben wäre, bis der letzte Stein gesetzt war, hätte es da nicht Miriam gegeben, die am Abend der Mittsommernacht so plötzlich auftauchte wie ein Blitz aus heiterem Himmel.

Niemand sah sie wirklich kommen. Keine fremden Schiffe ankerten an der zerfransten Küste der Insel, keine mythischen Vögel schossen herab, um sie aus ihren Klauen fallen zu lassen. Und dennoch nahm ein jeder Notiz von ihrer Ankunft. Erstens waren sie allesamt im Bad, denn der Abend vor der Mittsommernacht war einer der beiden Abende im Jahr, da sie sich diesen Luxus leisteten. Zweitens hatten sie noch nie erlebt, daß sie bei einer völlig Fremden sofort das Gefühl hatten, sie schon seit Ewigkeiten zu kennen. Fast alle Männer standen geifernd am Fenster ihrer Hütte, als sie die Calle Alberi Grandi in diesem fließenden weißen Gewand entlangschritt, das man, hätte es ihre sinnliche Figur nicht so freizügig umweht, auch als Brautkleid hätte interpretieren können. Fast alle Männer starrten geblendet auf die honig- und aprikosenfarbenen Locken, die ihr über die schlanken Schultern fielen, auf den vollen, sinnlichen Mund, der sich wie zu einem kindlichen Staunen öffnete, und auf die klaren topasbraunen Augen, deren Blick sich auf ein inneres Ziel zu richten schien. Fast jeder versuchte zu erraten, was ihr kleines Leinenbündel enthielt, das sie an ihre Brust drückte: Ugolino Ramponi behauptete, es sei mit Goldstücken gefüllt; die Vedova Stampanini sagte, es enthalte eine handgenähte Bettdecke aus Wildleder; Beppe Guancio meinte, ein Holzkästchen sei darin verborgen, das wiederum einen Samtbeutel enthalte, der wiederum die Milchzähne des Jesuskindes enthalte. Sie sahen zu, wie sie das erste Piniengehölz erreichte, um das der Weg einen halbmondförmigen Bogen schlug, innehielt, einen Schuh auszog und einen leuchtend blauen Stein herausschüttelte. Sie sahen zu, wie sie die Wiese vor Maria Luigis Hütte überquerte, ein paar Blumen von Maria Luigis Fenstern pflückte, an die Tür klopfte, Fausto die Blumen überreichte und ihn fragte, ob sie bei ihm wohnen dürfe. Fausto war wie betäubt – er glaubte, ein Drosselpärchen sei zu seiner Tür hereingeflattert –, aber er ließ sie wortlos ein, führte sie zu einem kleinen Alkoven, in dem Maria Luigi ihre sorgsam gefalteten und drapierten Baumwoll- und Musselinstoffe aufbewahrte, und bat sie, sich zwischen den Nähutensilien ein Plätzchen zu suchen. Als Maria Luigi kam, führte Fausto sie zu dem Alkoven, in dem Miriam schlafend auf einem Ballen türkischen Leinens lag. Maria Luigi deckte sie stumm mit einem bestickten Schal zu und ging in die Küche, um ihr Bad zu nehmen. Sie war fest davon überzeugt, daß ihre Bescheidenheit und Güte endlich mit dem Besuch eines Engels belohnt worden sei.

Als Piero am folgenden Morgen diesen Engel zum erstenmal sah, weil er sich der Chiesa di Maria del Mare näherte, dachte er zunächst an die Zeichnung in einem chinesischen Bilderbuch, das Fra Danilo ihm einmal geschenkt hatte. Auf zwei einander gegenüberliegenden Seiten waren in leuchtenden Blau-, in glühenden Rot- und Goldtönen ein wild dreinblickender Tiger abgebildet, der eine wunderschöne Prinzessin verfolgte, und eine wunderschöne Prinzessin, die einen wild dreinblickenden Tiger zähmte. Piero hatte das Gefühl, daß dieses zierliche Wesen alle vier Figuren auf einmal verkörperte: den sich anschleichenden Tiger, den gezähmten Tiger, die verfolgte Prinzessin und die beherrschende Prinzessin. Als sie einen Moment lang hinter einer Gruppe Pinien verschwand, hatte er das Gefühl, als sei er gerade schwankend aus einer Trance erwacht. Als sie wieder auftauchte und sich dem kahlen Baumstumpf näherte, auf dem er saß und nachdachte, wußte er, daß die Trance ein Zustand war, in dem er sich befunden hatte, solange sie noch nicht da war, und daß ihr Lächeln das erste wahrhafte Erwachen war, das er jemals erlebt hatte.

«Entschuldige», sagte sie mit klarer Stimme, «ich wüßte gern, ob ich die *chiesa* betreten dürfte.»

«Die Chiesa di Maria del Mare ist immer offen», antwortete Piero. «Gott heißt dich willkommen, wann immer du eintreten möchtest.»

«Danke», sagte sie und sah ihm für einen kurzen Moment in die Augen, bevor sie sich abwandte.

«Woher kommst du?» fragte Piero, um sie aufzuhalten.

«Aus einem Dorf namens Abrodando. In den Bergen.»

«Das klingt weit weg.»

«Es ist weit weg.»

«Was führt dich nach Riva di Pignoli?»

Miriam zögerte.

«Es ist eine wunderschöne Insel», sagte sie dann. «Vielleicht habe ich mich nach der Stille gesehnt.»

«Ich verstehe.»

«Oder nach dem Wasser.»

«Selbstverständlich.»

Sie schenkte ihm die Andeutung eines schwachen Lächelns, wobei ihre Züge entspannt blieben, etwas dahinter jedoch weicher zu werden schienen.

«Vielleicht mag ich aber auch einfach gern *pignoli*», sagte sie.

«*Pignoli*», sagte Piero. «Ja. *Pignoli* gibt es bei uns allerdings in Hülle und Fülle.»

Wieder musterte sie ihn mit einem Blick, den er nicht zu enträtseln vermochte; ein außergewöhnliches Strahlen schien hinter ihren Augen aufzuleuchten. Dann verschränkte sie die Arme vor der Brust und sah zu der winzigen Kapelle hinüber.

«Ich würde jetzt gern beten», erklärte sie. «Wenn du mich bitte entschuldigen würdest.»

«Selbstverständlich», sagte Piero.

Sie wandte sich um und schritt durch das fedrige Gras zur Chiesa di Maria del Mare hinüber. Piero blieb sitzen und schloß die Augen – halb überzeugt, daß sie gar nicht richtig existierte, daß sie nur wieder eine von seinen vernebelten, mystischen Visionen sei. Aber als er sie wieder aufschlug, über die Wiese spähte und sah, wie sie die weiße Hand nach der Tür ausstreckte, mit ihren festen Beinen über die Schwelle trat und die vollen Hüften unter ihrem Kleid schwenkte – da wußte er, sie war real.

In diesem Moment begriff Piero, daß er Drachen und Phalli – und vielleicht sogar Gott – unversehens und endgültig hinter sich gelassen hatte.

Piarina glaubte noch an Gott. Doch als Ermenegilda aufhörte, sie zu besuchen, weil sie sich weigerte, den Frühling wegzuschicken, begann sie sich allmählich zu fragen, ob ihr die flackernden Kerzen genügen konnten. Das Leben ohne Ermenegilda war schrecklich; daß sie die Zuneigung des dicken Mädchens entbehren mußte, war fast so, als hätte sie ihr ein Stück aus dem Herzen gebissen. Doch Piarinas größter Kummer galt nicht Ermenegilda. Denn als Ermenegilda aufhörte, sie zu besuchen – und somit aufhörte, Otterfellumhänge zu bringen und gegrillte Finken und dickhalsige Gefäße, die von Münzen überquollen –, begann Valentina sie wieder zu schlagen. Es war nicht das erste Mal, daß sie ihre gelegentliche Gewalttätigkeit nach einer längeren Gnadenpause wieder aufnahm. Doch diesmal fiel Piarinas Reaktion anders aus. Diesmal wußte Piarina, wie es war, von einem anderen Menschen in den Armen gehalten zu werden, uralte Wiegenlieder vorgesungen zu bekommen und gestreichelt zu werden wie ein neugeborenes Lamm. Also zeigte sie, als Valentina wieder mit dem Knuffen und Puffen und Prügeln begann, äußerlich keine Reaktion, während sie sich innerlich ausmalte, wie sie die Mutter umbringen konnte.

Anfangs kamen diese Gedanken nur in ihren Träumen vor. Mitten in der Nacht erwachte Piarina davon, daß sie Gift in Valentinas Pudding getan oder sie mit dem Kochkessel erschlagen hatte, während sie sich die Stiefel zuschnürte. Nicht lange, und sie fürchtete sich davor, des Abends einzuschlafen; sobald die Dunkelheit hereinbrach, legte sie scharfkantige Steine auf ihre Seite des Bettes oder steckte die Zehen in eiskalte Hafergrütze – und alles nur, um den grausigen Taten zu entgehen, die sie vielleicht ausführen würde, wenn ihr Verstand nachgab. Früher oder später aber wurde sie dann doch vom Schlaf übermannt – etwa über den Suppentopf gebeugt oder neben der Salzkiste hockend –, und wieder prägte ihr ein Traum seinen widerlichen Plan ins Gedächtnis. Valentina ins Feuer stoßen, wenn sie den Bohnenbrei rührte. Sie mit der Hacke in Stücke hauen, wenn sie am Morgen das Stroh ausstreute.

Schließlich warteten die Träume nicht mehr, bis sie schlief. Wenn Valentina es ihr zum Beispiel überließ, das Kalkwasser einzudampfen, und ihre Anweisungen jeweils mit einem Stoß oder einem kurzen Tritt unterstrich – «Und paß auf, daß die Flamme nicht zu dicht ans Wasser kommt (klatsch!). Das letztemal hat der Kalk genauso übel gestunken wie die Lauge» –, stellte sich Piarina vor, wie sie nach dem Seifenmesser griff und es Valentina ins Herz stieß. Piarina war entsetzt über ihre Phantasien; sie versuchte, diese bitteren Vorstellungen hinter den Vorhang ihres Bewußtseins zurückzudrängen, doch immer häufiger quollen sie dahinter hervor und flossen in ihren Tag. Und obwohl sie den Unterschied zwischen Phantasie und Wirklichkeit kannte, begann sie tief im Herzen zu fürchten, daß sich das eine mit dem anderen vermischen und irgend etwas Schreckliches passieren würde.

Also ging sie in die Chiesa di Maria del Mare und sprach mit den Kerzen. Sie erbot sich, nicht mehr zu essen. Sie erbot sich, ihre magische Heilkunst aufzugeben, alles zu tun, um ihre schwarzen Phantasien loszuwerden. Aber die Kerzen vibrierten nur ein wenig in den kalten Steinschatten. Und Piarinas Mordvisionen gingen weiter.

Miriam schlug sich mit Problemen herum, die weit weniger tödlicher Natur waren. Im Moment konnte sie sich nicht entscheiden, ob es sich auf Satin oder auf Spitze schöner knien ließ. Satin glänzte so schön wie Gottes Gnade und verlieh ihren Meditationen süße Freude. Spitze dagegen hinterließ oft einen schwachen Abdruck auf den Knien, der sie an ihren Körper erinnerte, und das empfand Miriam als beruhigend. Sie wußte, daß Gott ihren Körper *und* ihre Seele liebte; sie sehnte sich nach der Spitze – nicht um diesen Körper zu strafen, sondern um ihn bei ihren Gebeten unaufdringlich gegenwärtig zu haben.

Kurz nachdem sie sich in dem kleinen Alkoven in Maria Luigis Kate niedergelassen hatte, begann Miriam in einem

Winkel zwischen den Leinenballen und Spitzenbündeln einen einfachen Altar zu bauen. Maria Luigi hatte ihr erlaubt, auf Atlasseide, die Fausto bei einem Ausflug nach Vicenza gefunden hatte, eine kleine Muttergottesfigur – einer der Gegenstände aus ihrem Bündel – aufzustellen, umgeben von einem Kreis aus flachen Steinen und einer schlichten, halb mit Wasser gefüllten Keramikschale. Zwar hatte es sich erwiesen, daß die Chiesa di Maria del Mare harmonisch auf ihre sensiblen Empfindungen wirkte, aber Miriam brauchte einen Ort zum Beten, der ihr ganz allein gehörte. Als sie nun vor diesem improvisierten Altar kniete (sie hatte Spitze für ihre Knie gewählt), versuchte sie den Grund für die Erregung und die Gefühle zu finden, die sie seit ihren ersten Tagen auf Riva di Pignoli erfüllten.

Noch vor Ablauf der ersten Woche war es Miriam gelungen, Einfluß auf das Leben fast eines jeden Inselbewohners zu nehmen. Maria Luigi zeigte sie eine neue Technik beim Nähen der Säume, durch die man halb so viel Garn verbrauchte, die aber doppelt so gut hielt. Siora Bertinelli lehrte sie, ein ganz besonderes Brot zu backen, das das sechsfache Volumen der Zutaten ergab. Giuseppe Navo zeigte sie einen schnelleren Knoten zum Vertäuen seines Bootes, Albertino erklärte sie, wie man verhindern konnte, daß Würmer über das Zwiebelbeet herfielen, Fausto gab sie einen Tip, was er tun mußte, damit sein Bart in der Sonne nicht gelb wurde. Als Gegenleistung gab Siora Scabbri ihr Arbeit in ihrem Hühnerstall, trainierte die Vedova Stampanini ihre *ladino*-Zunge in den Grundlagen des Dialekts von Riva di Pignoli, und bald schon erfanden die Dorfbewohner ganz besondere Namen für sie: Siora Guarnieri nannte sie *La Colomba*, weil sie überzeugt war, daß sie eines Abends auf ebenso unerklärliche Art und Weise wieder davonfliegen würde, wie sie hereingeflattert war. Brunetto Fucci nannte sie *La Santificata* und mußte sich zurückhalten, um sich nicht zu verneigen, wenn sie seinen Laden betrat (schließlich vermochte er diesem Impuls nur noch halb zu widerstehen, begnügte sich aber mit einem Kopfneigen und einem Einziehen der Schultern, was Miriam als nervösen Tic auslegte). Siora Scabbri nannte sie

La Furba, weil sie es verstand, ihre alten Hennen zu überreden, doppelt so viele Eier zu legen. Und selbst Ugolino Ramponi, der kaum einen Gedanken für andere Menschen übrig hatte, konnte sich nicht enthalten, ihr hin und wieder eine Ziege vor die Tür zu legen.

Miriam hatte schon immer eine starke Wirkung auf die Menschen ausgeübt. Ihre Eltern waren für ihre außergewöhnliche Großzügigkeit bekannt gewesen: Jeder in ihrem kleinen Bergdorf wußte, daß man an ihrer Haustür immer ein Glas Bier oder ein Extrastück *pan dolce* bekam. Mit der Zeit jedoch begannen die Menschen diese Großzügigkeit auszunutzen. Schon früh am Morgen, während Miriam und ihre Eltern noch schliefen, kamen die Dorfbewohner durch die unverriegelte Haustür herein und setzten sich an den breiten Schragentisch neben der Feuerstelle. Wenn Miriams Eltern erwachten und sie dort fanden, eilten sie an das verglühende Feuer, um ein wenig Suppe mit Speck oder ein bißchen Kohl mit Zwiebeln zuzubereiten. Bald schon erschienen die Leute bereits, wenn Miriam und ihre Eltern sich abends schlafen legten; sogar Hunde und Katzen kamen, und Besucher aus dem Nachbardorf streckten sich zum Schlafen auf den rohen Holzbänken aus, die an den Wänden entlang standen. Miriam sah, wie ihre Eltern abmagerten, wie ihr Heim zur Wanderherberge wurde – bis sie eines Morgens über die zusammengerollten Körper stieg, sich mitten zwischen die Schüsseln mit Bohnen und Fleischbrühe stellte und mit energischer Stimme rief: «Geht nach Hause!»

Alle, sogar die Katzen, schienen dankbar dafür zu sein.

Miriam versuchte, ihre Fähigkeit, Probleme zu lösen, tatkräftig einzugreifen, Hilfe zu leisten, niemals in Frage zu stellen. Sie versuchte zu akzeptieren, daß überall, wo sie zur Essenszeit vorüberging, Begierde aufflammte; daß sich die hitzigsten Gemüter abkühlten, wenn sie sich einem Streit näherte. Tief innen hatte Miriam aber von jeher ein seltsames Sehnen empfunden. Anfangs hatte sie es auf ihre Eltern konzentriert, auf einen alten Esel, den ihr Dorf San Tomaso getauft hatte, auf eine lange Reihe schmalgliedriger Jungen und lachender, schöner Männer.

Doch keiner von ihnen schien es auch nur entfernt stillen zu können. Also lebte sie einfach weiter, mit diesem Sehnen, das in ihr brannte wie scharfe Peperoni. Sobald sie es von Eltern, Eseln und Männern zurücknahm, wurde es zu einem Feuer, das sie von innen leuchten ließ, zu einer zehrenden Flamme, die sie veranlaßte, im blauen Licht der Abenddämmerung oder den langen, flachen Schatten, die vor Sonnenaufgang entstanden, niederzuknien, weil sie der Überzeugung war, daß sie auf dieser Welt nichts und niemanden brauchte.

Miriam war sich klar darüber, daß es der Widerschein dieses Sehnens war, der die Menschen von Riva di Pignoli blendete. Aber sie sah auch, daß sich die Dorfbewohner – obwohl sie von allen geliebt und rückhaltlos akzeptiert wurde – unwillkürlich fragten, warum sie zu ihnen gekommen sei. Und warum ausgerechnet am letzten Tag eines Frühlings-der-über-den-Frühling-hinausging? Warum ausgerechnet, als sie sich gerade daranmachten, einen *campanìl* zu bauen und einen *campo* und ein Denkmal?

«Miriam! *Pranzo!*»

Der süße Duft von Minze und Zwiebeln – sowie der Klang von Maria Luigis Stimme – störten Miriam in ihren Gedanken.

«*Grazie*, Maria Luigi!» rief sie. «Ich komme sofort!»

«Ich habe Taubeneintopf gekocht und etwas *pan da pistor* gebacken. Ich hoffe, du hast großen Hunger.»

Während sie Maria Luigis fröhlicher Stimme lauschte, fiel Miriam auf einmal ein, daß sie das Haus dieser Frau genauso unaufgefordert betreten hatte, wie die Leute, die an ihre Haustür gekommen waren, als sie noch klein war, die Leute, die wegzuschicken sie, und nur sie allein den Mut gehabt hatte. Doch als sie aufstand, das Stück Satin vom Fußboden aufnahm, es faltete und neben die Figur der Madonna legte, war ihr bewußt, daß es einen Grund für ihr Hiersein gab. Das einzige Problem bestand darin, wie sie es den Bewohnern von Riva di Pignoli erklären sollte. Sie hätte ihnen sagen können, sie habe ihr Bergdorf verlassen, um eine Pilgerreise anzutreten – daß sie vor ihrem inneren Auge gesehen habe, wie sie barfuß und glückstrahlend vor den Toren der Ewigen Stadt eintraf –, aber niemals hätte sie ihnen erklären können, wieso sie auf einem verschlungenen Pfad gelandet war, der sich durch ein Pinienwäldchen wand, und zwar auf einer Insel, von der sie vage vermutete, daß sie nicht mal wirklich existierte.

Daß Miriam ein Kind erwartete, hätte die Leute von Riva di Pignoli bestimmt interessiert. Doch da sie eben erst gekommen und daher noch eine Fremde war und da alle so ganz und gar mit dem Eintreffen des Frühlings und dem Bau des neuen Dorfzentrums beschäftigt waren, beschloß Miriam, vorerst niemandem etwas davon zu sagen.

Warum unnötig Gerüchte auslösen?

Warum etwas erwähnen, das ohnehin bald nicht mehr zu übersehen sein würde?

Hätte die Vedova Stampanini gewußt, daß Miriam ein Kind erwartete, sie hätte ihr eine herzhafte *sopa di verzura*, eine duftende *polastrone rosto* und eine federleichte *crosta di mele* zubereitet. Da sie es aber nicht wußte und ihr nur etwas vorsetzen wollte, weil sie sie gern hatte, entschied sie sich für ein schönes, knuspriges *pan duro* mit duftenden Kräutern. Von all den vielen Menschen, die Miriam bei ihrer Ankunft auf Riva di Pignoli bereitwillig Herzen und Häuser geöffnet hatten, war die Vedova Stampanini jene, die sie am ehesten wie ein Familienmitglied behandelte. Dreimal die Woche half ihr die Alte, die Konsonanten weicher auszusprechen, die Vokale zu dehnen und sich die Standardformulierungen des Dialekts von Riva di Pignoli anzueignen. Für Miriam war das ein Privileg, denn nachdem die Vedova zwar zehn Kinder, nicht aber die Fähigkeit zum Lachen verloren hatte, kam sie von allen Inselbewohnern jener Art Verständnis am nächsten, nach der sich Miriam sehnte. Für die Vedova dagegen war es weit mehr. Die Gegenwart des jungen Mädchens war für sie, als sei in ihrer engen, dunklen Hütte ein zusätzliches Fenster geöffnet worden; wenn Miriam zu ihren Unterrichtsstunden kam, entdeckte die Vedova Löffel im Stroh und Knoten in den Dachbalken, die sie seit zwanzig Jahren nicht mehr gesehen hatte.

Ein *pan duro* würde daher das beste sein: knusprig, mit Öl bestrichen, ein bißchen blasig und ganz leicht verbrannt. Aber wenn sie nun schon ein *pan duro* machte, warum dann nicht gleich zwei? Ein bißchen Salz und Mehl, ein bißchen Olivenöl, ein paar Kräuter – eine zusätzliche Portion machte auch nicht mehr Arbeit. Wie die Vedova wußte, würde es Miriam nicht kümmern, ob sie ein zweites machte – und daß sich Giuseppe Navo freuen würde, verstand sich von selbst.

Die Vedova Stampanini und Giuseppe Navo waren ein Liebespaar, obwohl sie sich in den ganzen siebenundfünfzig Jahren kein einziges Mal körperlich geliebt hatten. Begonnen hatte es in den Anfangstagen der Ehe der Vedova: Eines Abends, bei einem Teller Sardinen und Eintopf aus weißen Bohnen, warf ihr der damals noch junge Fischer (der elf Jahre jünger war als die Vedova) über den Tisch hinweg einen Blick zu, unter dem sie so viel Koriander auf ihren Teller tat, daß sie sofort zum Brunnen laufen und kaltes Wasser trinken mußte. Bald wurde Giuseppe Navo zum Stammgast an ihrem Abendbrottisch; ihr Mann und ihre Kinder lauschten seinem Seemannsgarn, während sie auf seine feurigen Blicke mit Safranrindfleisch, Ingwerkapaun und heiß-kaltem Zimtgelee reagierte. Wann immer sie etwas zubereitete – «und eins für Giuseppe Navo» wurde zur stehenden Redensart. Ohne seinen Teller war eine Mahlzeit fast schon keine Mahlzeit mehr.

So ging es während der ganzen Ehe der Vedova weiter, während all der Jahre des Gebärens und Begrabens ihrer zahlreichen Kinder. Wenn er nicht kommen konnte, wurde im Garten bei der Kaltpresse stets ein Teller für Giuseppe Navo hinterlassen. Als aber einundzwanzig Jahre vergangen und alle Kinder der Vedova sowie ihr Ehemann gestorben waren, geschah etwas sehr Seltsames: Eines Abends erschien Giuseppe Navo, hochrot vor Begierde nach ihr, vor der Tür der Vedova, warf ihr jenen feurigen Blick zu, der sich über mehr als zwei Jahrzehnte nicht abgekühlt hatte – und die Vedova reichte ihm eine Krebspastete mit einer Schale Milchkohl. Und Giuseppe Navo gab sich damit zufrieden. Denn nach über achttausend Mahlzeiten mit feurigen Blicken, die durch würzige Speisen belohnt wurden, hatten weder die Vedova noch der Fischer den Wunsch, an diesem Ritual etwas zu verändern. Also fuhren sie während der folgenden sechsunddreißig Jahre fort, mit demselben Kitzel der Geheimhaltung zusammenzukommen – und zu essen –, der ihnen soviel Vergnügen bereitet hatte, als es noch jemanden gab, vor dem es geheimgehalten werden mußte.

Deswegen lächelte die Vedova, als sie Salz, Mehl und Öl auf jenen Tisch stellte, der das Gewicht all dieser Blicke getragen hatte, und gab besonders gut acht, als sie die Kräuter abmaß. Rosmarin, Oregano, Basilikum, Salbei – nur ein bißchen Thymian fehlte noch. Wie die Vedova sehr gut wußte, würden weder Miriam noch Giuseppe Navo bemerken, daß dem *pan duro* Thymian fehlte. Aber wenn man schon etwas tut, sagte sie sich, dann auch gleich richtig. Also setzte sie ihren Strohhut auf, nahm einen alten Weidenkorb und machte sich zu der Wiese mit dem wilden Thymian auf, die sich am Nordrand der Insel entlangzog.

Die strahlende Junisonne war heißer, als sie erwartet hatte. So heiß, daß sich ihr kleiner, verkrümmter Körper zusammenzog wie eine Faust und ihr Verstand wie ein Hengst losstürmte. Sie wanderte die Calle Alberi Grandi entlang, an Maria Luigis Kate vorbei, an der Chiesa di Maria del Mare und der Ca' Torta vorbei, an Rizzardellos Salzschuppen und den Feldern hinter Gianlucas und Albertinos Gemüsegarten vorbei, bis sie die Wiese mit dem wilden Thymian erreichte. Hier war es sogar noch mehr als üppig grün, anscheinend ein Tribut an den jungen Frühling. Aber sie hatte kaum mehr als ein paar frische Zweiglein gepflückt, als sie neben ihren Füßen etwas Absonderliches entdeckte. Anfangs glaubte sie es sich einzubilden, glaubte, die Sonne beeinträchtige ihr Sehvermögen, aber dort, aus dem Boden, ragten die geschwärzten, verdorrten Finger einer menschlichen Hand.

Ohne zu zögern, machte sie kehrt, marschierte zu ihrer Hütte zurück und bereitete zwei glänzende *pan di casa* zu, mit feinen Zwiebelstreifen, dünnen Rinnsalen von *persuto* und leuchtenden, gehäuften Händen voll Oliven – grün, grün, so grün wie ein wilder Frühlingstag.

Albertino hätte gern mehr zum Bau des *campanìl* beigetragen als nur einen Vormittag und einen Nachmittag pro Woche, doch die überwältigende Fülle dieses späten, aber fruchtbaren Frühlings schien mit dem Fortschreiten des Sommers noch zuzunehmen. Albertino konnte arbeiten, soviel er wollte, vom ersten Schein des Morgengrauens bis zum letzten Glühen der Abenddämmerung, und doch gab es immer noch zarte, zwischen den samtigen Blättern verborgene Beeren und perfekte Erbsenschoten an den Ranken, die er gern mitnehmen wollte. Aber so schwer diese Arbeit auch war – sosehr sie einfühlsamer Zeiteinteilung und absoluter, beharrlicher Aufmerksamkeit bedurfte –, für Albertino war sie nicht weniger natürlich und erfreulich, als des Abends am Ufer der Lagune zu liegen und die Sterne des Orion zu zählen.

Albertino liebte die Ernte. Die Freude, endlich die Früchte aus dem Boden zu ziehen. Das Gefühl, daß die Erde sie ihm schenkte. Er betrachtete sich als Gemüse-Hebamme, die junge Kohlköpfe entband, Baby-Blumenkohl in die Wiege legte, neugeborene Radicchioköpfe in die wartende Welt holte.

Heute erntete Albertino Karotten – und Karotten waren kompliziert. War der Boden zu zäh, spalteten sich die Wurzeln. Gab es zuviel Sonne, wurden die Kronen grün. Ganz zu schweigen von den Gefahren durch Schnecken aller Art, Raupen, Drahtwürmer, verschiedene Zwergviren und Wurzelfäule. Doch Albertinos Karotten waren schlank und fest, mit schönen, dichten Kronen und sich elegant verjüngenden Spitzen. Um die großen Erdklumpen zu entfernen, schüttelte er sie jeweils aus, wenn er sie aus dem Boden zog; dann sortierte er sie in zwei Gruppen: in jene, die am nächsten Tag auf den Markt kommen sollten und behutsam in ein mit Gras ausgepolstertes Faß gelegt werden mußten, und jene, die für den Winter gelagert werden sollten und darum entlaubt und zwischen dicken Sandschichten in eine flache Kiste gepackt wurden. Wenn die Sonne am heißesten brannte, ging er zum Auberginenbeet hinüber, um sein Mittagessen zu verzehren und sich auszuruhen. An der Rundung einer Aubergine konnte sich Albertino stundenlang begeistern – sich ganz und gar in den Goldflecken verlieren, die durch den schwärzlichen Purpur schimmerten, und in die glänzende Schale, die so straff gespannt wirkte und unter seiner Berührung dennoch nachgab. Heute jedoch erinnerten ihn die Auberginen an Ermenegilda; also schlang er hastig sein Essen herunter und machte sich schnell wieder an die Arbeit.

Mitten am Nachmittag, als die Sonne allmählich ihre beharrliche Übermacht am blaßblauen Himmel aufzugeben begann, sah er, wie sich Gianluca mit ganz ungewohnt energischem Schritt dem Karottenbeet näherte.

«*Ciao*, kleiner Bruder.»

«*Ciao*, Gianluca.»

«Ich hab dir zwei *coda di rospo* mitgebracht.»

«Danke.»

«Gesmundo Barbon sagt, du sollst sie mit ein bißchen Salbei grillen – zum Braten sind sie viel zu zart.»

Albertino staunte über das sorglose Gebaren des Bruders; in Anbetracht der Hitze und der Menge Arbeit, die noch zu erledigen war, kam ihm das irgendwie komisch vor.

«Wie geht's mit der Arbeit heute?»

«Gut, Gianluca.»

«Und die Karotten?»

«Die Karotten machen sich gut.» Albertino hob ein erdverkrustetes Exemplar empor. «Möchtest du selbst ein paar rausziehen, damit du es siehst?»

«Wenn du willst. Es ist glühend heiß heute. Du kannst sicher eine kleine Pause vertragen.»

Albertino hielt mitten im Karottenziehen inne und blickte auf.

«Alles in Ordnung mit dir?»

«Mehr als in Ordnung», antwortete Gianluca. «Es geht mir gut, Albertino. Wirklich, aufrichtig, ehrlich gut.»

«Denn wenn du's ernst meinst», fuhr Albertino fort, «könnten wir die Arbeit für eine Weile tauschen. Ich verkaufe auf dem Markt, und du arbeitest auf den Feldern.»

Gianluca überlegte einen Moment, dann schüttelte er den Kopf.

«Das wäre nicht gut.»

«Und warum nicht?»

«Weil du zu gutmütig bist. Wenn ich nicht da bin, verschenkst du mindestens ebenso viel, wie du verkaufst. Und das ist nicht gut fürs Geschäft.»

«Du lügst, Gianluca. Das ist nicht der Grund, warum du nicht willst.»

Gianluca hob den Unterarm an den Mund und glättete die silbrigen Härchen an seinem Handgelenk mit der Unterlippe; dann verzog sich sein Gesicht zu einem seltsamen, ganz neuen Strahlen.

«Könnte ja sein, daß sie auf den Markt kommt, während ich weg bin. Und das ist ein Risiko, das ich nicht eingehen kann. Sogar jetzt könnte ich sie womöglich schon verpassen.»

Während Miriams Gegenwart auf Riva di Pignoli Pieros Frömmigkeit in Fleischeslust verwandelt hatte, übte sie auf Gianluca genau die gegenteilige Wirkung aus. Seit dem Morgen, an dem sie zum erstenmal auf dem Markt erschienen war – das lange Haar mit einem von Maria Luigis Seidenbändern zurückgehalten, während der Blick ihrer klaren, leuchtenden Augen munter zwischen dem *romano* und den Rettichen hin und her tanzte –, verspürte er ein Aufwallen in seiner Brust, das sogar noch stärker war als das gewohnte Aufwallen in seinen Lenden. Nicht, daß er blind für Miriams Körper war: Gianluca hätte tot sein müssen, um die weiße Kehle, die mit sanftem Schwung in dem ein wenig offenstehenden Kragen ihres Kleides verschwand, oder den ganz leicht konischen Bauch zu übersehen, als sie unentschieden vor den Erdbeeren stand. Doch während derartige Reize ihm früher durchaus genügt hatten, schienen sie nun ein wundervoller Schleier über etwas Tieferem zu sein – über einer Eigenart unter dem Fleisch, die eine ganz neue Reaktion unter dem seinen hervorrief.

«Kann ich dir helfen?» fragte er, der hell entflammt hinter einer Pyramide aus Zwiebeln stand.

«Ja», sagte Miriam. «Ich möchte ein wenig Obst kaufen.»

«Warum?» Er schloß die Augen.

«Wie bitte?»

«Warum?» wiederholte er und öffnete sie wieder, um sich in ihrem Licht zu sonnen. «Du wirst die Früchte nur beschämen, mit den süßen *grape* deiner Augen ... den reifen *prugne* deiner Wangen ... den saftigen *ciliegie* deiner Lippen ...»

Miriam wandte sich um und ging davon, ohne auch nur eine *albicocca* gekauft zu haben. Und so begann Gianluca um sie zu werben. Das war beileibe kein alltägliches Erlebnis für ihn; er war es gewöhnt, großspurig auf jede Frau zuzustolzieren, die er zufällig begehrte, seinen kräftigen, festen Körper an ihren Türrahmen oder das Tor ihres Salzschuppens zu lehnen und den Honig aus seinen lächelnden Augen strömen zu lassen. Miriam dagegen war anders: Von dem Moment an, da er sie sah, sah er keine andere mehr. Also widmete er sich der Aufgabe, sehr sanft, aber hartnäckig um ihre Seele zu werben. Jeden Morgen bevor er zum Markt ging, stand er vor Maria Luigis Hütte und sang Balladen, in denen Miriam den Sommerregen jagte oder den Winterwind wehen ließ. Jeden Abend legte er einen Kürbis oder eine Melone vor Maria Luigis Tür, in die er mit einer Krawattennadel eine zierlich detaillierte Szene geritzt hatte, etwa Miriam, wie sie mit den Engeln sprach oder in einem wogenden Weizenfeld tanzte. An jedem Tag erwarteten ihn nunmehr zwei Aufgaben, und nur zwei: Obst und Gemüse zu verkaufen und Miriam zu erobern.

«So hab ich dich ja noch nie erlebt», sagte Albertino, als er die glasigen Augen seines Bruders sah. «Das ist sehr seltsam.»

«Das ist die Liebe, Brüderchen. Ehrfürchtige und heilige Liebe.»

«Ehrfürchtig und heilig?»

«Ich schwöre es. Ich fühle mich, als wäre Gott gekommen, hätte mir einen Klaps auf die Schulter gegeben und gesagt: Nur Mut, Gianluca – es ist noch nicht zu spät.»

«Zu spät – wofür?»

«Für Gott, Himmel noch mal! Für den Himmel und die Engel und die heiligen Geister. Den ganzen Kram.»

Albertino, der aufmerksam in die Augen des Bruders starrte, sah darin das Schimmern von Heiligenscheinen und die weißen Spitzen wild flatternder Schwingen.

«Und was ist mit *Il Bastón*?»

«Der ist noch nicht ganz überzeugt. Aber ich arbeite daran. Bis jetzt hat er noch nicht versucht, mir in die Quere zu kommen.»

«Und was ist mit Piero Po?»

Gianluca befingerte *Il Bastón* und spie auf den Boden.

«Piero Po ist die Imitation eines lästigen Insekts und besessen von dem, was ihm fehlt. So einen Mistkäfer kann man nicht ernst nehmen, und ich bin sicher, daß sie das auch so sieht.»

«Das klingt aber nicht sehr christlich, Gianluca.»

«Für manche Einsichten braucht man länger als für die anderen, Brüderchen.»

«Sag das *Il Bastón*», meinte Albertino und deutete auf den wie immer hochgewölbten Schritt seines Bruders.

«Basta!» sagte Gianluca und versetzte Albertino einen liebevollen Knuff am Kopf. «Ich arbeite daran, hab ich gesagt.»

Er warf die beiden *coda di rospo* auf den Korb mit den Karotten; dann trabte er, ein paar ungefähre Versionen der liturgischen Gesänge aus den Messen seiner Kindheit pfeifend, fröhlich zum Markt zurück. Albertino widmete sich wieder den Karotten, erntete die Reihen, die er für diesen Tag vorgesehen hatte, und entschied, was morgen getan werden mußte. Dann ging er über die Felder zu den westlichen Bootsstegen und ruderte zu seiner Insel zurück.

Als er über das Wasser dahinglitt, fühlte sich sein Körper herrlich ermüdet von der langen Arbeit des Tages. Gianlucas Besuch hob sich wie ein auffallender Flicken von dem ansonsten durchschnittlichen Nachmittag ab, doch Albertino konzentrierte sich auf die beiden schönen *coda di rospo*, die er zum Abendessen mitgebracht, und auf den kleinen Korb voll Aprikosen, die er gepflückt hatte, um sie anschließend zu genießen. An seiner Insel angelangt, vertäute er rasch das Boot, denn er hatte es eilig, nach Hause zu kommen, Feuer zu machen und die Fische zu grillen. Aber bevor er den Weg zu seinem Zimmer zur Hälfte zurückgelegt hatte, verschlug es ihm gründlich den Appetit.

Es war nicht das erste Mal, daß so etwas geschah. Zwei Wochen zuvor hatte er neben der Ostwand, als er seinen Nachteimer ausleeren gehen wollte, einen Korb hingeschlachteter Artischocken gefunden. Drei Wochen zuvor war er bei der Heimkehr auf einen schleimigen Teppich zerquetschter Pflaumen gestoßen. Aber was er diesmal sah, ließ die beiden früheren Geschehnisse wie ein Kinderspiel erscheinen.

Jeder einzelne Radicchiokopf auf seinem Beet war brutal abgesäbelt, und dann waren sie alle zu einem langen, blättrigen Pfeil ausgelegt worden, der anklagend zum Friedhof wies.

7. KAPITEL

Im Hochsommer stank es auf Riva di Pignoli nach *cefalo, ombrina, ghiozzo, corvina, sogliola, rombo, acchiuge, sardina* und *seppie*. Und trotz der weiterhin reichen Ernte dieses wundervollen Frühlings verlangsamte sich das Marktleben und wurde zum trägen Stolzieren eines Pfaues, und ein unsichtbares Leichentuch der Lethargie breitete sich über die Insel. Fausto Moretti stand fast täglich absolut regungslos auf der Calle Alberi Grandi. Die drei Marias wickelten sich mit Lavendel getränkte Tücher um den Kopf und blieben bis nach Sonnenuntergang im Bett. Valentina gewöhnte es sich an, mit dem Kopf im Brunnen dazustehen, ohne zu merken, daß sie sich dadurch angesichts Piarinas neuem Geisteszustand in höchste Gefahr begab.

Aber die Arbeit am *campanìl* ging trotz der Hitze und des ekelerregenden Gestanks in stetem, wenn auch gemächlichem Tempo weiter. Es gab keinen Steinmetz auf Riva di Pignoli – keinen Zimmermann, keinen Holz- und Steinschneider, keinen Mörtelmischer, keinen Schmied –, aber die Dorfbewohner nahmen die verschiedenen Bauarbeiten mit entschlossenem Eifer eigenhändig in Angriff. Mitte August ragten die Mauern schon über Pieros Kopf empor, und um noch höher bauen zu können, mußte ein Gerüst gezimmert werden. An der Außenseite der Mauern wurde ein leichtes Holzgestell errichtet, um das schwerere, innere, das die Glocken tragen sollte, zu ergänzen. Siora Bertinelli verwandelte ihren zweiten Backofen in einen Kiln, in dem sie und Siora Scabbri abwechselnd Kalkstein zu Kalk brannten. Den schütteten sie in eine mit Lehm ausgekleidete Grube, damit ein Mörtel daraus wurde, der hoffentlich sowohl der Zeit als auch dem Ungeziefer standhalten würde.

Als die Arbeit komplizierter wurde und der Bau Formen

anzunehmen begann, bat Piero die Dorfbewohner, sich auf einen Nachmittag pro Woche zu einigen, an dem sie alle zusammen als Mannschaft arbeiten konnten; inzwischen sah es nicht mehr so aus, als würden sie bis Mariä Namenstag fertig werden, aber er hoffte, daß sie es wenigstens bis Michaeli schafften. Die Dorfbewohner entschieden sich für den Donnerstagnachmittag, und dabei kam Miriams unterschwellige Autorität ins Spiel. Eigentlich schien sie nur am Rande mitzumachen – Kalk auf die Stricke zu streuen, mit dem Schleifstein Äxte zu schärfen –, in Wirklichkeit aber war sie die zentrale Kraft, die dafür sorgte, daß der *campanìl* gebaut wurde. Als die Arbeiter frühzeitig ermüdeten, weil sie mit schweren Steinen auf dem Rücken immer wieder das Gerüst emporklettern mußten, ersann sie eine Art Flaschenzug, der die vielfältig verknoteten Seile unterstützte und die Schwerarbeit um die Hälfte erleichterte. Als die Arbeiter es müde wurden, die beschwerten Seile herunterzulassen, bemerkte sie beiläufig, daß eins von den leeren *baccala*-Fässern eine hervorragende Winde abgeben würde – und wieder wurde ihnen die Arbeit um die Hälfte erleichtert. Siora Bertinelli zeigte sie, wie man den Mörteleimer neigen mußte, damit der Mörtel nicht in der Sonne austrocknete. Paolo Guarnieri zeigte sie, wie er die Knie beugen mußte, wenn er das Holz anhob, damit sein Rücken nicht streikte. Und allein ihre Gegenwart veranlaßte Gianluca und Piero, zu klettern, zu hämmern und zu hieven, bis ihnen der Schweiß vom Körper troff.

«Wie sieht's aus?» rief Gianluca, wenn er die schwersten Steine in den höchsten Höhen plazierte.

«Atenzión!» rief Piero, wenn er die Arme schwenkte, um ihm von der Mitte des Platzes aus Anweisungen zu geben.

Als Gianluca begann, sich komplizierte Pläne auszudenken, um Miriam zu erobern, konnte Piero sich nur in den ungeschickten Versuch stürzen, ihr ebenfalls den Hof zu machen. Doch während Gianlucas Verführungsversuche schon immer mindestens von einem Grinsen und einem kecken Hüftschwung begleitet waren, hatte Piero auf diesem Gebiet noch keine Erfahrung. Als er daher jetzt dieses seltsame Fieber in den Kniekehlen spürte, dieses Wirbeln im Solarplexus, war sein einziger Gedanke nur noch, ihr nachzugehen. Durch das hüfthohe Gras der Wiese, die zu Siora Scabbris Hühnerstall führte, die Calle Alberi Grandi entlang, um den Sonnenuntergang zu betrachten, folgte er ihren Spuren wie eine Ratte an einer unsichtbaren Leine. Und allmählich, während seine Schritte hinter den ihren zu einem schwachen, vertrauten Echo wurden, stellte er fest, daß seine alten Visionen zurückkehrten.

Sie begannen mit Schlangen. Winzigen, schlüpfrigen Schlangen mit opalisierenden Augen, die allmählich zu aufgeblähten, zischenden Ungeheuern von Schlangen heranwuchsen, deren facettierte Haut Pieros Gesicht in endlosen Verzerrungen spiegelte. In dicken, sich windenden Knäueln kamen sie aus dem Fuß des Baumstumpfes gekrochen, an dem er schlief. Verbreiteten sich über die große Wiese am Fuß der Chiesa di Maria del Mare. Verknoteten sich wie eine giftige Kette zu einem komplizierten, wimmelnden Ring – aus dessen Mitte sich Miriam erhob.

Miriam, in einer Wolke aus Licht. Miriam, mit Honig übergossen, mit trockenem Schnee bestäubt, mit schimmernden Brüsten, schwebenden Armen, glänzenden Augen.

Piero beobachtete, wie sich sein nackter Körper auf das Licht zubewegte, dann aber innehielt. Denn bevor er sie erreichte, begann sich der Schlangenring in einen sich drehenden Kreis aus gehörnten Ungeheuern, mit verfilztem Haar bedeckten Höllengeistern, dreigesichtigen Dämonen mit flammenden Bäuchen zu verwandeln – und Drachen. Seit seiner Zeit in Boccasante hatte Piero solche Drachen nicht mehr gesehen: bösartige Kreaturen mit dampfenden Schwingen, riesige, blankpolierte Teufel mit Augen aus Blitzen und Onyx. Sie raschelten ein widerwärtiges *balotondo*, verhöhnten seine und Miriams bleiche Nacktheit. Und sie hielten ihn von ihr fern. Mit ihren grindigen, schuppigen Rücken bildeten sie eine Festung zwischen ihren beiden Körpern, mit ihrem heißen Aschenatem bliesen sie eine Nebelwand zwischen ihre Seelen.

Unwillkürlich dachte Piero an den aufgedunsenen, geschwärzten Leichnam, der in seinem Gedächtnis kreiste wie die Ungeheuer und Drachen in seinem Traum. Er konnte die Erinnerung an die geschwollenen Glieder, den Geruch des faulenden Fleisches nicht loswerden. Und obwohl er nicht ahnte, was seine Visionen mit dem Leichnam zu tun hatten, wußte er, daß der Weg zu Miriam für ihn nicht leicht werden würde.

Mit Ausnahme von Orsinas eigennütziger Steinspende für das Denkmal trugen die Torta-Frauen buchstäblich nichts zum Bau des Dorfplatzes bei.

«Ich denke nicht daran, mich mit einer Bande dreckiger Bauern in den Morast zu stellen und ihnen zu helfen, irgendeine heilige Sandburg zu bauen», verkündete Orsina, als Piero kam, um sie und ihre Töchter um Hilfe zu bitten.

Doch selbst wenn Orsina und die drei Marias sich erboten hätten, das schiefe Bauwerk mit ihren eigenen acht Händen zu errichten, gab es in den vier Wänden der Ca' Torta noch eine Krise, die sie an diesem Unternehmen gehindert hätte.

«Es ist furchtbar!» rief Maria Prima. «Das ist ja, als schliefe man mit dem Kopf in einem Schweinebackofen.»

«Absolut widerlich!» rief Maria Seconda. «Mein Zimmer stinkt wie eine Jauchegrube!»

«Du mußt es ihr verbieten, Mama!» rief Maria Terza. «Sie wird das ganze Haus niederbrennen!»

Denn Ermenegilda hatte – als wäre der Fischgestank im Hochsommer nicht Strafe genug – inzwischen begonnen, in ihrem Zimmer Feldfrüchte zu verbrennen. Tag für Tag verließ sie die Ca' Torta gegen Mittag mit einem riesigen Strohkorb, den sie über der Schulter trug, und kam erst wieder, wenn sie ihn bis an den Rand mit Rüben, Maulbeeren und Löwenzahn, mit Fenchel, Brunnenkresse, Schafgarbe und Margeriten gefüllt hatte. Alles, was da wuchs, alles, was da grünte und blühte, ob wild, durch den Wind, oder liebevoll angebaut, fiel Ermenegildas Zorn zum Opfer.

Sobald sie nach Hause kam, schüttete sie alles in die Mitte eines kleinen Scheiterhaufens, den sie am Fußende ihres Bettes aufgeschichtet hatte, und steckte ihn mit einem von den Zündhölzern an, die Romilda Rosetta für sie in der Küche stibitzt hatte. Die Flammen schlugen niemals sehr hoch, doch der Geruch war grauenhaft: Es stank wie das Ende der Welt, wie ein Eber in der Brunft, wie ein Strom von Kot, gewürzt mit dem Erbrochenen der letzten Woche. Für Ermenegilda jedoch war es nichts weiter als das nahezu verflogene Parfüm einer ruinierten Liebesaffäre.

Während der ersten paar Wochen hatte Orsina versucht, es zu ignorieren: weil ihr Zimmer am weitesten von Ermenegildas Schlafgemach entfernt war und weil sie sich, ehrlich gesagt, ein bißchen vor ihrer Jüngsten fürchtete. Nun aber, da die Rauchschwaden das ganze Haus zu ersticken drohten und die Beschwerden der drei Marias unerträglich wurden, tauchte sie ein Leinentaschentuch in ein wenig Ringelblumen- und Rosenwasser und ging hinüber, um mit ihr zu reden.

«Ermenegil-da!» rief sie draußen vor der Tür. «Deine Mutter möchte mit dir sprechen!»

Drinnen saß Ermenegilda wie gebannt vor den Flammen, die von dem stinkenden Scheiterhaufen aufstiegen. Dick und schwer hing der Rauch in der Luft: Ermenegilda benutzte ihn als Nebelwand gegen ihre Gefühle. Ihr Herz sehnte sich nach Piarina, und es war besser, gar nichts zu empfinden, als das zu empfinden, was sie für Albertino empfand – am besten hüllte man sich in Dämpfe und löschte den Schmerz ebenso energisch aus, wie er seine Erinnerung ausgelöscht hatte. Was hatte sie nur falsch gemacht? Sie hatte ihm doch nur ihr Herz zu Füßen gelegt! Welches Verbrechen hatte sie begangen? Sie hatte ihn doch nur hoffnungs- und hilflos geliebt!

Orsina klopfte heftig an die Tür und rief abermals ihren Namen. Da Ermenegilda noch immer nicht antwortete, stieß sie die Tür auf und betrat das raucherfüllte Zimmer.

«Ermenegilda!» rief Orsina. «Ich verlange, daß du sofort aufhörst, hier drinnen Gemüse zu verbrennen!»

«Es sind fast nur Kräuter und Blumen, Mama», erwiderte Ermenegilda. «Und ein paar faulige Birnen. Er läßt mich nicht mehr in die Nähe seiner Gemüse.»

Ermenegilda wandte den Blick nicht von dem Scheiterhaufen, während Orsina aus dem Taschentuch, das sie mitgenommen hatte, einen dünnen Schleier machte und sich auf der Bettkante unmittelbar gegenüber von Ermenegilda niederließ.

«Ermenegilda», sagte Orsina in einem etwas sanfteren Ton, «so nimm doch endlich Vernunft an. So kann es doch nicht weitergehen.»

«Und warum nicht?»

«Weil du dich nur selber quälst. Ein so furchtbarer Gestank kann doch nur aus der Hölle kommen.»

«Mir gefällt der Geruch», sagte Ermenegilda.

«Der Geruch gefällt dir?»

«Er macht, daß ich mich sicher fühle.»

Orsina zuckte zurück.

«Aber es ist Mitte August! Das ganze Haus gerät in Brand.»

«Es wird deiner Haut guttun, Mama. Und du brauchst nicht mehr nach Padova zu fahren, für deine kostspieligen Behandlungen.»

«Ich warne dich, Ermenegilda. Wenn du nicht augenblicklich aufhörst, werden dich deine Schwestern umbringen.»

«Sie verstehen mich nicht», sagte Ermenegilda. «Sie haben keine Ahnung, was ich empfinde.»

«Nun gut, ich verstehe dich», behauptete Orsina. «Glaube mir, Ermenegilda, ich verstehe dich nur zu gut.» Mit der einen Hand den Rauch davonfächelnd und mit der anderen das Taschentuch fest an ihr Gesicht pressend, rückte Orsina noch näher an Ermenegilda heran, bis sie unmittelbar neben ihr vor dem Scheiterhaufen saß. «Als ich siebzehn war, kam dein Vater immer wieder zu Pferde zu meinem Elternhaus und warf mir wilde Veilchen durchs Fenster. ‹Der Cavaliere mit den wilden Veilchen› nannten ihn die Leute. Ich dachte, meine Familie sei reich? Nun, anstatt eine Mitgift zu verlangen, bot dein Vater meinen Eltern das Dreifache ihres Jahreseinkommens für meine Hand. Als wir uns zum erstenmal liebten, hielt dein Vater seine eigene Lust zurück, bis er die meine nicht weniger als vierzehnmal befriedigt hatte. Und weißt du was? Ich wünschte immer noch, ich hätte auf den Rat meiner Mama gehört und das Schiff nach Korsika genommen, um mich bei meinem Onkel Ergolello zu verstecken, bis dein Vater ein anderes Mädchen gefunden hatte, das sein Blut in Wallung brachte. Gewiß, du bist in diesen Gemüsebauern verliebt. Und wer weiß, vielleicht hat er ja einen versteckten Charme, den ich nicht zu sehen vermag. Wir alle wissen über seinen Bruder Bescheid. Aber er ist nicht gut genug für dich, Ermenegilda. Er ist klein, er ist arm und – vor allem – er ist von Riva di Pignoli!»

«Aber Mama», wandte Ermenegilda ein, «wir sind auch von Riva di Pignoli.»

Unvermittelt sprang Orsina auf die Füße.

«*Nicht* aus freiem Willen! Und ich verlange, daß du auf der Stelle aufhörst, diesen jungen Mann zu lieben!»

Zum erstenmal löste Ermenegilda den Blick von den tanzenden Rauchwölkchen und richtete ihn auf die flammenden Augen der Mutter.

«Aber ich liebe ihn nicht, Mama», sagte sie. «Ich hasse ihn.»

«Das ist dasselbe, Ermenegilda! Es wird nicht lange dauern, bis du herausfindest, daß es tatsächlich dasselbe ist.»

Langsam erhob sich Ermenegilda und begann mit ruhiger, gelassener Stimme zu sprechen.

«Ich hasse ihn wie eine Schnecke, die man aus dem Schlamm holt und in der Faust zerdrückt, bis man nicht mehr unterscheiden kann, was Schnecke ist und was Schlamm. Ich hasse ihn wie diese kleinen Schnaken, die im Oktober vom Kanal heraufkommen und uns in die Innenseite der Schenkel stechen. Ich hasse ihn wie Brassenpasteten und Krebsgeschwüre und die blutige Zeit des Monats. Ich hasse ihn, Mama. Ich hasse ihn. Ich hasse ihn.»

«Wunderbar!» rief Orsina. «Hasse ihn! Aber hör auf, in

deinem Schlafzimmer diesen infernalischen Gestank zu produzieren!»

«Nein!»

«Ermenegilda – wenn du nicht tust, was ich dir sage, werde ich dich hier ohne etwas zu essen einschließen, bis du dir wünschst, niemals eine verkohlte Rübe gesehen zu haben!»

Ermenegilda stemmte die Füße auf den Teppich und richtete sich zu ihrer vollen, majestätischen Größe auf.

«Wenn du das tust, werde ich aus dem Fenster klettern und in jedem einzelnen Raum dieser gottverlassenen Teufelsvilla einen Gestank entfachen, wie du ihn dir in deinen schlimmsten Träumen nicht vorstellen kannst!»

Die beiden Frauen standen Nasenspitze an Nasenspitze: zwei primitive Kriegerinnen, bewaffnet nur mit dem Feuer in ihrer Brust. Orsinas Feuer jedoch, das schon sehr, sehr lange loderte, vermochte dem jugendlichen Höllenbrand, der in Ermenegilda tobte, nicht standzuhalten. Also warf sie der Tochter ihr Taschentuch ins Gesicht und marschierte wutentbrannt zum Zimmer hinaus.

Ermenegilda fing das Taschentuch auf, als es auf ihre rauchgeschwärzte Wange klatschte, und verdrehte es zu einem festen Ball. Sekundenlang dachte sie an Piarina – an das süße Lächeln der Kleinen und ihre liebevollen Zärtlichkeiten, die ihre Qualen vielleicht gelindert hätten. Doch Ermenegilda war viel zu stolz, um zu ihr zu gehen, sie um Verzeihung zu bitten und ihren Kummer zu beichten. Also fuhr sie nur herum, warf das Taschentuch in die Flammen und suchte nach einer noch besseren Möglichkeit für ihre Rache an Albertino.

In diesem Moment waren Piarina und Valentina genau drei Meilen vor der südwestlichen Küste der Insel zur Nachbarinsel Terra del Pozzo di Luna unterwegs; Gesmundo Barbon hatte ihnen sein kleines Fischerboot geliehen, weil Valentina durch eine ganze Reihe von Gerüchten gehört hatte, daß auf Terra del

Pozzo di Luna Seife gebraucht wurde. Valentina ruderte allein: einen Riemen fest in der Faust, den anderen stramm an ihren kräftigen Unterarm gebunden, beugte sich ihr großer, starker Körper unter der Anstrengung des Ruderns immer wieder nach vorn. Hinter ihr saß Piarina auf einer kurzen Planke im Heck des kleinen Kahns, auf allen Seiten umgeben von einem Meer makelloser Seifenstücke: Natron- und Kalkseife, Fischöl- und Ziegenfettseife – sie alle stapelten sich, Stoß um Stoß aus stumpfgrauen, ausgeblichenen knochenfarbenen Riegeln, um sie herum zu Bergen. Valentina war – höchst ungewöhnlich – allerbester Laune, sang fröhlich vor sich hin und redete mit den Möwen, die über ihnen dahinsegelten und schrien. Piarina blieb stumm – das Schaukeln des Bootes im Kielwasser der Wellen lockte sie immer näher an die Gefahr heran.

«Ich sage dir, Piarina-Mädchen, sie werden die ganze Ladung kaufen. Bis auf das allerletzte Stück. Cunizza Scabbri hat mir sogar gesagt, daß sie seit dem San-Marco-Fest kein einziges Paar Strumpfhosen mehr gewaschen haben!»

Piarina schloß die Augen; das Boot schlingerte immer heftiger, und der Laugengeruch war einfach zuviel für sie. In einem Traumnebel sah sie selbst, wie sie sich einen Riegel Seife schnappte und ihn Valentina über den Schädel schlug, immer und immer wieder, bis die Mutter lang auf ihren endlosen Seifenstapeln lag, deren ausgebleichte Flächen mit Blutspritzern übersät waren.

«Alles werden sie kaufen», fuhr Valentina fort. «Einen richtigen Handel werden wir aufmachen. Jeden zweiten Monat eine ganze Bootsladung. Dann könnten wir wieder essen wie damals, als deine fette Freundin noch zu uns kam.»

Piarina zog die Knie an und schlug die Hände vors Gesicht, doch die Erinnerung an Ermenegilda bewirkte, daß sie wieder einmal die Fassung verlor. Sie konnte bereits das Gewicht des Riemens in ihrer Hand spüren, als sie ihn Valentinas Hand entriß, weit und schwungvoll ausholte und die Frau mit einem Schlag ins Wasser beförderte.

«Wer weiß?» plauderte Valentina weiter. «Vielleicht ziehen

wir ganz dahin um. Ich würde alles dafür geben, wenn wir diese widerliche kleine Hütte verlassen und endlich in einem richtigen Haus wohnen könnten, mit zwei Fenstern und einem Badezuber!»

Piarina konnte es nicht mehr ertragen. Gefangen in dem winzigen Boot, zwischen dem Meer von Seifenstücken und dem Klang der Stimme ihrer Mutter, vermochte sie die finsteren Mordpläne nicht mehr aus ihrem Kopf zu verbannen. Sie erwog, die Seife in die Lagune zu werfen, sie erwog, ein Loch in die Planken zu bohren, damit sie alle beide ertranken, doch nichts konnte sie von ihren erschreckenden Mordgedanken befreien. Also stieg Piarina, während Valentina weiter von all den Kleidern plapperte, die sie von dem Geld kaufen würde, das sie mit all der Seife verdienen würde, die sie bald verkaufen würden, auf den höchsten Seifenstapel und sprang über Bord.

Valentina spürte, wie das Boot schaukelte, und hörte das Klatschen, wollte jedoch ihren Augen nicht trauen, als sie entdeckte, daß Piarina entschlossen auf die Küste zuschwamm.

«Piarina, du Dummkopf! Komm sofort zurück! Soll ich mit der vielen Seife vielleicht allein fertig werden? Ich verlange, daß du augenblicklich zurückkommst!»

Aber Piarina schwamm weiter. Wenn Valentina schließlich nach Hause zurückkehrte – nachdem sie höchstens eine Handvoll von ihren übelriechenden Seifenstücken verkauft hatte –, würde sie eine besonders brutale Tracht Prügel bekommen, das war ihr klar. Aber wenigstens während der folgenden Stunden konnte sich der gequälte Verstand des jungen Mädchens, der in letzter Zeit mit gräßlichen Mordplänen beschäftigt war, mit Schmetterlingen befassen, mit leichtem Regen und einer Fülle anderer Freuden.

Aus Pieros schauerlichen Visionen von Drachen und Schlangen entwickelte sich die zarte Knospe einer phantastischen Idee. Jetzt, da die Arbeit am *campanìl* der Vollendung entgegenging, wurde es bald Zeit, mit dem Bau des *campo* zu beginnen; und plötzlich hatte er den Einfall, ein kunstvolles Mosaik zu schaffen, das, weitgehend auf Bildern aus seinem Traum basierend, den Kampf zwischen Gut und Böse darstellte. Er war überzeugt, über Fra Danilo das benötigte Material beschaffen zu können. Dreimal pro Woche ruderte er nach Boccasante, um einem Besucher nach dem anderen seinen Plan zu unterbreiten, bis er schließlich, als der August zum September verblaßte und die weiße Sommersonne sich in einen milden herbstlichen Schimmer verwandelte, die Nachricht erhielt, Fra Danilo habe gefunden, was er suche, und er solle sich sofort zum Kloster begeben.

«Sior del Ponte ist einer der reichsten Männer von Venezia», erklärte Fra Danilo, als er Piero nur wenige Stunden später mit dem wohlhabenden Kaufmann bekannt machte. «Sein Palazzo am Canal Grande ist der jüngste Stolz der Stadt.»

«Ein wirklich wunderschönes Werk», bestätigte Eduardo del Ponte, ein eher untersetzter, in schweren Brokat gekleideter Herr. «Es wäre mir eine Ehre, wenn Euer Gnaden mir dort eines Tages einen Besuch abstatten würden.» Eduardo del Ponte redete jedermann innerhalb der Mauern von Boccasante mit «Euer Gnaden» an: Wegen seines immensen Reichtums vom größten Teil der venezianischen Gesellschaft umschmeichelt, empfand er eine ausgesprochene Befriedigung darin, sich vor dem Kreis der stillen Mönche zu demütigen, einem Kreis, in den er durch freundliche Assoziation auch Piero einzuschließen schien. «Der *salone* ist ganz mit Mosaiken bedeckt – Wände, Fußboden und Decke. Das schafft einen überaus zufriedenstellenden Effekt. Etwa wie die Basilica di San Marco, falls Euer Gnaden diesen Vergleich gestatten.»

«Klingt wundervoll», sagte Piero; dann stürzte er sich mit großem Takt und äußerster Präzision in eine Schilderung seines eigenen «kleinen Projekts». Er versuchte, es nicht allzu ehrgeizig klingen zu lassen, und er versuchte, es nicht so aussehen zu lassen, als bäte er um irgend etwas; doch schon bevor er die Drachen kurz umrissen hatte, erbot sich Sior del Ponte, ihm siebenundzwanzig Kisten Murano-Glasfliesen zu überlassen. Sie seien von dem kunstvollen Werk im oberen *salone* des Palazzo übriggeblieben, auf dem seine Familie bei ihrer Aufnahme in den Himmel dargestellt werde, erklärte er. Als einzige Bedingung mußte Piero ihm versprechen, in das fertige Bild deutlich sichtbar das Familienwappen der Familie del Ponte einzufügen.

«Leider, leider ist jeder in Venezia darauf aus, meinen *salone* zu imitieren», erklärte Eduardo del Ponte. «Wenn Euer Gnaden die Fliesen nicht nehmen, werde ich sie in den Canal Grande werfen müssen. Außerdem ist es ein wirklich hübscher Gedanke, sich vorzustellen, daß auch am Rande der Lagune ein Del-Ponte-Farbfleck existiert.»

Piero müsse nur, fuhr er fort, jemanden nach Venezia schikken, der die Fliesen abhole, und über dieses Problem dachte Piero nach, als er am folgenden Morgen die Chiesa di Maria del Mare umkreiste. Er selbst konnte nicht hinfahren; im Hinblick auf Gianlucas eindeutige Absichten Miriam gegenüber konnte er es sich nicht leisten, Riva di Pignòli zu irgendeinem Zeitpunkt länger als drei Stunden zu verlassen, und eine Fahrt nach Venezia würde mindestens einen halben Tag in Anspruch nehmen oder gar mehr. Er konnte Giuseppe Navo oder Gesmundo Barbon bitten, sie auf ihren Rundfahrten durch die Lagune abzuholen, aber er fürchtete, daß der eine oder der andere der beiden alten Fischer mit seinen ungehobelten Manieren etwas sagen könnte, das die ganze Angelegenheit verdarb. Es mußte jemand sein, der vertrauenswürdig war. Jemand, der ehrlich war – und zuverlässig – und leicht zu lenken. Und der Name, der ihm auf die Lippen kam, als er erwachte, war Albertino.

Wo er ihn finden konnte, wußte Piero: Nach der Schändung seiner Radicchioköpfe hatte Albertino begonnen, im Gemüsegarten zu schlafen. Mit Ausnahme der Zeit, die er dem Bau des *campanìl* widmete, war er unfehlbar zwischen den Zwiebeln und dem Sellerie, neben den Rüben und dem Brokkoli, unter den Mandeln und den Birnen zu finden. Jetzt entdeckte Piero ihn auf einer Leiter, wo er die Äpfel von den fünf Bäumen pflückte, die

die Gebrüder Tonolo als ihren Obstgarten bezeichneten. Zu seiner Enttäuschung jedoch war Albertino nicht allein, denn Gianluca saß an den Stamm eines Obstbaums gelehnt, und an dem Leuchten in seinem Blick und der verträumten Grazie seiner Bewegungen glaubte Piero zu erkennen, daß die beiden von Miriam sprachen.

«*Buongiorno*, gute Brüder», grüßte Piero, um das Gespräch zu unterbrechen, bevor er hörte, wovon sie redeten.

Erschrocken fuhren Albertino und Gianluca zu ihm herum. Gianlucas Ausdruck wechselte von Begeisterung zu Gehässigkeit.

«*Buongiorno*, guter Bruder», gab er sarkastisch zurück. «Hast du dich auf dem Weg zum Himmel verirrt?»

«Ich möchte mit Albertino sprechen», erklärte Piero.

«Mit Albertino?» fragte Gianluca. «He, kleiner Bruder! Ich wußte gar nicht, daß du so fromme Gäste empfängst!»

«Sei still, Gianluca», entgegnete Albertino. «Piero hat dir nichts Böses getan.»

«In *nomine Domini Dei*», sagte Gianluca, erhob sich und verneigte sich übertrieben. «Du darfst sagen, was du willst. Ich werde dich nicht daran hindern.»

«Ich möchte unter vier Augen mit Albertino sprechen», sagte Piero. «Wenn du nichts dagegen hast.»

«Wenn ich nichts dagegen habe? Wenn ich nichts dagegen habe, von meinem eigenen Grund und Boden vertrieben zu werden? Und wenn ich doch was dagegen habe, mein kleiner Baumeister-Mönch? Wenn ich sogar sehr viel dagegen habe?»

«Ach, hör doch auf, Gianluca», sagte Albertino. «Du kommst ohnehin zu spät zum Markt. Nun geh schon los!»

«Hast du das gehört, guter Bruder? *Mein* guter Bruder meint, ich soll auf den Markt gehen und euch beide allein lassen. Nun gut, da ich den Anweisungen *meines* guten Bruders stets Folge leiste, werde ich ihm nicht widersprechen.» Abermals verneigte er sich, diesmal besonders tief, sowohl vor Piero als auch vor Albertino; dann nahm er seine gewohnte arrogante Haltung an und schlenderte davon.

Sobald er verschwunden war, begann Piero von seinem Gespräch mit Eduardo del Ponte und dessen Angebot in Form von siebenundzwanzig Kisten Mosaikfliesen zu erzählen, mit denen sie den *campo* verzieren konnten.

«Aber warum ich?» fragte Albertino, als er die Leiter herunterkletterte.

«Weil ich jemanden brauche, auf den ich mich verlassen kann», erklärte Piero. «Irgend jemanden, dem ich vertrauen kann, wie ich mir selbst vertraue.»

«Warum fährst du denn nicht selbst?»

«Das ist eine Frage der Etikette», entgegnete Piero. «Sior del Ponte hält mich für ein Mitglied des Ordens von Boccasante; deswegen wäre es unter meiner Würde, wenn ich selbst fahre. Aber es ist furchtbar wichtig, Albertino. Du würdest mir einen Riesengefallen tun.»

Albertino stellte den Apfelkorb, den er unter dem Arm trug, auf die Leiter und bot Piero einen Apfel an. Als Piero ablehnte, aß Albertino ihn selbst.

«Ich weiß nicht, Piero. Ich habe deinem Projekt ohnehin schon furchtbar viel Zeit gewidmet. Und es ist eine ganz ausnehmend arbeitsreiche Jahreszeit für uns gewesen. Ich weiß nicht, ob ich einen ganzen Tag darauf verschwenden kann, nach Venezia zu fahren.»

Piero entdeckte die Besorgnis in Albertinos Blick, als dieser zu seinem Gemüsegarten hinübersah.

«Ich werde mich um dein Gemüse kümmern», versicherte er. «Ich verspreche dir, daß ihm nichts geschehen wird.»

Albertino kaute langsam seinen Apfel.

«Aber siebenundzwanzig Kisten? Ich kann mit meinem Boot unmöglich siebenundzwanzig Kisten transportieren.»

«Es sind keine großen Kisten», erklärte Piero. «Im Grunde sind es gar keine richtigen Kisten. Eher Kästen. Kästen voll winziger Mosaiksteinchen.»

Albertino hörte auf zu kauen.

«Kästen?» fragte er.

«Kästen», versicherte Piero.

«Und wann muß ich fahren?»

«Übermorgen – am letzten Sommertag. Er wird dich gegen Mittag am Ponte di Rialto erwarten.»

Albertino überlegte angestrengt, bevor er antwortete.

«Na schön», sagte er dann, «ich fahre hin. Gianluca wird nicht einverstanden sein, aber ich werde fahren.»

«*Grazie*, Albertino», sagte Piero. «*Grazie tantissimo.*»

Piero nahm sich ausreichend Zeit, Albertino die Einzelheiten seines Auftrags zu erklären; dann bedankte er sich noch einmal bei ihm und machte sich auf den Rückweg zur Chiesa di Maria del Mare. In bester Laune wanderte er durch die Wiesen und Felder, die an den Gemüsegarten grenzten und sich in sanftem Bogen zur Calle Alberi Grandi hinabsenkten. Als er aufblickte, schien der Himmel in einem gigantischen Mosaik von Blau, Gold und Weiß zu schimmern. Ganz an der Grenze seines Blickfelds jedoch entdeckte er etwas Merkwürdiges: Hoch oben über dem nördlichen Rand – über der Wiese mit wildem Thymian, wo er den aufgedunsenen Leichnam vergraben hatte – segelte ein schwarzer Vogel regungslos auf dem sanften Wind. Piero kniff die Augen zu und schüttelte den Kopf, aber der Vogel blieb an Ort und Stelle und schwebte wie ein finsterer Stern über der Insel.

Vielleicht war übermorgen nicht früh genug. Vielleicht sollten sie mit dem *campo* beginnen, während sie noch am *campanìl* arbeiteten. Unwillkürlich hatte Piero, als er auf den Trampelpfad hinaustrat, der durch das Pinienwäldchen führte, das Gefühl, daß er keine Sekunde mehr verlieren dürfe.

8. KAPITEL

Am Morgen nach dem Morgen, an dem Piero zu ihm gekommen war, machte sich Albertino auf den Weg in die große Stadt mit dem geflügelten Löwen. Bei Tagesanbruch erhob er sich, um seinen besten Kittel und seine sauberste Strumpfhose anzuziehen; in seiner Brust pochte ein Gefühl hoffnungsvoller Erwartung. Als er auf das offene Wasser der Lagune hinausruderte, versuchte er alle anderen Gedanken – die Pflege des Gemüses, seinen Streit mit Ermenegilda – aus seinem Kopf zu verbannen und sich ausschließlich auf die befreienden Eindrücke zu konzentrieren, die sich im weißen Morgenlicht vor ihm ausbreiteten. Die sanften Wolkenstreifen vor dem azurblauen Himmel. Die unaufhörliche Veränderung des blaßgrünen Wassers, das von einem Augenblick zum nächsten von einem Farbton zum anderen und wieder anderen wechselte. Wachsen und Schrumpfen eines Fleckchens zu einem Boot oder eines Vogels zu einem Fleckchen, die verschwommene Illusion, als seine Bewegungen mechanischer wurden, daß nicht er sich durch die Ebene dieser Bilder bewegte, sondern daß sie in ihrem eigenen, perfekten Tempo an seiner reglosen Gestalt vorüberzogen. Mit der Zeit verlor er ganz und gar das Gefühl, von dem, was ihn umgab, getrennt zu sein. Er selbst war es, der emporstieg, sich ausbreitete, sich erwärmte – er selbst, der auf der Oberfläche des Tages dahinschnurrte wie ein Mühlrad.

Für Albertino gab es nichts, was dem Geruch der Lagune glich. Würzig, alles durchdringend, ein wenig säuerlich, verlieh er ihm das Gefühl, das Wasser sei so fett und fruchtbar wie der Erdboden, der sein Gemüse nährte. Er sah sich selbst als Meeresgemüsebauer, wie er tief unter der grüngoldenen Oberfläche auf dem Grund der Lagune mit Hacke und Spaten arbeitete. Das

Bewußtsein, daß die Inseln unter Wasser miteinander verbunden waren, daß er, obwohl er durchs Wasser glitt, über Land fuhr, bereitete ihm ein angenehmes Gefühl.

Am liebsten wäre Albertino für immer in seinem Boot geblieben. Doch als er an Burano und Mazzorbo vorbeiruderte, an Ponte di Schiavi und Gorgomagnolo, an Puntalupa und Pescatorno und Terra del Pozzo di Luna, spürte er bald, wie ihn die erregende Stadt Venezia zum Anlegen verlockte. An San Corino vorbei, während die schwachen Umrisse der Kirchen und Palazzi immer deutlicher wurden, an Murano und San Michele vorbei, bis die Energie der pulsierenden Metropole ihn auf einmal wie eine Woge überfiel. Von Norden auf die Stadt zurudernd, schlug er einen Bogen um das östliche Ufer der Insel – vorbei an den Quartiere di Santa Elena, an den Weingärten, den Obstgärten und den Weiden, die sich am Rand der Insel hinzogen, am Lido und der Isola di San Giorgio –, bis er schließlich das Becken von San Marco und die offenen Arme der Piazza erreichte. Jedesmal aufs neue war Albertino von dieser Einfahrt in die Stadt geblendet. Von den Zwillingssäulen, die wie der Rahmen für eine Marionetten-Theaterkulisse emporragten. Vom Palazzo dei Dogi, der so aussah wie eine von Siora Bertinellis Weihnachtsbäckereien: so leicht, so luftig, daß man kaum an seine feste Substanz zu glauben vermochte, bis man sie süß und flockig auf der Zunge spürte. Und San Marco selbst, diese prächtige Erscheinung, die aussah, als könne sie jeden Moment die Achseln zucken und lachend unter der Gischt abtauchen. Das war für Albertino der Trick von Venezias Schönheit: Er konnte nie ganz sicher sein, daß sie nicht urplötzlich verschwinden würde.

Da ihm bewußt war, daß sich der Zeitpunkt seiner Verabredung näherte, ruderte Albertino weiter auf die Punta della Dogana zu und in die geschwungene Passage des Canal Grande hinein. Als er den Kanal entlang- und an den vielen glitzernden Gebäuden vorüberglitt, hörte er die *campanili* im Chor den *mezzogiorno* schlagen: Schwere Glocken antworteten auf leichte, Myriaden einander überlagernde Stimmen, die strahlend schön die Stunde einläuteten. Zum *mezzogiorno* war er mit Sior del Ponte verabredet. Am Westpfeiler des Ponte di Rialto sollte ein rotes Boot auf ihn warten, ein Boot mit einer gelben Flagge, die in Schwarz das Del-Ponte-Wappen trug. Sior del Ponte hatte Piero ein seidenes Taschentuch mit dem Del-Ponte-Wappen gegeben, einem riesigen Vogel mit Hundekopf, der ein winziges Kaninchen verschlang. Albertino, der das Tuch auf den Bootsplanken ausgebreitet hatte, war überzeugt, ein so seltsames Zeichen müsse leicht zu erkennen sein; und noch bevor die Glocken sich mit dem trockenen Klang der halben Stunde zurückmeldeten, erreichte er die große Pontonbrücke, wo ihn, hochbeladen mit Holzkästen, der leuchtend rote Flachboden-Lastkahn erwartete. Zwei Männer standen auf der Pier neben dem Kahn: ein robuster Bursche mit rosigem Gesicht, einer Nase, die einen scharfen Knick zum Lido hin machte, und einem fröhlich gestreiften, locker um den Hals geschlungenen Tuch sowie ein kräftig gebauter Herr mit ausgeprägtem Bauch, der trotz der Hitze in eine Samtrobe gehüllt war und in dem Albertino den Sior del Ponte vermutete.

«Wie freundlich von Euer Gnaden, so pünktlich zu kommen», rief letzterer, als Albertino sein Boot zu einem benachbarten Anlegeplatz ruderte. «Wir waren schon darauf vorbereitet, bis Sonnenuntergang zu warten.»

Albertino wunderte sich über den respektvollen, ja fast ehrfürchtigen Ton des Herrn, der mit ihm sprach, als sei er ein ganz anderer als Albertino.

«Ich bin einfach losgefahren, als ich losfahren mußte», antwortete Albertino. «Gewöhnlich braucht man bis hierher so lange, wie man braucht.»

«Euer Gnaden sprechen wie ein Mann Gottes», behauptete Sior del Ponte.

Albertino war überzeugt, daß der Mann ein wenig verwirrt war, rückte aber nichtsdestoweniger seine Hose zurecht und kletterte zu ihm auf die Pier. An seinen Augen wirbelten so viele Farben vorbei, so viele wilde, schwindelnde Bewegungen, daß er sich kaum auf den Auftrag konzentrieren konnte, der ihn hierhergeführt hatte. Auf dem Kanal wimmelte es von Booten, die entweder mit Fracht beladen waren oder Passagiere von einem Ufer ans andere beförderten. Über die Brücke strömten Menschen in buntgemusterter Seide und Schnabelschuhen, fröhliche Menschen, deren Lachen ihnen folgte wie der Schwanz dressierter Esel. Albertino konnte kaum glauben, daß es hier an jedem Tag so festlich zuging, während er selbst auf Riva di Pignoli ruhig seine Arbeit verrichtete. Das alles wirkte zu phantastisch – zu lebendig, um nicht schon bald wieder zu erlahmen.

Albertino erkundigte sich, ob die Kästen auf dem Boot diejenigen seien, die er nach Riva di Pignoli transportieren solle; Sior del Ponte bestätigte es ihm. Doch als er in den Kahn hinabsteigen wollte, um sie auf sein eigenes Boot umzuladen, bestand der reiche Kaufmann darauf, daß «Euer Gnaden» diese Arbeit «dem Diener» überlasse. Der robuste Bursche schien sich daran zu stören: Für seine geübten Alltagssinne verströmte Albertino nicht mal einen Hauch des Heiligen Geistes. Dennoch packte er einen Kasten nach dem anderen vom Lastkahn in Albertinos Boot, während Albertino Sior del Pontes Fragen auf seine direkte, unnachahmliche Art beantwortete.

«Euer Gnaden haben eine bemerkenswerte Art», sagte der Kaufmann, nachdem sie sich einige Minuten unterhalten hatten. «Eine sehr kryptische, fast orientalische Art, sich auszudrücken. Es wäre mir eine große Freude, Euch heute abend in meinem Palazzo zum Essen erwarten zu dürfen.»

Albertino starrte Sior del Ponte verständnislos an.

«Aber es ist erst Mittag», wandte er ein.

«Um so besser», sagte Sior del Ponte. «Venezia ist die hinreißendste Stadt der Welt. Ihr habt den ganzen Tag Zeit, ihren Zauber zu erkunden.»

«Aber was ist mit den Fliesen?»

«Mein Diener wird Euer Gnadens Boot zu meinem Palazzo bringen. Dort kann es bleiben, bis Ihr wieder zur Abfahrt bereit seid.»

«Aber wie soll ich ohne mein Boot dorthin gelangen?»

«Ich werde Euch abholen lassen – sagen wir, um halb acht?»

Albertino blickte auf seine *barca di pesca* hinab, die inzwischen voll mit den Fliesenkästen beladen war. Weitere Einwände wollten ihm nicht einfallen, dennoch aber zögerte er, Sior del Pontes Angebot anzunehmen; er würde sein Gemüse sehr lange allein lassen müssen, und höchstwahrscheinlich würde man von ihm verlangen, sich mit Sior del Pontes Ehefrau, wenn nicht sogar auch noch mit seinem Sohn oder seiner Tochter zu unterhalten. Andererseits wirkte ein freier Nachmittag in Venezia äußerst verlockend, und er war sicher, daß es zum Abendessen entweder Fleisch oder Fisch geben würde; also zuckte er die Achseln und stimmte zu.

«*Splendido!*» sagte Sior del Ponte. «Es wird mir eine Ehre sein!»

Jetzt war Albertino ganz sicher, daß Sior del Ponte seine wahre Identität nicht kannte, denn sonst würde doch seinetwegen niemals so viel Aufwand getrieben werden. Nachdem die Entscheidung aber gefallen war und Albertino fand, daß es nichts weiter dazu zu sagen gab, bestätigte er den Termin um halb acht und eilte davon, in die wimmelnde Mittagsmenge hinein.

Zu Hause auf Riva di Pignoli bereitete sich Miriam auf eine ganz andere Aufgabe vor, denn sie hatte erkannt, daß ihr, falls Gianlucas und Pieros Werben um sie bis zum Ende des Sommers nicht aufhörte, keine andere Wahl bleiben würde, als sie beide zum Aufhören zu zwingen. Also nahm sie nun, am letzten Tag dieser trägen, sanften Jahreszeit, all ihre Entschlußkraft zusammen und machte sich auf, quer über die Insel, um nach den beiden jungen Männern zu suchen.

Piero, der getreulich sein Versprechen einhielt und über die Gemüsebeete wachte, saß an einen Feigenbaum gelehnt, las in einer Ausgabe von Marcus Aurelius und versuchte, das hartnäckige Bild des aufgedunsenen, geschwärzten Leichnams zu vertreiben, als Miriam Albertinos und Gianlucas Garten betrat. So vertieft war er in seine Lektüre, daß er sie nicht bemerkte, bis sie ihm *«bon di»* entbot. Doch als sie das tat, wirkte es so überwältigend auf ihn, daß er sogar vergaß aufzustehen.

«Hoffentlich störe ich dich nicht», sagte sie. «Beppe Guancio hat mir gesagt, daß ich dich hier antreffen würde.»

Piero war von ihrer Gegenwart zu verblüfft, um Worte zu finden. Also trat Miriam einen Schritt näher und fuhr fort:

«Was liest du da?»

«Marcus Aurelius.»

«Ist das interessant?»

«Es ist erhaben.«

«Dann möchte ich's mir ausleihen», sagte sie. «Falls du erlaubst.»

Als sie merkte, daß er sich nicht erheben würde, schürzte Miriam die Röcke und setzte sich zu Piero auf die Erde; Piero war dankbar für das Buch in seinen Händen, denn es verhinderte, daß er sie unwillkürlich zu berühren versuchte.

«Kannst du denn lesen?» erkundigte er sich.

«Ein wenig», antwortete Miriam.

«Wie ungewöhnlich. Hier auf Riva di Pignoli können die meisten Menschen nicht mal den eigenen Namen erkennen.»

«Da war ein Mann in unserem Dorf, ein uralter Mann namens Obediah Bocconcini; der hat sich erboten, allen, die es wünschten, das Lesen beizubringen. Anfangs kamen die meisten Leute aus dem Dorf, aber geblieben sind nur wenige. Ich hab fünf Jahre durchgehalten. Als Obediah starb, hat er mir das hier gegeben.» Miriam zog einen kleinen, mit Perlen verzierten Band aus ihrer Rocktasche: der zweite Gegenstand aus ihrem geheimnisvollen Bündel. «Ich nehme es überall mit hin.»

«Lob und Ehre der Jungfrau Maria», las Piero, schlug den reich verzierten Deckel zurück und betrachtete die kunstvoll beschriebene Titelseite. «Es ist wunderschön.»

«Das einzige, was ich jemals gelesen habe», gestand Miriam. «Außer der Heiligen Schrift, natürlich.»

Während Miriam sprach, wurde Piero durch das fast unmerkliche Anschwellen ihrer Lippen abgelenkt. Sie schienen durch ihre Begeisterung größer zu werden, und zwar auf eine Art und Weise, die er gefährlich erotisch fand: Er mußte all seine Willenskraft zusammennehmen, um sie nicht zu küssen.

«Wollen wir spazierengehen?» fragte sie, während sie das Buch in die Falten ihres Gewandes zurücksteckte, und wandte sich zu ihm um.

«Ja», antwortete Piero. «Natürlich.»

Sie erhob sich. Piero ebenfalls. Dann wanderten sie schweigend an den geordneten Reihen von Albertinos gärtnerischem Werk entlang. Die Sonne glühte; sie brannte nicht nur die letzten Tautropfen hinweg, sondern auch die vorsichtige Distanz zwischen ihnen.

«Warum folgst du mir?» fragte sie.

«Ich kann nicht anders», gestand Piero. «Und das beunruhigt mich sehr. Ich habe es bisher immer verstanden, den Willen vor den Körper zu setzen. Das ist der rechte Weg zu Gott.»

«Manchmal besitzt der Körper einen eigenen Willen.»

«Mag sein», sagte Piero. «Aber wie kann ich es mir gestatten, darauf zu hören, wenn mein Verstand so krank geworden ist?»

«Warum sagst du das?»

«Ich greife nach Gott, aber ich greife zu kurz. Immer und immer wieder versage ich.»

«Aber der Turm, den du baust – deine Sorge für die Menschen ...»

«Du kannst nicht sehen, was dahintersteckt. Eitelkeit ... Begehren ... Angst.»

»Du bist zu streng gegen dich selbst», sagte sie. «Du bist ein guter Mensch, Piero.»

Als sie das sagte, schloß er die Augen: Zum erstenmal hatte sie seinen Namen ausgesprochen. Doch trotz der Freude, die ihm das bereitete, konnte er nicht verhindern, daß seine Gedanken wieder zu dem Leichnam zurückkehrten. Wie ein Stein lastete er auf seinem Gewissen, eine Bürde, die ihn so niederdrückte, als hätte er den armen Burschen selbst umgebracht.

«Ist es gut», fragte er, «einen Tod zu verbergen?»

«Weder gut noch schlecht. Vor Gott kann man keinen Tod verbergen.»

«Und was ist mit einer Leiche?» Piero zögerte einen Moment. «Einer der Fratres aus dem Kloster, in dem ich aufgewachsen bin, hat am Strand eine Leiche gefunden. Und sie hastig vergraben, ohne jemandem etwas zu sagen. Außer mir, natürlich.»

«Wenn er den Toten angemessen beerdigt hat, hat er alles getan, was er tun konnte.»

«Angemessen beerdigt?»

«Mit den entsprechenden Sakramenten und in geweihtem Boden. Dein Freund hat sicher gewußt, was notwendig war.»

Piero dachte daran, wie er den Leichnam hastig in dem sandigen Boden am Inselstrand verscharrt hatte, und plötzlich wußte er, warum es ihm nicht gelungen war, den Schatten des Toten zu vergessen.

«Aber natürlich», flüsterte er.

«Alles in Ordnung?» erkundigte sich Miriam.

Piero blickte auf.

«Ja», sagte er. «Alles in Ordnung.»

Sie gingen ein paar Schritte weiter; dann blieb Miriam stehen und blickte aufs Wasser hinaus.

«Ich muß dich um etwas bitten», erklärte sie.

«Was immer du willst», antwortete Piero.

Sie wandte sich zu ihm um.

«Hör endlich auf, mir zu folgen.»

«Ich habe versucht, damit aufzuhören.»

«Versuch's noch mal. Wenn du willst, können wir noch mal darüber sprechen. Aber ich brauche meinen Schatten für mich allein.»

Bei dem Gedanken, daß sie sich noch einmal treffen, noch einmal miteinander reden, ja sogar einander berühren würden, errötete Piero.

«Na schön», gab er nach. «Ich versprech's dir.»

Gemeinsam gingen sie weiter bis zu der niedrigen Mauer, die den Garten säumte.

«Ich muß an die Arbeit zurück», sagte Miriam.

«Ich verstehe.»

«Danke für den Spaziergang. Ich hoffe, daß wir uns bald noch einmal unterhalten können.»

Einen langen Moment – für ein erregendes, verlockendes Lebwohl – sah sie ihm tief in die Augen; dann wandte sie sich ab und schritt durch die sonnenglühenden Felder davon. Piero beobachtete, wie ihre goldene Gestalt heller und heller wurde, bis sie vom Licht verschlungen wurde wie ein Funke von einer Flamme. Dann kehrte er auf das Brokkolibeet zurück, um zu sehen, was Marcus Aurelius über das Thema einer angemessenen Beerdigung zu sagen hatte.

Etwa eine Stunde lang badete Albertino in der wimmelnden, plappernden Menge, die sich durch die *merceria* drängte. Er folgte den Brücken hinauf und hinab, wandte sich nach links und nach rechts durch glatt gepflasterte *calles*, in denen ihn eine endlose Reihe von Ladenbesitzern beschwor, alles mögliche zu kaufen, von Seidenhosen über Abflußrohre bis zu Pökelfisch und Käse. Obwohl es Mittagszeit war, blieben alle Straßen belebt; an einem kleinen Stand, der zwischen einem Düngemittelgeschäft und einem Laden eingezwängt war, in dem handgemalte Halstücher feilgeboten wurden, machte Albertino halt, um eine Bratwurst, ein Stück Brot und ein Glas ganz außergewöhnlich gutes Bier zu sich zu nehmen.

Nach dem Mittagessen kehrte er über die Ponte di Rialto zurück und ging in Richtung Campo San Polo mit dem besten Obst- und Gemüsemarkt der Stadt, den Albertino gern besuchte, um zu sehen, ob er noch etwas lernen könnte. Heute wirkten die Stände wegen der opulenten Fülle des Frühlings auf Riva di Pignoli weniger überwältigend als sonst auf ihn, doch er bemerkte immerhin, daß Auberginen glänzender aussehen, wenn man sie neben den bleichen Sommerkürbis legt, und daß horizontal gestapelte Karotten den Eindruck außerordentlicher

Eleganz erwecken. Eine Zeitlang saß er neben dem dicken, steinernen *pozzo* im Gras, kaute eine Handvoll Speierlinge und Mispeln und genoß die musikalischen Splitter der vorüberziehenden Gespräche. Dann kehrte er in den Strom der Menge zurück und machte sich daran, das zu tun, was ihn veranlaßt hatte, Pieros Angebot überhaupt in Erwägung zu ziehen: sich eine neue Schatulle zu besorgen.

Wie bei allem, was Albertino tat, war es eine richtiggehende Wissenschaft, die richtige Schatulle zu finden. Man durfte nicht zu ungestüm sein. Man durfte sich nicht kopfüber in einen Kauf stürzen, der nur aus der Erregung des Augenblicks oder einem Ansturm der Gefühle getätigt wurde. (Auf diese Weise war er zu der monströsen Scheußlichkeit gekommen, dem Ding mit den geduckten Gnomen als Füßen und dem traurigen, kleinen Opferlamm, das hilflos auf dem Deckel lag. Den Lohn eines ganzen Sommers hatte er dafür ausgegeben, nur um die Schatulle der Vedova Stampanini zu schenken, die sie in ihren Garten stellte, um die Igel zu verscheuchen.)

Zunächst unterzog er den Kern der Innenstadt einer langsamen und kritischen Prüfung, die elegantesten Läden, die sich auf der Ostseite des Ponte di Rialto bis über San Marco hinaus erstreckten. Wenn er an einem Fenster vorbeikam, in dem etwas Interessantes lag, prägte er es sich ein. Jedesmal, wenn er kehrtmachte, um es sich noch einmal anzusehen, knotete er sich eines der bunten Bänder um den Finger, die er in einem Kurzwarengeschäft erstanden hatte. Aber so sehr ihn das Stück auch verlocken mochte, den Laden betrat er erst, um es zu begutachten, wenn er jeden einzelnen Finger, vom kleinen Finger bis zum Daumen und wieder zurück, mit einem Band versehen hatte.

Um drei Uhr hatte er seine Finger in schillernde Regenbogen verwandelt. Um fünf hatte er es geschafft, die Anzahl auf drei bestimmte Schatullen zu reduzieren: ein Tönnchen aus Bronze, auf dessen Deckel die Geschichte Noahs eingeritzt war, einen mit blumigen Hieroglyphen verzierten Zinnbehälter und ein Kistchen aus Rosenholz mit einer Gruppe von säenden und einer

Gruppe von erntenden Bauern, die liebevoll auf die Vorder- und die Rückseite gemalt waren. Dreimal kehrte er zu jedem Geschäft zurück, bat den Verkäufer, das kostbare Stück aus dem mit Vorhängen versehenen Schaufenster zu nehmen und es auf ein Stück Samtstoff auf den Tresen zu stellen. Doch selbst während er auf seine methodische Art noch hin und her wanderte, wußte er schon, welchen Kasten er letztlich nehmen würde. Die erntenden und säenden Bauern schienen sich am Frühling von Riva di Pignoli zu erfreuen; wie konnte er auf eine so hübsche Erinnerung an alles verzichten, was sich auf so wundersame Weise auf seiner Insel ereignet hatte?

Als er das Kästchen gekauft und es sich hatte sorgfältig einwickeln lassen, stellte er fest, daß er noch eine Menge Zeit bis zu seiner Verabredung am Ponte di Rialto hatte; also nutzte er die Gelegenheit, um die Hauptstraßen zu verlassen und die gewundenen, sich schlängelnden, immer wieder anders verlaufenden labyrinthischen Nebengäßchen zu erforschen. Eine völlig andere Facette des venezianischen Lebens erschloß sich ihm, als er den schulterbreiten *calles* unter niedrigen, vorspringenden *sotopórteghi* hindurch folgte. Der Lärm spielender Kinder in verborgenen Gärten. Die Flüche der Bootsführer, die, nackt bis zur Taille, an den *squeri* schwitzten. Das Flattern der Hemden und Hosen an straff gespannten Leinen quer über den schmalen Kanälen. Es war, als habe die große Stadt unter ihrer glanzvollen öffentlichen Maske ein grobes Bauerngesicht, das Albertino, weil es schlichter war, um so besser gefiel.

Beim Sieben-Uhr-Läuten erreichte er den Ponte di Rialto und ließ sich in der Nähe der dicht belaubten Platane nieder, an der die Pferde festgebunden wurden, um zu beobachten, wie das letzte Licht am spätsommerlichen Himmel verblaßte, der grauviolett-schwarz war, als die halbe Stunde schlug. Albertino vermochte kaum noch das Del-Ponte-Wappen auf dem Wimpel am Bug der schlanken *gondola* zu erkennen, die wie ein Geist über dem Wasser auf ihn zugeglitten kam.

Eine *gondola*!

Auf Riva di Pignoli sprach man von *gondole*, wie der gebildete

Venezianer von den Kutschen in Prag oder den Kamelen in Jerusalem sprach. Es war eine Sache, den Kanal mit einer Gruppe gelangweilter Veneziani stehend auf einem *tragheto* zu überqueren; eine ganz andere Sache dagegen war es, wie ein Doge in die kissenweiche Pracht hinuntergeleitet zu werden, die ihn jetzt erwartete.

Albertino stieg in die Gondel hinab und ließ sich mitsamt seiner Schatulle auf einem Seidenkissen nieder. Die Fackeln, die an beiden Ufern entzündet wurden, warfen eine Reihe nervöser Spiegelbilder aufs Wasser; Albertino war dankbar für den offenen Himmel und die vertrauten Sterne über ihm. Während die Gondel sich rhythmisch ihren Weg durch die gekurvte Wasserstraße suchte, überließ er sich den schattenhaften Impressionen, die an ihm vorüberglitten: Türen öffneten sich dem mondbeschienenen Wasser, das sich erhoben hatte, um alles zu überfluten, in das es eindringen konnte; Seitenkanäle führten durch geheime Tunnel in Bereiche, die bei Tag verschwunden waren. Auf Albertino wirkte der Kanal bei Nacht wunderschön und zugleich bedrohlich. Er fühlte sich verloren in den Fängen einer mythischen Willkür, die ihn nahezu überallhin führen konnte.

Sie näherten sich einem großen Gebäude, dessen Fenster in goldenem Licht erstrahlten, während am Wasser entlang hell lodernde Fackeln brannten. Schon auf den ersten Blick wußte Albertino, daß dies der Palazzo del Ponte war und daß dort – zu seinem Entsetzen – ein Fest gefeiert wurde. Mindestens zwei Dutzend Gondeln waren zwischen den schweren Pfosten aufgereiht, die in unterschiedlichen Abständen neben dem zentralen Fallgitter standen. Durch die Fenster im ersten Stock sah er den strahlenden Glanz der Kerzen eines riesigen Kronleuchters und hörte die Hörner, Flöten und Stimmen, die in die kühle Abendluft herausdrangen.

Der *gondoliere* brachte ihn nicht zum Haupttor, sondern zu einem etwas entfernteren Eingang, der zu einer kleinen Kammer führte, wo man ihn anwies, die Kleider zu wechseln. Empfangen wurde er von einem Diener, der ihm ein frisches Leinenhemd, eine blaue Seidenstrumpfhose, ein lavendelfarbenes Wams und ein Paar weiche schwarze Stiefel überreichte, in denen er sich weniger elegant als ganz einfach nicht wie Albertino fühlte. Anschließend führte ihn der Diener durch einen luxuriösen Garten mit schwerbeladenen Obstbäumen sowie einem großen Springbrunnen, und eine breite Steintreppe empor dorthin, wo ihn die Festlichkeit erwartete. Albertino fühlte sich, als wäre er mitten in eine Ballade hineingeraten: Damen in schwerer Atlasseide standen lässig vor exquisiten Gobelins; Pfauen stolzierten an dahinschlendernden Lautenspielern vorbei; riesige Weinpokale wurden wie Becher voll Brunnenwasser angeboten. Was ihn aber am stärksten beeindruckte, war der lange, mit einem Seidentuch bedeckte Tisch, der sich unter den verschiedensten Speisen bog. Sie übertrafen alles, was Albertino sich je hätte träumen lassen: winzige Fischpasteten in Form der Gestalten auf Tarotkarten; vergoldete Fleischstücke, in gefälligen Mosaiken angeordnet; gebratene Kapaune, Scheiben von Wildbret, in Papier gewickelte Rebhühner, pochierter Hecht, glasierte Enten, gespickte Gänse, am Spieß gegrillte Wachteln, aufgeschlitzte Hummer; Rüben in grüner Sauce, Bohnen in roter Sauce, Erbsen in gelber Sauce, Lauch in weißer Sauce; Custard und Gelee, Aspik und Pudding, Muffins, Rahmkäse und Obst.

«Wie ich sehe, bewundern Euer Gnaden die Tafel», ertönte Sior del Pontes Stimme unmittelbar hinter ihm.

«Ich hatte etwas weniger Aufwendiges erwartet», bekannte Albertino. «Wesentlich weniger aufwendig.»

«Ich glaube, ich hatte vergessen zu erwähnen, daß wir noch ein paar weitere Gäste haben würden. Aber das ist bei uns so üblich: Der Palazzo del Ponte hat schon Angehörige eines jeden Berufsstandes bewirtet, Gäste aus nicht weniger als vierzehn verschiedenen Ländern. In Euer Gnaden fließt nicht zufällig ein Tropfen ausländischen Blutes, wie?»

«Ich glaube nicht», antwortete Albertino.

«Nun, selbst wenn Ihr ein marodierender Hunne wärt, so würde ich Euch an unserer Tafel willkommen heißen. Im Palazzo del Ponte ist Toleranz oberstes Gebot.»

Albertino wollte sagen, daß es jedenfalls eines äußerst toleranten Magens bedürfe, um all die Speisen zu verkraften, die vor ihm ausgebreitet lagen, wurde aber vom plötzlichen Dröhnen eines riesigen Gongs unterbrochen.

«Aha!» sagte Sior del Ponte. «Zeit, uns vom Anblick dieser Köstlichkeiten loszureißen und mit dem Essen zu beginnen. Bitte, folgt den anderen in den Nebenraum. Ihr werdet einen Platz an der Tafel finden, der für Euch gekennzeichnet ist.»

Albertino gesellte sich zum Rest der Gäste, die sich ins Nebenzimmer begaben. Dort war für mindestens vierzig Personen eine prächtige Tafel gedeckt. Während er langsam daran entlangging, betrachtete er fasziniert das Spiel des Kerzenlichts auf den Schalen aus gesponnenem Glas mit frisch geschnittenen Blumen und den winzigen Mohrenköpfen aus Platin und Elfenbein, die den Namen jeweils eines Gastes trugen. Da «Albertino» das einzige Wort war, das Albertino lesen konnte, fiel es ihm nicht schwer, seinen Platz unter den Dutzenden für ihn unleserlichen Beschriftungen zu finden. In der Hoffnung, daß ihn bei so vielen Gästen bei Tisch niemand bemerken würde, zog er seinen Stuhl heraus. Doch gerade, als sein ungewohnt bekleidetes Hinterteil den Kontakt mit dem Hartholzstuhl herstellte, fiel diese Hoffnung vor seinen Augen zu einem säuberlichen Aschenhäufchen zusammen. Denn dort – auf dem Platz ihm gegenüber – in Seide gezwängt und von Kerzenschein übergossen – saß niemand anders als Ermenegilda Torta: als Gast des toleranten del Ponte und offensichtlich Albertinos Tischpartnerin für diesen Abend.

Während Albertino am Ponte di Rialto saß und auf das Boot wartete, das ihn, ohne daß er es wußte, zu Ermenegilda bringen sollte, stand Gianluca auf dem Markt über seine leeren Obstkisten gebeugt und befestigte ihre Musselin-Abdeckungen. Es war früher Abend. Dasselbe Licht, das Albertino über dem Canal Grande hatte verblassen sehen, verglühte noch am Himmel von Riva di Pignoli, und die meisten Marktverkäufer hatten ihre Waren eingepackt und waren nach Hause gegangen. Die Pasteten wurden in Tücher gewickelt, die zerhackten Torsi von Ziegen und Schweinen über müde Schultern geworfen, die Kleider gefaltet, die Eier auf Stroh gebettet, die Fische in Fässern voll Eis davongekarrt oder den grinsenden Katzen überlassen. Gianluca jedoch hatte beschlossen, seine Stände gründlich zu reinigen, bevor er sie schloß, und deswegen war er als einziger noch immer dort, als Miriam ihn suchen kam.

Während sie sich ihm leise näherte, hörte er weder ihre Schritte, noch sah er ihre schöne Gestalt – nur ein plötzliches Hämmern in seiner Brust sagte ihm, daß sie in der Nähe sei. Als sie nur wenige Schritte hinter ihm stehenblieb, der über die Kisten gebeugt stand, und ihn tatsächlich ansprach, hatte er das Gefühl, ein ganz neuer, schwereloser Teil von ihm steige mit einem Schrei empor, um sich aller Fesseln der Realität zu entledigen. Nur die lächerliche Ausbuchtung seiner Hose zerrte ihn energisch auf die Erde zurück.

«Ich möchte mich für die köstlichen Gaben bedanken, die du mir gebracht hast», sagte Miriam. «Bis jetzt war es mir eher peinlich. Aber die Melonen sind süß. Und die Musik ist zauberhaft. Also – vielen Dank.»

Gianluca war – genau wie Piero – so überrascht, daß ihm die Worte fehlten. In einem Aufwallen von Aggression preßte er sein geschwollenes Glied, bis es seine Kraft verlor; dann richtete er sich auf, um sich seinem Engel zuzuwenden.

«Ich hatte gehofft, wir könnten zusammen spazierengehen», sagte sie. «Es ist ein wunderschöner Abend.»

Hätten Miriams Worte auch nur eine Spur weniger schlicht geklungen – weniger vollkommen transparent und licht –, Gianluca hätte gedacht, sie mache sich über ihn lustig. Ihr Verhalten war jedoch so offen, daß er es nicht anders interpretieren konnte, als es ihm erschien. Noch immer stumm und ohne seine Arbeit – das Abdecken der Erdbeerkisten – ganz zu beenden, nickte er und folgte ihr durch die Felder auf die westliche Küste zu.

«Wie lange arbeitest du schon auf dem Markt?» erkundigte sich Miriam.

«Seit vierzehn Jahren», antwortete Gianluca.

«Das ist sehr lange.»

«Kommt mir nicht so vor. Kommt mir so vor, als wär überhaupt keine Zeit vergangen.»

«Anscheinend gefällt es dir.»

«Ich mag den Lärm. Und das Feilschen. Und ich mag die Arbeit. Wir haben gute Geschäfte gemacht in diesem Jahr – die Ernte dürfte uns mehr einbringen als in den beiden letzten Sommern zusammen. Aber nicht das Geld ist wichtig. Es ist die Arbeit.»

«Durch Eitelkeit erlangter Reichtum soll vermindert werden; wer aber durch Arbeit reich wird, soll noch reicher werden.»

Diese förmlichen Worte unterbrachen Gianlucas sprudelnden Wortschwall unvermittelt. Er fühlte sich zu primitiv, zu ungebildet, um auf dem Niveau ihrer Selbstgerechtigkeit mithalten zu können.

«Was ist denn?» fragte sie, als sie bemerkte, daß sein Verhalten sich veränderte.

«Du ... du bist nicht so wie die anderen Frauen, die ich kennengelernt habe.»

«Wie meinst du das?»

«Wenn ich in deiner Nähe bin ... Es ist ... schwer zu erklären. Du machst, daß ich mich ...»

«Ja?»

Er zögerte.

«... heilig fühle.»

Miriam senkte den Blick, und beide gingen schweigend weiter. Nach einiger Zeit erreichten sie die westlichen Bootsstege, aber Gianluca war von Miriams Gegenwart so geblendet, daß er keine Ahnung hatte, wie sie dorthin gekommen waren. Hatten sie auf einer Brise geschwebt? Waren sie in den Flammen ihres Gedankenaustauschs aufgegangen, um sich, nachdem sich der Rauch verzogen hatte, auf der anderen Seite der Insel wieder zu materialisieren? Er wußte nur, daß die Sonne unter den Horizont gesunken, daß der Himmel unterhalb der heraufziehenden Dunkelheit rosig gestreift war, daß in den goldenen Härchen auf Miriams Oberlippe winzige Schweißperlen nisteten.

«Es gibt einen Teil von dir, der sich ersehnt, was sich ein jeder Mann ersehnt», sagte Miriam. «Ein trockenes Bett. Einen Teller Sardinen am Abend. Eine Frau. Aber es gibt noch einen anderen Teil – den Teil, der innehält, wenn du eine schwere Last trägst, und auf das Zirpen der Grillen lauscht, und es entdeckt, und ihm folgt. Dieser Teil ersehnt sich etwas anderes. Dieser Teil ist heilig.»

«Du hast mich beobachtet?»

«Ich habe alle beobachtet, in diesen letzten Monaten. Die Insel ist klein. Und da ist es, glaube ich, recht schwierig, Geheimnisse zu bewahren.»

«Ich habe keine Geheimnisse», behauptete Gianluca. «Hier wissen alle genau, wie ich bin.»

«Und wie bist du?»

Gianluca studierte ihre Gesichtszüge, die nun, da das Licht vom Himmel verschwunden war, jede Farbe verloren hatten.

«Ich bin mit sehr vielen Frauen zusammengewesen», sagte er, «und habe nie einen Gedanken daran verschwendet – bis du kamst.»

«Sechzig Königinnen hat Salomon, achtzig Nebenfrauen/und Mädchen ohne Zahl ... Doch einzig ist meine Taube, die Makellose/ die Einzige ihrer Mutter.»

Gianluca hob die Hand und berührte mit den Fingerspitzen sanft ihre Wange; zum erstenmal empfand Miriam eine Spur desselben Begehrens, wie er es für sie empfand.

«Ich muß gehen», sagte sie. «Es ist spät.»

«Ich wollte dir heute abend eine neue Ballade singen. Über vierzehn Tage hab ich daran gearbeitet.»

Miriam merkte, daß sie drauf und dran gewesen war, zu gehen, ohne zu sagen, weshalb sie gekommen war.

«Ich möchte keine Balladen mehr», sagte sie. «Und ich brauche keine Melonen mehr. Wir können uns wiedersehen – aber du darfst nicht täglich kommen, um mich zu sehen.»

«Aber was soll ich tun, wenn mir ein Lied in der Kehle aufsteigt?»

Miriam lächelte. «Schluck's runter.»

Auch Gianluca lächelte – und obwohl er protestieren wollte, fügte er sich Miriams Ersuchen.

«Na gut», sagte er. «Keine Balladen mehr.»

«Und keine Melonen.»

«Nicht mal eine Honigmelone?»

«Nicht mal eine Honigmelone.»

Gianluca zuckte die Achseln; dann nickte er und begleitete Miriam zu Maria Luigis Hütte zurück. Unterwegs sprachen sie nicht mehr viel, und sie berührten sich auch nicht mehr. Als sie Maria Luigis Tür erreichten, flüsterte Miriam ein leises *bona notte* und kroch in ihren dunklen Alkoven, um sich zum Schlafen vorzubereiten.

Keine Melonen mehr. Keine Balladen mehr. Doch Gianlucas Hand an ihrer Wange würde sie noch viele Tage lang spüren.

Für Ermenegilda begann der Abend jetzt erst richtig. Im selben Augenblick, da sie über den Tisch blickte und Albertino entdeckte, der wie ein eigensinniger Kapaun in glänzende Seide und Satin gezwängt war, wußte sie, daß ihr sorgfältig ausgeklügelter Racheplan unaufhaltsam auf seinen ultimativen Höhepunkt zusteuerte. Daß er beim Essen der del Pontes so plötzlich auf dem Platz ihr gegenüber auftauchte, war kein Zufall; Ermenegilda selbst war für jeden einzelnen Schritt verantwortlich, der ihn seinem Schicksal entgegengeführt hatte.

Einmal im Monat kam Beppe Guancio zur Ca' Torta, um eine neue Ladung Kerzen für die Chiesa di Maria del Mare zu holen. Bei seinem letzten Besuch hatte ihm Ermenegilda mitgeteilt, daß er sie nur bekomme, wenn er ihr helfe, Albertino an die Angel zu kriegen. Anfangs hatte sich Beppe geweigert – doch als Ermenegilda drohte, ihren Vater zu überreden, den Marmor zurückzufordern, den er für das neue Dorfdenkmal gespendet hatte, gab er nach. Am folgenden Tag brachte er ihr die Nachricht, daß Piero Mosaikfliesen für den *campo* suche. Ermenegilda wurde aktiv; sie suchte Eduardo del Ponte auf – einen Klienten ihres Vaters – und arrangierte geschickt seinen Besuch bei Fra Danilo, sein Angebot an Piero, die Fliesen zu stiften, und das reichhaltige Festmahl, zu dem sie Albertino verlocken würde. Der schwierigste Teil würde es sein, Albertino an die Festtafel zu bringen; dabei verließ sich Ermenegilda auf ihr Gefühl, daß Piero die Fliesen nicht selbst abholen mochte. Und da sich ihr Instinkt als richtig erwies, schlich sie sich in der Nacht, nachdem er mit Sior del Ponte gesprochen hatte, der Nacht, in der er überlegte, wen er an seiner Stelle schicken sollte, heimlich an sein Bett und wiederholte von Mitternacht bis zum Morgengrauen immer wieder nur «Albertino». Als Piero erwachte, hallte noch immer dieser Name in seinem Kopf – und alles andere verlief nach Plan.

Da Albertino nichts davon ahnte, wußte er auch nicht, was er von Ermenegildas Auftauchen halten sollte. Daß sie zum Essen in einen eleganten venezianischen Palazzo eingeladen wurde, überraschte ihn nicht. Daß sie bei dem einzigen Essen dieser Art, an dem er je teilgenommen hatte und zu dem er höchstwahrscheinlich je eingeladen werden würde, direkt ihm gegenüber sitzen würde, hielt er für einen schlechten Scherz, viel zu bösartig für eine Person, in der er je einen Bewohner des Himmels vermutet haben konnte. Während der ersten drei Gänge – Pasteten, Hengst und Gans – hob er, um ihre Gegenwart zu verdrängen, den Blick nicht vom Teller. Als das Himbeereis serviert wurde, betete er, daß seine Qualen vorüber seien, doch es erwies sich nur als Zwischengang vor den Wachteln, dem Hummer, den Rebhühnern, dem Wildbret und einer Auswahl von Pürees, die Albertino nicht identifizieren konnte. Inmitten des Stimmengewirrs und der Musik fiel es ihm immer schwerer, das stumme Feuer zu ignorieren, das über das Aspik hinwegflammte. Irgendwann bei den Wachteln jedoch kam ihm eine dünne, flötende Stimme zu Hilfe, die sich rechts neben ihm erhob.

«Sagt mir nichts. Ihr seid bestimmt Ikonenmaler!»

«Um Vergebung?»

«Das sind die Hände eines Ikonenmalers. Da bin ich sicher.»

Zuerst starrte Albertino in das verblüffende Gesicht, aus dem diese Vogelstimme kam: rotgefärbte Lippen, ausgezupfte Augenbrauen und Haare, die vor der Vielzahl der Gänge zu erschrecken schienen. Dann betrachtete er die eigenen stumpfen, erdverschmutzten Finger, die unsicher nach den köstlichen Speisen auf seinem Teller tasteten.

«Nein, nein», gab er zurück, «ich bin Gemüsebauer.»

Die Dame stieß ein lautes, gurgelndes Lachen aus.

«Natürlich!» rief sie. «Und ich bin die Jungfrau Maria!»

Albertino heftete den Blick auf die saftigen Rebhuhnstücke, die ihm zwischen Daumen und Zeigefinger hingen. Daß diese Frau nicht die Jungfrau Maria sein konnte, war ihm klar, aber er war ihr dankbar dafür, daß sie seine Aufmerksamkeit von Ermenegilda abgelenkt hatte.

«Ich wußte, daß Ihr Künstler seid. Und ich habe immer recht. Ich hätte Hexe werden können, wißt Ihr. Mein Cousin ist Ikonenmaler – oder sollte ich sagen, ‹war›? Der arme Bertoldo. Ein so großes Talent, einfach hinweggefegt wie ein paar Krümel auf der *terrazza*. Es sei so eine schreckliche Krankheit, behaupten sie. Halb Neapel tot, überall Leichen. Aber ich glaube nicht mal ein Zehntel von allem, was man heutzutage so hört. Die Neapolitaner essen viel zuviel Knoblauch. In dieser Hitze wird man davon drei Tage lang ohnmächtig und wird von denen beerdigt, bevor man wieder erwachen kann. Ich hoffe nur, der arme Bertoldo war wirklich tot. Stellt Euch nur vor, Ihr seid ein großer Künstler, ein Mann von schmerzhafter Sensibilität, und wacht plötzlich in einer Holzkiste auf, nur weil Ihr zuviel Knoblauch gegessen habt. Aber unter uns gesagt, er hat nichts Besseres verdient dafür, daß er unter diesen Primitivlingen gelebt hat. ‹Das Licht›, sagt er – oder vielmehr, sagte er. ‹Du kannst dir dieses Licht nicht vorstellen.› Also, Licht ist Licht, und Neapel ist Neapel, und nun kann der arme Narr auf nichts mehr malen als auf die Innenseite seiner Holzkiste. An Eurer

Stelle würde ich meine Apostel im Veneto behalten. Darin sind wir uns doch einig, nicht wahr? Ich wußte, daß Ihr mir zustimmen würdet.»

Albertino war fasziniert davon, wie der Kopf dieser Dame über der dicken Perlenschnur wackelte, die fest um ihren Hals gewickelt war. Wenn jemand diese Perlen entfernen würde, stellte er sich vor, würde der Kopf einfach zu Boden fallen, während er immer weiter über seine Hände, das Licht und den Cousin in der Kiste plauderte.

«Einmal habe ich einen russischen Ikonenmaler kennengelernt», erzählte sie. «Der sah außerordentlich gut aus, aber er weigerte sich, die Kreuzigung zu malen. Weigerte sich rundweg. Das war doch ziemlich feige von ihm. Findet Ihr nicht?»

Albertino setzte an, um etwas zu sagen, irgend etwas, als er einen seltsamen Druck an der Innenseite seines Fußgelenks spürte. Während die Dame weiterplauderte – über die griechischen Statuen im Vergleich zu den römischen, über die Unfähigkeit des Auges, die Feinheiten eines Freskos ohne die Hilfe direkten Sonnenlichts wahrzunehmen –, spürte er, wie dieser Druck zu seinen Knien emporwanderte, zwischen seine Schenkel drängte, unter seinem Wams emporkroch und sich heftig gegen sein Gemächte preßte. Dort angelangt, begann er sich in rhythmischem Takt so vor und zurück zu bewegen, daß es Albertino die Sprache verschlug. Nur mühsam vermochte er ein Stöhnen zu unterdrücken und sich so weit zu beherrschen, daß er die safttriefenden Rebhuhnstücke nicht emporschleuderte, bis sie im Kronleuchter verkochten.

Während des restlichen Festmahls saß Albertino gefangen zwischen den nachdenklichen Träumereien der Matrone mit den Strubbelhaaren und den Manipulationen von Ermenegildas Fuß, die ihn zum Wahnsinn trieben. Als schließlich der Maulbeer-Custard aufgetischt wurde, hatte er die gefolterten Kohlblätter und die ruinierten Artischocken – das heißt, eigentlich alles, was seit ihrer Idylle auf dem Friedhof geschehen war – vergessen und konnte nur daran denken, wo und wie er wieder mit ihr zusammensein konnte.

Ermenegilda mußte heftig gegen die Gefühle ankämpfen, die ihre Fußarbeit in ihr selbst weckte. Sie war nicht zum Vergnügen hier, deshalb ärgerte sie sich über das Kribbeln der Erregung, das die Härte unter ihrem bestrumpften Fuß in ihr auslöste. Diese Erregung war jedoch so köstlich, daß sie sich sagte, es könne nichts schaden, wenn es auch ihr Befriedigung verschaffe. Also stopfte sie ihren Custard hastig löffelnd in sich hinein, griff sich über die Blumen hinweg Albertinos Portion und entschuldigte sich fast atemlos vom Tisch, um den Ablauf ihres Plans zu beschleunigen. Als sie sich von ihm entfernte, hatte Albertino das Gefühl, daß sein sonst so bescheidenes Organ die Strumpfhosen zu zerreißen drohe. Ohne auch nur ein Nicken für die strubbelhaarige Matrone – die sich inzwischen über Theorien hinsichtlich der Überhandnahme der Fliegen an der Adria im August ausließ – erhob er sich von seinem Platz und folgte Ermenegilda zum Saal hinaus.

Durch den vergoldeten Palast führte sie ihn zu den schattigen Toren, unter denen die *gondolieri* warteten. Dort flüsterte sie einem von ihnen etwas ins Ohr, stieg in seine *gondola* ein und breitete ihre Röcke aus, um Platz zu nehmen. Nachdem Albertino ihr gefolgt war, legte das Boot ab.

Er hatte nicht die leiseste Ahnung, wohin es ging. Er konnte kaum atmen. Denn sobald die *gondola* ihren Weg durch den Kanal begonnen hatte, tauchte Ermenegilda die Hand in die Schale mit Maulbeer-Custard und versenkte sie in Albertinos Hose. Albertino vermeinte zu sterben vor Glück – sich entweder zu verflüssigen und in die Lagune überzufließen oder zu einem Feuerball zu explodieren und einer der kleineren Konstellationen einen Stern hinzuzufügen. Bevor sich seine Ekstase jedoch erschöpfen konnte, hielt das Boot an, und Ermenegilda zog ihre Hand zurück. Und Albertino wurde sich wieder der Sterne bewußt, des Geruchs der brennenden Fackeln, des Klatschens von Wasser gegen die Steinufer der von Menschenhand geschaffenen Insel. Als Ermenegilda die *gondola* verließ, folgte er ihr, das Wams mit Maulbeersaft verschmiert, die Hose beschmutzt und tropfend von geronnener Sahne. Er folgte ihr auch, als sie durch die riesigen Marmorsäulen schritt. Er folgte ihr, als sie auf die Piazza hinaustrat, folgte ihr wie ein Bauer seiner Königin über die geordnete Fläche eines olympischen Schachbretts. Er folgte ihr, als sie sich der prächtigen Fassade der wundervollen Basilika näherte, bis die großen, springenden Pferde, die knienden Heiligen und die majestätischen Mosaik-Gottheiten wie Phantome über ihnen emporragten. Dann streckte sie sich auf den Stufen aus, riß ihm die beschmutzte Strumpfhose herunter und zog ihn – mit Custard bedeckt und im Mondschein glänzend – in sich hinein.

Für Albertino übertraf es ihre erste Begegnung wie ein Komet ein Lagerfeuer. Ihr unerwartetes Auftauchen, die erregenden Manipulationen mit ihrem Fuß, die hinauszögernde Tortur der Sahne in seiner Hose – das alles trieb ihn in einen Zustand blinder Leidenschaft, aus dem er, das wußte er, nie wieder herausfinden konnte. Kein Widerstand mehr. Kein Verleugnen. Nur noch Ermenegilda – Schenkel, Knie, Haare, Arme und alles.

Und sie, deren geschickte Manipulationen ihn an ihren Busen zurückgeführt hatten, deren immer noch schmerzendes Herz erst am selben Vormittag noch ein ganzes Beet voll Petersilie und ein halbes Dutzend faulende Birnen in Brand gesetzt hatte, die alles dafür gegeben hätte, ihn spätestens im Juni oder sogar Anfang Juli wieder in sich zu spüren, baute sorgfältig die Falle auf, in der sie ihn fangen würde. Denn Ermenegildas Herz konnte nur eine bestimmte Menge ertragen, ohne zu zerbrechen. Und Albertino hatte das, was sie zu tun beabsichtigte, mehr als verdient.

9. KAPITEL

Als der *campanìl* in der ungeordneten Landschaft von Riva di Pignoli allmählich seinen Platz einzunehmen begann, entdeckten die Hühner, Schweine und Enten, daß er im Sonnenschein einen ganz anderen Schatten warf als beim Licht des unzuverlässigen Mondes. Hätten sie ihn beschreiben können, sie hätten ihn als flach im Gegensatz zu rund, als glattgeschliffene Schneide im Gegensatz zu konkav gebogener Unregelmäßigkeit geschildert. Denn während die Steine, das Holz und der Mörtel Tag um Tag in die Höhe stiegen, stieg bei Nacht Piarina mit ihrer Sehnsucht empor. Jeden Abend verließ sie pünktlich zur gleichen Zeit ihr Bett, zu der sie ihren schicksalhaften Kerzengang rings um die Insel angetreten hatte; und an jedem Morgen fand Piero die zierliche Gestalt auf dem obersten Stein – eine Erscheinung, die an eine vertriebene Monarchin erinnerte: Schlaff, ausgemergelt, als warte sie auf ein Zeichen der Himmelsmächte, das ihr sagte, was nun zu tun sei. Gewöhnlich war sie von Vögeln übersät: Wie schnatternde Klatschbasen saßen sie auf ihren Knien und Schultern und hockten in ihrem flaumigen Haar, als sei es Stroh. Piero mußte eine Leiter holen, um sie herabzuziehen, und obwohl er die Leiter sofort wieder wegbrachte, nachdem er sie heruntergeholt hatte, gelang es ihr jeden Abend unweigerlich, auch ohne sie wieder nach ganz oben zu klettern.

Seit einigen Tagen eilte Piarina des Morgens, nachdem Piero sie heruntergeholt hatte, sofort in den Schatten – fast so, als fürchte sie sich vor dem, was das aufsteigende Licht enthüllen könnte. Der Herbst war nach Riva di Pignoli gekommen. Die Äste der Obstbäume hingen schwer bis auf den Boden hinab oder schnellten schlank und leer wieder empor. Die triumphierenden Grüntöne verloren ihre überwältigende Lebenskraft und wichen allmählich ingwergelben, rostbraunen und blutroten Farben. Sogar ein Frühling, der alle anderen Frühjahre übertraf, mußte wohl irgendwann einmal enden. Die Dorfbewohner hofften nur, daß sie sich einiges von seiner Fülle über den Winter hinweg bewahren konnten.

Der *campanìl* wuchs wie eine Efeuranke an der Seitenwand der Kirche empor, bis er schließlich in der ersten Oktoberwoche fertig war. Die Dorfbewohner bauten ein leicht gewölbtes Dach über die rauhen Mauern und setzten ein kleines Eisenkreuz auf die Spitze; nun brauchten sie nur noch die Glocken hochzuziehen. Die Fratres von Boccasante hatten der Insel auf Fra Danilos Drängen drei große Bronzeglocken gespendet. Sie waren für einen zweiten *campanìl* bestimmt gewesen, der an der Südwand des Klosters erbaut werden sollte; nachdem sie sich die Glocken jedoch bei einem Orden auf Elba besorgt hatten (der aufgrund eines Skandals im Zusammenhang mit dem Oberprälaten und einer Herde Ziegen im vorhergehenden Sommer geschlossen worden war), entschieden die Mönche, ein zweiter *campanìl* wirke wohl doch ein wenig zu hochmütig. Also offerierten sie sie Piero, der sie dankbar entgegennahm und zur Chiesa di Maria del Mare schaffen ließ, bevor die Fratres es sich anders überlegten.

Obwohl die Vollendung des *campanìl* nur ein Drittel der geplanten Arbeiten zur Errichtung eines neuen Dorfplatzes darstellte, fanden die Inselbewohner, daß das gefeiert werden müsse. Und da der außergewöhnliche Frühling zu einer außergewöhnlich reichen Ernte geführt hatte, wurde beschlossen, das Aufziehen der Glocken mit einem riesigen *pranzo della vendemia* zu kombinieren. Dafür wurde das Fest des Flavio Ubaldo erwählt: An diesem Nachmittag der dritten Oktoberwoche sollte sich die ganze Insel versammeln, um zuzusehen, wie die Glocken auf ihren Platz gehievt wurden, sich Pieros Pläne für den neuen *campo* anzuhören und sich das Beste aus der Ernte schmecken zu lassen, bevor alles übrige eingelagert wurde. Das Datum wurde in den Kalendern angestrichen, und die Dorfbewohner schmiedeten Pläne für die Festlichkeiten.

Nur Piarina hielt sich außerhalb dieses geschäftigen Kreises der Vorbereitungen und Vorfreuden, denn sie hatte ausgerechnet in dieser magischen Jahreszeit der Fülle Ermenegilda verloren. Für sie bedeutete die Vollendung des *campanìl*, daß sie sich nicht noch höher über ihre gräßlichen Muttermordphantasien erheben konnte und daß ihr keine andere Möglichkcit blieb, als sich noch mehr in sie zu vertiefen. Nirgendwo anders fand sie eine Zuflucht, als innerhalb eines Körpers, der mit jeder nächtlichen Kletterpartie zarter und leuchtender wurde.

Mit jeder Unze, die Piarinas Körper verlor, gewann Ermenegilda ein Dutzend dazu.

«Mehr Garnelentörtchen», befahl sie Romilda Rosetta, wenn diese kam, das Frühstückstablett abzuräumen. «Und vergiß mir nur ja nicht das Kardamomgelee.»

Romilda Rosetta gehorchte mit Freuden. Nach der Heimkehr von ihrem jüngsten Ausflug nach Venezia hatte Ermenegilda ihren stinkenden Gemüsescheiterhaufen demontiert und sich einen so (relativ gesehen) liebenswürdigen Ton zugelegt, daß es fast ein Vergnügen war, ihr zu Diensten zu sein: Romilda Rosetta hatte das Gefühl, daß ihre Qualen eine Wendung genommen hatten – daß sie aus den feurigen Kreisen des Infernos in die ruhigeren Schatten des Purgatoriums aufgestiegen war. Sie verstand nur nicht, daß der Grund für Ermenegildas gute Laune die Genugtuung darüber war, sich endlich an Albertino gerächt zu haben.

An jenem schicksalsschweren Abend, als sie auf der Treppe von San Marco lagen und der blanke venezianische Himmel gnädig seinen Segen auf ihre erschöpften, schwitzenden Körper herabsenkte, hatte Ermenegilda energisch ihren Plan ausgeführt. Behutsam schlüpfte sie unter dem schlafenden Albertino hervor und zog ihm vorsichtig Stiefel, Wams und Seidenhemd aus, bis er nackt wie ein gerupfter Pfau dalag. Dann stieg sie aus ihrem seidenen Unterrock, riß ihn geschickt in mehrere schmale

Streifen und begann ihren wankelmütigen Liebhaber zu fesseln: Die linke Hand band sie mit einem langen Stoffstreifen an die Tür der großen Basilika; den rechten Arm zog sie quer über seine Brust und befestigte ihn am Körper; die linke Ferse zog sie hoch und fesselte den Unter- an den Oberschenkel; dann knotete sie ein halbes Dutzend Bänder aneinander und verband sein rechtes Bein mit dem Sockel eines nahen Fahnenmastes. Und schließlich knüpfte sie eine Schleife um seinen schlaffen, kleinen Penis und überließ ihn den Tauben.

Wie sie es beabsichtigt hatte, schlief Albertino weiter. Erst als gegen Morgen eine ältere Frau erschien, um die Piazza zu fegen, ihn dort fand und behutsam seine Schulter schüttelte, wurde er sich seiner Lage bewußt.

«Ist das eine Art Bußübung, *amore*?» fragte ihn die Alte.

Albertino schluckte. «Sozusagen.»

Die Alte musterte ihn einen Moment; dann zuckte sie die Achseln.

«Ich halt's nur für 'ne gute Methode, sich 'ne Erkältung zu holen», sagte sie.

Damit ging sie davon, während sie alle paar Schritte den Besen über die Steine schwang. Albertino rief sie zurück.

«Könntet Ihr mich vielleicht losbinden?» fragte er.

Sie wandte sich um und musterte ihn abermals.

«Wenn Ihr wollt.»

Mit einer erschreckenden Gleichgültigkeit kehrte sie zu ihm zurück und machte sich daran, die verschiedenen Bänder zu lösen. Als sie fertig war und Albertino dasaß, um sich den dumpf schmerzenden Krampf aus dem fühllosen linken Unterschenkel zu massieren, deutete sie auf die Schleife zwischen seinen Beinen.

«Dahin würd ich die Aufmerksamkeit lieber nicht lenken, *amore*», bemerkte sie.

Albertino blickte auf die traurige, kleine Schleife an seiner Männlichkeit hinab, doch nicht einmal diese Demütigung vermochte sein Verlangen nach Ermenegilda zu dämpfen. Nun, da sie endlich seine Abwehr durchbrochen hatte, konnte ihn nichts, was sie sagte oder tat, wieder von ihr entfernen. Während die alte Frau über die Piazza schlurfte, um mit ihrer Morgenarbeit zu beginnen, holte Albertino das Wappenbanner herunter, das am Fahnenmast flatterte, wickelte sich in das bunte Tuch, winkte einem vorübergleitenden Molkerei-Lastkahn und ließ sich von ihm zum Palazzo del Ponte zurückbringen. Dort angekommen, schien der Diener, der ihm die Tür öffnete, nicht im geringsten überrascht zu sein, ihn barfuß zu sehen, verdreckt und nur mit dem Löwen von San Marco bekleidet. Ohne Umstände holte er Albertinos Kleider (die noch im Umkleideraum hingen), seine Schatulle (von einem Sims am Fenster eines Vorzimmers zum Speisesaal) und sein Boot (das neben dem Garteneingang auf einem Seitenkanal an einem blaugestreiften Pfosten vertäut war), und innerhalb einer Stunde, nachdem er nackt auf der Treppe von San Marco erwacht war, befand sich Albertino auf dem Rückweg nach Riva di Pignoli, ruderte er über das offene Wasser der Lagune.

Als er eintraf, machte er sein Boot fest und nahm schnurstracks Kurs auf die Gemüse. Dort ging Piero zwischen den Pastinaken und den Steckrüben auf und ab und machte sich gerade Gedanken darüber, daß Albertino sich verspätete sowie über das, was Miriam über den Leichnam gesagt hatte, als Albertino lautlos das Nordende des Gartens betrat.

«Albertino!« rief er, als er ihn sah. «Wie ist's gelaufen? Hast du Sior del Ponte getroffen? Hast du die Fliesen mitgebracht?»

Albertino nickte.

«Sie sind in meinem Boot», antwortete er. «Siebenundzwanzig Kisten. Ich werde dir später beim Ausladen helfen.»

«Großartig!» rief Piero. «Aber wo warst du so lange? Was hat dich aufgehalten?»

«Ich habe jetzt keine Zeit, dir das zu erklären», sagte Albertino. «Aber könntest du mir vielleicht sagen, ob du Ermenegilda gesehen hast?»

«Ermenegilda? Die schläft vermutlich noch. Du weißt doch, wie gern die Tortas lange im Bett bleiben.»

Albertino erwog, ihm zu erklären, daß Ermenegilda wenigstens an diesem speziellen Morgen guten Grund hatte, im Bett bleiben zu wollen; statt dessen aber machte er wortlos kehrt und ging davon. Als er die Felder überquerte, kam er an Siora Scabbri vorbei, die die Futterkisten für ihre Hühner reinigte.

«Hast du Ermenegilda gesehen?» erkundigte er sich.

«Leider nicht, Albertino», gab sie zurück. «Hat sie sich wieder über euer Gemüse hergemacht?»

Doch Albertino nahm sich nicht die Zeit zu einer Antwort. Er wußte nicht, ob Ermenegilda zu Hause, ja nicht einmal, ob sie überhaupt auf die Insel zurückgekehrt war, vermochte jedoch das dringende Bedürfnis, sie wiederzusehen, nicht zu unterdrücken. Also schritt er an den noch schlafenden Marktständen vorbei und quer über die offene Wiese hinter der Chiesa di Maria del Mare, bis er endlich das Tor der Ca' Torta erreichte.

«Ich möchte Ermenegilda sprechen», informierte er den Diener, der ihm auf sein Klopfen öffnete, ein grauhaariger Bursche, der seit genau zwei Wochen bei den Tortas war und schon seine Kündigung eingereicht hatte.

«Einen Moment», sagte der Diener und gab die Botschaft an Romilda Rosetta weiter, die sie Ermenegilda überbrachte, die sich vor Lachen so heftig schüttelte, daß das frei aufgehängte Bett in spiralförmige Schwingungen versetzt wurde.

Die geschnitzte Eichentür wurde Albertino vor der Nase zugeschlagen – aber am folgenden Tag, und am Tag darauf, und an jedem einzelnen Tag seit dem Morgen nach dem Abend ihrer zweiten leidenschaftlichen Begegnung erhob sich Albertino, sobald die Sonne über die Ostwand lugte, fuhr mit seiner winzigen *barca di pesca* zur Hauptinsel hinüber, legte den kurzen Weg durch die taunassen Wiesen bis zur Tür der Ca' Torta zurück und klopfte. Er schien nicht zu bemerken, daß die Dienstboten wechselten; er räusperte sich nur und sagte in ruhigem Ton: «Ich möchte Ermenegilda sprechen.»

Genau diese Botschaft wurde Romilda Rosetta wieder einmal an dem Vormittag überbracht, an dem sie, etwa zwei Wochen nach dem Zwischenfall vor San Marco, das leere Tablett nahm, um es mit Garnelentörtchen zu füllen. Als sie mit Tablett und

Botschaft zu Ermenegilda zurückkehrte, fiel die Reaktion des dicken jungen Mädchens nicht weniger höhnisch aus als beim Empfang der Botschaft am Morgen zuvor.

«Ermenegilda möchte er sprechen!» kicherte sie und rutschte zwischen dem Federbett aus Gänsedaunen und den Seidenlaken nach unten. «Ermenegilda möchte er sprechen!»

Romilda Rosetta sah zu, wie sie ein dampfendes Garnelentörtchen von der glänzenden Silberplatte nahm. Aber bevor sie es sich in den Mund schob, hielt Ermenegilda plötzlich inne.

«Streck deine Hand aus», befahl sie.

Romilda Rosetta gehorchte. Ermenegilda zerquetschte mit ihrer rötlichen Faust das leckere Törtchen zu einem festen Klumpen, bis ein dreifarbiger Schleim aus Teig, Fisch und Fett aus ihrer Hand tropfte.

«Gib ihm das», verlangte sie. «In Liebe – von Ermenegilda.»

Während Romilda Rosetta zum Zimmer hinaushastete, griff Ermenegilda schon nach dem nächsten Garnelentörtchen. Doch da der Duft des heißen Gebäcks plötzlich bewirkte, daß ihr übel wurde, schleuderte sie das ganze Tablett durchs Zimmer, barg den Kopf in ihren Kissen und versuchte zu verhindern, daß ihr Lachen von dem Weinen besiegt wurde, das tief aus ihrem Herzen aufstieg.

Piero hatte gehofft, die Tatsache, daß er den aufgedunsenen Leichnam nur hastig und oberflächlich verscharrt hatte, später durch eine gründlichere Beerdigung korrigieren zu können. In Marcus Aurelius fand er kaum etwas, an das er sich halten konnte – ebensowenig in Cicero, Livy, Dante, Aristoteles und Ovid. Natürlich kam bei ihnen immer wieder der Tod vor, und sogar eine erstaunliche Anzahl von Leichen, aber nichts Eindeutiges über das Thema «angemessene Beisetzung». Also beschloß er, den Toten zu behandeln wie jeden normalen Bewohner von Riva di Pignoli: indem er ihn zum Friedhof brachte, eine kleine Andacht abhielt und alles andere dem lieben Gott überließ. Er wartete bis zum Neumond, als selbst die Katzen den einen vorübergehenden Dorfbewohner kaum vom anderen zu unterscheiden vermochten; dann begab er sich an den Nordrand der Insel und machte sich daran, den Leichnam auszugraben.

Seit der Frühling gekommen war, hatte er die Wiese mit dem wilden Thymian nicht mehr aufgesucht, doch selbst in dieser mondlosen Nacht mitten im heraufziehenden Herbst erkannte er an dem zartsüßen Duft, der die Abendluft würzte, daß er sein Ziel erreicht hatte. Eine Stunde lang schaufelte er und achtete, als er auf den Leichnam stieß, sorgfältig darauf, ihn nicht mit der scharfen Spatenkante zu verletzen. Als er die letzten Erdreste beseitigte, stieg ein entsetzlicher Gestank herauf. Piero hätte sich fast übergeben und brachte es erst, nachdem er den linken Ärmel von seinem Kittel gerissen und ihn sich fest über Nase und Mund gebunden hatte, über sich, ins Grab hinabzusteigen, um den stinkenden Kerl aus dem Erdreich zu lösen. Da er sich ohne das Licht des Mondes auf eine Fackel verlassen mußte, vermochte er in den wild tanzenden Schatten oft nicht zu erkennen, was er da packte. Der Leichnam wirkte unerklärlich schwer; immer neue Versuche unternahm er, konnte ihn aber nicht von der Stelle bewegen. Dann gelang es ihm auf einmal, ihn loszureißen, und er stellte verwundert fest, daß er sowohl leichter als auch biegsamer war als vor sechs Monaten, als er ihn gefunden hatte. Er gab in seinen Armen nach, war an einigen Stellen steif und an anderen weich wie Pudding. Und als er ihn schließlich aus dem ungeschickt geschaufelten Grab herauszog und auf die kalte, feuchte Erde legte, erkannte er, daß er von Kopf bis Fuß mit Schnecken bedeckt war. Die nächste Stunde verbrachte er damit – immer wieder pausierend, um sich ein Stück weit zu entfernen, den Ärmel zu lockern und in tiefen Zügen die frische Nachtluft einzuatmen –, dem Toten die harten Schneckenhäuser von Gesicht, Brust, Beinen, Rücken und aus den verfilzten Haaren zu pflücken. Dann füllte er das klaffende Loch mit Erde und schleppte die traurige, stinkende Last zu seinem wartenden Boot.

Es war eine qualvolle Fahrt über den schmalen Wasserarm.

Piero konnte sich nicht erklären, warum er einen weitgehend verwesten Leichnam von einer Küste zur anderen schaffte, und wären sie zufällig einem schlaflosen Inselbewohner begegnet, wäre der ebensosehr über den Ausdruck auf Pieros Gesicht wie über den Leichnam erschrocken, der übelriechend zu seinen Füßen lag. Als er die Friedhofsinsel erreichte, bewegte er sich behutsam an Albertinos Zimmer vorbei; doch hätte er den Leichnam über die Ostwand geworfen, so daß er neben ihm auf den Decken gelandet wäre – Albertino hätte sich einfach umgedreht und weiter von Ermenegilda geträumt.

Es gelang ihm, den Leichnam durch das offene verrostete Tor, an den noch immer blühenden Rosensträuchern vorbei zur Südmauer und einem Stück unbenutzten Bodens zu schleifen, das wartend zwischen Sineraldo Saccardi und Apollonia Ambrosiana Barbon lag. So schnell er konnte (und inzwischen war er ziemlich erschöpft), schaufelte er ein weiteres Grab und versenkte den Leichnam hinein; dann sprach er eine kurze lateinische Messe, streute eine Handvoll *pignoli* über den Leichnam und bedeckte ihn wieder mit Erde.

Als er auf die Hauptinsel und zu seinem dicken Baumstumpf neben der Chiesa di Maria del Mare zurückkehrte, blickte er zum Dach des *campanìl* empor, um zu sehen, ob Piarina dort war. Die Nacht war so dunkel, daß er kaum etwas erkennen konnte – er vermochte ihre zerlumpte Gestalt gerade noch als einen dunklen Fleck auszumachen, der die Oktobersterne verdunkelte. Die Tatsache, daß er den Leichnam richtig beerdigt hatte, brachte ihm einen inneren Frieden, den er gern mit ihr geteilt hätte; irgendwie hatte er das Gefühl, wenn sie erfahre, was er getan hatte, würde auch ihr bekümmerter Geist endlich Ruhe finden. Doch Piarina war viel zu tief in ihre Trance versunken, um etwas wahrzunehmen, das er mit ihr hätte teilen können; also wickelte er sich in eine Decke und legte sich schlafen.

Miriam zog Trost aus der Einsamkeit vor ihrem selbstgebastelten Altar. Mehrmals am Tag kniete sie vor ihm nieder: Wenn sie sich des Morgens erhob, wenn sie am Abend von ihrer Arbeit im Hühnerstall heimkehrte und unmittelbar bevor sie sich des Abends zu Bett legte. Im Laufe der Wochen jedoch fiel es ihr immer schwerer niederzuknien, denn ihr wachsender Bauch verlangte trotz des Seidenstoffs unter ihren Knien nach einer entspannteren Position. Also begann Miriam sich, genau wie Ermenegilda in ihrer Pracht am Webstuhl, mit einer Reihe dicker Kissen zu stützen, während sie mit einer Hand *Lob und Glanz der Jungfrau Maria* hielt und mit der anderen das lebhafte Kind in ihrem Bauch beruhigte.

«Still...», sprach sie auf es ein, während es unter ihren Fingern um sich trat. «Wenn du geduldig bist... wenn du dich still verhältst... wird es schon gelingen.»

Seit sie dieses Kind erwartete, nahm Miriam einen feinen Lichtschleier rings um die Dinge herum wahr, eine Art leuchtende Haut, durch die die Gegenstände selbst vergänglich wirkten. Es fing mit dem Altar an: Die Figur der Jungfrau verlor auf einmal ihre Festigkeit und wurde flüssig; die Leinenballen begannen zu leuchten; das Stroh unter ihren Füßen begann mit einem inneren Feuer zu pulsieren. Es dauerte nur einen Moment, doch während dieser flüchtigen Zeitspanne war ihr Sehnen gestillt; also sehnte sich Miriam immer wieder nach der Wiederkehr dieses Leuchtens. Anfangs kam es nur, wenn sie vor dem Altar kniete, dann aber erlebte sie es allmählich auch während des Tages. Wenn sie Eier einsammelte, begann eins davon plötzlich in ihrer Hand zu vibrieren – hörte es auf, ein Ei zu sein, und wurde zu einem Feuerball, zum Ausdruck reiner Energie –, und wenn sie es dann in ihren Korb legte, war ihr gesamter Morgen verändert. Zuweilen geschah das auch mit dem Wasserkrug oder den Pinien oder dem Gesicht der Vedova Stampanini: Ihre Züge zerliefen wie eine sich auflösende Maske, bis nur noch ein Strahlen übrigblieb.

Und jedesmal, wenn dieses Leuchten erschien, war sie sich deutlich ihres Kindes bewußt. Das sich ausdehnte wie ein

Meeresschwamm im Brunnenwasser. Das in ihrem Bauch Wärme und Leben aufsog. Und da dieses Leuchten so wunderschön war und da sie fürchtete, daß es aufhören würde, wenn das Kind aus ihrem Leib in die Welt hinaustrat, wartete Miriam so lange wie möglich, bevor sie den Leuten von Riva di Pignoli mitteilte, daß sie schwanger war. Weil der Gedanke daran, es ihnen zu sagen, ihr die Geburt – und den Verlust des Glanzes – soviel näherbrachte. Sie wartete, bis ihr weites, weißes Gewand die größere Ausdehnung ihres Leibes nicht mehr zu kaschieren vermochte. Sie wartete, bis ihr Platz in den Herzen der Dorfbewohner so gesichert war, daß sie es niemals fertigbringen würden, sie auf ein Floß zu setzen und auf die Lagune hinauszustoßen, damit sie dort ihr Kind allein zur Welt bringe.

«Non preoccuparti», sagte sie und streichelte ihren Bauch. Dann griff sie zum Zuschneidetisch hinauf, um sich auf die Füße zu ziehen. «Vielleicht werden wir's später ja doch noch einmal sehen.»

Sie legte *Lob und Glanz der Jungfrau Maria* auf eine Kiste neben dem Eingang zum Alkoven; dann nahm sie den dunkelblauen Umhang, den ihr Maria Luigi für den bevorstehenden Winter genäht hatte. Ich kann nicht länger warten, dachte sie. Ganz gleich, ob die Dorfbewohner schockiert sein würden, ob der Lichtschleier zu dunklen Schatten werden und nie wieder auftauchen würde: Es wurde Zeit, daß sie den Bewohnern von Riva di Pignoli ihr Geheimnis mitteilte. Und als sie in das Morgenlicht hinaustrat, empfand sie nur noch ein ungeheures Gefühl der Erleichterung.

Als sich Piero am Morgen des *pranzo della vendemia* erhob, saß Piarina, wie gewohnt, regungslos auf dem Dach des *campanìl*. Und auch, als er mit der Leiter kam und hinaufkletterte, um sie herunterzuholen, rührte sie sich nicht von der Stelle.

«Es wird bald hell, Piarina», sagte er zu ihr. «Du solltest nach Hause gehen, bevor deine Mutter aufwacht.»

Piarina blinzelte zweimal und scheuchte eine Taube von ihrem linken Knie.

«Ein Lerchenflügel», sagte sie. «Ein Fetzen nasses Pergament.»

Nun wußte Piero, wie alle anderen auf Riva di Pignoli, daß Piarina nur sprach, wenn sie sich eine Rezeptur einfallen ließ. Doch da er sich an diesem Morgen ganz besonders wohl fühlte und er sie gegen ihren Willen nicht zwingen wollte herunterzukommen, kletterte er einfach wieder die Leiter hinab und ließ sie in Ruhe.

Es war noch so vieles vorzubereiten. Piero plante eine schlichte Feier, denn dieses Fest sollte auf keinen Fall die Tatsache verschleiern, daß noch ein ungeheurer Berg Arbeit vor ihnen lag. Aber die Bewohner von Riva di Pignoli waren so erregt über die üppigen Ernten dieses außergewöhnlichen Frühlings und Sommers, daß sie den Tag mit ein bißchen mehr Begeisterung begingen, als Piero beabsichtigt hatte. Maria Luigi brachte acht Spitzentafeltücher für die Tische. Die Dorfbewohner brachten ihre eigenen Schüsseln und Teller mit, doch die Vedova Scarpa kam mit zwei Silberkannen für den Wein (Brunetto Fucci hatte sechzehn Krüge spendiert), und Orsina schickte, obwohl sie selbst nicht daran teilnahm, mehrere Dutzend Zinnbecher, aus denen er getrunken werden sollte. Giuseppe Navo und Gesmundo Barbon lieferten den Fisch, den die Vedova Stampanini und Siora Bertinelli zubereiteten; es gab *brodetto di merluzzo, baccala, seppie*, Blumenkohl, Rüben und eine Reihe von *dolci*, hergestellt aus jeder Obstsorte, die Gianluca und Albertino herbeischaffen konnten. Silvano Rizzardello erbot sich, die Laute zu spielen, und Cherubino Lunardo versprach, seine Weidenflöte mitzubringen.

Am späten Vormittag herrschte emsiges Treiben auf der Wiese, und eine Atmosphäre lärmender Fröhlichkeit war entstanden. Paolo Guarnieri und Brunetto Fucci verbrachten fast eine Stunde damit, die Tische in gleichmäßigen Abständen über den grasbewachsenen Platz zu verteilen. Als Armida Barbon eintraf, bestand sie jedoch darauf, daß sie, um dem *pranzo* Glück zu bringen, der Länge nach von Ost nach West aufgestellt wurden. Anfangs liefen die Dorfbewohner noch durcheinander, als wüßten sie nicht recht, was sie mit sich selbst anfangen sollten. Als dann aber, in einer Wolke von Muskatnuß und Koriander, Beppe Guancio mit einem riesigen Kessel voll dampfender Suppe frisch vom Herd der Vedova Stampanini in den Armen erschien, ordnete sich das Gewimmel, und die Festlichkeiten begannen.

«Na, was hast du diesmal zusammengebraut?» erkundigte sich Fausto Moretti, der es, wie stets, kaum erwarten konnte, die kulinarischen Zauberkunststücke der Vedova zu probieren.

«Eine ganz einfache Dorschsuppe», antwortete die Vedova. «Du solltest nicht zuviel erwarten.»

«Sie nennt es eine ganz einfache Dorschsuppe», murmelte Giuseppe Navo, «aber bei ihr schmeckt sie wie Nektar und Ambrosia.»

Während die Suppe in die verschiedensten Gefäße gefüllt wurde, ließen sich die Dorfbewohner an den Tischen nieder. Es gab keine feste Tischordnung, und nachdem die Plätze eingenommen waren, blieben sie niemals sehr lange besetzt: Irgend jemand stand immer auf, um seinen Teller noch einmal füllen zu lassen oder an einem anderen Tisch eine lustige Geschichte zu erzählen.

«Bindaccio Ferrelli behauptet, er hätte letzte Woche einen Venezianer getroffen, der zum erstenmal im Leben ein Pferd sah», berichtete Siora Scabbri.

«Und was hat er gesagt?»

«Gar nichts. Aber bevor er weiterging, hob er sein Taschentuch, um zu sehen, woher der Wind wehte!»

Je länger das Festessen dauerte, desto ausgelassener wurde die Stimmung. Armando Guarnieri ging von Tisch zu Tisch, um vorzuführen, wie sich nach seiner Meinung der Doge verhalten hatte, als er von einer Flotte Berber-Piraten angegriffen wurde. Maria Patrizia Lunardi erlitt einen Anfall von Schluckauf, der über eine Stunde dauerte. Die Rizzardello-Zwillinge höhlten das *pan de casa* aus, setzten sich jeder einen Laib auf den Kopf und liefen in entgegengesetzten Richtungen los, um die Chiesa di Maria del Mare zu umrunden.

Alle nahmen Notiz von Piarina – es wäre schwierig gewesen, sie zu ignorieren, solange sie von ihrem Posten oben auf dem *campanìl* auf den Festplatz hinunterblickte. Aber die kleine Piarina konnte kaum etwas tun, was die Bewohner von Riva di Pignoli verblüfft hätte. Seit sie begonnen hatte, ihr San-Barnaba-Fieber zu heilen oder ihre Triefaugen zu trocknen, wurde sie liebevoll von ihren Spekulationen verschont. Die meisten nahmen inzwischen an, daß sie als Bestandteil des Erntefestes auf den Turm gesetzt worden war. Die Vedova Scarpa flüsterte, Piero habe sie auserwählt, als allererste die Glocken zu läuten. Und erst als Valentina – mit hochrotem Gesicht und lärmender Stimme – am Rande des Platzes auftauchte, merkten sie, daß etwas Ungewöhnliches vorging.

«*Cinque*, Piarina!» schrie sie und hob den rechten Arm in die Luft. «So lange gebe ich dir, um deinen mageren, kleinen Hintern von diesem Turm da runterzubewegen und auf den Boden zurückzukommen. *Uno. Do. Tre. Quatro. Cinque!*»

Alle blickten empor, um zu sehen, wie Piarina reagierte. Die aber blieb – mit großen Augen, schlaffen Gliedern, in eine andere, ferne Realität versunken – einfach dort sitzen.

«Wage es nicht, mich zu ignorieren, Mädchen!» schrie Valentina, die allmählich näher rückte. «Komm da runter, hab ich gesagt! Und ich geb einen behämmerten Krebs darum, ob jemand hier hört, daß ich das sage!»

Piarina verharrte regungslos; die Dorfbewohner verharrten fasziniert. Und dann hörten sie sie mit schwacher, überirdischer Stimme rufen:

«Einen Reiherfuß . . . Ein Gramm Engelwurz . . .»

Valentina marschierte schnurstracks zum Fuß des Turms.

«Wag es ja nicht, mir von Vögeln und schwarzen Gewürzen zu reden! Ich kenne deine Tricks, und ich brauche keine Hausmittelchen. Komm da runter, hab ich gesagt!»

Doch Piarina blieb, wo sie war, und Valentina blieb nichts anderes übrig, als sich zurückzuziehen. Ohne den Zuschauern, die gespannt ihren Zorn beobachteten, auch nur einen einzigen Blick zu gönnen, versetzte sie dem Turm einen Tritt und stürmte wutentbrannt zu ihrer Hütte zurück.

Valentinas ungezügelter Gefühlsausbruch wurde zum Hauptgesprächsthema des Festessens. Die Bewohner von Riva di Pignoli konnten nur argwöhnen, was zwischen ihr und Piarina vorging, aber sie hatten noch niemals erlebt, daß diese Spannung einen so dramatischen Ausbruch fand. Sie fragten sich, ob Piarina ewig auf dem Turm bleiben wollte; sie fragten sich, was sie mit ihren Worten heilen wollte.

«Mir scheint, sie ist sehr geschickt darin, dort Zuflucht zu suchen, wo Valentina sie nicht erreichen kann», sagte Armida Barbon zu Siora Scabbri, während sie halfen, die Weinkrüge nachzufüllen.

«Man kann nur eine gewisse Zeitlang auf einem Turm sitzen», verkündete Siora Scabbri. «Selbst Piarina wird früher oder später runterkommen müssen.»

«Möchte wissen, wofür das Heilmittel gut ist», sagte Giuseppe Navo zu Ugolino Ramponi, als sie fünfzig Schritt von der Festwiese entfernt hinter einer Pinie urinierten.

«Vielleicht hat sie sich einen Fluch ausgedacht, damit auch Valentinas andere Hand abfällt», sinnierte Ugolino Ramponi. «Übelnehmen könnt ich ihr so einen Versuch gewiß nicht.»

Allmählich kehrten die Gespräche wieder zu zwangloseren Themen zurück. Maria Patrizia Lunardi und Miriam halfen, die Teller abzuräumen, die übriggebliebenen Speisereste in einen Eimer für die Schweine zu kratzen und sie anschließend mit einem Musselinlappen sauberzureiben und für die *dolci* auf die Tische zurückzustellen. Während die Vedova Stampanini dicke Portionen von Stachelbeertörtchen und Pfirsich-Birnen-Erdbeer-Pudding austeilte, trug Siora Guarnieri ein Gedicht vor, das sie eigenhändig geschrieben hatte:

> «Wenn der Nebel steigt
> Und der Sommer sich neigt
> Wenn die Obstbäume hängen

Und die Nächte sich längen
Wenn die Trauben reifen
Und die Winde pfeifen –
Dann ist Ernte, Ernte, Ernte, Ernte, Ernte.»

Als das Festmahl schon dem Ende zuging, tauchten plötzlich Ermenegilda und die drei Marias aus der sanft geneigten Kräuterwiese auf, die an die Nordseite der Chiesa di Maria del Mare grenzte. Sie gingen in einer geraden Linie zwischen dem Turm und den Tischen dahin, ohne ihren Schritt zu verlangsamen oder die Festlichkeiten zur Kenntnis zu nehmen. Doch während Ermenegilda in ihrer Zielstrebigkeit Piarina nicht bemerkte und Piarina in ihrer Traumverlorenheit Ermenegilda nicht bemerkte, kostete es Gianluca, Giuseppe Navo und Silvano Rizzardello gemeinsam all ihre Kraft, Albertino festzuhalten. Noch lange nachdem die Torta-Töchter vorübergegangen waren, versuchte er sich von ihnen loszureißen, damit er Ermenegilda folgen konnte.

Von allen Menschen verstand Gianluca die Verzweiflung seines Bruders am besten. Denn während Albertino es ertragen mußte, daß der Gegenstand seines heißen Begehrens flüchtig auftauchte und wieder verschwand, mußte Gianluca dasitzen, essen und versuchen, nicht den Verstand zu verlieren, weil sich der Gegenstand seines Begehrens den ganzen Nachmittag hindurch nur einen Falkenschrei entfernt von ihm aufhielt. Gianlucas Gefühle für Miriam waren, seit sie begonnen hatte, mit ihm zu sprechen, noch komplizierter geworden; die Gespräche, die sie führten, lehrten ihn, Gott besser zu verstehen, die Nähe ihres Körpers aber erregte ihn noch immer. Und obwohl sie inzwischen vertrauter miteinander geworden waren, als Gianluca es sich je hätte träumen lassen, ließ ihn die Tatsache, daß sie mit Piero genauso vertraut war, an der Bedeutung ihrer Beziehung irre werden. Es kam vor, daß sie am Montag in der Hütte der Vedova Stampanini erschien, um mit Gianluca zum Markt zu gehen, und am Mittwoch Piero auf dem Rückweg vom Hühnerstall ein Dutzend frische Eier brachte.

Um sich wirklich heilig zu fühlen, kämpfte Gianluca gegen seine angeborene Sinnlichkeit, während Piero sich an seine tief eingewurzelte Religiosität klammerte, weil er hoffte, dadurch sein Verlangen nicht spüren zu müssen. Und keiner von beiden kam auf die Idee, daß sie im Grunde in einer ganz ähnlichen Lage waren.

Daher war es irgendwie ein Hohn, daß der von Leidenschaft erfüllte Mönch und der fromm erleuchtete Satyr ihre Kräfte vereinten, um die Glocken emporzuziehen. Am liebsten hätte Piero sie allein hochgezogen, doch weil sie dafür bei weitem zu schwer waren, hatte er zugestimmt, sich von Gianluca helfen zu lassen. Am späten Nachmittag stiegen sie die Leiter empor und ließen sich in den Glockenstuhl hinab; dort angekommen, befestigten sie die Zugseile am Flaschenzug, und während Paolo Guarnieri, Beppe Guancio und Cherubino Lunardo die Taue ablaufen ließen, hievten sie die Glocken hoch und befestigten sie sorgfältig an ihrem Platz. Trotz ihrer Feindseligkeit arbeiteten die beiden so gut zusammen wie zwei ineinandergreifende Rädchen einer einfachen Maschinerie, die mit ihrem Läuten die Insel zum Leben erwecken würde.

Als die letzte Glocke an Ort und Stelle war und Piero und Gianluca ans Glockenturmfenster traten, brachen die Menschen unten in lautes Jubelgeschrei aus.

«Mögen sie uns noch einen solchen Frühling einläuten, wie wir ihn in diesem Jahr hatten!» rief Armando Guarnieri.

«Mögen sie nur die Stunden schlagen», rief Siora Scabbri, «und nicht den Tod eines Mitmenschen verkünden.»

Die Gebete und Segenssprüche gingen weiter; es gab Wünsche nach fetten Kühen und lockeren Pastetenkrusten, nach goldenen Nachmittagen, an denen man auf den Bootsstegen liegen und tagträumen konnte. Für Gianluca und Piero waren sie jedoch nichts als ein Gewirr von Stimmen, ein verspieltes *contratempo* zu der süßen Lautlosigkeit von Miriams Schönheit.

«Und was wünschst *du* dir, Miriam?» fragte die Vedova Scarpa. «Nach deiner Miene zu urteilen, könnte man denken, als seien sie einzig für dich hochgezogen worden!»

«Ja, sag schon, Miriam», rief Gianluca.

«Sag, was sollen sie uns bringen?» rief Piero.

Miriam schloß die Augen und versuchte, sich nicht dem Leuchten hinzugeben. Sie spürte, wie es am Rand ihres Seins drängte, und wußte, daß sie bei der geringsten Ermunterung möglicherweise jede Form von sich werfen und sich in ein Meer aus pulsierendem Licht stürzen würde. Dennoch hatte sie das Gefühl, daß das in diesem Moment feige von ihr gewesen wäre. Das Dorf bot ihr die Chance, ihr Geheimnis mit den Menschen zu teilen – und selbst das Leuchten genügte nicht, sie stumm bleiben zu lassen.

«Ein Kind», sagte sie mit ruhiger Stimme. «Ich wünsche mir, daß sie die Geburt eines gesunden Kindes einläuten werden.»

«Ein wunderschöner Gedanke!» lobte Siora Bertinelli. «Genau das braucht Riva di Pignoli!»

«Ich wünschte, ich hätte eine Glocke gehabt, die meine Kinder einläutete», sagte die Vedova Stampanini, «und eine Glocke, die sie wieder ausläutete.»

«Das Problem ist», sagte Maria Luigi, «daß heutzutage keiner mehr Kinder kriegt. Fünf *strasordenari*-Taufkleider hab ich zu Hause, aber nicht mal verschenken könnte ich die.»

Miriam legte die Hand auf ihren Leib und sagte dem Licht flüsternd Lebewohl.

«Ich nehme eins, Maria Luigi», sagte sie. «Ich werde in diesem Winter ein Kind bekommen.»

Wäre in diesem Moment der Winter gekommen – auf ebenso wunderbare Art und Weise wie der vergangene Frühling – und hätte Frost, Kälte und lähmende Dunkelheit mitgebracht, er hätte die Menge beim *pranzo della vendemia* nicht weniger erstarren lassen als Miriams Worte. So erschrocken, so stumm waren die Menschen auf einmal, daß sie nicht mal bemerkten, wie Piarina sich vom Turmrand herabließ, hinter Gianluca und Piero in den Glockenstuhl schlüpfte und nach den dicken, gedrehten Seilen griff, die von den Glocken herabhingen. Sie bemerkten es erst, weil die Vögel aufstoben, als das dröhnende Geläut weit über die Insel hinaushallte.

Geburt! läutete, und Tod!, und Freiheit!

Vater! Sohn! und Heiliger Geist! läutete.

Der Frühling ist gegangen! läutete. Das Laub ist von den Bäumen gefallen! und *finalmente* ist Riva di Pignoli da!

10. KAPITEL

Als Piero endlich die siebenundzwanzig Fliesenkistchen öffnete, die Albertino aus Venezia mitgebracht hatte, kam er sich vor wie ein arabischer Sultan vor einem Haufen erbeuteter Schätze. Es waren eigentlich weniger Fliesen als Würfel oder Fragmente, die im Sonnenlicht wie ein tausendfaches glitzerndes Zwinkern schimmerten. Aber als er die Hände hineinsteckte, schnitten sie ihn wie winzige Messer – woraufhin ein schmerzhafter Stich sein Herz durchfuhr und er sofort an Miriam denken mußte.

Die Ankündigung, die Miriam beim *pranzo della vendemia* gemacht hatte, lag in der Luft wie ein hartnäckiges Gesumm. Ob das wohl stimmte? Wer war der Vater? Wie konnten sie diese Fremde, die so unversehens aufgetaucht war, so falsch beurteilt haben? Das einzige, was die Gedanken der Dorfbewohner von Miriams Kind ablenken zu können schien, war die Notwendigkeit, nun, da der *campanìl* fertig war und die Glocken an ihrem Platz hingen, mit der Arbeit am Fundament für den *campo* zu beginnen. Im Verlauf der folgenden Tage wurden die Wiese gemäht und der Erdboden darunter flachgeklopft; ein Holzrahmen wurde aufgestellt und eine dicke Schotterschicht gelegt: Über den Schotter wurde eine Mischung aus zerriebenen Backsteinen, Kalk und Leinöl gestrichen und dann aufgeharkt, damit sich eine zweite Schicht darauf halten konnte, in die dann später die Steinchen aus buntem Glas gedrückt wurden.

Wochenlang hatte Piero an der Vorlage für das Mosaik gearbeitet. Fast vierzehn Tage lang hatte er sich in Beppe Guancios Kate vergraben und bei Fischgeruch und dem Geräusch von tropfendem Fett versucht, sein leuchtendes Bild von Miriam und den Drachen in eine zweidimensionale Form zu bringen. Nachdem er die kunstvollen Mosaikarbeiten von San Marco und Torcello studiert hatte, wurde ihm klar, daß es einfacher war, ein harmonisches geometrisches Muster zu schaffen, als eine menschliche Gestalt erfolgreich darzustellen; dennoch war er überzeugt, daß er mit einiger Rücksicht auf die Farbabstufungen und die Balance von Licht und Schatten ein Bild schaffen konnte, das sowohl die Seele als auch das Auge befriedigte. Als die Vorlage fertig war, teilte er sie in einhundert gleiche Quadrate, vergrößerte jedes Quadrat auf seine tatsächlichen Abmessungen und teilte jede Vergrößerung abermals einhundertmal, um schließlich sorgfältig einzutragen, wo jede einzelne Fliese ihren Platz finden sollte.

Die Bewohner von Riva di Pignoli waren von Pieros Zeichnungen so fasziniert, daß sie sich gewissenhaft daran hielten. Da nur wenige Dorfbewohner lesen konnten, markierte Piero die Quadrate mit winzigen Punkten von Wein, Blut und Erdbeersaft, von Indigo und zerstoßenen Stiefmütterchen, von Senfkörnern, Kohlbrei, Schlamm, Dung und Pech. Da die Zeichnung für das Pensum des jeweiligen Tages stets nur einen kleinen Teil des großen Plans verriet, wurde das Projekt schon bald zum Rätselspiel: Irgend jemand lugte demjenigen, der gerade arbeitete, immer über die Schulter, um die Entstehung einer Schnauze, einer Klaue oder eines Flügels zu verkünden. Der im Entstehen begriffene *campo* wurde zum Versammlungsplatz: Die Dorfbewohner stellten sich Stühle auf die leeren Stellen und warteten ab, was die Arbeiter als nächstes fertigstellen würden. Die Vedova Stampanini brachte ihre dicken Bohnen zum Enthülsen mit. Maria Luigi kam mit ihrer Näharbeit. Siora Bertinelli errichtete einen Stand neben Pieros Baumstumpf und verkaufte Kapaunpasteten und Dorschleber-Knusperlinge.

Und immer wieder, wenn niemand es sah, schlüpfte Piarina in den Glockenstuhl hinab und läutete die Glocken. Trotz aller Drohungen und immer größeren Geschreis von Valentina hatte sie ihren Ausguck hoch oben auf dem Turm seit dem Morgen des *pranzo della vendemia* nicht mehr verlassen. Piero kletterte jeden Morgen zu ihr hinauf, um ihr einen Teller Salzheringe und einen Becher Löwenzahntee zu bringen; zweimal am Tag rief sie ihre geheimnisvollen Heilkuren hinunter, zumeist aber saß sie steinstill oder läutete die Glocken. Sie läutete sie ohne bestimmten Rhythmus und ohne bestimmte Dauer. Die Menschen wußten nie, wann sie bei ihrer Arbeit, den Mahlzeiten oder im Schlaf urplötzlich von dem durch Piarinas Launen gesteuerten vollen, dröhnenden Geläut überfallen wurden. Beppe Guancio war mittlerweile überzeugt, daß ein böser Dämon von ihrer Seele Besitz ergriffen hatte, und begann, um die Kirche vor ihrem Einfluß zu schützen, rings um die Mauern herum Knochen und Abfall zu verstreuen.

Als Piero etwa zehn Tage nachdem er mit den Mosaikarbeiten begonnen hatte und der östliche und der südliche Rand des Musters allmählich lebendig wurde, einmal aufblickte, sah er, daß Miriam neben ihm stand. Er hatte sie seit dem *pranzo della vendemia* nicht mehr gesehen, aber als er sie nun betrachtete, konnte er nicht begreifen, wieso er ihre Schwangerschaft nicht schon zwei Wochen zuvor bemerkt hatte. Sie strahlte von ihr aus wie der schwache Duft der Wolfsmilch oder die Hitze einer Sommernacht. Sie flüsterte aus den Strähnen ihrer feuerleuchtenden Haare und sang aus der straffen Fülle ihres gerundeten Leibes.

«Ich muß dich sprechen», sagte sie.

Piero versuchte die nicht zu übersehende Leidenschaft zu verbergen, die sie in ihm weckte; er fand es unfair, daß sie, während sie das Kind eines anderen Mannes trug, so wunderschön war.

«Was möchtest du mir sagen?»

«Hier nicht.»

«Wo dann?»

«Wo wir unter vier Augen reden können.»

Sekundenlang bildete sich Piero tatsächlich ein, daß sie ihm mitteilen wolle, es sei sein Kind – daß er in einer schlafähnlichen Trance zu ihr gegangen sei, ihr beigewohnt und etwas von sich in ihr hinterlassen habe. Aber wie Piero wußte, konnte keine Trance so tief sein, daß er bei der Berührung ihrer Haut nicht aufgewacht wäre. Er wußte, daß das nur eine Wunschvorstellung war. Er wußte, daß es Gianlucas Kind war.

«Vielleicht sollten wir in die *chiesa* gehen», schlug sie vor. «Was ich dir zu sagen habe, kann ich dir dort genausogut sagen wie anderswo.»

Sie überquerten den Platz und betraten die kleine Kapelle, die ihnen nach dem grellen Sonnenlicht draußen eine schattige Intimität zu bieten schien: Der Altar war zugedeckt, die Kerzen halb heruntergebrannt, die Wände rochen von dem Nebel, der noch in ihren Steinen gefangen war, ein wenig feucht. Eine Brise, die mit ihnen hereinkam, raschelte in den trockenen Blättern zu ihren Füßen, wo sie wohl liegenbleiben würden, bis sie sich zu hauchfeinem Winterstaub auflösten.

Miriam schritt durch den Mittelgang und blieb vor dem Altar stehen. Irgend jemand hatte Pinienzapfen auf das weiße Tuch gelegt. Während sie das Muster betrachtete, verstreutes Dunkel auf heller Fläche, dachte sie an die Reaktion der Dorfbewohner auf ihre Mitteilung, sie werde ein Kind bekommen. Die Leute schienen es als Beweis dafür aufgefaßt zu haben, daß nichts so war, wie es schien, daß Engel ohne Flügel in Wirklichkeit gar keine Engel waren. Ihr selbst bereitete es keine Probleme, in Ungnade gefallen zu sein. Aber sie fürchtete für ihr Kind, das keinen Platz in dieser Gemeinde hatte und als Bastard einer *straniera* womöglich von der Insel vertrieben wurde. Also wartete sie, bis sich das Getuschel gelegt hatte, um sodann Piero aufzusuchen.

«Wir haben seit dem *pranzo* nicht mehr miteinander gesprochen», sagte sie und streckte die Hand nach einem der Pinienzapfen aus. «Ich kann mir vorstellen, daß du verärgert bist über das, was ich gesagt habe.»

«Nicht verärgert. Nur verwirrt. Das wäre eine treffendere Bezeichnung.»

«Das kann ich dir nicht übelnehmen. Eine Fremde kommt in euer Dorf, macht sich selbst zum Teil des Dorflebens – und dann müßt ihr feststellen, daß sie nicht das ist, was ihr in ihr gesehen habt.»

«Ich urteile nicht, Miriam. Es ist nur . . . verwirrend.»

«Dann sollte ich es dir so deutlich machen, wie ich kann», gab sie zurück. Und nun wandte sie sich zu ihm um. «Ich werde ein Kind bekommen. Ich werde es auf Riva di Pignoli bekommen. Und ich möchte, daß es als Mitglied in eurer Gemeinde aufgenommen wird.»

«Wenn du das möchtest, bin ich gewiß, daß es so kommen wird.»

«Aber ich muß sicher sein», betonte sie. «Ich bin eine Fremde hier. Wenn mir etwas zustoßen sollte, muß ich wissen, daß sich jemand um mein Kind kümmert.»

«Die Leute hier werden dein Kind wie jedes andere Kind auf Riva di Pignoli behandeln, das kann ich dir versichern.»

Miriam betrachtete den Pinienzapfen in ihrer Hand. Jede Schuppe beschützte einen zarten, weißen *pignole*.

«Und was ist mit dir?» fragte sie.

«Wie meinst du das?»

«Was wirst du für mein Kind empfinden?»

Piero errötete. «Ist das so wichtig?»

«Für mich ja», sagte sie. «Jedes Kind braucht einen Vater.»

«Das ganze Dorf wird sein Vater sein», behauptete er unruhig. «Jeder von uns wird sein Vater sein.»

Miriam zögerte einen Moment und betrachtete die mit Stroh bedeckten Steine zu Pieros Füßen. Als sie wieder aufblickte, strahlten ihre Augen in einem ganz neuen Glanz.

«Ich möchte, daß du der Vater meines Kindes wirst», sagte sie. «Du – und Gianluca.»

«Ich – und Gianluca?»

«Ich möchte, daß mein Kind alles lernt», sagte Miriam. «Lesen und schreiben. Pflanzen und fischen. Wenn es ein Mädchen wird, möchte ich, daß es nähen, Astronomie und Architektur lernt. Wird es ein Junge, möchte ich, daß er Gedichte schreibt und Bäume fällt. Kein Mensch allein kann ein Kind all diese Dinge lehren. Aber gemeinsam könnt ihr beide, du und Gianluca, ihm die außergewöhnlichste Ausbildung der ganzen Lagune verschaffen. Bitte, sag, daß du es tun wirst, Piero. Bitte, sag, daß du mit Gianluca zusammen der Vater meines Kindes sein wirst.»

Piero wußte nicht, wie er auf Miriams Worte reagieren sollte. Er hätte sich alles mögliche zusammenphantasieren können, aber nie wäre er auf etwas wie das gekommen, was sie da jetzt von ihm verlangte.

«Was hat Gianluca dazu gesagt?»

«Ich habe noch nicht mit ihm gesprochen. Aber ich bin sicher, daß er begreifen wird, was ich will. Ich bin sicher, daß ihr es beide begreifen werdet.»

Piero wunderte sich über Miriams Bitte. Da er zu wissen glaubte, daß Gianluca der Vater des Kindes war, konnte er sich nicht vorstellen, warum sie ihn bat, die Vaterschaft mit ihm zu teilen. Dennoch dachte er unwillkürlich daran, daß dieses Angebot ihm die Chance gab, in ihrer Nähe zu bleiben, und daß ihm dies möglicherweise sogar half, zu jener Frömmigkeit zurückzufinden, von der er sich, seit Miriam den Fuß auf die Insel gesetzt hatte, immer mehr entfernte.

«Ein schwerer Entschluß», gab er zurück. «Du mußt mir Zeit geben, darüber nachzudenken.»

«Selbstverständlich», sagte Miriam. «Das Kind wird noch einige Monate auf sich warten lassen.»

Piero nickte, und sie verließen die Kapelle; er kehrte still zu dem Verlegen der Fliesen zurück, während sie wieder ihren verschiedenen Aufgaben im Hühnerstall nachging. Am Abend jedoch, als er sich zum Schlafen bereit machte, stellte er fest, daß er seinen Platz unter den Sternen neben der Chiesa di Maria del Mare nicht mehr ertragen konnte. Also kehrte er in Beppe Guancios Kate zurück und fragte ihn, ob er sein Bett wieder auf der dünnen Strohschütte aufschlagen dürfe, die in einer Ecke lag.

Für einen Klosterschüler oder Bildhauer mochte ein Baumstumpf zum Schlafen durchaus genügen. Für einen werdenden Vater aber gehörte sich das einfach nicht.

Im Gegensatz zu Piero war Albertino es durchaus zufrieden, den feuchten Novembernächten entgegenzusehen, ohne ein Dach über dem Kopf zu haben. In letzter Zeit fand er sein Bett jedoch fast unerträglich einsam. Er verfluchte die Zeit, da er Ermenegilda verboten hatte, sein Zimmer zu betreten und sich unter seine Decken zu legen; hätte er es ihr gestattet, er hätte zwischen der kastanienbraunen und der azurblauen oder an der smaragdgrünen, der rostroten und der goldfarbenen auch jetzt vielleicht noch eine Spur von ihrem Duft finden können. Sein einziger Trost war des Abends das Bewußtsein, daß er, wenn endlich der Morgen kam, zu ihrer Tür gehen und darauf warten konnte, daß sie ihn abermals zurückstieß.

Eines Nachts sagte er sich, daß er nicht mehr bis zum Morgen warten konnte. Er trat seine Decken von sich, warf sich in seine Kleider und eilte quer über Wasser und Wiesen zum Tor der Ca' Torta. Im hellen Schein des Dreiviertelmondes ragte das große Haus wie ein Tempel vor ihm empor; als Albertino darauf zuging, kam es ihm vor, als werde er von der kunstvoll verzierten Fassade selbst angezogen.

An der Haustür angelangt, blickte er zu Ermenegildas Fenster empor. Er stellte sich vor, daß sie tief in einen erholsamen Schlaf versunken war, in dem sie Rindfleischscheiben mit Meerrettichsauce und eine Suppe aus zerstoßenen Mandeln aß. Er hörte das Rascheln der Satindecke, unter der sie in seiner Vorstellung lag, und vernahm, wie sie ganz leise seinen Namen wisperte, weil sie ihn sich an ihrer Seite wünschte. Und obwohl er den Unterschied kannte zwischen dem, was er sich vorstellte, und dem, was Wirklichkeit war, konnte er dem Wunsch nicht widerstehen, zu ihrem Fenster hinaufzuklettern und sich in ihre Träume zu schmuggeln.

Immer wieder blickte er hinauf, während der kalte Frühnebel ihm Wangen und Hals näßte und seinen leichten Kittel durchdrang. Von seinem Aussichtspunkt unter der *terrazza* im ersten Stock sah die Kletterpartie recht einfach aus; Enrico Torta hatte sein Schmuckkästchen gebaut, um Eindruck damit zu machen, und kaum einen Gedanken darauf verschwendet, es vor Eindringlingen zu schützen. Zunächst trat er auf eine der Marmortauben, die die Säulen flankierten, die die Haustür flankierten; von dort trat er auf den Mohrenkopf-Klopfer und stemmte sich auf die Brüstung über dem Eingang, indem er sich an das kleine Basrelief der Madonna mit dem Kind klammerte, das sich unmittelbar unterhalb der *terrazza* befand; von dort aus zog er sich auf die *terrazza* hinauf, und von dort war es nur noch ein Schritt über das Lamm Gottes zur Brüstung von Ermenegildas Fenster. Daß es das ihre war, wußte er, weil sie es ihm bei ihren Spaziergängen auf der Calle Alberi Grandi gezeigt hatte – gezeigt in der Hoffnung, daß er eines Nachts genau das tun werde, was er jetzt tat –, obwohl die Ironie, die darin lag, Albertinos Verstand überstieg.

Als er Ermenegildas Fenster erreichte, drückte er gegen das blasige Glas, doch Ermenegilda hatte es fest geschlossen, und es wollte nicht nachgeben. Da die feuchte Luft allmählich in seine Haut hineinkroch, nahm er seinen ganzen Mut zusammen und klopfte mehrmals scharf ans Glas. Auf einmal erschien Ermenegildas fahles Gesicht, aber das unebene Glas verzerrte es so stark, daß er im Mondlicht nicht sagen konnte, ob sie zornig oder glücklich war. Nach einer langen Weile öffnete sie das Fenster, beugte sich über die Brüstung und drückte einen weichen, nassen Kuß auf seine Lippen. Dann wich sie zurück, schüttete ihm den Inhalt ihres Nachttopfs über den Kopf und knallte ihm das Fenster vor der Nase zu.

Gefangen zwischen Entsetzen und Seligkeit blieb Albertino noch einen Augenblick hocken; dann suchte er sich langsam den Rückweg über die Hausfassade. Er setzte den Fuß auf das Lamm Gottes und von dort auf die *terrazza* im ersten Stock. Als er jedoch die Madonna mit dem Kind erreichte, verschätzte er sich, schlug lang auf die Steine des Eingangs, prellte sich die rechte Schulter und brach sich dreimal das linke Bein.

Ermenegilda schickte Romilda Rosetta hinaus, um sich um ihn zu kümmern, bevor er mit seinem Schmerzgeheul die ganze Insel weckte. Sie kippte ihm eine halbe Flasche *grappa di radicchio* in den Hals; dann ging sie Gianluca holen, der ihn zum Haus der

Vedova Stampanini trug, wo er sachgemäß verbunden und in den Schlaf gewiegt wurde.

In seinen Träumen erlebte Albertino immer und immer wieder, wie er fiel. Doch keine Sekunde gab er Ermenegilda die Schuld daran, und keine Sekunde wünschte er sich, die Kletterpartie ungeschehen machen zu können, die zu dem Kuß geführt hatte, der zu dem Schleim geführt hatte, der zu seinem Sturz geführt hatte.

Bald schon stellte sich heraus, daß Albertino mindestens bis zum Fest der Unbefleckten Empfängnis das Bett hüten und es Gianluca überlassen mußte, auch seine Arbeit noch zu übernehmen. Inzwischen gab es zwar nur noch Pastinaken und ein paar Salatköpfe zu ernten. Durch all das Umgraben und Düngen jedoch, das erledigt werden mußte, bevor der Boden zu hart wurde, und seine übliche Arbeit auf dem Markt mußte er, wie er feststellte, zwei Stunden früher aufstehen und bis lange nach Einbruch der Nacht fleißig sein. So fleißig sogar, daß es ihm fast gelang, sich Miriam aus dem Kopf zu schlagen – bis die Vedova Stampanini ihn mit einer Nachricht störte, die eindeutig bewies, daß derartige Bemühungen fruchtlos waren.

«Sie will dich sehen», berichtete die Vedova. «Sie will, daß du zu ihr in den Hühnerstall kommst.»

Gianluca antwortete nicht, doch aus der Art, wie er seine enge Hose zurechtrückte, erkannte die Vedova deutlich, daß er dem Ruf Folge leisten würde.

Gianluca hatte ein Problem. Nachdem er in seiner frommen Verehrung für Miriam *Il Bastón* monatelang vernachlässigt hatte, machte ihn die überschüssige Energie, die in seinen Adern kreiste, fast verrückt. Seit nahezu sechs Monaten war er nicht mehr mit einer Frau zusammengewesen, die längste Zeit der Abstinenz seit seiner ersten Begegnung mit Maria Patrizia Lunardo im Alter von vierzehn Jahren. Infolgedessen befand sich *Il Bastón* ununterbrochen in Habtachtstellung, und wenn er die Calle Alberi Grandi betreten wollte, ohne daß den Leuten die Zähne aus dem Gesicht fielen, blieb ihm nichts anderes übrig, als ihn mit einem Streifen kräftigen Musselins fest an sein linkes Bein zu binden, und wehe dem, der es wagte, den Blick tiefer als bis zu seiner Taille wandern zu lassen.

Als er nun jedoch auf dem Weg zu Siora Scabbris Hühnerstall die Insel überquerte, fragte sich Gianluca besorgt, ob ein Treffen mit Miriam nicht möglicherweise bewirken würde, daß er seine Fesseln sprengte. Genau wie Piero hatte er seit dem *pranzo della vendemia* nicht mehr mit ihr gesprochen, und genau wie Piero war er hundertprozentig sicher, daß sein Rivale der Vater des Kindes war. Der einzige Unterschied bestand darin, daß Piero seine Mutmaßungen mit tapferer Resignation hinnahm, während sich Gianluca von den eigenen Spekulationen verrückt machen ließ. Die Vorstellung, daß sie mit Piero geschlafen hatte, die Vorstellung, daß sie sein Kind unter dem Herzen trug, genügte wahrhaftig, um ihn in den Wahnsinn zu treiben.

Als er den Hof erreichte, in dem Siora Scabbris Hühner frei herumliefen, wurde er von einem Duft nach Kamille und Grüner Minze empfangen; und als er das Tor aufstieß und den Hof betrat, sah er, daß Miriam, in sauberer Schürze und mit zurückgebundenen Haaren, damit beschäftigt war, den Inhalt eines Kochkessels in eine Reihe flacher Schalen zu füllen.

«Servierst du den Hühnern Schwarzbrot und *conserva di pesca*?» erkundigte er sich.

Miriam lächelte, wandte sich aber nicht um.

«Das ist für ihren Magen», erklärte sie. «Dadurch schmecken die Eier besser.»

Gianluca sah zu, wie sie jede Schale zur Hälfte füllte und anschließend mit einem hölzernen Schöpflöffel Wasser aus dem Brunneneimer hinzufügte. Als sie fand, das Gebräu sei kühl genug, richtete sie sich auf, wischte ihre Hände an der Schürze ab und drehte sich zu ihm um.

«Danke, daß du gekommen bist», sagte sie.

Ein wenig steif neigte Gianluca den Kopf.

«Läuft deine Arbeit auf dem Markt gut?»

«Mein Bruder hat einen Unfall gehabt. Er hat sich das Bein gebrochen. Deswegen habe ich viel zu tun, bis er wieder ganz gesund ist.»

«Tut mir leid.»

«Er wird schon wieder», gab Gianluca achselzuckend zurück.

Miriam kniete nieder, um den Kessel, den Eimer und den Schöpflöffel aufzunehmen, den sie auf dem Boden abgelegt hatte, und trug alles in einen offenen Schuppen hinter der Hütte der Siora Scabbri. Dann sammelte sie ein paar trockene Brotkrusten in ihrer Schürze und kehrte zu Gianluca zurück.

«Ich möchte mit dir über das sprechen, was ich beim *pranzo* gesagt habe.»

«Über dein Kind, meinst du?»

«Über mein Kind. Ja.» Während sie sprach, griff sie in ihre Schürze, zerdrückte die Brotrinden zu kleinen Krümeln und streute sie den Hühnern hin. «Die Menschen hier waren gut zu mir. Aber mein Kind ‹gehört› nicht nach Riva di Pignoli. Noch nicht. Deswegen hoffe ich, daß du mir hilfst, diese Hürde zu nehmen.»

«Wie meinst du das?»

Einen Moment hielt Miriam inne; dann richtete sie dieselbe Bitte an Gianluca, die sie an Piero gerichtet hatte: Zorn und Eifersucht zu unterdrücken und sich mit dem anderen in die Vaterschaft des Kindes zu teilen. Während Piero mit Verwunderung reagiert hatte, reagierte Gianluca verblüfft.

«Das kann nicht dein Ernst sein», gab er zurück. «Um so was kannst du mich doch nicht ernsthaft bitten!»

«Du hast mir erklärt, daß du deine Seele finden willst. Gäbe es eine bessere Möglichkeit dazu, als sich um ein Kind zu kümmern?»

«Ein Kind kann nicht zwei Väter haben. Das ist lächerlich. Das ist eine Beleidigung.»

«Ich bitte dich um Hilfe, Gianluca. Ich bitte dich um deinen Segen.»

«Meinen Segen?» fauchte er. «Meinen und Pieros.»

Als Gianluca Pieros Namen aussprach, erkannte Miriam, was

er von ihr dachte: daß sie mit Piero geschlafen habe und daß das Kind unter ihrem Herzen sein Kind sei. In diesem Augenblick wurde ihr klar, daß Piero dasselbe von Gianluca dachte und daß die gesamte Insel höchstwahrscheinlich der Überzeugung war, der eine oder der andere müsse der Vater ihres Kindes sein. Nie wäre es ihr in den Sinn gekommen, daß sie, weil sie so lange gewartet hatte, bis sie den Bewohnern von Riva di Pignoli von ihrer Schwangerschaft Mitteilung machte, der Meinung Vorschub leistete, sie sei *nach* ihrer Ankunft auf der Insel schwanger geworden. Jetzt aber, da sie allein mit Gianluca im Hühnerhof stand, sah Miriam keinen Grund, ihnen zu widersprechen. Sie würde ein Kind zur Welt bringen, und möglicherweise war es besser, wenn die Bewohner von Riva di Pignoli es für eines der ihren hielten.

«Ich möchte, daß du meinem Kind ein Vater wirst; daß du es belehrst, daß du es lenkst, daß du es liebst. Ist das wirklich zuviel verlangt?»

Gianluca wog ihre unschuldige Miene gegen das Pulsieren von *Il Bastón*. Er versuchte die Liebe in ihren Augen abzuschätzen – eine Liebe, die sich erbot, ihn über seine Eifersucht hinaus auf eine Ebene friedlicher Hinnahme zu erheben. Doch der Gedanke, daß Piero ihr beigewohnt hatte – die Süße genossen hatte, nach der zu greifen er selbst zu verblendet gewesen war –, glich der diamantharten Klinge des Henkerbeils, die Leidenschaft sauber von Vernunft trennte.

«Nein», sagte er. «Das ist unmöglich.»

«Gianluca ...»

«Nein! Kein Gedanke daran!»

Und bevor ihn Miriam zurückhalten konnte, jagte er wie ein Fasan, der zum Abendessen erkoren ist, zum Hühnerstall hinaus und über die Felder davon.

Während des restlichen Tages stürzte sich Gianluca wie ein wildgewordenes, verprügeltes Arbeitspferd auf seine Pflichten. Er hackte den Boden, wo der Fenchel gepflanzt werden sollte, warf die Spätnovemberäpfel in die Körbe der verdutzten Kunden – kurzum, tat alles, was ihm einfallen wollte, um das Fieber zu dämpfen, das in ihm brannte. Und als der Tag endete und die Energie noch immer genauso stark war wie am Morgen, wußte er, daß er eine Möglichkeit finden mußte, Miriam davor zu schützen. Also richtete sich Gianluca, während Albertino bei der Vedova Stampanini im Bett lag, hinter der Lagune in Albertinos Zimmer ein.

Mit dem Wind im Gesicht. Und den Toten als Nachbarn. Und der schmale Wasserarm schützte ihn vor dem eigenen Verlangen, der eigenen Wut.

Fausto Moretti bekam diese Wut zu spüren, als er auf dem Weg zum Friedhof an Albertinos Zimmer vorbeikam. Er wollte gerade das Grab seiner Ehefrau Brunella besuchen, die vor dreißig Jahren an einem Milzriß gestorben war, als sich plötzlich ein eiskalter Windstoß von den Steinen erhob und ihn quer über das Radicchiobeet trieb. Sekundenlang hielt er inne und spähte über die Mauer auf die zerwühlten Decken, auf denen Gianluca kurz zuvor geschlafen hatte; dann eilte er zum Friedhof, um einen Strauß Studentenblumen auf den morastigen Fleck zu legen, unter dem nur noch Erinnerungen und ein paar Knochen ruhten.

Noch niemals hatte es Fausto versäumt, an Brunellas Todestag ihr Grab zu besuchen; er trug denselben grauen Kittel, der mit den Jahren ein wenig zu eng geworden war, und betupfte seinen Bart mit Ysop und Hainbuche. Faustos Bart war etwas ganz Besonderes: Er begann dicht unter seinen Augen und fiel wie ein großer, weißer Wasserfall bis unter seinen Bauch. Er verlieh ihm, wie er fand, etwas Geheimnisvolles; er hatte detailgenaue Stiche aus Konstantinopel gesehen, Abbildungen von weisen Männern mit Gesichtsschmuck, nicht halb so elegant wie der seine. Er glaubte sogar, daß Miriam sich wegen seines Bartes entschlossen hatte, bei ihm und Maria Luigi zu wohnen.

Als er das Grab erreichte, legte er die Studentenblumen vor die Grabtafel; dann setzte er sich auf den Boden, um seiner Frau von den Ereignissen des vergangenen Jahres zu berichten. Diesmal dauerte es ein wenig länger als sonst, weil er außer von den alten Zänkereien und den neugeborenen Kätzchen, die seinen alljährlichen Bericht schmückten, noch von dem außergewöhnlichen Frühling sowie von Miriams Ankunft und Schwangerschaft erzählen mußte. Geburten hatte es – bis auf die Kätzchen – keine gegeben, und der einzige Sterbefall war Vincenzo Bassetti gewesen, der im vergangenen Jahr nur wenige Schritte unterhalb und ein bißchen südlich von Brunellas schmaler Ruhestätte beerdigt worden war. Fausto hatte erwogen, auch etwas auf Vincenzos Grab zu legen, denn sie hatten oft zusammen Karten gespielt und einander seit ihrer Kindheit gekannt, aber Brunella würde, wie er wohl wußte, sehr zornig sein, wenn er seinen Besuch bei ihr mit einem anderen Toten teilte (etwa mit seiner Mutter, die neben Arriguccio Forbi begraben war, und seiner Schwester, die irgendwo in der Nähe der Familie Furian lag, obwohl er sich nicht mehr genau erinnern konnte, wo).

Es war früher Nachmittag gewesen, als Fausto die Hauptinsel verließ, um zu dem schwimmenden Friedhof überzusetzen; als er sich endlich zur Abfahrt bereit gemacht hatte, war die Sonne halb in die feuchte Umarmung der Lagune gesunken. Das Licht war, als er auf das Tor zuging, schon so gedämpft, daß er kaum den frisch gegrabenen Hügel bemerkte, der zwischen Sineraldo Saccardi und Apollonia Ambrosiana Barbon entstanden war. Als er sich jedoch der Südmauer näherte, waren die Zeichen unverkennbar: Im letzten Monat war jemand beerdigt worden.

Er packte die Enden seines wehenden Bartes, um recht heftig daran zu ziehen. Wieso gab es hier ein Grab, wo es doch keinen Toten gab? Wieso konnte es hier einen Toten geben, wo doch niemand gestorben war? Und dennoch lag da dieser frische Erdhügel und war selbst im schwindenden Licht nicht mehr zu übersehen.

Fausto Moretti kehrte zu seinem Boot zurück und machte sich auf die Rückfahrt. Als er die Hauptinsel erreichte, wurde er von einem dünnen, geisterhaften Schrei empfangen.

«Ein Keilerkopf... eine Schale zerstoßene Kichererbsen... ein Topf voll Schleim, im Morgennebel leicht zusammengerührt...»

Er kannte Piarinas Stimme so gut, wie er die Härte des Bettes kannte, in das er sich jeden Abend zum Schlafen legte. In Verbindung mit dem unerklärlichen Grab jedoch jagte sie ihm einen eiskalten Schauer über den Rücken. Es lag nicht in Brunellas Nähe, nicht einmal in der Nähe von Arriguccio Forbi und durch die ganze Breite des Friedhofs von der Familie Furian getrennt. Doch irgend etwas in seinem Herzen sagte ihm unwillkürlich, daß das Grab, das er soeben entdeckt hatte, sein eigenes war.

11. KAPITEL

Der Herbst verrann wie die Regenfluten, die von den Dachrinnen der Ca' Torta herabstürzten. Während die Tage kürzer wurden, begannen die Dorfbewohner mit den Vorbereitungen sowohl für den Winteranfang als auch für das Geburtstagsfest des Heilands. Siora Bertinelli backte *stufoli, ambrosina* und *pan di Natale*, und man konnte den zarten Duft nach Milch und Mandeln fast überall auf der Insel wahrnehmen. Romilda Rosettas Vorbereitungen bestanden darin, daß sie, wie alljährlich, insgeheim in jeder Faust eine stachelige Saure Sobbe zerquetschte, weil sie hoffte, dadurch bis spätestens zum ersten Advent den Eindruck von Stigmata erwecken zu können. Maria Luigi band Sträuße aus Salbei und Estragon, um sie an die Türen der Dorfbewohner zu nageln. Selbst Piarina schien in Festtagsstimmung zu geraten – ihre Heilrezepte bestanden zum großen Teil aus den Süßigkeiten der Jahreszeit, und die Vedova Scarpa war überzeugt, daß sie in Wirklichkeit auf ein spektakuläres Rezept für *pan casalin* hinsteuerte.

Die Arbeiten am neuen *campo* gingen schnell und präzise voran; das bevorstehende Weihnachtsfest schien der Plackerei der Insulaner ein wenig Freude beizumischen. Doch als sich Pieros finstere Vision allmählich deutlicher zu zeigen begann, wurden die Bewohner von Riva di Pignoli von Unruhe erfaßt. Maria Luigi stieß einen Schrei aus, als sie entdeckte, daß sie die Steinchen für den Schwanz eines Wassermolchs legte. Siora Guarnieri mußte sich in der Chiesa di Maria del Mare niederlegen, als sie herausfand, daß sie am dreifachen Penis eines grinsenden, zweiköpfigen Drachens arbeitete. Die Dorfbewohner glaubten fest an Pieros Frömmigkeit – aber mehr als nur einige wenige fürchteten, daß er diesmal zu weit gegangen war.

Piarina sah an den Teufeln, die tief unter ihr entstanden, mit demselben leeren, doch intensiven Blick vorbei, mit dem sie an allem vorbeistarrte. Die Mordpläne, die sie aus ihrem Bett vertrieben hatten, tanzten noch immer den Koboldsreigen in ihrem Kopf. Doch nun, da sie sich an ihrem Platz auf dem *campanìl* eingerichtet hatte, vermischten sie sich mit zärtlichen Tagträumen von Ermenegilda. Sie stellte sich vor, sie und die ehemalige Freundin seien die einzigen, die noch auf der Insel übrig seien. Sie stellte sich vor, wie sie lachten und schwimmen gingen, wie sie an den Ufern des Kanals Verstecken spielten und wie zwei Kätzchen, eine in die Arme der anderen geschmiegt, einschliefen. Aus diesen Phantastereien erwachte sie nur, wenn Piero ihr das Frühstück brachte, wenn ihr trauriges Herz sie drängte, entweder die Glocken zu läuten oder ein neues Heilrezept hinauszurufen, und wenn Valentina am Fuß des Turmes erschien, um sie zu quälen.

«Sechs Riegel pro Tag, Piarina! Soviel kostest du mich – sechs Riegel, und das schon seit siebenundvierzig Tagen. Das sind zweihundertundzweiundachtzig Riegel, Piarina! Zweihundertundzweiundachtzig heute, zweihundertundachtundachtzig morgen, zweihundertundvierundneunzig übermorgen – hörst du mir zu, Piarina? Hast du gehört, was ich dir sage?»

Piarina gab keine Antwort; in ihren Träumen saß sie im Salon der Ca' Torta vor dem Kamin auf einem Kissen und zählte die Funken, die aufstoben, wenn sie Granatapfelkerne in die Flammen warf.

«Denn eines Tages wirst du runterkommen, Piarina. Eines Tages wirst du es satt haben, ein unterernährtes Nest für Vögel zu sein. Dann wirst du an diesem Ding da runter- und an meine Tür gekrochen kommen und um Unterschlupf bitten – und weißt du, was ich dir geben werde?»

Piarina sah, wie sich die Tür des Salons öffnete – sie sah Valentina eintreten und zum Kamin kommen –, und sie spürte das Brennen ihrer harten, gräßlichen Hand auf ihrem Körper.

«Zweihundertundzweiundachtzig!» schrie Valentina und

schlug mit der Hand gegen die Mauer des *campanìl.* «Zweihundertundachtundachtzig! Zweihundertundvierundneunzig!»

Piarina wußte, daß sie in Sicherheit war. Valentina konnte sie mit tausend Schlägen traktieren, aber mit nur einer Hand und einem verschlissenen Herzen konnte sie niemals zu ihr heraufklettern. Dennoch konnte sie nicht verhindern, daß sie – durch Holz und Stein und Eisen – jeden einzelnen Schlag der Mutter spürte.

Piero war zu eifrig mit der Arbeit an der Statue für den *campo* beschäftigt, um von Valentinas tyrannischem Ausbruch Notiz zu nehmen. Als Mittelpunkt des neuen Dorfplatzes verlangte sie feinste und konzentrierteste Arbeit. Aber obwohl er ständig an ihr gearbeitet hatte, während er den *campanìl* baute, während er den *campo* entwarf, während er Miriam folgte, das Mosaik legte und den verwesenden Leichnam umbettete, wandte er der Statue erst jetzt, nachdem alle übrigen Aufgaben praktisch erfüllt waren, seine volle Aufmerksamkeit zu.

Miriam in einer Wolke aus Licht. Miriam, mit Honig übergossen, mit trockenem Schnee überpudert, nackt, mit glänzenden Brüsten, schwebenden Armen, funkelnden Augen.

Es würde nicht leicht werden. Es würde mehr Konzentration, mehr Talent und mehr Inspiration erfordern als alles andere, was Piero jemals getan hatte. Und so glorreich die Statue auch wirken mochte, wenn sie am Morgen des Dreikönigstags enthüllt wurde – hundertprozentig sicher war sich Piero nur in einer Hinsicht: daß sie Gianluca bestimmt nicht gefallen würde.

Miriam verbrachte einen großen Teil des Monats damit, eine Decke für ihr Kind zu stricken – eine Decke aus glänzendem, irisierendem Seetang. Eines Morgens, als sie an der Ostküste entlangschlenderte, war sie auf eine große Ablagerung von Seetang gestoßen, dessen glatte, grüne Ranken sich nach ihren Füßen reckten. Als sie sich bückte, um sie zu berühren, fühlten sie sich so wundervoll stark an, daß sie davon aufraffte, soviel sie konnte, und sie zu Maria Luigis Hütte mitnahm.

Miriam hatte alles mögliche versucht, um die Zuneigung der Bewohner von Riva di Pignoli zurückzugewinnen. Den Guarnieris brachte sie Wasser, als deren Brunnen austrocknete. Armida Barbon brachte sie Fenchelkuchen, als diese eine Grippe bekam. Im Hühnerstall machte sie Überstunden, der Vedova Stampanini las sie aus der Bibel vor, und sie fegte die Calle Alberi Grandi von ihrem südlichsten Punkt bis dahin, wo sie am Salzschuppen der Rizzardellos vorüberführte. Schließlich aber wurde ihr klar, daß jene, die sie aufrichtig ins Herz geschlossen hatten, sie nicht von sich stoßen würden, weil sie ein Kind erwartete, während sich jene, die dazu neigten, sie vorschnell zu verurteilen, durch nichts, was sie tat, umstimmen lassen würden. Siora Guarnieri bedeckte ihre Augen, wenn Miriam auf dem Markt an ihr vorüberging. Ugolino Ramponi kam in einer nebligen Nacht zu Maria Luigis Hütte geschlichen und nagelte ein totes Rebhuhn an die Tür. Cherubino Lunardo kaufte keine Eier mehr von Siora Scabbri.

Miriam akzeptierte diese Einstellung – und fand sich in ihrem Wunsch nach Unabhängigkeit bestätigt. Aber als das Weihnachtsfest näher kam, merkte sie plötzlich, daß sie wieder an Piero und Gianluca dachte. Ihr Plan, die beiden zu bitten, als Väter für ihr Kind einzuspringen, war ein Fehlschlag gewesen; Gianlucas Wut hatte ihr verdeutlicht, daß sie mit gefährlichen Emotionen spielte. Am verwirrendsten aber waren ihre eigenen Gefühle: Wie sie feststellte, dachte sie an einem Tag an Piero und am nächsten an Gianluca, und zwar besonders dann, wenn sie an keinen von beiden denken wollte.

Also saß sie vor dem Altar und strickte an ihrer Decke. Maria Luigi behauptete steif und fest, so etwas sei unmöglich. Seetang wurde brüchig, wenn er nicht im Wasser lag; und wie sollte ein Haufen trockenes Gras ein Baby warm halten können? Doch Miriams Seetang wurde nicht brüchig, als er austrocknete. Er verwandelte sich in weiche, seilähnliche Stränge, die sich anfühlten wie Gänsedaunen und so stark waren wie Eisenglieder.

Als die Dorfbewohner den Tag des San Nicolo und der Santa Lucia feierten, strickte Miriam an der Decke, damit ihr Kind, so viele oder so wenige Väter es auch bekommen mochte, es immer schön warm haben, immer in Sicherheit und immer dem Meer zugehörig sein würde.

Im Laufe des Monats entwickelte sich eine stille Feststimmung. Überall wurde mehr gegessen als sonst, mehr gelacht, mehr gesungen. Und dennoch quoll die Freude erst, als die Novene begann, jene neun Nächte vor Weihnachten, durch die rissigen Kamine hinaus und verbreitete sich auf Felder, Bootsstege und Kanäle. Es war, als summe der Geist der Saturnalien noch in der Luft, diese Atmosphäre seliger, schwindelnder Ausgelassenheit. Die Vedova Scarpa und Armida Barbon wanderten auf der Calle Alberi Grandi auf und ab und sangen Schäferlieder. Ugolino Ramponi und Armando Guarnieri vertäuten ihr Vieh an einer Reihe von Pfosten hinter der Chiesa di Maria del Mare, um die krippenähnliche Wirkung eines *presepio* zu erzielen. Kerzen wurden in die Fenster der Hütten gestellt; an den Bootsstegen wurden Fackeln entzündet; und um die gesamte Insel in einen moschusähnlichen Duft zu hüllen, wurde auf den häuslichen Herden Estragon und Lorbeer verbrannt.

Sogar die Mauern der Ca' Torta durchdrang diese frohe Weihnachtsstimmung. Enrico gelang es zwar, während des größten Teils des Monats in Verona zu bleiben, aber er schickte Rebhühner und Fasane, mit Email verzierte Parfümflacons und genügend Seiden- und Satinstoffe, um Festtagsgewänder für Orsina, Ermenegilda und die drei Marias zu nähen. Die Damen der Ca' Torta planten für den Heiligen Abend ein Fest. Jedes Mädchen sollte ein zur Verfügung stehendes Mitglied der venezianischen Gesellschaft zu einem üppigen Mitternachtsmahl einladen. Doch während Orsina und die drei Marias im Haupt-*salone* zusammensaßen, um unter der Zahl wohlhabender Junggesellen ihre Wahl zu treffen, hatte sich Ermenegilda verzweifelt an ihren Webstuhl gezwängt. Denn Ermenegilda hatte festgestellt, daß ihre jüngsten, gegen Albertino gerichteten feindlichen Handlungen ihr bei weitem nicht soviel Genugtuung bereiteten, wie sie es erwartet hatte. Das war ganz anders gewesen, als er sie ignoriert und zurückgestoßen hatte – da hatte sie die Vernichtung seiner Gemüse als einen Höhepunkt ihres Lebens genossen. Doch seit ihrem Erlebnis von San Marco, als seine bittere Gleichgültigkeit sich in ein hemmungsloses Begehren verwandelt hatte, merkte sie, daß ihre Versuche, ihn zu demütigen und sich an ihm zu rächen, einen ätzenden, unangenehmen Geschmack hinterließen. So unangenehm sogar, daß sie nicht mal die ringförmigen Frühstückspasteten essen konnte, die sie vor sich auf ihrem Webstuhl gestapelt hatte – weder die *sopa di merluzzo* noch den Fasan mit Zimtsauce, noch den speziellen Adventkuchen, den Romilda Rosetta ihr von Siora Bertinelli gebracht hatte. Ihr Appetit war ebenso unberechenbar geworden wie ihre Gefühle: Sie aß und aß nicht, hungerte und überfraß sich und hatte keine Kontrolle darüber, ob sie das eine oder das andere tat.

Und so saß sie nun, während Mutter und Schwestern die Auswahl der Feier besprachen und die Stoffe für die Kleider auswählten, die sie tragen wollten, hinter ihren Webstuhl eingezwängt und spielte mit ihren Gemüsepuppen. Ermenegilda hatte sie als Abbild von Albertino, Piarina und sich selbst eigenhändig aus den Gemüsen gefertigt, die sie vor einiger Zeit noch verbrannt hätte. Mitte Dezember gab es nicht viel Material für diese Art Arbeit, aber sie hatte sich ein paar Karotten, ein paar Rüben, einige getrocknete Feigen sowie eine Handvoll Bohnen und Linsen besorgt und formte daraus Gemüseabbilder von sich und den beiden von ihr geliebten Menschen. Stundenlang beschäftigte sie sich damit, sich Phantasiegeschichten zwischen ihnen auszumalen, die Piarinas Phantasien auf dem Turm glichen: wie sie und Albertino die Möbel für ihre Villa auf dem Land aussuchten; wie sie und Piarina mit dem Boot über die Lagune fuhren; wie sie zu dritt im Garten der Ca' Torta Pfauen jagten. Immer gingen sie sanft und liebevoll miteinander um, und die Ermenegilda-Puppe war stets bemüht, dafür zu sorgen, daß die Albertino- und die Piarina-Puppe glücklich waren.

Heute gingen sie auf die Falkenjagd, und die Ermenegilda-Puppe ließ den anderen beiden höflich den Vortritt. Das Spiel war so angenehm, daß Ermenegilda ihre Befriedigung zu steigern versuchte, indem sie nach etwas Eßbarem griff. Als sie jedoch die oberste *miel-pignole*-Pastete nahm, wurde ihr von dem süßen Duft übel, und ihr fiel wieder ein, daß es ein falsches Spiel war. Daher war sie dankbar für die Unterbrechung, als Romilda Rosetta an ihre Tür klopfte.

«Deine Mutter erwartet dich», rief sie durch die Tür. «Ich hab ihr gesagt, daß du gleich kommst.»

Normalerweise hätte Ermenegilda die kleinwüchsige Magd verprügelt, weil sie etwas gesagt hatte, das nicht ihrem Willen entsprach. Aber sie war so erleichtert, dem Geschmack des Backwerks zu entrinnen, daß sie sich bedankte und zu den anderen hinunterging.

Als Ermenegilda das Zimmer betrat, waren die vier Damen in eine Diskussion vertieft.

«Wie wär's mit Graf Capocchio?» fragte Maria Seconda, während sie einen Ballen zitronenfarbener Seide ans Licht hielt.

«Zu eingebildet», antwortete Maria Prima. «Der redet immer nur von sich selbst und dieser lächerlichen Villa, die er in Favaro hat!»

«Ich werde Francesco Montanaldo einladen», sagte Maria Terza und rieb prüfend einen gerippten Chiffon zwischen den geballten Fäusten.

«Francesco Montanaldo?» rief Maria Seconda. «Der kommt niemals nach Riva di Pignoli!»

«O doch, tut er. Papa hat dafür gesorgt, daß eine Bank in Siena ihm einen Kredit von zwanzigtausend *florin* gibt, unter der Bedingung, daß er mein Tischherr sein wird.»

«Für dich sorgt Papa immer am besten», beschwerte sich Maria Prima und warf einen Ballen türkisfarbenen Satin von sich. «Ich hasse es, die Älteste zu sein: Alle erwarten ständig von mir, daß ich alles selber mache.»

«Hört auf!» befahl Orsina. «Euer Vater hat noch nie eine von euch im Stich gelassen – jedenfalls nicht, wenn's darum geht, Gäste zum Festmahl einzuladen. Setz dich, Ermenegilda. Vor dem Kamin steht eine Kiste mit Stoffen, die wir noch nicht geöffnet haben.»

Ermenegilda nahm ihren Platz im Kreis ein und begann zerstreut einen tiefblau-goldenen Brokat zu befühlen.

«Ich werde Teobaldo Spumi einladen», fuhr Maria Seconda fort.

«Teobaldo Spumi!» rief Maria Prima.

«Und vielleicht binde ich ihn an einen der Stützpfeiler im *androne*, damit er mich nie wieder verläßt.»

Bei Maria Secondas Worten zuckte Ermenegilda zusammen; die Idee, ihren Tischherrn zu fesseln, erinnerte sie schmerzlich an gewisse Erlebnisse.

«Was haltet ihr davon?» fragte Maria Prima und breitete eine olivgrün-creme gestreifte Seide über die ausladende Landschaft ihres Busens.

«Gräßlich», sagte Maria Seconda.

«Damit siehst du aus, als hättest du immer noch diesen Hautpilz wie letzten Winter», stellte Maria Terza fest.

«Versuch's mal mit diesem marmorierten Magentarot», schlug Orsina vor. «Mit Magenta kann man nie was falsch machen.»

Die beiden Frauen wühlten und verglichen und hielten einen Ballen dieser wundervollen Stoffe nach dem anderen vor sich hin, um zu sehen, ob sie ihnen standen. Aber obwohl Ermenegilda nickte und lachte, wann immer es ihr passend erschien, wurde schon bald klar, daß sie nicht mit dem Herzen bei der Sache war.

«Was ist mit dir, Ermenegilda?» erkundigte sich Maria Terza und schlang sich ein lavendelblaues Band in das dunkle, widerspenstige Haar. «Wen wirst du einladen?»

«Lädst du diesen Bankier ein, den du bei deinem Ausflug nach Venezia kennengelernt hast?» wollte Maria Prima wissen. «Und wegen dem du so lange weggeblieben bist?»

«Ich weiß nicht», antwortete Ermenegilda. «Ich habe mich noch nicht entschieden.»

«Du solltest dich aber schleunigst entscheiden», warnte Orsina. «Wir haben nur noch eine Woche Zeit, und du weißt, wie gefragt diese Adligen während der Weihnachtszeit sind.»

«Such du mir einen aus, Mama», sagte Ermenegilda. «Such du einen Tischherrn für mich aus.»

«Aber Ermenegilda!» rief Orsina erstaunt. «Es sieht dir gar nicht ähnlich, mir eine so wichtige Entscheidung zu überlassen!»

«Schon gut, Mama. Nimm irgendeinen. Ich bin sicher, daß er hübsch und reich sein wird, genau wie alle anderen.»

«Du mußt krank sein. Maria Prima, ruf Romilda Rosetta. Ermenegilda ist eindeutig krank!»

«Ich bin nicht krank!» schrie Ermenegilda. «Es ist mir gleichgültig, wer am Heiligen Abend mein Tischherr sein wird. Nehmt irgendeinen und hört endlich auf, davon zu reden!»

Damit warf sie den Brokat hin, den sie auf dem Schoß gehalten hatte, und stürzte hinaus.

«Was hat sie bloß?» fragte Maria Prima.

«Immer unverschämter wird sie, mit jedem Tag», schimpfte Maria Seconda.

«Ich wette, sie ist eifersüchtig, weil ich Francesco Montanaldo einlade», sagte Maria Terza. «Wahrscheinlich hat sie selbst ein Auge auf ihn geworfen.»

Doch Ermenegilda – die in die Küche geflohen war, um nachzusehen, ob noch *crostini alle olive* vom Mittagessen übriggeblieben waren – konnte den Gedanken nicht ertragen, mit einem Fremden bei Tisch zu sitzen, während Albertino so nahe war.

Die Arbeiten am Dorfplatz gingen zwischen längeren, erholsamen Pausen mit *vin marzamìn* und *bagna cauda* der Vedova Stampanini langsam, aber stetig ihrem Ende entgegen. Während der Novene arbeitete nur Piero fleißig weiter, stellte den letzten Rest des Mosaiks fertig und legte letzte Hand an das Denkmal. Der *campo* ähnelte inzwischen den dunstigen Ebenen seiner finstersten Alpträume; ohne Miriam in ihrer Mitte wirkten die Drachen mit ihren rubinroten Rachen und die glitzernden Schlangen wie eine ziemlich teuflische Art und Weise, die Insel zu preisen. Doch als Piero die Statue, mit einer Segeltuchplane bedeckt, die sie vor neugierigen Blicken schützte, am Morgen des Heiligen Abends mit Beppe Guancios und Paolo Guarnieris Hilfe an ihren Platz hievte, war er stolz auf sein vollendetes Werk.

Nachdem er mehr als sechs Monate lang gearbeitet hatte und die Enthüllung erst an Epiphanias stattfinden sollte, beschloß Piero, wieder einmal nach Boccasante zu fahren. Um die Weihnachtszeit herrschte im Kloster immer eine ganz besondere Stimmung, und er hatte das Bedürfnis, ein paar Stunden lang die beruhigende Gesellschaft seiner ehemaligen Brüder zu genießen. Als er am Tor eintraf, wurde gerade zur Vesper geläutet. Fra Antonio teilte ihm mit, daß Fra Danilo sich im Skriptorium befinde, und da Piero sich auskannte und Fra Antonio im Kapitelsaal erwartet wurde, gestattete er ihm, ohne Begleitung zu dem Raum im dritten Stock hinaufzusteigen.

Piero war dankbar für die paar Augenblicke, die er allein in dem strengen Zuhause seiner Kindheit verbringen durfte. Seine Arbeit am neuen Dorfzentrum wirkte angesichts dieser abstrakten Welt, in der er aufgewachsen war, merkwürdig irreal. Als er die Steintreppe zu dem Zimmer im dritten Stock hinaufstieg, wo die Manuskripte aufbewahrt wurden, fühlte er den Hauch früherer Weihnachtstage über sich hinwegwehen. Als er acht war und Fra Matteo ihm erlaubte, die Kerzen für die Mitternachtsmesse anzuzünden. Als er zwölf war und Fra Rinaldo die Krippe mit der Heiligen Familie, die er gebastelt hatte, in einem Durchgang des nördlichen Korridors aufstellte. Sogar die Strafe, die auf die Entdeckung seiner Obsessionen folgte, und die kurz darauf vollzogene Verstoßung aus dem Orden riefen in ihm ein unerwartetes Gefühl der Wärme und Sehnsucht hervor.

Im Skriptorium fand er Fra Danilo, der sich mit einer Reihe kunstvoll detaillierter Illuminationen befaßte.

«Ich bin gekommen, um Euch die besten Segenswünsche für das bevorstehende Fest zu bringen», sagte er.

«Piero!» rief Fra Danilo. «Wie schön, dich wieder mal zu sehen!»

«Seid Ihr beschäftigt?» erkundigte sich Piero. «Soll ich lieber unten warten?»

«Nein, nein», wehrte der Mönch ab, «ich versuche mich nur zu entscheiden, welches Manuskript ich heute abend für die Messe verwenden werde. Fra Teodoro hat dieses Jahr ganz außerordentlich gute Arbeit mit den Gestalten aus dem Evangelium geleistet. Er hat besonders viel Blattgold verwendet. Bisher haben wir immer Fra Crispinos Manuskript genommen – das natürlich hervorragend ist, allerdings in einer weniger auffälligen Art und Weise. Eine äußerst schwierige Entscheidung.»

Piero betrachtete die beiden Manuskripte, die offen auf dem Stehpult aus Rosenholz lagen.

«Sie sind beide wunderschön», sagte er. «Vielleicht ist es Zeit, einer neuen Vorstellung Raum zu gewähren.»

«Ja», sagte Fra Danilo, «dieser Meinung bin ich auch.» Er betrachtete die Manuskripte noch ein wenig; dann richtete er seine Aufmerksamkeit auf Piero. «Komm, hilf mir bitte, meine Gedanken für eine Weile von diesem Problem abzulenken. Berichte mir: Wie ist es dir ergangen?»

«Gut», antwortete Piero, der eine Bank herbeizog und sich setzte. «Es geht mir gut, und ich habe viel zu tun. Wir sind fertig mit dem Projekt.»

«Fertig?»

«Am Morgen des Epiphaniastags werden wir das Denkmal enthüllen – dann ist alles abgeschlossen.»

«Und bist du zufrieden damit?»

«Sehr sogar. Wenn Sior Bon es sehen könnte, würde er über die ‹Existenz› von Riva di Pignoli anders denken.»

«Aber das ist wundervoll, Piero. Ich muß es mir unbedingt ansehen. Sobald die Feiertage vorüber sind. Du hast mein Wort.»

«Danke, Fra Danilo. Ihr habt meine Arbeit stets unterstützt. Eure Meinung würde mir sehr viel bedeuten.»

«Du bist sehr talentiert, Piero. Das habe ich schon immer gesagt. Ich hoffe nur, die Bewohner von Riva di Pignoli werden zu schätzen wissen, was du ihnen geschenkt hast.»

«Ja», sagte Piero und dachte an seine Vision von Drachen und Dämonen. «Das hoffe ich auch.»

Fra Danilo kehrte zu seinen Manuskripten zurück und hob das neuere der beiden zur Prüfung ans Licht.

«Und in allen anderen Dingen», fragte er, «hat diese Jahreszeit dir Gutes gebracht?»

«Es war eine Zeit der Herausforderung», antwortete Piero. «Und eine Zeit der Warnungen.»

Dann erzählte er Fra Danilo vorsichtig und konzentriert die Geschichte des Leichnams: wie er ihn zufällig in diesem frühlingslosen Frühling gefunden, wie er ihn ziemlich hastig auf der Wiese mit dem wilden Thymian verscharrt und wie er ihn vor kurzem quer über das dunkle Wasser geschafft und in der geweihten Erde des Friedhofs bestattet hatte.

«Es war, als wären mir zwei schwere Steinlasten von den Schultern genommen worden», berichtete er. «Sobald ich die Gebete gesprochen und den Leichnam mit Erde bedeckt hatte, fühlte ich mich so leicht wie eine Möwenfeder im Wind.»

Fra Danilo ließ das Manuskript sinken, das er emporgehalten hatte, und schloß den schweren Deckel.

«Was ist?» fragte Piero.

«Gar nichts.»

«Ich kenne Euch. Was ist mit Euch?»

Fra Danilo zögerte.

«Bitte, Fra Danilo, sagt es mir!»

«Vielleicht nichts als ein Aberglaube. Vielleicht hat es nichts zu bedeuten.»

«Was?»

Der alte Mönch wandte sich zu ihm um. «Als Frater des Ordens von San Gerolamo nel Bosco wurde mir eingeprägt, daß ein Leichnam, der beerdigt ist, nicht umgebettet werden darf.»

Piero schloß die Augen. «Und warum nicht?»

«Weil der Leichnam in die Erde gebettet wird, um ihn zu weihen», erklärte Fra Danilo. «Und um die Stelle zu markieren, an der am Jüngsten Tag seine Seele zu finden sein wird.»

«Aber es ist doch sicherlich besser, einen Leichnam umzubetten, als ihn in ungeweihter Erde ruhen zu lassen, und ohne daß ein Gebet über ihm gesprochen wird!»

«Ich weiß nicht, Piero. Stell dir mal vor, wenn alle anfingen, Leichen umzubetten, nachdem sie begraben worden sind. Das könnte sich verheerend auf die höchste Ordnung auswirken.»

«Aber Gott wird doch wohl wissen, welche Seele zu welchem Leichnam gehört!»

«Wenn der Tag des Jüngsten Gerichts anbricht, Piero, wird Gott alle Hände voll zu tun haben. Und du kannst nur hoffen, daß die Engel alles richtig machen.»

Piero erhob sich und trat ans Fenster. «Gibt es vielleicht ein Gesetz dafür? Irgend etwas, das ich nachschlagen kann?»

«Nein. Wenn es überhaupt ein Gesetz gibt, dann höchstens ein ungeschriebenes. Aber wozu noch darüber reden? Getan ist getan. Wenn die Seele tugendhaft war, wird sie bei der Auferstehung zweifellos in ihren Körper zurückfinden. Bitte, Piero, laß dir nicht die gute Laune verderben.»

Piero blickte in den Klostergarten hinab, wo Fra Claudio die Zweige des Wacholders und des Efeus um den Rand des kleinen Steinspringbrunnens ordnete.

«Das werde ich nicht, Fra Danilo.» Damit wandte er sich zu dem Älteren um. «Bestimmt nicht.»

«Gut. Und nun hilf mir bei der Entscheidung, welche von diesen Illuminationen ich wählen soll. Ich glaube, du hast recht, mit Fra Teodoros Arbeit – aber sieh sie dir doch noch einmal mit mir zusammen an, bevor ich mich entscheide, ja?»

Piero kehrte zu Fra Danilo zurück, und gemeinsam verglichen sie die Manuskripte. Aber obwohl er seine Meinung kundtat, war er nicht mit dem Herzen dabei; das war bereits die Steintreppe hinab- und quer über die Lagune, durch die Friedhofstore und zu dem unmarkierten Grab mit dem doppelt begrabenen Leichnam geflogen. Wo es vermutlich bis zum Jüngsten Tag bleiben würde. Oder wenigstens, bis er wußte, was er nun tun sollte.

Die freudige Stimmung während der Novene dämpfte sich am Tag des Heiligen Abends zu einem erwartungsfrohen Gesumm. Die Weihnachtslieder verstummten, die Fackeln wurden gelöscht, und das geschäftige Treiben auf der Calle Alberi Grandi wich einer stillen Ruhe in den Heimstätten der Insel. Der Abend vor Weihnachten war eine Zeit der Abgeschiedenheit für die Leute von Riva di Pignoli. Ein leichter Nebel senkte sich auf die Hütten und Katen, und selbst den naseweisesten Bewohnern der Insel wäre es unmöglich gewesen, zu beobachten, wie ihre Nachbarn diesen Abend begingen. Nur die dunklen Geister der Toten von Riva di Pignoli – wären sie aus ihren Gräbern gestiegen und über die Insel dahingeschwebt, wären sie wie ein hartnäckiges Wispern durch die Strohdächer und die Wände aus Kies und Lehmziegeln eingedrungen – hätten sowohl die fiebrige Erregung als auch die friedliche Ruhe schildern können, die in dem winzigen Dorf Einzug gehalten hatten.

Sie hätten gesehen, wie Siora Bertinelli, die nackt unter einer Hanfdecke saß, zu Gott um die Fähigkeit betete, dankbar zu sein. Sie hätten gesehen, wie Siora Scabbri ihren Hühnern die Leiden Christi schilderte. Wie Ugolino Ramponi sich in einer Ecke mit einer Gerte geißelte und wie die Vedova Scarpa allein am Tisch saß und dem Heiligen Geist *vin santo* einschenkte.

Sie hätten gesehen, wie Giuseppe Navo und die Vedova Stampanini bei Kerzenbeleuchtung eine Abendmahlzeit aus *vongole, scungili, cozze* und *capitone* einnahmen. Sie hätten gesehen, wie Maria Luigi und Fausto, bis obenhin angefüllt mit Schweineblut-Pudding, friedlich auf ihren Stühlen vor dem Feuer schliefen. Sie hätten gesehen, wie die Guarnieris den Pökelfisch aßen, den ihnen die Rizzardellos geschenkt hatten, und wie die Rizzardellos das Schweinefleisch der Guarnieris verzehrten. Sie hätten gesehen, wie Brunetto Fucci ein Kräuterbeet vorbereitete und Beppe Guancio aus Pinienzapfen ein Christkind bastelte, das er um Mitternacht auf den *presepio* legen wollte.

Sie hätten gesehen, wie Albertino in Gianlucas Bett lag und selig von Ermenegilda träumte und wie Ermenegilda, die in der Ca' Torta beim Abendessen saß, genauso selig von Albertino träumte. Sie hätten gesehen, wie Miriam auf ihren Kissen vor dem Altar leise ihrem Kind etwas vorsang. Und wie Piero mit einer Schaufel in der Hand gegen den bitteren Rostgeschmack des Nebels und den Gestank des fauligen Fleisches ankämpfte, während er den verwesenden Leichnam abermals ausgrub, um ihn zu der Wiese mit dem wilden Thymian zurückzubringen.

Sie hätten gesehen, wie Gianluca – aufgepeitscht durch die geflüsterten Gerüchte über die Statue, die bald enthüllt werden sollte, und die aufgestaute Energie von *Il Bastòn* – in eine priapische Raserei verfiel, die ihn veranlaßte, quer über die Insel zu stürmen, während er um Kraft betete, dem Wunsch, die in sechsmonatiger Arbeit verwirklichten Träume der Insel zu zerstören, zu widerstehen.

Und sie hätten gesehen, wie Piarina – ein zarter Wasserspeier, dessen Augen wie lodernde Leuchtfeuer den Nebel durchdrangen – sich wünschte, ein heftiger Sturm möge von Norden kommen und das ganze Bauwerk über dem Kopf ihrer Mutter zusammenstürzen lassen.

12. KAPITEL

Am frühen Morgen hatte der Nebel sich zu einer dicken, reglosen Suppe verstärkt, die sich über die ganze Insel legte. Man sah weder von Siora Scabbris Gartentor aus den Hühnerstall noch von den Anlegern aus die Boote, ja man sah nicht mal die eigene ausgestreckte rechte Hand. Die Ca' Torta löste sich auf wie eine Schneeflocke im warmen Wind, und die Chiesa di Maria del Mare verschwand im Dunst wie ein Schrein vor einem ungläubigen Pilger. Selbst in die Katen drang der feuchte graue Nebel ein: Als Maria Luigi erwachte, dachte sie, Fausto habe sie verlassen, und Siora Bertinelli konnte um nichts in der Welt ihre Kleider finden. Überall im Dorf wurden die Pläne für weihnachtliche Feiern und Festmähler abgesagt. Die Insel schien ganz einfach verschwunden zu sein.

Am späten Vormittag erhob sich ein heftiger Wind. Der fegte zwar den Nebel davon, brachte aber neue Probleme: Abgebrochene Zweige und abgerissene Brunneneimer flogen durch die Luft. Pinienzapfen wirbelten vom Boden hoch und wurden durch eingedrückte Fenster katapultiert. Als sich am frühen Nachmittag noch Regen zu dem Sturm gesellte, duckten sich die Dorfbewohner in dunklen Winkeln zusammen und hofften, das Schlimmste möge bald vorüber sein. Aber der Regen wurde immer stärker, trommelte wie wild auf den Reetdächern und ließ die schmalen Kanäle über die Ufer treten. Die strohbedeckten Fußböden wurden überflutet; die Dorfbewohner mußten sich auf ihre Tische hocken und sich rittlings auf die umgekippten Waschzuber setzen. Die Bootsstege verschwanden unter dem steigenden Wasser der Lagune. Die Calle Alberi Grandi wurde zu einem morastigen Strom, der bergaufwärts zwischen den Bäumen hindurchfloß.

Der Himmel wurde dunkler. Tag wurde zu Nacht. Bis mit einem Schmerzensschrei der ganze Himmel explodierte. Ungezügelte Feuerstrahlen schossen durch die schwarzen Gewitterwolken, gigantische Sturmböen rissen die Haustüren aus den Angeln, riesige Wogen peitschten Schlamm und Unrat über die Gärten, die Fußpfade und die Wiesen hinweg.

Bäume wurden entwurzelt.

Brücken wurden zerstört.

Hühner und Schweine wurden zum Himmel emporgesogen und verschwanden auf Nimmerwiedersehen.

Erst gegen Morgen des folgenden Tages legte sich der Sturm so weit, daß Piero sich zur Chiesa di Maria del Mare begeben konnte, um den Schaden zu begutachten. Der Wind blies immer noch recht heftig, aber der Regen hatte nachgelassen, und in dem seltsam konturlosen Frühmorgenlicht hätte er sich fast vorstellen können, das Projekt sei verschont geblieben: Auf dem *campanìl* sah er Fahnen wehen, und die Statue der Miriam reckte sich in die allmählich heller werdenden Schatten. Als er jedoch näher kam, lösten sich seine Phantasievorstellungen sofort auf, und er sah der schrecklichen Wirklichkeit ins Auge.

Ein Haufen Steine. Weit verstreute Fliesen. Eine schlammübergossene Ruine, wo sich, wie er gehofft hatte, eine Stadt erheben sollte.

Der neue Dorfplatz war, obwohl noch im Säuglingsstadium, in Trümmer gelegt worden wie die Sandburg eines Kindes von einer zornigen Erwachsenenhand. All die Wut, die Sehnsüchte, die Enttäuschungen und Begehrlichkeiten, die sich um die Türpfosten gerankt, hinter dem Bratspieß gelauert und sich um die vorsichtigen Füße der hitzigen Inselbewohner geschlungen hatten – das alles hatte schließlich seinen Tribut gefordert.

13. KAPITEL

Als die Sonne herauskam – nicht lange nachdem Piero zu Beppe Guancios Kate zurückgekehrt war und sich zu einem leblosen Ball zusammengerollt hatte –, kam es den Dorfbewohnern vor, als hätte Gott geniest und die Welt sei mit einem Knall aus den Fugen geraten. Auf den Wegen lag so viel Unrat und in den Gärten so viel Schlamm, daß sie erst mal den Schutt beiseite räumen mußten, wenn sie ihre Hütten verlassen wollten. Überall waren Trümmer verstreut, und die ganze Insel schien unter dem schweren Gewicht des Wassers tiefer zu sinken. Was sie aber am stärksten beunruhigte, war die Furcht, daß sich eine Art Schema zu entwickeln schien: Genauso, wie es im Frühling keinen Frühling gegeben hatte, gab es nun zu Weihnachten keine Weihnacht. Der Tag war ohne einen Schimmer von Gnade gekommen und wieder gegangen.

Die Schäden an den Hütten und Katen der Insel waren weniger verheerend als verwirrend. Der Schornstein der Vedova Stampanini lag auf Brunetto Fuccis Dach. Maria Luigis Blumentöpfe landeten im Garten der Rizzardellos. Siora Scabbris Sonnenuhr flog quer über die Insel, um in Giuseppe Navos Boot zu landen. Nur Ugolino Ramponi mußte sein Haus tatsächlich verlassen: Eine von seinen Ziegen hatte sich während des Unwetters hineingekämpft und sich in seinem Schlafzimmer entleert. Alle übrigen waren es zufrieden, ein paar Wochen ohne Haustür, ohne Brunnen oder, in einigen Fällen, ohne Dach über dem Kopf zu leben, und dankten Gott dafür, daß ihre vier Wände noch senkrecht standen. Albertino wohnte schließlich bereits seit Jahren so.

Jedesmal wenn sie sich einen Weg durch die Zerstörungen zu bahnen versuchten, entdeckten die Inselbewohner Ratten in ihren Waschzubern, Kaninchen in ihren Brunnen und winzige, bunte Fliesenstückchen in ihren Stiefeln, Betten, Herden, Schuppen und Nachttöpfen. Giuseppe Navo fand ein scharlachrotes Quadrat in seiner *sopa di legumi*. Maria Patrizia Lunardo bürstete sich damast- und haferpflaumfarbene Stückchen aus den Haaren. Orsina stieß auf der Treppe, die vom Haupt-*portego* zum *piano nobile* führte, auf ein wahres Meer von Heliotrop und Zitrone. Pieros kunstvolles Mosaik war über die ganze Insel verstreut worden, und nur die Andeutung eines Hufes und die Reste eines Schwanzes waren geblieben.

Als Gianluca an diesem außergewöhnlichen Morgen erwachte, fühlte er sich so leicht wie eine Faust voll Fenchelsamen. Die beängstigenden Stürme hatten ihn geläutert; die Gewalt ihres heißen Atems war in ihn hineingefahren und hatte die Gewalt seiner Raserei neutralisiert. Er fühlte sich entspannt, erleichtert, fast schwindlig vor Glück. Noch nie hatte sich die weiche Erde so tröstlich angefühlt, hatte die Luft so süß geduftet.

Am Heiligen Abend hatte Gianluca sich in einem Zustand der Qual befunden, den er nicht gewollt hatte und den er nicht kontrollieren konnte. Und so ging er, als der Regen kam und der Sturm und der Hagel, zu den Bootsstegen entlang des Westufers und forderte die Elemente heraus, durch ihn hindurchzufahren wie zornige Musik durch eine verstopfte Rohrflöte. Wenn Blitze zuckten, schleuderte er ihnen Flüche nach. Als das Wasser stieg, umklammerte er den Stamm einer Pinie und ließ sich von den Wogen peitschen. Und während dieser Flut begann er einen schrillen Ton auszustoßen, der allmählich zu einem gewaltigen Schrei anwuchs. Das ganze wahnsinnige Toben des Himmels sog er in seinen Körper auf, damit es die ungezügelte Macht, die seine Seele ergriffen hatte, auslösche.

Er tobte und klagte, bis sich das Unwetter erschöpfte. Von seinem Zorn und seinem Verlangen erlöst, fiel er sodann in einen köstlichen Schlaf – als liege er auf einem Meer von Ambra, das in der matten Dezembersonne dahinschmolz. Als er erwachte und merkte, daß er halbnackt unter einer Pinie lag, schlüpfte er in die Hütte der Vedova Stampanini zurück, wo er die Vedova und Giuseppe Navo fand, die sich unter dem Hackklotz in einer Decke zusammengekuschelt hatten, und Albertino, der, in einen alten Kittel gewickelt, zwischen Bett und Nachttopf lag. Nach diesem heftigen Unwetter schliefen sie alle wie die Kinder; Gianluca blieb nur lange genug, um ein paar kalte *capitone* vom Teller der Vedova zu stibitzen und seine Lumpen gegen eine warme Hose und ein trockenes Musselinhemd einzutauschen.

Als er die Hütte verließ, war er so glücklich, daß er weder die Fische bemerkte, die mit glasigen Augen im Schlamm verendeten, noch die zerfetzten Äste und Wurzeln, mit denen sein Weg durchs Dorf übersät war. Er passierte den Schweinestall der Guarnieris, den Salzschuppen der Rizzardellos und den Hühnerstall der Siora Scabbri, ohne die fehlende Tür, den zerstörten Garten und das zu drei Vierteln eingestürzte Dach zu bemerken. In einem Zustand seliger Benommenheit wanderte er durch Chaos und Jammer – bis er auf den Platz vor der Chiesa di Maria del Mare kam und den *campanìl* entdeckte, der kein *campanìl* mehr war, und den *campo*, der kein *campo* mehr war, und die Statue, die früher eine Miriam-Statue gewesen, jetzt aber nur noch ein Trümmerhaufen war.

Und fiel auf die Knie.

Und bedeckte sein Gesicht.

Denn obwohl er versucht hatte, es zu verhindern, war ihm klar, daß nur seine Raserei den Himmel in Brand gesteckt und daß das Unwetter genau den Schaden angerichtet hatte, den selbst anzurichten er unbedingt hatte verhindern wollen.

Hätten sich Piero oder Gianluca die Zeit genommen, den Trümmerhaufen zu untersuchen, hätten sie mitten in diesem Schuttberg ein schmächtiges junges Mädchen gefunden. Denn als der *campanìl* zu Boden stürzte, nahm er auch Piarina mit. Sie landete auf dem zerbrochenen Mosaik, inmitten der durcheinandergewürfelten Fliesen, der zerschmetterten Steine und einigen Stükken von Miriams linkem Bein. Die Kleine hatte sich nichts gebrochen, doch durch den Sturm und den Regen und den Schock des Sturzes war sie aus ihrer Trance gerissen und von einem heftigen Fieber überfallen worden. Und so wand und rollte sie sich auf dem Boden des *campo*, als wären die Dämonen von Pieros Mosaik zum Leben erwacht. Sie schrie eine so lange Folge von Heilkuren hinaus, daß die Chiesa di Maria del Mare zu erbeben begann. Erst als das Unwetter zu Ende war, fiel sie wieder in die Trance, die sie reg- und sprachlos machte und diesmal auch ihre Heilkuren verstummen ließ.

So fand Valentina sie, die sich, nachdem sich der schreckliche Sturm gelegt hatte, auf die Suche nach ihr machte. Sie hatte eine längere Predigt vorbereitet, die sie, während sie die Calle Alberi Grandi entlangmarschierte, immer wieder vor sich hinmurmelte – eine Predigt darüber, wie dumm es von Piarina sei, bei einem solchen Unwetter draußen zu bleiben, und daß sie von Glück sagen könne, nicht zerschmettert worden zu sein. Als sie jedoch auf dem zertrümmerten *campo* ankam und sah, daß Piarina tatsächlich herabgeschleudert, wenn auch nicht tatsächlich zerschmettert worden war, vermochte sie nur dazustehen und sie anzustarren wie eins von den Trümmerstücken auf dem Schauplatz der Katastrophe. Eine ganze Weile umkreiste sie Piarina wie eine Krähe, während sich ihre einzige Hand unwillkürlich immer wieder öffnete und schloß. Dann hob sie ihre Tochter auf, warf sie sich über die Schulter wie einen Sack dampfender Kohlen und schleppte sie zu ihrer Kate zurück. Wo sie sie auf das dünne Strohlager warf. Und wartete.

Als Miriam von der Zerstörung des neuen Dorfplatzes hörte, eilte sie zur Chiesa di Maria del Mare hinaus und begann die Anlage wieder zusammenzusetzen. Die Steine waren zum größten Teil zu schwer für sie, aber sie tat, was sie konnte, und versuchte ernsthaft, das Chaos zu ordnen. Ungefähr nach einer

Stunde spürte sie eine Hand auf ihrer Schulter, und als sie aufblickte, sah sie die Vedova Stampanini.

«Meinst du nicht, daß man ein Kind genauso leicht verlieren kann, wie man es empfangen hat?» sagte sie.

Miriam antwortete weder, noch widersprach sie. Sie legte einfach den Stein hin, den sie gerade hielt, ergriff die Hand der Vedova und folgte ihr ins Chaos des Tages zurück.

Sobald das Unwetter vorüber war, wußte Albertino, daß er zu seinem Zimmer zurückkehren mußte. Sein Bein war seit dem dritten oder vierten Tag der Novene wieder gesund; im Bett seines Bruders war er nur wegen des *brodo di pesce* und des *pan da pistor* geblieben, die ihm die Vedova Stampanini während seiner Rekonvaleszenz aufgetischt hatte. Doch der Gedanke, nach mehr als sechs Wochen Abwesenheit nach Hause zurückzukehren, machte ihn nervös. Denn erstens war diese Abwesenheit keineswegs geplant gewesen: An dem Abend, als er zu Ermenegildas Fenster eilte, war er mit so großer Vehemenz aus dem Bett gesprungen, daß er kaum Zeit gehabt hatte, seine Hose anzuziehen, geschweige denn die Decken zu glätten, den Boden zu fegen und seine Schatullen auf dem Friedhof hinter den Zypressen zu verstecken. Zweitens war da Gianluca und drittens das Unwetter, und obwohl Albertino nicht sicher war, welches davon gefährlicher war, wußte er, daß sich sein Zimmer ganz ohne Frage in einem anderen Zustand befinden würde als vor so vielen Wochen, da er es in einem mondübergossenen Augenblick der Leidenschaft verlassen hatte.

Als er zu seiner *barca da pesca* ging und über den schmalen Wasserarm ruderte, bemerkte er, wie sich die anderen Dorfbewohner als Reaktion auf das Unwetter verhielten. Er sah, wie Anna Rizzardello an der Calle Alberi Grandi Gänsefedern aus dem Holz ihres Waschzubers pflückte. Er sah, wie Gesmundo Barbon auf der Mittelplanke seines *sandolo* stand und die Sichel herauszuziehen versuchte, die sich in den Bug gebohrt hatte. Doch als er sein Eiland erreichte, das schlummernde Radicchiofeld überquerte und vor der Ostwand stehenblieb, entdeckte er überrascht, daß sich kein Ast auf der Feuerstelle und kein Fußabdruck auf der Erde verändert zu haben schienen. Am Fuß der Nordwand hatte sich ein wenig mehr Dreck angesammelt, die smaragdgrüne Decke lag zwischen der violetten und der rostbraunen, statt zwischen der karmesinroten und der ockergelben, aber die Schatullen standen genau dort, wo sie immer gestanden hatten – kein Scharnier, kein Riegel, kein Deckel schien unter den Naturgewalten gelitten zu haben.

Als das Unwetter kam, hatte es die Regalbretter von Gianlucas Wänden gefegt und sein Bett hoch in die Luft geschleudert, so daß es mit lautem Krach auf dem Rücken landete. Albertino hatte nur an zwei Dinge denken können: an seine Schatullen und an Ermenegilda. Wenn es ein Bauwerk auf der Insel gab, das dem Toben der Elemente zu widerstehen vermochte, so war es die Ca' Torta, darauf vertraute er; aber obwohl er überzeugt war, daß der Sturm Ermenegildas Leib keinen Schaden zugefügt hatte, betete er doch, die Macht des Sturms möge den Kompaß ihres Herzens remagnetisiert und seine zierliche Nadel von Haß auf Liebe zurückgedreht haben.

Er kletterte über die Ostwand und hinkte zu seinem Wolldekkenlager hinüber; sein linkes Bein fühlte sich an wie ein zerbrochener Tonkrug, der überall an den falschen Stellen zusammengeleimt worden war. Er ließ sich auf dem zerlumpten Deckenberg nieder und zog vorsichtig die Stiefel aus. Dann glitt er zu Boden und kroch zu seinen Schatullen hinüber.

Seit Jahren schon standen sie da, von der Truhe aus sonnengebleichtem Sandelholz bis zu dem Tönnchen aus gehämmertem Kupfer, so frei und leer wie sein stets unkompliziertes Herz. Sein Herz aber war jetzt nicht mehr unkompliziert, und die Schatullen erinnerten ihn nur an Ermenegilda. Also nahm Albertino sie eine nach der anderen von der Südwand, öffnete den Deckel und flüsterte herzliche Bitten um Vergebung in ihre ausgehöhlten Bäuche. Dann stapelte er sie in seine *barca da pesca* und brachte sie zur Hauptinsel hinüber, wo er sie – als Liebesgabe – auf der Schwelle der Ca' Torta zurückließ.

Nachdem Beppe Guancio zu den Anlegestegen hinuntergegangen war, um sein Boot aus dem Morast zu lösen, blieb Piero in Stille und Einsamkeit zurück. Er versuchte, nicht über das Geschehene nachzudenken – versuchte, jeden Gedanken aus seinem Kopf zu verbannen, bis er ganz leer war –, aber das Bild des zerstörten *campo* tauchte immer wieder vor ihm auf, und er zog unwillkürlich gewisse Schlüsse.

Es war wegen dieses Toten. Er wußte es. Wie konnte man es ihm gestatten, einen Tribut an die höhere Erkenntnis zu zollen, wenn er nicht mal einen aufgedunsenen Leichnam richtig zu begraben vermochte? Er war nachlässig gewesen und verängstigt, und Gott hatte mit seiner Faust zugeschlagen, um ihn zu strafen. Ganz besonders beunruhigte Piero die Tatsache, daß Gott, indem er ihn strafte, auch die Bewohner von Riva di Pignoli gestraft hatte.

Wieder versuchte er, sein Bewußtsein auszuschalten. Er umarmte seine Knie und preßte das Kinn gegen seine Brust. Er versuchte, seine Gedanken zu zersplittern und auszuschütteln, wie man Strohreste aus einem alten Besen schüttelt, die dann von den Ratten in die hintersten Winkel der Kate geschleppt werden. Doch gerade als er völlig in das Zersplittern seines Wahrnehmungsvermögens vertieft war, riß ihn ein Klopfen an der Tür ins klarsichtige Bewußtsein zurück. Er machte die Augen auf und hob den Kopf, und als sich die Tür öffnete, durchschnitt ein breiter Lichtstreifen die Finsternis, in dessen Mitte Gianluca stand.

«Weißt du's schon?»

«Ja.»

«Hast du's selbst gesehen?»

«Ja.»

Gianluca blieb reglos in der Türöffnung stehen; Piero saß

schweigend an der Wand. Dann wurde die Tür ganz weit geöffnet – strahlendes Sonnenlicht vertrieb die Schatten –, und Gianluca trat ein. Und als er die Tür hinter sich schloß und in der Kate wieder die Viertellichtdämmerung herrschte, erspürte Piero eine Trauer in seiner Haltung, die ihn beinah daran zweifeln ließ, daß es tatsächlich Gianluca war.

«Ich möchte ihn reparieren», erklärte er.

«Reparieren?»

«Wiederaufbauen. Das Ganze. Von A bis Z.»

Piero starrte ihn einen Moment an, als sei er verrückt. Dann ließ er den Kopf wieder bis auf die Brust hängen.

«Verschwinde.»

«Ich meine es ernst», beteuerte Gianluca. «Den *campanìl*. Den *campo*. Was meinst du, wie lange das dauern würde?»

«Ihn wiederaufzubauen?»

«Genauso, wie er noch vorgestern war.»

Piero lehnte den Kopf wieder an die feuchte Wand, antwortete aber nicht.

«Wie lange, Piero?» wiederholte Gianluca.

«Falls wir alle Materialien beschaffen können und falls sich jemand die Mühe macht und uns bei der Arbeit hilft, vermutlich nicht viel länger als beim erstenmal. Sechs Monate. Wenn die Fundamente noch intakt sind, möglicherweise fünf.»

«Ich mach's dir in drei.»

«Unmöglich.»

«In weniger als drei. Ich mach's bis Ostern. Bis zum Frühlingsanfang.»

Durch das dämmrige Licht sah Piero Gianluca in die Augen.

«Warum?»

«Weil es meine Schuld ist.»

«Wieso sollte es deine Schuld sein?»

«Weil ich's mir gewünscht habe», gestand Gianluca. «Ich hab's gewollt. Und nun möchte ich wiederaufbauen, was ich zerstört habe.» Er hielt einen Moment inne; die Inbrunst seines Geständnisses stand wie eine dritte, unbewegliche Präsenz im Raum. «Bis auf die Statue. Die mußt du selber machen.»

«Die Statue...»

«Das Denkmal. Von Miriam.»

Piero schloß die Augen.

«Ich kann nicht.»

«Doch», widersprach Gianluca, «du kannst.» Er ging in die Hocke und rückte näher, bis er praktisch in Pieros Ohr flüsterte. «Noch einmal drei Monate mit ihrem Körper in deinen Händen? Noch einmal drei Monate, in denen du sie Tag und Nacht lieben darfst? Vor ihr stehen, dich auf sie konzentrieren, ihre Hände vervollkommnen darfst, ihre Haare, den Lichtschimmer in ihren Augen? Du kannst es, Piero. Glaub mir, du kannst es!»

Piero wandte sich zu Gianluca um; ihre Gesichter waren nur einen Hauch voneinander entfernt.

«Du glaubst, daß du sie dadurch erobern kannst», stellte er fest. «Das ist es doch, nicht wahr? Sie will nicht zwischen uns beiden wählen, ganz gleich, was geschehen ist, und nun glaubst du, daß du sie damit zu einer Entscheidung zwingen kannst.»

«Ich glaube, daß ich deinen *campo* wiederaufbauen kann. Wenn ihr das Freude macht – wunderbar. Aber deswegen tu ich's nicht.»

Piero musterte aufmerksam dieses Gesicht, in dem all jene Selbstsicherheit geschrieben stand, die er niemals besessen hatte.

«Warum sollte ich dir glauben?»

«Weil ich die Wahrheit sage, mein kleiner Baumeister-Mönch. Ich werde deinen *campo* wiederaufbauen, und du wirst mir dabei helfen. Ich brauche deine Pläne, deine Zeichnungen, deinen Blick fürs Detail. Und deine Kunst: Du wirst mir ein neues Denkmal schaffen müssen.»

«Was ist mit deiner eigenen Arbeit?»

«Es ist Winter. Das Nichtstun macht mich einfach verrückt. Bitte, Piero, laß mich den *campo* wiederaufbauen.»

Piero drückte seine Füße ins Stroh.

«Nein», sagte er.

Gianluca erhob sich. «Morgen beginne ich mit dem Aufräumen», sagte er. «Du wirst deine Meinung sicher noch ändern.» Damit machte er kehrt und ging hinaus.

Noch lange nachdem Gianluca fort war, blieb Piero regungslos sitzen: allein in seiner Ecke mit den Ratten, dem Stroh und den Schatten. Dann raffte er sich auf und trat an den schäbigen Arbeitstisch, an dem er die Pläne für den *campanìl*, den *campo* und das Denkmal gezeichnet hatte. Die Entwürfe lagen noch alle da, ein sauberes Bündel unter einem schweren Messingstößel: die Maße für das Baugerüst, der Raster für das Mosaik, die verschiedenen Perspektiven für die Plastik, die er von Miriam gemacht hatte. Die einzige Frage war, ob er die Energie aufbringen konnte, ihr ein zweites Mal Leben einzuhauchen.

Gianluca schien genug Energie zu haben, nicht nur für Piero, sondern für das ganze Dorf; und Piero erkannte, daß das größte Hindernis für den Wiederaufbau des Dorfplatzes die Tatsache war, daß er ihm erlauben mußte, das Projekt zu leiten. Auch nicht der kleinste Hauch von Feindseligkeit war in ihm gewesen, als er auf dem Boden von Beppe Guancios Kate gehockt hatte, und wenn er selbst die Veränderung an ihm spürte, dann würde Miriam sie ebenfalls spüren, das wußte Piero.

Er hob den Stößel und breitete die Pergamentblätter auf dem grobkörnigen Tisch aus, bis er die Zeichnungen von Miriam fand. Daß es ihm gelungen war, auch nur einen Schimmer von ihrer Schönheit einzufangen, kam ihm wie ein Wunder vor. Daß die Arbeit zerstört worden war, bevor jemand sie gesehen hatte, hielt er für ein Zeichen. Vielleicht war es voreilig gewesen, einen so leidenschaftlichen, so ungemilderten, so hemmungslosen Eindruck für die Mitte des Dorfplatzes zu schaffen. Wenn er beim Wiederaufbau mitmachte – wenn er zuließ, daß Gianluca der verschwitzte Held wurde, den seine Bemühungen aus ihm machen mußten –, würde ihm das die Gelegenheit geben, eine neue Statue zu entwerfen, eine, die im Licht des Alltags leichter zu ertragen wäre, eine, die den Herzen und den Köpfen der Bewohner von Riva di Pignoli näherstand.

Er schloß die Augen und versuchte sich vorzustellen, wie die

Dorfbewohner die Trümmer wegräumten und den Platz neben der Chiesa di Maria del Mare wieder zum Zustand der Wiese zurückkehren ließen, die er gewesen war, bevor alles begonnen hatte. Er dachte an all die Arbeit, die geleistet worden war, an all die Hoffnungen und Träume, die diese Arbeit verkörpert hatte, und plötzlich wußte er, daß er mit seinen Gefühlen Gianluca gegenüber das Schicksal der Insel nicht gefährden durfte. Er griff zur Feder und zog ein Pergament ganz unten aus dem Stapel; dann beugte er sich über den Tisch und ließ seiner Phantasie freien Lauf.

14. KAPITEL

Allmählich kehrte die Insel zu ihrem gewohnten Leben zurück; die Bewohner flickten die Dächer, die Brunnen, die Gärten – und Gianluca stürzte sich mit entschlossenem Eifer in den Wiederaufbau des neuen Dorfplatzes. So gelang es ihm, das Dorf bis zum Morgen des Dreikönigstags in vier Gruppen einzuteilen, die von Silvano Rizzardello, Paolo Guarnieri, Ugolino Ramponi und Gesmundo Barbon geführt wurden und, angespornt von Gianlucas schier unerschöpflicher Energie, Tag und Nacht schufteten, um die Trümmer wegzuräumen, sie in Teile des *campanìl* und Teile des *campo* zu sortieren (und dabei die Trümmer des Denkmals beiseite zu legen, damit Piero sie in einem Sack sammeln und Giuseppe Navo sie in der Lagune versenken konnte), damit sie später möglicherweise wieder zusammengesetzt werden konnten. Während Piero auf den neuen Steinbrokken wartete, den Enrico Torta ihm für das zweite Denkmal versprochen hatte (mit der Garantie, dem doppelten Grabgewölbe im Hintergrund der Kapelle ein Ewiges Licht hinzuzufügen, das nach seinem Tod von Beppe Guancio betreut werden würde), wanderte Beppe Guancio mit einem Schlitten aus dicht verzweigten Ästen, bedeckt von einem Stück Satinstoff, rund um die Insel, um die weit verstreuten Teile des Mosaiks einzusammeln. Nach zweiundvierzig Runden – bei denen er auch sämtliche Häuser der Insel durchkämmt hatte – war es ihm gelungen, zwei Drittel der verlorenen Steinchen wiederzufinden. Zusammen mit dem, was Giuseppe Navo rettete, indem er die Lagune rings um die Insel mit einem doppelmaschigen Handnetz abfischte, hatten sie so ziemlich alles zusammen, bis auf hier und da einen Fleck, den sie, wie Piero ihnen versicherte, mit bemalten Steinen ausfüllen konnten.

Gianluca arbeitete fieberhaft Tag und Nacht. Sein kraftvoller Körper schien durch diese Anstrengung aufzublühen, und seine Begeisterung war so groß, daß sie auch die anderen Arbeiter für den plötzlichen Wetterumschlag blind machte. Der Winter war nach Riva di Pignoli gekommen. In dicken Wogen wallte der Nebel herein und füllte Wiesen und Pfade mit einer weichen, grauen Unbestimmtheit. Die Bora blies und durchdrang mit ihrer Kälte die dünnen Hüttenwände. Die kalte Witterung brachte Probleme, die es während der spätsommerlichen und frühherbstlichen Bauarbeiten nicht gegeben hatte: Die Feuchtigkeit ließ die Flaschenzüge rosten, so daß die Gerüstseile klemmten; die Mörtelarbeiten mußten jeden Abend mit Stroh und nassem Dung abgedeckt werden, damit sie nicht bis zum folgenden Morgen platzten; die trockenen, rissigen Hände der Arbeiter wurden immer wieder von den scharfen Kanten der harten Glasfliesen aufgeschnitten.

«Die Steinchen passen nicht so zusammen wie im Sommer», erklärte Fausto Moretti. «Hitzewetter, Kältewetter – ist eben doch nicht alles dasselbe.»

«Gestern ist mein Daumen an einem Steinchen klebengeblieben», berichtete Siora Bertinelli. «Maria Luigi mußte ein paar Löffel *brodo di verzurra* drübergießen, damit er sich löste.»

«Brunetto Fucci hat so lange mit den Händen im feuchten Mörtel gearbeitet», sagte Maria Patrizia Lunardi, «daß er die Finger nicht mehr krümmen kann. Nicht mal eine Sardine kann er mehr aufnehmen.»

Aber so schlimm die Komplikationen auch sein mochten, die Dorfbewohner arbeiteten, angespornt vom Geist der Erneuerung sowie Gianlucas Elan und Fleiß, wacker weiter.

Unter der Handvoll derjenigen, die sich nicht an der Arbeit beteiligten – Orsina und die drei Marias, Valentina und Piarina – machte sich Miriams Abwesenheit am stärksten bemerkbar. Nicht, daß sie nicht helfen wollte; es war nur so, daß sie ins Endstadium ihrer Schwangerschaft gekommen und so dick geworden war, daß sie sich weder bücken noch beugen, daß sie weder heben noch tragen konnte. Ihr Wunsch, teilzuhaben am

Wiederaufbau, war jedoch so stark, daß Siora Scabbri ihr erlaubte, den Hühnerstall jeden Vormittag und Nachmittag zu verlassen und zur Chiesa di Maria del Mare hinüberzugehen, um den Arbeitern gewürzten Apfelwein zu reichen. Gianluca tat, als bemerke er ihre Besuche nicht, aber jeder konnte deutlich sehen, daß er sich, sobald Miriam auftauchte, schneller bewegte, lauter rief und ganz allgemein lebendiger wirkte. Für die übrigen Dorfbewohner war dies eine Gelegenheit, sich an dem inzwischen beliebtesten Zeitvertreib der Insel zu beteiligen: dem Ratespiel um das Geschlecht von Miriams Baby. Fast jeder hatte eine andere Methode, zu bestimmen, was es nun werden würde, und jede(r) betonte nachdrücklich, daß seine oder ihre die einzig richtige Methode sei.

«Es wird ein Mädchen!» verkündete Siora Scabbri, nachdem sie die Form von Miriams *pancia* untersucht hatte. «Weit vorgewölbt, wird es ein Junge; flacher, aber dafür breiter, wird es ein Mädchen.»

«Es wird ein Junge!» behauptete Silvano Guarnieri, nachdem er Miriam mit einer spitzen Nadel in den Finger gestochen hatte, damit ein paar Blutstropfen in eine Schale mit Brunnenwasser fielen. «Wenn das Blut schwimmt, wird es ein Mädchen; wenn es sinkt, wird es ein Junge.»

«Es wird ein Mädchen!« stellte die Vedova Scarpa fest, nachdem sie sich Miriam mit einem Gänseknochen, der an einem dicken Bindfaden hing, genähert hatte. «Wenn er sich rechtsherum dreht, wird es ein Junge; wenn er sich linksherum dreht, wird es ein Mädchen.»

Gianluca tat alles, um nicht in diese Diskussionen hineingezogen zu werden – er weigerte sich, einzusehen, daß er noch immer in Miriam verliebt war und daß er seine übermenschlichen Anstrengungen, den Dorfplatz wiederaufzubauen, zum großen Teil ihretwegen machte. Er versuchte, so fleißig wie nur möglich zu sein, denn ihm war klar, daß selbst er früher oder später ermüden würde. Aber als die Wochen verstrichen und der Dezember in den Januar überging und der Januar in den Februar überging, stellte er zu seinem Erstaunen fest, daß seine

Kraft höchstens zunahm. Und eines Tages, als er über dem Mosaik kauerte, um die fehlenden Teile eines Drachenschweifs zu untersuchen, entdeckte er auch den Grund dafür: Sein eigener Drachenschweif war wiedererwacht. Während er ihn nicht beachtete, war *Il Bastòn* wieder zum Leben erweckt worden. Und obwohl ihm das half, weiterzumachen, wenn die Kraft der anderen Arbeiter nachließ, riß es ihm auch die Feder der gelassenen Ruhe von der Brust und führte ihn auf den steinigen Pfad des Begehrens zurück.

Giuseppe Navo fand, der Winter sei eine gute Zeit für den Fischfang. Gewiß, der Nebel machte das Navigieren schwieriger, und die eisige Luft machte es weniger angenehm, vor Sonnenaufgang auf die Lagune hinauszufahren, doch da die meisten anderen Fischer diese Tatsachen als Vorwand dafür benutzten, ein bißchen länger im Bett zu bleiben oder sich ganz vor der Arbeit zu drücken, war dies für Giuseppe eine Zeit, in der es mehr Platz, mehr Ruhe und letztlich mehr Fische gab als sonst. Nicht selten mußte er von Riva di Pignoli aus weiter hinausfahren – im Süden und Osten gab es Stellen mit wärmerem Wasser, wohin die Fische gerne auswichen –, doch die Genugtuung, die er empfand, wenn er von seiner Fangfahrt zurückkehrte, war diese zusätzliche Mühe wert.

Eines Morgens, etwa drei Wochen nach dem verheerenden Unwetter, machte sich Giuseppe in Richtung Puntalupa auf. Er hatte einen von ihm sogenannten «Schnellfang» geplant: Früh hinausfahren, während der ersten paar Stunden möglichst viel fangen, schnell zur Insel zurückkehren, um die Stände zu beliefern, und dann der Vedova einen Besuch abstatten oder, wie in diesem Fall, Gianluca beim Wiederaufbau zu helfen. Als er jedoch sein Ziel erreicht hatte, mußte er feststellen, daß sich die Strömung verändert hatte und das Wasser eisiger war als näher an der Insel. Also fuhr er nach Süden weiter – an Terra del Pozzo di Luna vorbei – an Pescatorno, Murano und sogar

Venezia selbst vorbei –, bis er unmittelbar nördlich von Chioggia eine wärmere Region fand, wo er ankerte und seine Stangen steckte.

Der Fang war so mühelos, wie er es fast noch nie erlebt hatte; die Fische sprangen praktisch aus dem Wasser und in sein Boot. Als sich der erste Lichtschimmer am Horizont zu verbreiten begann, war sein kleines Netz voll, und er machte sich auf die Rückfahrt nach Norden.

Obwohl er hier nicht zu Hause war, war ihm der südliche Teil der Lagune nicht fremd. Sein Leben als Fischer hatte ihn mit nahezu jedem Stückchen Land vertraut gemacht, das über die Wasserfläche hinausragte. Eine dieser winzigen Erhebungen war so etwas wie ein sicherer Hafen für ihn: eine Felsplatte, die sich so sanft aus dem Wasser hob, daß man das Boot hinaufziehen und festmachen konnte, ohne ein Tau zu benutzen. Viele Male schon hatte Giuseppe hier Pause gemacht, seinen Kahn heraufgezogen und war ausgestiegen, um wie ein glücklicher Pelikan mit den Zehen im Wasser dazusitzen und auf die Lagune hinauszublicken.

Als er sich heute dieser Erhebung näherte, nickte er unwillkürlich der Gestalt zu, die dort genauso saß, wie er es so oft getan hatte. Doch erst als er schon fast an ihr vorüber war, fiel ihm auf, daß gar kein Boot neben der Gestalt festgemacht war und daß sie weniger saß, als vielmehr zusammengesunken auf der Seite lag. Das Morgenlicht war noch sehr schwach und verschwommen, doch als er auf Armeslänge an die Gestalt herankam, entdeckte Giuseppe, daß sie im Tod aufgedunsen und dort, wo die Kleidung Löcher hatte, mit gräßlichen schwarzen Schwären bedeckt war.

Er ruderte wieder ins Wasser hinaus und warf seinen gesamten Fang über Bord. Dann kehrte er nach Riva di Pignoli zurück – dankbar, daß so etwas weit von zu Hause entfernt passierte, und mit dem Vorsatz, zu überlegen, wie er es möglichst schnell vergessen konnte.

Während der bitteren Wochen der Bauarbeiten blieben Valentina und Piarina im Schutz ihrer Kate, denn von dem Augenblick an, da Valentina das verletzte Mädchen aufgehoben und nach Hause zu ihrem flachen Bett aus Stroh und Taubenfedern getragen hatte, wurde es wieder so stumm und reglos wie das vom Sturm geschüttelte, unglückselige Kind von früher. Während Piarina mit offenen Augen und starrem Körper auf ihrem zerwühlten Lager ruhte, saß Valentina, zu einem Fischerknoten verschlungen, auf dem kalten Lehmboden. Sie stand nur auf, um zum Herd zu wanken und entweder ein paar Erbsen zu zerdrücken oder ein paar Zwiebeln zu schneiden, um einen dünnen *brodo corto* zu kochen, der sie beide am Leben erhielt. Einmal am Tag hob sie Piarinas Kopf, fütterte sie mit diesem warmen, faden, wäßrigen Brei und zwang sich selbst auch ein paar Löffel herunter, bevor sie auf den Boden zurückkehrte und sich wieder zum Fischerknoten verschlang. Was sie bestürzte, was sie an ihren Platz bannte, war die furchtbare Erkenntnis, daß sie, obwohl ihre Tochter sehr schwer krank war, noch immer diesen starken Wunsch empfand, sie zu schlagen. Das einzige, was sich verändert hatte, war eine Erkenntnis: Auf einmal wurden ihr, wie Piarina, ihre Impulse klar, und sie war entsetzt darüber. Also saß sie auf dem Boden und starrte an die Wand, weil sie fürchtete, wenn sie ihrer Arbeit nachginge, könnte sie sich plötzlich vergessen und das kränkelnde Kind kurzerhand totschlagen.

Piarina, deren ohnehin dünnes Haar auszufallen begann und deren Körpertemperatur zwischen glühender Hitze und zitternder Kälte schwankte, machte keine Anstalten, sich aus ihrer Erstarrung zu lösen. Sie war überzeugt, daß die Mordphantasien letztlich ihrer Kontrolle entglitten waren und daß das schreckliche Unwetter, das den *campanìl* zerstört hatte, nur gekommen war, weil sie gebetet hatte, es möge auf Valentina herniederfahren. Also lag sie auf dem Bett, manchmal vor Kälte zitternd, manchmal schwitzend, und versuchte, nicht einmal einen Zeh zu bewegen, aus Angst, daß dadurch das Dach einstürzen könnte.

So blieben sie über einen Monat lang liegen und wurden mit jedem Suppentag magerer. Die Bewohner von Riva di Pignoli bemerkten ihre Abwesenheit, doch solange noch Rauchfahnen aus ihrem Schornstein aufstiegen, hielten sie es für besser, nicht weiter nach ihren Gewohnheiten zu forschen. Und so wäre es mit den beiden womöglich in Schweigen und Angst weitergegangen, bis sie zu zwei lebenden Skeletten geworden wären – hätte es nicht Ermenegilda gegeben. Die saß eines Vormittags Anfang Februar an ihrem Webstuhl und starrte niedergeschlagen auf die Dutzende von Schatullen, die Albertino ihr gebracht hatte, als Romilda Rosetta plötzlich mit einem Krug Feigensaft und einem Teller *sarde in saor* hereinkam.

«Ich hab dir was ganz Besonderes mitgebracht!» verkündete Romilda Rosetta.

«Ich will nichts», sagte Ermenegilda. «Nimm's wieder mit.»

Albertinos Plan, Ermenegilda seine Schatullen zu bringen, war auf tragische Weise fehlgeschlagen. Da sie ihm die meisten selber geschenkt hatte, verstand sie die Geste als Erklärung, daß seine Liebe zu ihr erloschen sei. Nachdem sie ihn an einen Fahnenmast gefesselt und aus einem Fenster im dritten Stock geworfen hatte, konnte Ermenegilda seine Entscheidung wohl kaum in Frage stellen; also saß sie vor dem Stapel Schatullen und verweigerte die Speisen, mit denen Romilda Rosetta sie täglich zum Essen zu bewegen versuchte.

«Es ist halb zwei», sagte Romilda Rosetta. «Du weißt, was du versprochen hast: Eine Mahlzeit um halb zwei, und ich werde deiner Mutter nicht erzählen, daß du den ganzen übrigen Tag nichts gegessen hast.»

Verwundert stellte Romilda Rosetta fest, daß sie Ermenegilda tatsächlich zum Essen aufforderte; seit Jahren hatte sie zugesehen, wie dieses unförmige Mädchen mit grenzenloser Gier alles verschlang, was ihm vorgesetzt wurde. In den vergangenen sechs Wochen jedoch hatte Ermenegilda jene Extraschicht Fett verloren, die sie noch eher kindlich aussehen ließ, und Romilda Rosetta fürchtete, daß sie, wenn das Mädchen ganz zu essen aufhörte, selbst bald keine Arbeit mehr haben werde.

«Es kann nicht halb zwei sein», sagte Ermenegilda. «Es ist ja noch nicht mal *mezzogiorno.*»

«Tut mir leid», entgegnete Romilda Rosetta und stellte Krug und Teller vor sie hin, «aber der Zeiger der Sonnenuhr weist auf halb zwei. Wenn du mir nicht glaubst, kann ich sie herbringen und sie dir vors Fenster stellen.»

«Nicht nötig», sagte Ermenegilda und stocherte in den Zwiebeln, um die Sardellen auf ihrem Teller zu zählen. «Wann werden sie endlich mit diesem idiotischen Turm fertig werden und die dämlichen Glocken wieder läuten?»

«Ich glaube, sie arbeiten, so schnell sie können», antwortete Romilda Rosetta. «Und außerdem – seit dem Unwetter hat kein Mensch das kleine Mädchen gesehen, das sie sonst immer geläutet hat.»

Ermenegilda hatte gerade eine *sarda* beim Schwanz gepackt, die tropfend in der Luft hängenblieb, als sie bei Romilda Rosettas Worten erstarrte. Seit fast einem Jahr hatte sie ihre Sehnsucht nach Piarina unterdrückt, während sie sich auf die Rache an Albertino konzentrierte. Doch nun, da sie seine eindeutige Absage in der Hand zu halten glaubte, schreckte sie bei der Möglichkeit, die Kleine könnte sich in Gefahr befinden, endlich auf.

«Piarina?» fragte sie.

«Genau. Diejenige, die du immer so gern besucht hast.»

Ermenegilda sprang so abrupt aus ihrem Webstuhl, daß Spindeln, Haspeln und *sarde* gegen den Gobelin der Westwand geschleudert wurden, und jagte quer über die Insel zu der schäbigen Kate, in der Valentina und Piarina erstarrt waren. Als sie die Tür aufstieß, fiel das Licht auf ein staubiges Mausoleum mit zwei scheinbar toten Körpern – doch Ermenegilda kannte den Geruch der Verzweiflung ebenso gut, wie sie den Duft der *pignoli* kannte, und ihr wackeres Herz ließ sich nicht täuschen.

«Was ist hier los?» fragte sie.

Valentina und Piarina erschraken so sehr über diese Invasion, daß sie sich um eine doppelte Handspanne der plötzlichen Helligkeit zuwandten. Doch während Piarina wie gelähmt in ihrer neuen Position liegenblieb, drehte sich Valentina sofort wieder zur Dunkelheit zurück und zwang Ermenegilda dadurch, zu ihr zu treten und sie zu einer Erklärung zu zwingen.

Sie murmelte etwas von dem Unwetter, von «Flüchen» und «Magie», sie schlug mit ihrem Holzstumpf auf den Boden und schrie: «*Uno, do, tre, quatro, cinque!*» – bis Ermenegilda die beiden schließlich verließ und in die Ca' Torta zurückkehrte, wo sie so viele Lebensmittel zusammenraffte, wie sie nur tragen konnte, und sie, zusammen mit Albertinos Schatullen, dem Elfenbeintönnchen, der Zinntruhe, dem Kirschbaumkasten und der Dose aus Quarz, in eine der Schubkarren aus dem Rosengarten warf. Dann kehrte sie zu der heruntergekommenen Kate zurück, in der ihre zarte Freundin zwischen Leben und Tod schwebte.

Während der nächsten paar Wochen wachte sie über dem kranken Kind, fütterte es mit eingelegtem Taubenfleisch, mit *fegato alle erbe* und feinen Streifen von Ziegenbraten mit Kirschsauce. Außerdem verteilte sie Albertinos wunderschöne Schatullen in der Hütte, stellte einige auf den Herd, einige auf den Seifentisch, einige ins Stroh und eines an jede Ecke von Piarinas Schlafstatt. Bis Piarina schließlich, am Morgen des fünfzehnten Tages von Ermenegildas Samariterdiensten, während Valentina in der Ecke mit ein paar Stangen Sodaseife hantierte und Ermenegilda am Herd stand, um eine *sopa di tutti mar* zu wärmen – bis Piarina sich plötzlich senkrecht in ihrem Bett aufsetzte und wie in Raserei zu rufen begann.

«Einen Strauß Kerbel ... eine Handvoll Dill ... die Innereien einer Eule ... eine Straußenfeder ... eine Korianderbeere ... den Kothaufen einer Biene ... einen Samthandschuh ... ein Gramm Ziegenblut ...»

Ermenegilda ließ den Schöpflöffel fallen; Valentina ließ ihr Messer fallen; gemeinsam wandten sie sich zur Quelle dieser Kakophonie von Heilrezepten um.

«... ein Stück Lakritz ... ein Schälchen Galle ... eine Ochsenzunge ... einen süßen Zuckerkuchen ...»

Piarina schien ihre frühere Lebenskraft wiedererlangt zu haben. Aber die Angst lauerte noch immer in den Winkeln der Kate, und weder Ermenegilda noch Valentina hatten die leiseste Ahnung, was sie jetzt zu heilen versuchte.

Etwa Mitte Februar sollte Miriams Kind geboren werden. Die Dorfbewohner wußten das nicht – hätten sie sich die Mühe gemacht, nachzurechnen, hätten sie das Kind nicht vor März oder April erwartet, denn sie glaubten, es sei erst einige Zeit nach Miriams Ankunft gezeugt worden. Da sie aber alle viel zu sehr beschäftigt waren, um nachzurechnen, war ihre einzige Reaktion auf Miriams Ankündigung, der Druck in ihrem Bauch sei so stark geworden, daß sie fürchte zu explodieren, es sei nun Zeit, die Windeltücher zurechtzulegen.

Die Nachricht von der bevorstehenden Geburt verbreitete sich mit Windeseile im Dorf. Maria Luigi nähte Stoffteile zusammen, die eine Decke für die Wiege ergeben sollten. Die Vedova Scarpa schickte Suppenterrinen durch den allmählich dünner werdenden Nebel. Und am Ort des Wiederaufbaus, wo der *campanìl* und der *campo* allmählich wieder Gestalt annahmen, begannen sich die Dorfbewohner darüber zu streiten, wie man am besten bestimmen könne, wann der lang erwartete Moment eintreten werde.

«Wenn es zwei Tage lang bewölkt ist», sagte Siora Bertinelli, «anschließend einen Tag lang sonnig und dann wieder bewölkt, wird das Kind noch vor dem Abend geboren werden.»

«Wenn sie Salz ißt», behauptete Siora Guarnieri, «und ihre Füße kribbeln.»

«Wenn die Gänse vor ihre Tür kommen», meinte Anna Rizzardello.

Aber die Vedova Stampanini, die wohl mehr Erfahrung mit Geburten hatte, als jeder andere in der Lagune, wußte genau, wie man voraussagen konnte, wann es soweit war.

«Solange es noch weh tut, ist sie noch nicht bereit. Erst wenn die Schmerzen aufhören und sie sich plötzlich wieder wohl fühlt

– das ist ein untrügliches Zeichen. Dann wird sie innerhalb von zwei Tagen gebären.»

Miriam war für die letzten Wochen ihrer Schwangerschaft zur Vedova Stampanini gezogen – in das Zimmer, in dem sonst Gianluca schlief. Gianluca war ihr zuliebe in Albertinos Zimmer zurückgekehrt, doch als der Geburtstermin näher rückte, spürte Miriam ihn in ihrer Nähe. Das Stroh war von seinem Moschusduft durchdrungen, sein Lachen lag in der Luft wie der Nebel über den Fußwegen. Niemals hätte sie es jemandem eingestanden, doch seine Gegenwart in dieser schweren Zeit war für sie ein großer Trost.

Als die Geburt näher rückte, bekam Miriam das Gefühl, daß die Ankunft des Kindes endlich ihr Sehnen stillen werde. Das Glühen kam inzwischen so regelmäßig, daß sie sich nicht vorstellen konnte, es könne jemals ganz verschwinden; und so schien es nur logisch zu sein, daß das Kind seine Stelle einnehmen und das schmerzliche Sehnen in ihr endlich gestillt werden würde.

Etwa in der dritten Februarwoche berichtete Miriam von jenem Nachlassen des Drucks, den die Vedova beschrieben hatte, und fast sofort wimmelte es in der Kate von Frauen. Von der ganzen Insel kamen sie, um zu sehen, ob auch die notwendigen Maßnahmen getroffen wurden, damit die Geburt ungefährdet ablief. Siora Scabbri drückte Miriam einen mit Nachtschatten, Maulbeeren und Alraunenwurzel getränkten Schwamm auf die Stirn, damit sie schlafen konnte; Maria Luigi gab ihr Salbeisaft zu trinken, um die Geburt zu erleichtern; die Vedova Scarpa stand draußen vor der Kate Wache, um zu verhindern, daß böse Geister das Neugeborene stahlen. Miriam hatte nie *La Pica* gehabt, diese seltsame Gier nach scharfen Saucen, salzigem Käse oder winzigen Kohlestückchen, aber nun, da ihre Wehen kamen, konnte sie plötzlich nicht genug von *sopa d'osei* kriegen. Maria Patrizia Lunardi mußte Ugolino Ramponi überreden, eine Anzahl spezieller Netze aufzustellen, um die flinken, zarten Vögel zu fangen, während die Vedova Scarpa bis in die Nacht hinein damit beschäftigt war, sie zu einer köstlichen Suppe mit

Wurzeln und Kräutern zu verarbeiten. Die Knochen pflegte Miriam zu einem sauberen Häufchen neben ihrem Kopfkissen zu stapeln, das Siora Scabbri entfernte, sobald sie einschlief, und im Garten für die Katzen ausstreute.

Am Morgen des zweiten Tages nach dem Nachlassen des Drucks erwachte Miriam aus einem Alptraum, in dem sie ein Kind mit leuchtend blauen Flügeln geboren hatte. So furchtbar verschreckt war sie, daß die Vedova Stampanini ihr einen Topf voll Glühwein zubereiten mußte, um sie zu beruhigen. Und während die Vedova am Herd saß und getrocknete Feigen mit Nelken besteckte, um sie in den Kessel zu werfen, rief Armida Barbon plötzlich laut, der Geburtsvorgang habe eingesetzt.

«*L'aqua!*» rief sie, als Miriams Fruchtwasser die Bettlaken näßte. «Jetzt kann es jeden Augenblick anfangen!»

Sofort wurden die entsprechenden Vorbereitungen getroffen. Siora Scabbri rieb Miriams Bauch mit einer Salbe aus Kamille und Verbenen ein; Maria Luigi löste Miriams Haar, während Armida Barbon in der Kate herumlief, um Türen, Schubladen und Schränke zu öffnen und somit Miriams Öffnung zu beschleunigen. Am späten Vormittag hatten die Wehen eingesetzt: An der Art, wie Miriam die Hand der Vedova Stampanini umklammerte, erkannte die Alte, daß der Schmerz furchtbar sein mußte, aber Miriam gab nicht das leiseste Wimmern von sich. Im Verlauf des Nachmittags, während die Wehen kamen und gingen, schlief sie, las oder saß in ihre Kissen gelehnt und half der Vedova, getrocknetes Winterobst mit Gewürzen zu spicken. Als es dämmerte, halfen die Frauen ihr aus dem Bett und gingen mit ihr in der Kate herum. Der Druck wurde stärker; in immer kürzeren Abständen kamen die Wehen. Und während sie hilflos dem Augenblick der Erlösung entgegenging, begann Miriam plötzlich um ihr Kind zu bangen.

«Ich habe Angst», flüsterte sie der Vedova Stampanini zu, während Siora Scabbri und Maria Luigi ihr Arme und Beine mit Kleeöl einrieben.

«Das ist normal», sagte die Vedova beruhigend. «Dein Körper wird jetzt etwas tun, was er noch nie zuvor getan hat.»

«Mein Kind wird sterben!» rief sie aus. «Es wird mit leuchtend blauen Flügeln geboren werden und sterben!»

«Wenn Gott es so will, *cara*, wirst du es nicht verhindern können. Aber es wird deinen Wehen nicht helfen, wenn du ständig an so was denkst.»

«Aber ich muß daran denken», antwortete sie und packte die Hand der Vedova noch fester. «Sagt's mir. Sagt's mir, damit ich's überleben kann.»

«Du darfst nicht aufhören, dich zu bewegen, Miriam», mahnte Siora Scabbri. «Es kann jetzt nicht mehr lange dauern.»

«Was meinst du, Kindchen?» fragte die Vedova Stampanini.

«Eure Kinder. Erzählt mir, wie Ihr sie verloren habt.»

«Wir müssen sie auf den Stuhl setzen», mahnte Maria Luigi. «Die Wehen kommen jetzt immer schneller.»

«Dies ist nicht der richtige Zeitpunkt, *cara*», sagte die Vedova. «Ich werde dir später davon erzählen.»

«Nein!» schrie Miriam, als die drei Frauen sie zum Gebärstuhl führten. «Ich will es jetzt wissen. Erzählt's mir jetzt, damit ich die Kraft habe, es zu ertragen, wenn es dazu kommt!»

Während Maria Luigi und Siora Scabbri Miriam auf den Gebärstuhl halfen, ließ die Vedova Stampanini ihre Hand los und legte ihr die knochigen Arme um die Taille. Dabei starrte sie ins Leere, als versuche sie, die verschiedenen Teile einer riesigen Tapisserie zu rekapitulieren, die im Laufe der Zeit zu Fetzen zerfallen war. Dann tat sie einen tiefen Atemzug, der die Fetzen wieder zusammenzufügen schien, und begann zu sprechen.

«Zuerst kam Bernardo. Der hatte einen dichten Lockenkopf und stieß einen Schrei aus, der das ganze Dorf aus dem Schlaf riß. Sechs Tage währte der Schrei; genau wie Bernardo. Wir begruben ihn, bevor sich der Klang aus den Dachbalken gelöst hatte.»

Miriam, die wieder eine Wehe bekam, umklammerte die Hände der beiden Frauen.

«Spingi!» rief Maria Luigi.

«Dann kam Tommaso. Der lebte ein ganzes Jahr. Zeit genug

für sechs Zähne, drei Kinne und ein wundervolles, dickes Hinterteil. Ich hab immer so gern hineingekniffen – und dann hab ich gesungen ‹Tommaso, Tommaso, ein Kind aus Lehm!› Er wurde von einer Ratte gebissen. Sechsmal, in seinem Bett. Eine Stunde später war er tot.»

«Spingi!» rief Siora Scabbri.

«Dann kamen drei Mädchen. Giovàna, mit ihrem glänzend schwarzen Haar; sie starb mit vier Jahren am Veitstanz. Isabella, so zart und schwach, daß sie die harten Winter nicht überstand. Und Laura – ein so seltsames Kind, mit glucksendem Lachen in der einen und dem Gesicht am Boden in der nächsten Minute; die verkündete eines Pfingsttages, sie wolle nicht mehr essen, und war vor Tutti Santi dahin.»

«La testa!» rief Maria Luigi, als der Kopf herunterzudrücken begann. *«Spingi*, Miriam! *Spingi!»*

Miriam war jetzt am ganzen Körper in Schweiß gebadet; ihr Gewand hatte sich gelöst, das Gesicht war vor Anstrengung verzerrt.

«Das reicht», sagte die Vedova. «Du solltest dich jetzt konzentrieren.»

«Erzählt mir alles», keuchte Miriam. «Bitte – erzählt mir auch den Rest.»

Die Vedova sah Maria Luigi an, die nur die Achseln zuckte, und dann Siora Scabbri, die nickte. Also schloß sie die Augen und erzählte weiter.

«Dann kam Egidio. Der hielt am längsten durch. Sechzehn Winter, in denen ich zusah, wie das Kind zum Knaben heranwuchs und der Knabe zum Mann. In denen ich beobachtete, wie das winzige Händchen, das ich zwischen Daumen und Zeigefinger halten konnte, groß genug wurde, um einen Vorschlaghammer zu schwingen. Egidio zu verlieren war am schwersten für mich – wir hatten uns ganz ihm zugewandt. Und alles nur durch einen faulen Zahn ...»

«Spingi!»

«... aber bei Mario und Agosto war es auch sehr schwer. In der Lagune ertrunken. Das war der Zeitpunkt, da ich es hinzunehmen begann. Das war der Zeitpunkt, da ich aufhörte, im Garten zu sitzen, bittere Kräuter zu kauen und mich bei Nacht in den Schlaf zu weinen.»

«Es kommt!» rief Maria Luigi. «Jetzt nicht aufhören!»

«Weiter», keuchte Miriam, «weiter!»

«Der nächste war Orlandino. Tot geboren. Sein Vater wollte ihm nicht mal einen Namen geben, aber nach neun Monaten in meinem Bauch kannte ich ihn genauso gut, wie ich die anderen gekannt hatte, und bestand darauf.»

«Es ist fast da!»

«Das letzte war ein kleines Mädchen. Maria haben wir sie getauft, in der Hoffnung, die Heilige Jungfrau würde uns helfen und gestatten, daß wir sie behalten, aber sie war dahin, noch bevor wir sie in die Wiege legen konnten.»

«Jetzt ist es soweit, Miriam! Du hast's geschafft! Hier kommt es!»

Stille entstand in der kleinen Kate, als der winzige Säugling aus Miriams Körper in Siora Scabbris Hände glitt. Es folgte ein Moment stummer Gebete – dann füllte ein lautes, gesundes Geschrei den Raum.

«Ein Junge!» rief Maria Luigi. «Ein wunderschöner, kleiner Junge!»

«Hat er Flügel?» fragte Miriam flüsternd. «Hat er leuchtend blaue Flügel?»

«Nein, *cara*», antwortete die Vedova und beugte sich nieder, um das schleimbedeckte Neugeborene aufzunehmen und zu inspizieren. «Nur eine milchweiße Glückshaube auf dem Kopf.»

«Eine Glückshaube!» sagte Armida Barbon.

«Das bringt Glück, Miriam», sagte Siora Scabbri.

Mit dem Daumenballen streifte die Vedova die klebrige Substanz vom Kopf des Säuglings; dann hob sie ihn an Miriams Brust, wo er eifrig nach der Brustwarze suchte.

«Keine Flügel», murmelte Miriam. «Keine Flügel.»

Siora Scabbri brachte Miriam und das Baby zum Bett zurück. Die Vedova Stampanini durchschnitt die Nabelschnur mit einem scharfen Messer und verschloß das Ende mit zwei Nähklammern. Dann trug Maria Luigi den Säugling ins Nebenzimmer, wo sie ihn von Kopf bis Fuß mit Salz abrieb, Gaumen und Mundhöhle mit Akazienhonig reinigte und ihn fest in die Windeln wickelte, bevor sie ihn zu Miriam zurückbrachte.

«Grazie», sagte Miriam mit naß glänzenden Wangen zu der Vedova.

Die Vedova Stampanini sagte nichts. Sie saß nur an Miriams Bett, bis Mutter und Kind eingeschlafen waren. Dann trat sie an den Herd und warf gespickte Feigen in den Kessel mit dunklem Wein, in dem sie spritzten wie süßer Hagel, um dann langsam an die Oberfläche zu schwimmen.

15. KAPITEL

Während der kalten, grauen Monate Januar und Februar gaben sich die Bewohner von Riva di Pignoli größte Mühe, nicht an den Frühling zu denken. Sie arbeiteten am Wiederaufbau des neuen Dorfplatzes, sie stolperten im Nebel durch die Calle Alberi Grandi, sie hockten am Herd über Schalen voll Erbsbrei und einem Teller nach dem anderen von getrockneten *baccala*. Der Frühling war eine Phantasie – eine Erinnerung – ein Traum. Nach dem Versteckspiel des letzten Jahres waren sie klug geworden und rechneten nicht mit seiner Ankunft.

Als der März jedoch die Kälte brach und die Nebelfetzen aufleckte, die sich entlang der Fußpfade drehten, hörten sie ein leises Singen. Es begann in der Lagune: Unter der Oberfläche der Wintergewässer begann der Seetang zu singen. Die Bootsstege entlang der Westküste begannen sich zu recken und zu seufzen; wenn man am frühen Morgen oder in der Stunde zwischen Dämmerung und Abendmahlzeit aufmerksam lauschte, konnte man hören, wie sie eine trockene, klagende Weise in die Salzluft hinaufknarzten. Am deutlichsten aber – wenn man kurz unter einer Pinie rastete oder auf eine der schlafenden Wiesen hinauswanderte, weit weg von all den Stimmen im Dorf – war die dunkle, rollende Resonanz, die sich in sanftem Bogen unter der Erdkruste hervorwölbte.

Sie verlieh dem Schritt der Siora Bertinelli fröhlichen Schwung, wenn sie in ihrer Kate umherlief und Pasteten in Schwanenform backte. Sie verführte Anna Rizzardello zu einem Tänzchen, während sie die Salinen scheuerte, und verwandelte Gesmundo Barbons tagtägliches Ritual beim Entwirren der Fischernetze in ein vieldeutiges Fischerballett. Wenn sich Leute auf der Calle Alberi Grandi begegneten, hakten sie einander unter und hüpften eine schnelle Gigue; Giuseppe Navo schlich sich zweimal am Tag zur Vedova Stampanini hinüber, um vor dem Suppentopf eine Pirouette zu drehen und sich tief vor ihr zu verneigen. Der Frühling kam vielleicht nicht mit dem Geschwirr, dem Knospenspringen und der dramatischen Gewalt, mit der er im Jahr zuvor über die Dorfbewohner hereingebrochen war, aber die Lust zum Tanzen, die sie alle befallen hatte, zeigte ihnen deutlich, daß er tatsächlich im Anzug war.

Albertino war fest überzeugt, daß er pünktlich eintreffen werde. Und so machte er, als sich der zweite Bau des *campanìl*, des *campo* und des Denkmals dem Ende näherte, den Vorschlag, eine spezielle Veranstaltung zu arrangieren, um die Aufmerksamkeit der launischen Jahreszeit auf sich zu lenken.

«Wir könnten vielleicht ein Freudenfeuer entzünden», meinte er. «Oder die neuen Glocken läuten, bis wenigstens ein Grashalm erscheint. Diesmal dürfen wir nicht riskieren, daß er uns überhaupt nicht findet.»

Er brauchte Piero nicht zu überreden. Die Vollendung des neuen Dorfplatzes nach so vielen Widrigkeiten war ein Meilenstein in der Geschichte von Riva di Pignoli. Und den gedachte er, Frühling oder nicht, mit dem rauschendsten Fest zu feiern, das die Insel jemals erlebt hatte.

Piero hatte in den vergangenen zwei Monaten sehr schwer gearbeitet. Während das Dorf sich mit dem Wiederaufbau des *campanìl* und des *campo* befaßte, hatte er sich in seine Ecke von Beppe Guancios Hütte vergraben und auf die Neuerschaffung der Statue von Miriam konzentriert. Doch während die erste Statue Leidenschaft ausgedrückt hatte, drückte diese Frömmigkeit aus: Mit Miriam und ihrem Neugeborenen als Modelle formte er sie als anmutige Madonna mit dem Jesuskind. Zwar hatte er den Säugling, da sich Miriam noch im Wochenbett befand, nicht selbst gesehen, aber Maria Luigi hatte ihm den langen, schlanken Körper, die dichten Locken und die leicht mandelförmigen Augen so detailliert geschildert, und seine Darstellung von Miriam war so präzise, daß er sicher war, seine Aussage werde verstanden werden. Wie könnten die Dorfbewohner ein Kind verstoßen, das ihren Dorfplatz in Gestalt des Heilands schmückte? Wie könnte Miriam einen Mann verstoßen, der das Dorf unsterblich machte, indem er es ihr und ihrem Kind weihte?

Da die Bewohner von Riva di Pignoli nicht genug Geld hatten, um sich Unterhaltungskünstler auf die Insel zu holen, ging Piero wieder einmal zu Fra Danilo, um ihn, wie üblich, um Hilfe zu bitten.

«Ich möchte etwas, was die Leute hier noch niemals gesehen haben», erklärte er. «Ich möchte Musik und Geschichtenerzähler – ein richtiges Volksfest.»

«Ostern steht vor der Tür», sagte der Mönch. «Vermutlich werde ich ein paar kostenlose Auftritte arrangieren können, jedenfalls wenn ich den Leuten dafür einige bezahlte Auftritte in der Lagune verspreche.»

«Dachtet Ihr an eine bestimmte Gruppe?»

«Kommt darauf an, was du dir vorstellst. Ich kenne eine Anzahl lokaler Gilden, die ganz ausgezeichnete Unterhaltung liefern. In Eraclea gibt es eine Gruppe von Goldschmieden, die eine großartige Anbetung der Könige bietet. Eine Zimmermannsgilde in Pellestrina bringt eine wundervolle Version von Noahs Arche. Und eine Gilde der Weinhändler in Treviso erzählt eine fesselnde Hochzeit zu Kanaa.»

«Was ist mit der Geschichte der Jungfrau?»

«Die Geschichte der Jungfrau ...», überlegte Fra Danilo. «Ich glaube, da gibt es ein paar Komödianten aus Padova, die das machen. Hauptsächlich sind sie Straßenkünstler – Jongleure, Akrobaten und so was –, aber ich habe gehört, daß sie eine sehr gute Geschichte der Jungfrau bringen.»

«Vielleicht können sie ja alles machen», sagte Piero. «Wir haben noch nie ein richtiges Volksfest gehabt auf Riva di Pignoli. Vielleicht könnten sie auf der Calle Alberi Grandi ein bißchen singen und tanzen und auf dem neuen *campo* die Geschichte der Jungfrau aufführen.»

«Ich hab dich noch nie so begeistert gesehen, Piero! Was ist über dich gekommen?»

«Es wird eben jetzt Zeit für eine Feier», antwortete Piero. «Nach all den Problemen, die wir im vergangenen Jahr bewältigt haben, finde ich, daß wir unser Glück feiern sollten.»

«Du hast ganz recht», sagte Fra Danilo. «Ich werde heute noch Nachricht nach Padova schicken und sehen, was ich für dich arrangieren kann.»

Piero kehrte nach Riva di Pignoli zurück und setzte die gute Nachricht in Umlauf: Zur Feier des neuen Dorfplatzes und des Frühlingsanfangs findet am ersten Frühlingstag das erste Straßenfest von Riva di Pignoli statt – auf der einzigen Straße von Riva di Pignoli.

Alle sind herzlich eingeladen. Masken erwünscht. Bringt Flöten und Tamburine mit.

An jenem Abend arbeitete Piero bis tief in die Dunkelheit hinein an den letzten Feinheiten des Denkmals: den Falten von Miriams Kopftuch, der Biegung ihres Handgelenks um den Leib des Kindes, den Umrissen ihrer Lippen und ihrer Wimpern. Als er nicht mehr arbeiten konnte, legte er den Meißel hin, fiel auf sein Bett und schlief ein.

Kurze Zeit später erwachte er – wie er glaubte – vom Dröhnen mehrerer Trommeln. Sie begannen weit in der Ferne wie ein Herzschlag und wurden lauter, leidenschaftlicher, als sie sich quer über die Insel hinweg der Kate von Beppe Guancio näherten. Es gab Flöten und Psalter, und es wurde gesungen, begleitet von einem seltsamen, trockenen Klappern, das Piero nicht identifizieren konnte. Als die Musik unmittelbar vor seiner Tür angelangt war, wurde heftig an die Tür geklopft; Piero mußte unwillkürlich lachen, weil er dachte, die Komödianten seien zu früh gekommen, sie hätten mit dem Beginn ihrer fröhlichen Umtriebe nicht bis zum Frühlingsanfang warten können. Also stand er auf und ging zur Tür, während er im stillen überlegte, was er ihnen sagen sollte; doch als er sie öffnete, blieben ihm die Worte im Hals stecken. Denn draußen sah er eine Bande grinsender Skelette, die im Dunkel der Nacht einen entfesselten Tanz aufführten und sein eigenes helles Gelächter Ton um Ton zurückgaben.

Auch Miriam vernahm Musik, als sie nachts in ihrem Bett lag – sie kam durch das winzige Fenster, das ein bißchen Luft in Gianlucas Hinterzimmer in der Kate der Vedova Stampanini hereinließ. Doch Miriam brauchte nicht vor die Tür zu treten, um die Klänge zu identifizieren, denn selbst im Schlaf erkannte sie Gianlucas sehnenden Gesang, der sich anhörte wie eine gefolterte Ziege.

«Eine so häßliche Stimme, Nicolo», flüsterte sie ihrem Sohn zu, «in einem so schönen Mann.»

Miriam hatte sich entschieden, ihren Sohn nach dem Schutzheiligen der Insel Nicolo zu nennen. Er war ein ernstes Kind. Er stellte kaum Ansprüche und schrie niemals. Die Frauen, die bei seiner Geburt dabeigewesen waren, wußten zu berichten, daß er weder Piero noch Gianluca ähnlich sehe, in Wahrheit sah er nicht einmal Miriam ähnlich. Er sah ganz einfach so aus wie er selbst. Nicolo. Und das schien er, obwohl er erst einige Tage alt war, genau zu wissen.

Miriam war über die Maßen erfreut über Nicolo – seine perfekt geformte Nase, seinen aufmerksamen Blick, seine schlanken, eleganten Zehen. Aber auch er vermochte ihr Sehnen nicht zu stillen. Es steckte, wie immer, wie ein Sack Erbsen neben ihrem Herzen, und es gab noch immer nichts, das geeignet sein konnte, ihr heißes Brennen endlich zu lindern. Es breitete sich aus und ließ sich in ihren Gebeten hören. Und da Miriam, wie sie jetzt wußte, nicht erwarten konnte, daß Gianluca sie davon befreite, hielt sie es für unbedenklich, sich ihren Gefühlen für ihn zu überlassen. Seit jenem Nachmittag, da er in Siora Scabbris Hühnerhof davongestürzt war, hatten sie kaum noch miteinander gesprochen. Aber Miriam hatte die Veränderung bemerkt, die mit ihm vorgegangen war – daß er sich praktisch an die Chiesa di Maria del Mare gekettet hatte, um den Dorfplatz wiederaufzubauen –, und freute sich, daß er vor ihrem Fenster wieder Balladen sang.

Gianlucas Balladen wiegten Nicolo in den Schlaf. Kaum hörte er sie, da schloß er auch schon die Augen und setzte zu einem leisen, wimmernden Kontrapunkt an, der ihn bald ins

Traumland führte. Und so bat Miriam, als einige Wochen vergangen waren und sie wieder bei Kräften war, die Vedova Stampanini, Gianluca ins Haus zu laden.

«Richte ihm aus, Nicolo möchte ihn kennenlernen», sagte sie. «Und richte ihm aus – Gott helfe uns! –, er möchte seine Laute mitbringen.»

Die Vedova tat, was Miriam ihr aufgetragen hatte, und Gianluca betrat die Kate.

«Nicolo liebt deine Lieder», sagte Miriam.

«Das freut mich», antwortete Gianluca.

«Wenn du Zeit zum Singen hast, mußt du mit dem Wiederaufbau fast fertig sein.»

«Wir müßten's jetzt jeden Tag geschafft haben. Morgen ziehen wir die Glocken hoch, und Frühlingsanfang ist erst in einer Woche.»

«Du bist sicher sehr stolz auf das, was du geschafft hast.»

Gianluca zuckte die Achseln.

«Das solltest du aber, Gianluca.»

Gianluca trat näher und betrachtete Nicolo.

«Ein hübscher Junge», sagte er.

«Er ist sehr stark. Er kann schon den Kopf heben.»

«Dann werd ich ihm wohl bald beibringen müssen, wie man die Axt schwingt. Die Leute sagen, wenn wir den *campo* fertig haben, wird hier noch sehr viel mehr gebaut werden.»

Miriam blickte zu ihm auf und dachte an das Gespräch, das sie an jenem Tag im Hühnerhof geführt hatten.

«Ich glaube, ein paar Monate kann er noch warten», sagte sie. «Vorerst ist ihm sicher ein weiteres Lied lieber. Kennst du vielleicht auch Wiegenlieder?»

«Ich werde ein paar schreiben müssen», sagte er. «Was hören kleine Kinder denn wohl gern?»

«Nicolo möchte von der Erfindung der Wassermühle, der Entdeckung des Kompasses oder Sior Polos Reisen in ferne Länder hören. Von Dingen, die Herausforderung und Abenteuer in seinem Herzen wecken.»

Nicolo stieß einen kleinen, bestätigenden Ton aus.

«Dann werde ich ihn auf eine Reise mitnehmen. Nach Malabar, wegen des Pfeffers. Nach Tunis, wegen des Wachses und des Silbers. Wäre dir morgen abend recht?»

«Morgen ist wunderbar», sagte Miriam. «Du kannst kommen, wann immer du willst.»

Gianluca vermochte die Röte nicht zu verbergen, die ihm in die Wangen stieg, aber er verneigte sich und wünschte *bona notte*, bevor Miriam das Schwellen unter seinem Kittel bemerken konnte. Miriam ihrerseits war durchaus mit dem Gedanken zufrieden, daß sie ihn am folgenden Abend wiedersehen würde und daß er sich endlich erboten hatte, sich um ihren Sohn zu kümmern. Das einzige, was ihr nun noch Sorgen machte, war die Tatsache, daß sich Piero zu demselben Dienst erboten, daß sie ihn darum gebeten hatte und daß er auf der anderen Seite der Insel ebenfalls auf die Chance wartete, ihr seine Zuneigung beweisen zu dürfen.

Während Ermenegilda ihre Tage an Piarinas Seite verbrachte, achtete sie streng darauf, daß sie an jedem Abend zum Essen in die Ca' Torta zurückkehrte. Sie kannte das hitzige Temperament ihrer Mutter; wenn sie vom Morgengrauen bis zur Abenddämmerung fortblieb, stellte sie ihre Geduld damit auf eine harte Probe, wenn sie aber ganz fortbliebe, würde ihr der Geduldsfaden endgültig reißen. Orsina konnte sie noch so hartnäckig ausfragen, Ermenegilda verriet ihr nicht, wo sie ihre Tage verbrachte. Die Stunden an Piarinas Bett waren für sie wie ein anderes Leben; sobald sie wieder hinter den Mauern der Ca' Torta war, weigerte sie sich, es durch Diskussionen in den Schmutz zu ziehen.

Die Frauen der Ca' Torta konnten sich jedoch kaum über den Wandel in Ermenegildas Verhalten beschweren. Ihr Appetit war zurückgekehrt, das erleichterte Romilda Rosetta; sie stampfte nicht mehr mit dem Fuß auf und stritt sich nicht mehr, das erfreute Orsina; und sie beugte sich praktisch jedem Befehl ihrer verblüfften älteren Schwestern. Wie ein Gemälde saß sie an dem mit Kerzen beleuchteten Speisetisch und zuckte weder bei den verschiedenen bissigen Bemerkungen zusammen, die an ihre Adresse gerichtet waren, noch schien sie es zu bemerken, wenn sie im Gegensatz dazu ignoriert wurde. Bei den Mahlzeiten aß sie in gemäßigtem Tempo und begab sich, sobald sie beendet waren, sofort freudig zu Bett. Denn je schneller sie einschlief, desto schneller konnte sie zu Piarina zurückkehren.

Orsina war überzeugt, daß sie sich endlich Albertino hingegeben hatte. Sie stellte sich vor, wie sie sich auf den trockenen Feldern wälzten, wo die Karotten ihr erstes Grün aus der Erde schoben, oder sich im Gebüsch an der Ostküste austobten. Die drei Marias meinten, sie fahre nach Venezia, um das Geld ihres Vaters für Zaubertränke und Amulette auszugeben und dadurch einen Freier zu erobern. Romilda Rosetta war fast sicher, daß sie einen Orden übergewichtiger Nonnen gefunden hatte, denn das Leuchten, das von ihr ausging, konnte nur das Ergebnis fanatischer spiritueller Erlebnisse sein.

Romilda Rosetta kam der Wahrheit am nächsten. Denn obwohl Valentinas und Piarinas Kate kaum eine Abtei für eine Priorin war, wirkten sich Ermenegildas tägliche Besuche dort besänftigend auf sie aus. Die Sorge für ihre kleine Freundin war ganz anders als alles, was sie jemals getan hatte; mitzuerleben, wie sie kräftiger wurde, ihr Lächeln zu sehen, war besser als ein Dutzend Schüsseln mit Hirschragout. Und obwohl sie sich dessen kaum bewußt war, verarbeitete sie allmählich sogar die Tatsache, daß sie Albertino verloren hatte. Nur dann und wann – wenn sie in der Abenddämmerung die Calle Alberi Grandi entlangwanderte oder sich kurz vor dem Einschlafen in ihre Gänsedaunendecke kuschelte – tauchte sein schiefes Gesicht vor ihr auf und erinnerte sie daran, daß die Welt ein schrecklicher Ort war.

Am Morgen des Festtags stieg die Sonne langsam am klaren, wolkenlosen Himmel empor. Während sie über dem Rand der Lagune aufging, fielen ihre Strahlen zuerst auf das winzige Kreuz auf dem Dach des vollendeten *campanìl* und wanderten dann über die Bogen des Glockenstuhls, die Mauern des Turms und das verhüllte Denkmal im Mittelpunkt des *campo*, bis sie sich in einem glitzernden Fächer über das fertiggestellte Mosaik ausbreiteten. Die Greifen grinsten, der Kreis der Schlangen wand sich, die Drachen und Höllengeister glätteten ihr Fell, als das Licht über sie dahinflutete.

In den Hütten und Katen der Insel waren die Bewohner aufgestanden und bereiteten sich auf die Festlichkeiten vor. Die meisten hatten nicht mehr anzuziehen als ein sauberes Hemd oder ein etwas weniger abgetragenes Kleid, aber sie trugen die Sachen mit Stolz und beschränkten die Ausgelassenheit auf ihre Masken. Siora Scabbri beklebte eine Strohmatte mit Hühnerfedern und befestigte sie mit roten Bändern auf ihrem Kopf. Brunetto Fucci formte ein Gesicht aus Gips und bestreute es mit exotischen Gewürzen. Maria Luigi wand sich aus mehreren Seidenschleiern den Turban einer arabischen Prinzessin. Ein Teil der Dorfbewohner bildete sich insgeheim ein, ihre Masken würden die Komödianten so beeindrucken, daß sie sie auffordern würden, sich ihrer Truppe anzuschließen.

Albertino hätte bereitwillig sogar einen Eberkopf getragen, wäre dadurch sichergestellt worden, daß der Frühling kam – tief im Herzen aber befürchtete er, daß das ganze Theater umsonst sein würde. Als die Sonne über die Ostwand seines Zimmers lugte und ihre Strahlen quer über den Boden bis dorthin schickte, wo er und Gianluca schliefen, brachte sie jedoch den unverkennbaren Duft von Hyazinthen mit – und als er auf das Radicchiofeld hinausblickte, sah er hier und da Grün durch den trockenen Märzboden stoßen. Also suchte er rasch ein paar Karotten, einige ausgedrückte Feigen und eine Handvoll getrockneter Linsen zusammen und fabrizierte daraus die wohl gesündeste Gemüsemaske, die man sich je hätte vorstellen können.

Als die Sonne etwa einen Kopfbreit über dem Dach von Siora Bertinellis Kate stand, landeten die Komödianten am Bootssteg der Westküste. Gekleidet in leuchtend bunte Kostüme, kamen sie von Bord einer Reihe großer Transportkähne an Land. Da gab es Jongleure, Fiedler und Akrobaten; da gab es Kisten mit Kostümen und Körbe mit bunten Bändern; da gab es Kinder, Esel und ein paar unerlaubte Ratten. Piero, in einer Skelettmaske aus den Knochen einer toten Ziege, ging ihnen entgegen und führte sie zum unteren Ende der Calle Alberi Grandi. Als sich der Zug in Bewegung setzte, kamen die Inselbewohner aus ihren Hütten gelaufen und schlossen sich ihnen an: die Vedova Scarpa mit einer Maske aus glänzenden Münzen; Fausto Moretti mit blaugefärbtem Bart; Maria Patrizia Lunardi mit ausgestopften Lerchen im Haar. Jubelnd und begeistert zogen sie den unebenen Weg empor. Ein Komödiant jonglierte mit drei gebackenen Broten, während ein anderer einen flotten Hörnertanz hinlegte, Silvano Rizzardello ganze Hände voll Salz in die Luft warf und Gesmundo Barbon eine kunstvolle Nummer vorführte, bei der er sich zwei Kabeljaus auf Schienbeine, Oberschenkel und Bauch klatschte.

Als der fröhlich lärmende Zug schließlich den Dorfplatz erreichte, sah sich Piero nach Miriam um. Die Vedova Stampanini hatte ihm versichert, daß die junge Mutter an diesem Festtag zum erstenmal seit Nicolos Geburt öffentlich erscheinen werde, aber Piero konnte sie nirgends entdecken. Doch gerade als er die Hoffnung aufgeben wollte, lief ein Gemurmel durch die Menge: Während zwei Komödianten auf den Händen rings um den *campo* liefen und sich die Blicke der Dorfbewohner wieder auf die Calle Alberi Grandi richteten, tauchte sie aus einem Piniengehölz auf.

Sie trug eine Maske aus Meeresmuscheln und Schwanenfedern und schob ein Wägelchen vor sich her, das Beppe Guancio aus einem alten Kabeljaufaß gebaut hatte; in diesem Gefährt lag Nicolo, warm und weich in seine Decke aus Seetang gewickelt, und auch er mit einer Maske aus *pignoli* geschmückt, die Miriam ihm auf Wangen und Stirn gestreut hatte. Mit diesem Auftritt gelang es ihnen, den allgemeinen Jubel plötzlich verstummen zu lassen.

«*Che belo!*» rief die Vedova Scarpa.

«Unser kleiner König!» sagte Gesmundo Barbon.

Piero, von dem Eindruck, den die beiden machten, nicht weniger fasziniert als alle anderen Festteilnehmer, machte sich die so plötzlich auf einen Punkt konzentrierte Aufmerksamkeit zunutze. Er lief in die Mitte des *campo*, stieg auf eine Kiste der Komödianten und bat die Dorfbewohner um Gehör.

«Meine Freunde», sagte er, «wir sind heute hier versammelt, um das Ende einer langen Arbeit zu feiern.»

«Das kannst du zweimal sagen!» rief Ugolino Ramponi.

«Vor einem Jahr noch», fuhr Piero fort, «war unsere kleine Insel so unbedeutend, daß der Frühling einen zusätzlichen Monat brauchte, um uns zu finden. Wir hatten keinen Dorfplatz und daher auch keine Identität. Es schien uns einfach gar nicht zu geben. Jetzt haben wir einen *campanìl*, einen *campo* und ein Denkmal – und der Frühling ist pünktlich eingetroffen. Ich bin überzeugt, er wird uns nie wieder vergessen!»

Die Dorfbewohner brachen in Jubel aus.

«Zeig uns das Denkmal!» schrie Paolo Guarnieri.

«Wir wollen es sehen!» rief Siora Bertinelli.

«Bevor ich die Statue enthülle», fuhr Piero fort, «muß ich mich bei jemandem bedanken, ohne dessen Bemühungen wir uns nie von dem Unwetter am Weihnachtstag erholt hätten und heute diesen Tag nicht feiern könnten.»

«Gianluca!» riefen alle. «Gianluca!»

Gianluca, der eine aus Pinienholz geschnitzte Satyrmaske trug, trat vor, um seine Lorbeeren zu ernten; und als sein Blick sich mit Pieros traf, entbehrte er nicht einer gewissen Demut.

«Wollen wir hoffen, daß diesmal alles stehenbleibt», sagte er. «Denn ein drittes Mal werden wir's sicher nicht bewältigen können.»

Piero und Beppe Guancio näherten sich dem Denkmal.

«Ich begrüße den neuen *campo* von Riva di Pignoli», sagte

Piero. «Möge er uns vor Dämonen und Katastrophen beschützen.»

Als sie die Plane entfernten, verstummte die Menge zum zweitenmal. Doch diesmal war es eine Stille, die – wie die Stille vor dem Frühling – ein Singen in sich trug. Denn ein so sanftes, frommes Bild hatten die Dorfbewohner nicht erwartet; sie mochten kaum glauben, daß Piero es eigenhändig geschaffen hatte.

Miriam, die sich bis jetzt im Hintergrund gehalten hatte, nahm ihre Maske ab und drängte sich durch die Menge, bis sie mit Nicolo auf dem Arm direkt vor der Statue stehenblieb. Obwohl die Ähnlichkeit mit ihr nicht zu verkennen war, bemerkte sie nur die Ähnlichkeit mit Nicolo. Die trieb ihr Tränen in die Augen, die sie mühsam zurückzuhalten versuchte, und bewirkte, daß das Pendel ihres unentschlossenen Herzens wieder zu Piero zurückschwang.

Während die Menge ganz in die Pracht des neuen Anblicks vertieft war, begannen die Komödianten die Bühne für die Aufführung ihres Spiels aufzubauen. Ein hölzernes Podium wurde auf den *campo* gerollt, an den beiden hinteren Ecken wurden zwei Stangen aufgestellt, und zwischen den Stangen wurde ein Vorhang drapiert. Dazu kamen mehrere Versatzstücke: zwei große Kandelaber, eine hölzerne Palme, ein Hügel aus Reisern und Stroh, ein kostbar wirkender Thron. Der Leiter der Truppe hatte außerdem vorgeschlagen, so etwas wie «den Rachen der Hölle» zu benutzen, einen riesigen Hundekopf, der Rauch und Feuer spie («Das ist unser beliebtestes Stück», hatte er behauptet, «und wir bemühen uns stets, es irgendwie in die Geschichte einzubauen»). Aber Piero fand, daß es genügend Höllenbilder auf dem Boden des *campo* gebe, und redete ihm den Vorschlag aus.

Für die Rolle der Muttergottes gab es zwei Darsteller, einen sehr jungen Knaben, der sie als Kind spielte, und einen Jüngling, der sie als Frau spielte. Beide trugen leichte Gewänder und schlichte Perücken, der jüngere mit zwei goldblonden Zöpfen, der ältere mit dunkleren, lose herabhängenden Haaren. Und obwohl ersterer eindeutig jungenhaften Überschwang an den Tag legte und letzterer einen leichten Flaum auf Oberlippe und Wangen aufwies, wurden sie in dem Moment, da sie die Bühne betraten, für die Bewohner von Riva di Pignoli zur Inkarnation der geliebten Madonna.

«Es war einmal vor sehr langer Zeit», begann der Leiter der Truppe, «da wurde im Land Israel ein Mädchen geboren.»

Die Dorfbewohner bildeten spontan einen Halbkreis um die Vorderkante des Podiums, während die Schauspieler in einer Reihe hintereinander die Bühne betraten. Dort nahmen sie in gleichmäßigen Abständen vor dem rückwärtigen Vorhang Aufstellung und traten einer nach dem anderen vor, um einige einfache Szenen zu spielen.

Piero, der als Junge schon derartige Aufführungen in Boccasante gesehen hatte, beobachtete die anderen Dorfbewohner beim Zuschauen: Albertino, hinter seiner Maske aus Karotten und Erbsen versteckt und so gespannt vorgebeugt wie ein Kind bei einer Bootsregatta; Gianluca, hinter seinem breiten Satyrgrinsen sprachlos vor Staunen darüber, was er mit seiner Arbeit bewirkt hatte; Miriam, die Maske noch in der Hand, hingerissen von der wunderschönen Geschichte, die sich vor ihren Augen abspielte. Sie alle sahen zu, wie der Chronist von Kindheit und Jugend der Muttergottes erzählte, von der Verkündigung, von den Vorbereitungen für die Geburt des Herrn und von der Reise nach Ägypten. Sie lauschten den rollenden Klängen der Schauspielerstimmen und bewunderten die leuchtenden Farben, wenn sie sich niederbeugten, verneigten und gestikulierten. Als sich jedoch die Schauspieler der Krippe näherten und der Erzähler die klare Nacht und den Glanz des einsamen Sterns zu schildern begann, bemerkten die Dorfbewohner eine Veränderung an der Jungfrau Maria. Anfangs schwankte sie, aber das schrieben sie der Ankunft des Kindes zu. Dann aber nahm ihr Gesicht eine unverkennbar krankhafte grünlich-graue Färbung an, sie taumelte, schrie «*Malediziòn!*», hielt sich die Seite und brach vor der Krippe zusammen. Sogar jene Inselbewohner, die das für eine eher groteske Darstellung der Geburt hielten, merkten schließlich, daß etwas nicht in Ordnung war, als die anderen Schauspieler herbeistürzten, dem Jungen die Perücke abnahmen, sein Kostüm aufrissen, damit er atmen konnte – und dabei ein ganzes Schlachtfeld von rot entzündeten Flecken auf seiner hellen, jungen Haut freilegten sowie zwei faustgroße Beulen an seiner Seite.

16. KAPITEL

Die Dorfbewohner wußten nicht, was sie von dem Zusammenbruch der Heiligen Jungfrau halten sollten. Der Jüngling wurde aufgehoben und zu Brunetto Fucci gebracht, wo ihm Umschläge aus Barbascum und schwarzem Senf auf die teuflischen Beulen gepackt wurden, die bei ihm nicht nur in den Achselhöhlen und an den Seiten saßen, sondern auch wie steinerne Äpfel in seinen Leisten nisteten. Als ihnen erklärt wurde, daß Riva di Pignoli weder über einen Arzt noch über einen Heilpraktiker oder einen Barbier-Medikus verfügte, nahmen die Komödianten den jungen Mann, packten ihre Kisten, Körbe, das Podium und die Stangen ein und fuhren los, in die Lagune hinaus, um anderswo Hilfe für ihn zu suchen.

Anfangs empfanden die Dorfbewohner nur Mitleid mit dem armen Kerl, dessen Schmerzensschreie, als die Umschläge aufgelegt wurden, die Luft durchschnitten wie ein Kautermesser, Mitleid und Neugier und eine Andeutung von etwas, das sie noch nicht als Furcht identifizierten. Widerwillig legten sie ihre Masken ab und kehrten in ihre Hütten zurück. Dort kochten sie sich einfache Abendmahlzeiten auf mildem Feuer und dachten mehr an die freudige Erregung in der ersten Hälfte dieses Tages zurück als an die lästige Störung in der zweiten.

Bis auf Piero. Einzig er von allen Menschen auf Riva di Pignoli vermochte den Anblick der dunklen Beulen und des Jungen, wie er sich vor Schmerzen krümmte, nicht einfach abzuschütteln. Es waren die gleichen dunklen Beulen wie an dem Leichnam, den er ein ganzes Jahr zuvor am Strand gefunden hatte, und daß er sie jetzt wiedersah, jagte ihm Entsetzen ein. Den ersten Leichnam hatte er als Omen betrachtet: Soweit er sagen konnte, war dessen gräßliche Krankheit nicht über die

Reihe von Gräbern hinausgelangt, die er gegraben und wieder geöffnet hatte, um ihn zu verstecken. Doch nun waren die Symptome dieser Krankheit abermals aufgetaucht, und Piero machte sich unwillkürlich Gedanken darüber, daß ihr Erscheinen an einem lebendigen Körper etwas ganz anderes war als ihr Erscheinen an einem Toten.

Er mußte unbedingt mit jemandem darüber sprechen, aber der einzige, der von dem Leichnam wußte, den er gefunden hatte, war Fra Danilo. Also nahm Piero an jenem Abend, während die anderen Dorfbewohner die häßlichen Flecken zu vergessen suchten, sein Boot und ruderte nach Boccasante. Es gab keinen Mond, der ihm leuchten konnte, und die Sterne waren hinter einer tiefhängenden Wolkendecke verborgen. Nur eine kleine Fackel und seine im Laufe der Jahre zahlreichen Fahrten zwischen den beiden Inseln sorgten dafür, daß er die Strecke über das dunkle Wasser heil und gesund zurücklegen konnte.

Als er an der winzigen Friedhofsinsel vorüberkam, dachte er daran, wie fern und fremd ihm dieser Ort immer vorgekommen war. So häufig er auch dort gewesen sein mochte – unter anderem, um den aufgedunsenen Leichnam zu begraben und wieder auszugraben –, immer war er über das schattige Gelände geschritten, als bewege er sich durch eine Traumwelt. Jetzt, in der Stille der mondlosen Nacht, wirkte der Friedhof so kalt und real wie alle anderen Teile der Lagune – entweder das oder der Rest der Welt war genauso phantomhaft geworden, wie der Friedhof es schon immer gewesen war.

Er hielt auf die Küste der Klosterinsel zu. Fra Danilo würde ihm helfen können, das wußte er: Der Mönch verstand einfach von allem etwas und würde sicher wissen, was diese schwarzen Beulen bedeuteten. Er ruderte langsam, immer darauf bedacht, in der Schwärze der Nacht nicht die Richtung zu verlieren. Als er jedoch bis auf etwa drei Meilen an das Kloster herangekommen war, entdeckte er, daß ein winziger Lichtfleck über dem Wasser schwebte. Er stand reglos in der Dunkelheit, und erst als er sich ihm näherte, erkannte er, daß der

Fleck von einer ganz ähnlichen Fackel stammte wie der seinen und am Bug eines Bootes befestigt war, in dem Fra Antonio saß.

«Bleib zurück!» rief der ältere Mönch, als Pieros Boot näher kam.

«Ich bin's, Piero, Fra Antonio! Ich muß mit Fra Danilo sprechen!»

«Piero?» Der Mönch hob seine Fackel. «Piero – wer?»

«Piero Po. Ich habe lange in Boccasante gelebt. Erinnert Ihr Euch nicht mehr an mich?»

Blinzelnd spähte Fra Antonio ins Dunkel.

«Geh weg!»

«Aber ich muß Fra Danilo sprechen.»

Die Hände des Mönchs zitterten so sehr, daß die Fackel wild hin und her schwankte.

«Fra Danilo ist krank. Das ganze Kloster steht unter Quarantäne. Geh weg!»

«Aber ...»

«Geh weg!»

Piero starrte den älteren Mönch an und las Entsetzen in dessen Augen. Er versuchte an ihm vorbei dorthin zu sehen, wo er das Kloster wußte, aber die Schwärze verschluckte alles, was außerhalb des kleinen Lichtkreises seiner Fackel lag.

«Würdet Ihr ihm sagen, daß ich ihn sprechen muß? Es ist sehr wichtig.»

«Es hat keinen Sinn, mit ihm zu sprechen. Fahr dahin zurück, wo du hergekommen bist.»

Piero versuchte zu verstehen, was Fra Antonio sagte. Er hatte Fra Danilo erst in der Woche zuvor gesehen – der Mönch war bei bester Gesundheit gewesen, genau wie die anderen Brüder auch. Aber Piero protestierte nicht mehr. Er dankte Fra Antonio für die Information, dann ruderte er durch die Finsternis nach Riva di Pignoli zurück.

Im Laufe der nächsten Tage verblaßte der Zwischenfall vom Frühlingsfest in der Erinnerung der Dorfbewohner. Nachdem der *campo* fertig war und der Frühling vor der Tür stand, waren die Menschen viel zu glücklich, um sich um die Krankheit eines völlig Fremden zu scheren. Jetzt mußten Matratzen gelüftet, mußte gepflanzt, mußten Veilchen- und Rosenblätter auf den mit Stroh bedeckten Fußboden gestreut werden. Am dritten Morgen nach dem Fest merkten jedoch einige Dorfbewohner, daß eine gewisse Schwäche sie überkam. Sie begann im Kopf und verbreitete sich über den ganzen Körper, bis ihre Glieder so schwer wurden, als seien sie mit Lehm beladen. Siora Guarnieri mußte sich unter den Räuchertisch legen und sich dicke Stücke *persuto* unter den Nacken, die Knie und die Schultern schieben. Gesmundo Barbon vermochte sich kaum aus seinem Boot zu schleppen und mußte auf dem Rückweg zu seiner Kate sechsmal ausruhen.

«Als hätte ich eine Kiste *grappa* getrunken», erzählte er Armida, «aber dabei vergessen, mir das Vergnügen eines Rausches zu genehmigen.»

Als Siora Scabbri und die Rizzardello-Zwillinge kleine grünlich-schwarze Flecken an ihren Seiten entdeckten, begannen die Dorfbewohner von «dem Übel» zu flüstern. Nicht jeder erkannte die Verbindung mit dem jungen Mann auf dem Fest, aber die Panik, die in der Luft lag, nahm zu.

Piarina wußte, daß die Krankheit auf der Insel zugeschlagen hatte, ohne daß man es ihr sagen mußte. Sie beugte sich in ihrem Bett vor, fuchtelte in der Luft herum und stammelte ihre Rezepturen mit ganz neuer Energie heraus. Ermenegilda und Valentina konnten die Veränderung nicht übersehen. Während der letzten sechs Wochen, in denen sie ein gewisses Schema für das Waschen, Füttern und Pflegen des Kindes entwickelt hatten, waren sie für die endlose Litanei, die Piarinas Mund entströmte, so gut wie taub geworden. Zum erstenmal herrschte eine Art Harmonie in der Kate: Piarina wußte, daß sie nicht versuchen würde, Valentina umzubringen, solange Ermenegilda da war; Valentina wußte, daß sie nicht versuchen würde, Piarina umzubringen, solange Ermenegilda da war; und Ermenegilda wußte, daß ihre Liebe zu Piarina, obwohl ihr Herz noch immer nach Albertino barmte, selbstloser und wahrer war als alles, was sie bisher kennengelernt hatte. Daher war es beunruhigend für sie, daß Piarinas Verhalten sich plötzlich veränderte. Nicht nur, daß sie sich vorbeugte und mit zunehmendem Eifer sprach, sondern sie begann dabei, Dinge herauszufiltern. Stieß ihre Zunge an einen Konsonanten, machte sie kehrt und wiederholte sich, bis aus der langen Liste ein einzelner Gegenstand erkennbar wurde. Wenn dieser eindeutig identifiziert war, stürzte sie sich wieder in den Wortstrom. Im Lauf der Tage ging sie jedoch allmählich von sinnlosem Geplapper dazu über, eine abgeschlossene Reihe von Dingen zu äußern. Und schließlich erkannten Ermenegilda und Valentina darin ein Schema:

«Ein Stückchen Seetang ... ein Streifen Baumrinde ... eine Pfauenfeder ... ein Fläschchen Quecksilber ... der Flügel einer Wespe ... sechs Pignoli ... eine Schale Speierlinge, in die Mittagssonne hinausgestellt.»

Immer und immer wieder – während sie die Morgensuppe rührten, das Stroh ausfegten und Albertinos Schatullen abstaubten – kam die Liste der Zutaten aus Piarinas Mund geströmt:

«Ein Stückchen Seetang ... ein Streifen Baumrinde ... eine Pfauenfeder ... ein Fläschchen Quecksilber ... der Flügel einer Wespe ... sechs Pignoli ... eine Schale Speierlinge, in die Mittagssonne hinausgestellt.»

Schließlich prägte sich die Liste so tief in ihr Erinnerungsvermögen, daß auch sie selbst sie aufzuzählen begannen, bis sich ihre Stimmen zu einem heilenden Kanon zusammenfanden.

«Ein Stückchen Seetang ... ein Streifen Baumrinde *Ein Stückchen Seetang* ... eine Pfauenfeder *ein Streifen Baumrinde* (Ein Stückchen Seetang) ... ein Fläschchen Quecksilber *eine Pfauenfeder* (ein Streifen Baumrinde) ... der Flügel einer Wespe *ein Fläschchen Quecksilber* (eine Pfauenfeder) ... sechs Pignoli *der Flügel einer Wespe* (ein Fläschchen Quecksilber) ... eine Schale Speierlinge, in die Mittagssonne hinausgestellt *sechs pignoli* (der Flügel einer Wespe) ... *eine Schale Speierlinge, in die Mittagssonne hinausgestellt* (sechs Pignoli) . . . (eine Schale Speierlinge, in die Mittagssonne hinausgestellt).»

Was Piarina damit beabsichtigte, ging ihnen jedoch erst auf, als sie Ermenegilda, während diese sich über sie beugte, um ihr die Haare zu bürsten, beim Leibchen packte, sie so heftig schüttelte, wie es ihr die dünnen Ärmchen erlaubten, und ihr eine Zutat nach der anderen entgegenschrie:

«Ein Stückchen Seetang! Ein Streifen Baumrinde! Eine Pfauenfeder! Ein Fläschchen Quecksilber! Der Flügel einer Wespe! Sechs Pignoli! Eine Schale Speierlinge, in die Mittagssonne hinausgestellt!»

Und dann ergänzte sie mit ihrer alten, vertrauten Stimme, diesem allerfeinsten Hauch, diesem erstickten, gewichtslosen Gewisper:

«Holt es . . . bringt es mir jetzt . . . sofort!»

Valentina, die gerade die Teile einer mottenzerfressenen Decke zusammennähte, stach sich mit der Nadel in den Finger und schrie auf. Ermenegilda, von Piarina immer noch beim Leibchen gehalten, hätte fast das Gleichgewicht verloren und fiel zu ihr aufs Bett.

Es waren die ersten Worte, die Piarina seit jenem Tag sprach, da Valentina sie sprachlos aus dem Brunnen gezogen hatte, und die nicht ein Stengel oder ein Flügel oder ein Stein oder ein Kraut waren. Und obwohl Valentina und Ermenegilda noch immer keine Ahnung hatten, wozu das gut sein sollte, machten sie sich auf, um alles zu holen, was Piarina verlangte.

Das Schwächegefühl raste über das Dorf hinweg wie eine plötzliche Welle dumpfer Hitze; innerhalb weniger Tage entwickelte fast ein Viertel der Inselbewohner Symptome der Krankheit. Die grünlich-schwarzen Flecken wurden über Nacht zu Beulen. Fausto Moretti erwachte von seinem eigenen Schmerzensgeschrei.

Trotz seiner Fahrt nach Boccasante tat Piero sein möglichstes, um nicht in Panik zu geraten. Es gab keinen Grund für die Vermutung, die Krankheit sei ernst – er weigerte sich, anzunehmen, daß die Bewohner von Riva di Pignoli so enden würden wie der aufgedunsene Leichnam: tot in der Lagune treibend. Es gab vermutlich ein Dutzend anderer Gründe für den Tod des Fremden; das Auftauchen der schwarzen Flecken konnte ebensogut ein grausiger Zufall sein.

«Vermutlich irgendein Blutfieber», sagte er zu Beppe Guancio, als sie am Herdfeuer saßen und Brot mit schwarzen Oliven aßen. «Die Schmerzen können furchtbar sein, aber gewöhnlich dauert's nicht länger als eine Woche.»

«Ich hab noch nie von einem Blutfieber gehört, das sich so schnell verbreitet», sagte Beppe. «Und so was wie diese Beulen habe ich auch noch nie gesehen.»

«Wessen Beulen hast du gesehen?»

«Gesmundo Barbons. Er hat drei davon, an seiner linken Seite – so hart wie Stein und so schwarz wie Ruß. Armida sagt, wenn sie lange genug stehenbleibt, kann sie sie fast wachsen sehen.»

Ein Frösteln überlief Piero; er fragte sich, ob dies der Zustand war, in dem sich Fra Danilo und die anderen Mönche auf der Klosterinsel befanden.

«Das kommt, weil der Körper sich selbst reinigt», versicherte er. «Und genauso sollte es sein.»

Mit einem Pinienzweig stocherte Beppe in den Holzspänen des Feuers.

«Das solltest du den anderen im Dorf erzählen.»

«Die Leute werden es selber sehen.»

Beppe blickte auf.

«Die Menschen haben Angst, Piero. Du solltest mit ihnen reden.»

Piero starrte ins Feuer.

«Was könnte ich ihnen sagen?»

«Das, was du mir eben gesagt hast. Sag ihnen, daß sie keine Angst zu haben brauchen. Sag ihnen, sie sollen sich an ihren Glauben halten.»

«Werden sie mir glauben, wenn ich das sage?»

Beppe legte Piero die Hand auf den Arm.

«Ich glaube dir», sagte er. «Sag mir, daß alles gut wird, Piero.»

Piero musterte Beppe, das Feuer, den Teller mit schwarzen Oliven, der auf Beppes gekreuzten Beinen stand. Er wollte nach einer Olive greifen, aber auf einmal widerte sie ihn an – also stellte er den Teller ins Stroh auf dem Fußboden und wandte sich wieder seinem Freund zu.

«Du sagst jetzt allen auf der Insel Bescheid, daß wir uns morgen zum *mezzogiorno* auf dem *campo* versammeln. Sobald es *mezzogiorno* ist, läutest du die Glocken. Ich werde dort sein.»

«*Grazie*, Piero. *Grazie tanto*. Die Menschen werden dir dankbar sein.»

Beppe hob Pieros Teller auf und trug ihn mit seinem eigenen zu einem breiten Eimer in der Ecke; Piero blieb noch eine Weile in Gedanken erstarrt vor dem Feuer sitzen. Er konnte den Dorfbewohnern sagen, sie brauchten keine Angst zu haben. Er konnte ihnen sagen, was er ihnen sagen mußte, um ihnen Mut zu machen und sie in ihrem schwankenden Glauben zu stärken. Er fragte sich nur, wer ihm die eigenen Ängste nehmen würde. Und wer würde ihn davon überzeugen, daß das, was sich überall im Dorf verbreitete, nichts weiter war als ein vorübergehender Schrecken?

Miriam war dankbar gewesen, daß sie nach Nicolos Geburt in Gianlucas Zimmer bleiben durfte. Das Bett war weich, das kleine Fenster gab Licht, und die Vedova Stampanini war immer bereit, sich um sie zu kümmern, wenn sie es brauchte. Als sie jedoch wieder kräftiger wurde, fehlte ihr der eigene, kleine Altar. Deswegen legte sie Nicolo am Morgen des Frühlingsfestes, als die Dorfbewohner allesamt auf die Calle Alberi Grandi hinausliefen, auf seine Seetangdecke in Beppe Guancios Wägelchen, fuhr damit durch die Gärten entlang des Ostufers und richtete sich wieder in ihrem Alkoven in Maria Luigis Kate ein. Die kleine Nische mit den Stoffen war noch genauso, wie sie sie verlassen hatte; sie machte nur kurz halt, um einen Korb mit Bändern auszuleeren und daraus ein Bett für Nicolo zu machen, bevor sie zur Einweihung des neuen Dorfplatzes zum *campo* ging.

Als sie am Spätnachmittag – nach der beunruhigenden Unterbrechung der Geschichte der Jungfrau Maria – zu Maria Luigis Kate zurückkehrte, wollte Miriam für den jungen Mann beten, der zusammengebrochen war. In ihrem Alkoven kniete sie vor dem Altar nieder und zündete zwei hohe Kerzen zu beiden Seiten der Madonna an. Als sie jedoch im Gebet die Augen schloß, gingen beide Kerzen aus. Sorgfältig entzündete sie sie noch einmal; und abermals gingen sie aus. Nur solange sie die Augen geöffnet hielt, wollten die Kerzen weiterbrennen.

Während der nun folgenden Tage verweilte Miriam – Nicolo an ihrer Brust, einen Teller voll *sarde* und etwas Brot neben sich auf dem Stroh – mit weit geöffneten Augen vor dem Altar, damit die Kerzen nicht verlöschten. Jedesmal, wenn sie die Augen schloß, gingen die Kerzen aus, doch sie versuchte es immer wieder, bis sie am Abend des zweiten Tages feststellte, daß sie die Augen offenhalten konnte, ohne zu zwinkern. Als die Kerzen zu Stummeln herabgebrannt waren, ersetzte sie sie durch andere, stillte Nicolo, legte ihn in seinen Korb, aß und schlief und tat das alles, ohne ein einziges Mal die Augen zu schließen.

An dem Morgen, an dem Piero Beppe Guancio mit der Nachricht ins Dorf schickte, daß sich alle auf dem *campo* einfinden sollten, kam Maria Luigi in den Alkoven geeilt.

«Es ist Fausto!» rief sie erregt. «Er ist wahnsinnig vor Fieber! Wir müssen etwas für ihn tun!»

Miriam legte Nicolo in seinen Korb und folgte Maria Luigi in den Hauptraum der Kate. Fausto lag ausgestreckt auf dem Boden, sein ältlicher Körper krümmte sich wie ein Stück *panzèta* auf dem Herdfeuer. Sein Kittel war aufgerissen, sein Körper mit den häßlichen schwarzen Schwären übersät, die Miriam auch an der zusammengebrochenen Madonna bemerkt hatte.

«Hilf mir mit seinen Kleidern», sagte Maria Luigi. «Er erstickt.»

Sie entfernten seine Kleider und hoben ihn in den Waschzuber, den Maria Luigi mit kühlem Wasser gefüllt hatte; dann wuschen sie ihn behutsam, bis die Schmerzen nachließen und er tief einschlief. Als sie sicher sein konnte, daß Maria Luigi sich beruhigt hatte, bereitete Miriam den beiden eine Mahlzeit aus Fencheltee, Schwarzbrot und Honig und kehrte in ihren Alkoven zurück, um mit den Gebeten fortzufahren.

Nachdem sie sich, mit Nicolo an der Brust, wieder zurechtgesetzt hatte, bemühte sie sich noch energischer als in der vergangenen Woche, die Augen nicht vor den Flammen zu verschließen. Die Hitze, die sie in Faustos Körper gespürt hatte, war furchterregend und erschreckte sie in einem Maße, das sie niemals erwartet hätte.

Kurz nachdem sie vor den Altar zurückgekehrt war, begann sich Nicolo in ihren Armen zu winden; ihre rechte Brust war leer, deswegen wollte er jetzt an die linke gelegt werden. Miriam bettete ihn an die andere Seite, aber kaum hatte sie das getan, legte sie ihn sofort wieder zurück. Nicolo war unzufrieden. Er quäkte ein wenig und zappelte in ihren Armen – genug, um Maria Luigi in den Alkoven zu holen.

«Braucht er etwas?» fragte sie. «Es paßt nicht zu ihm, schwierig zu sein.»

«Es geht ihm gut», antwortete Miriam. «Er macht sich vermutlich Sorgen um Fausto.»

Maria Luigi nickte und kehrte in den größeren Raum zurück. Nicolo zappelte weiter, weil er sich offenbar unbehaglich fühlte, aber Miriam streichelte ihn, steckte ihm einen Finger in den Mund und lenkte ihn so behutsam von seiner Unruhe ab.

Nicolo ging es gut, in diesem Punkt hatte Miriam Maria Luigi nicht belogen. Verschwiegen hatte sie ihr dagegen, daß sie, als sie das Kind auf ihre linke Seite bettete, einen schmerzhaften Druck hinter der Brust, in der Höhlung unter dem Arm gespürt hatte, wo sie den angedeuteten Umriß einer harten, dunklen Schwellung ertastete, die allmählich zu wachsen begann.

Als Beppe Guancio zum *mezzogiorno* die Glocken läutete, dröhnte der Klang über die ganze Insel. Nachdem Piarina von dem Unwetter hinabgeschleudert worden war, der *campanìl* erst wieder aufgebaut werden mußte und die Krankheit des Komödianten das Frühlingsfest unterbrochen hatte, waren die Glokken seit den letzten Stunden der Abenddämmerung vor der Stille des Heiligen Abends nicht mehr geläutet worden. Doch während sie damals die wilde und improvisierte Musik von Piarinas Sehnen verkündeten, schlugen sie jetzt den nüchternen Klang der Angst auf dieser Insel.

Innerhalb weniger Minuten nach dem Geläut begannen sich die Dorfbewohner auf dem neuen *campo* zu versammeln. Die Vedova Scarpa, Brunetto Fucci, Siora Guarnieri, Giuseppe Navo, Silvano Rizzardello, Siora Bertinelli, Armida Barbon. Sie alle gingen langsam und konzentriert, mit bleichen Gesichtern und dunklen Ringen unter den vom Schlafmangel hohlen Augen. Sie kamen mit Löffeln, Ruten und Butterstößeln – was immer ihnen unter die Finger gekommen war –, weil sie hofften, dadurch die Dämonen vertreiben zu können, die es wagten, sich ihnen zu zeigen. Aber die einzigen Dämonen, die sie fanden, waren die Drachen, die auf dem Boden des *campo* glitzerten: Pieros Mosaik hatte auf einmal eine ganz neue, grimmige Bedeutung gewonnen.

Piero traf kurz nach den anderen ein: mit schneeweißem Gesicht und einer Handvoll wildem Thymian in der Faust. Als er sich der Versammlung näherte, spürte er die Angst, die in der Luft lag; sekundenlang erwog er, zum Bootssteg zu laufen und auf die Lagune hinauszufliehen. Aber jemand mußte zu den Dorfbewohnern sprechen, das wußte er; also trat er in die Mitte des *campo*, stellte sich vor seine Statue von Miriam und Nicolo und gab sich die größte Mühe, ruhig zu wirken.

«Ich habe euch hergerufen, weil ich weiß, daß ihr euch Sorgen macht. Ich weiß, daß sich diese Krankheit sehr schnell verbreitet. Aber wir dürfen uns von ein paar schwarzen Beulen nicht ins Bockshorn jagen lassen.»

«Wirklich nicht, Piero?» warf die Vedova Scarpa ein.

«Wir müssen uns an die Tatsachen halten», gab er zurück. «Sagt mir, wo sie zugeschlagen hat. Berichtet mir alles, was ihr wißt.»

«Cunizza Scabbri hat furchtbare Schmerzen», sagte Siora Bertinelli. «Sie schreit immer wieder, daß ihre Hennen die Eier in ihre Seite gelegt hätten.»

«Die Zwillinge spucken Blut», sagte Silvano Rizzardello. «Sie haben dunkle Flecken auf dem Bauch und schwitzen ganz fürchterlich.»

«Gesmundo hat wahnsinniges Fieber», sagte Armida Barbon. «Seine Beulen sind aufgebrochen, und was da rauskommt, ist grauenhaft – schwarzes Wasser, schwarzer Sand und schwarze Fetzen von Meerschaum.»

«Ich hab eine an der Kehle», sagte Siora Guarnieri.

«Bei mir kommt eine an der Seite», sagte Vedova Scarpa.

«Das ist das Zeichen des Teufels!» rief Giuseppe Navo.

«Das ist das Ende der Welt!» schrie Brunetto Fucci.

Piero hob die Arme und schwenkte die Thymianzweige wie einen Olivenzweig.

«Ihr dürft nicht in Panik geraten», sagte er. «Bisher wissen wir noch nicht, was das bedeutet. Wir müssen unseren Glauben in Gott setzen.»

«Gott muß sehr böse auf uns sein», sagte Silvano Rizzardello.

«Er bestraft uns nicht umsonst», sagte Armida Barbon.

Einen Augenblick schwiegen alle – mit schlaff herabhängenden Armen und tief gesenkten Köpfen.

«Was ist mit dem Mädchen?» kam eine Stimme aus dem Hintergrund. «Wo ist das Mädchen?»

Als sich die Dorfbewohner umwandten, um zu sehen, wer das gesagt hatte, entdeckten sie Orsina – mit zerzausten wehenden Haaren und ungeordneten Kleidern, die scharfen Züge jedoch durch eindeutige Zeichen der Angst gemildert.

«Maria Terza hat die Beulen in der Seite. Maria Prima hat Fieber. Und Ermenegilda ist nirgends zu finden. Sie verhält sich schon seit Wochen seltsam und ist täglich von Sonnenaufgang bis Sonnenuntergang verschwunden. Während der letzten drei Nächte aber ist sie überhaupt nicht mehr nach Hause gekommen. Ich muß dieses kleine Mädchen suchen, das die Menschen heilen kann.»

Ein rhythmisches Gemurmel lief durch die Menge, als die Leute leise «Piarina» murmelten.

«Das hat keinen Zweck», sagte Armida Barbon. «Als Gesmundo krank wurde, bin ich sofort selbst hingegangen. Die Tür ist verriegelt, und auch auf ständiges Klopfen antwortet niemand.»

«Manche sagen, da ist der Teufel drin», sagte Giuseppe Navo. «Aber ich denke, daß sie und Valentina sich endlich auseinandersetzen.»

«Wenn Piarina diese Krankheit heilen könnte, hätte sie das schon getan», sagte Silvano Rizzardello. «Ich glaube, es hat sich mit ihrer Heilkunst, und sie will deshalb nicht rauskommen.»

«Hat irgend jemand versucht, einen Medikus zu holen?» erkundigte sich Piero. «Vielleicht gibt es ja eine Behandlung. Möglicherweise eine ganz einfache.»

«Ich habe vier Dienstboten ausgeschickt, um einen Medikus zu holen», sagte Orsina. «Aber nachdem sie auf die Lagune hinausgerudert waren, ist keiner von ihnen zurückgekommen.»

«Vielleicht ist das Ganze ein Reinigungsprozeß», sagte die Vedova Scarpa. «Vielleicht haben wir irgendwas Schwarzes, Häßliches in uns, das einfach rauskommen muß, und dann sind wir alle wieder in Ordnung.»

«Ja», sagte Siora Bertinelli. «Vielleicht ist es ja gar keine Strafe. Vielleicht ist es ja eine Heilung.»

Piero wußte, wenn er irgend etwas sagen wollte, das tröstlich wirkte und den Menschen Hoffnung gab, war jetzt der richtige Moment dazu. Ihre Angst war schwächer geworden; eine Brise der Hoffnung wehte über dem *campo*, und ein paar starke Worte konnten auf dieser Hoffnung aufbauen. Als er jedoch in die wartenden Gesichter blickte, wurde ihm klar, daß er absolut nichts zu sagen hatte.

«Meinst du das auch, Piero?» fragte Armida Barbon. «Meinst du, daß nur unser Glaube auf die Probe gestellt wird?»

Piero wollte etwas antworten – aber bevor er dazu kam, wurde er abgelenkt, weil plötzlich am anderen Ende des *campo* Maria Luigi auftauchte. Sie bewegte sich langsam, mit einer tranceähnlichen Grazie, die so wirkte, als habe sie ihren Körper verlassen. Ihre Miene war ausdruckslos, ihr Blick war unbestimmt und leer; sie ging wie von einer mechanischen, äußeren Kraft getrieben. Als sie den *campanìl* erreichte, bückte sie sich, sammelte eine Handvoll Steinchen auf und begann damit nach der Turmspitze zu werfen. Sie warf sie mit leichten, fließenden Bewegungen und hörte nur auf, wenn ihre Hände leer waren. Dann bückte sie sich, hob weitere Steine auf und warf weiter. Die Dorfbewohner sahen ihr fasziniert zu – ihre gespannte Konzentration wirkte beruhigend auf sie, die gelassene Eleganz ihrer Bewegungen befreite sie nach und nach von ihrer Angst. Es lag kein Zorn in ihrer Haltung, keine Vorsätzlichkeit, kein Blut. Nur die feste Entschlossenheit, ein Ziel zu erreichen, das keiner von ihnen erraten konnte.

«Maria Luigi», fragte die Vedova Scarpa sie endlich, «was ist? Was tust du da?»

Maria Luigi wandte sich um, als erschrecke sie darüber, daß noch jemand anders anwesend war.

«Muß – Glocken – läuten», gab sie zurück.

«Aber die Versammlung hat schon begonnen», wandte Brunetto Fucci ein.

«Muß – Glocken – läuten», wiederholte sie.

«Aber warum?» fragte Siora Bertinelli.

Maria Luigi blickte auf die Steinchen in ihrer Hand hinab und dann wieder empor, zu den Gesichtern auf dem *campo*.

«Fausto ist tot», antwortete sie. «Muß Glocken läuten.»

Damit wandte sie sich zum *campanìl* zurück und begann

wieder zu werfen. Immer höher zielte sie, bis sie schließlich das offene Fenster des Glockenstuhls erreichte und ein Stein leicht gegen die Bronze schlug. Es war ein sehr schwacher Ton. Ein törichter, unwirksamer Ton. Aber er schnitt in die Herzen der Menschen von Riva di Pignoli wie das Sterbegeläut einer Domglocke, die den Tod begleitet.

17. KAPITEL

Die Bewohner von Riva di Pignoli mußten die Hoffnung aufgeben, daß es keine schwere Krankheit war: Bis zum Abend waren Gesmundo Barbon und Anna Rizzardello Fausto in den Tod gefolgt. Sie alle hatten am Ende so furchtbare Schmerzen gehabt, daß sie sich aus dem Bett warfen und wie rasend zu tanzen begannen, bis sie tot zu Boden fielen. Die Vedova Scarpa nannte das den «Teufelstanz», ein Name, mit dem die übrigen Inselbewohner schon bald auch die Krankheit bezeichneten. Inzwischen wiesen über die Hälfte der Dorfbewohner Anzeichen der Krankheit auf, deren Entwicklung unverkennbar einem Schema zu folgen schien: Nach der anfänglichen Gliederschwere traten die dunklen Beulen auf; sobald diese etwa zu Faustgröße angewachsen waren, begannen sie Blut und widerlichen Eiter abzusondern; anschließend bildeten sich grünlichschwarze Flecken auf Armen, Beinen und Bauch, begleitet von heftigem Fieber, ständigem Schwitzen und schließlich diesem wahnsinnigen Tanz, dem kurz darauf der Tod folgte. Der gesamte Prozeß dauerte nicht länger als einige Tage, und das bedeutete, daß die Opfer kaum Zeit hatten, sich von ihrem anfänglichen Schock zu erholen, bis sie auch schon im Endstadium waren.

Jeder Dorfbewohner hatte eine andere Theorie, wie man von der Krankheit angesteckt werden konnte. Einige meinten, durch den Atem, andere durch Berührung, manche meinten, durch bloße Nähe. Armando Guarnieri floh auf die Lagune hinaus. Die Vedova Scarpa wickelte sich endlose Schichten von Gaze um Mund und Nase, die sie vorher in Wasser aus Geißblatt und Zitrone getaucht hatte. Siora Bertinelli begann alles, was sie besaß, in ihrem Backofen zu verbrennen.

Schwieriger zeigten sich jene Dorfbewohner, die unbedingt einen Prügelknaben brauchten. Daß die Krankheit von den Komödianten eingeschleppt worden war, war eindeutig; doch die Komödianten waren fort – und für eine Handvoll Dorfbewohner war es keine Genugtuung, ihnen die Verantwortung dafür zuzuschieben. Sie brauchten jemanden, der unter ihnen weilte, jemanden, auf den sie ihre Wut konzentrieren konnten, jemanden, dessen Auftauchen auf der Insel allein schon die Saat dieses Bösen beinhaltet hatte. Und niemand paßte besser in dieses Bild als Miriam.

Die Gruppe war klein. Und bestand zum Teil aus jenen, die es ihr nicht verzeihen konnten, daß sie selbst ihre scheinbare Reinheit befleckt hatte: Siora Guarnieri, Ugolino Ramponi, Cherubino Lunardi. Die übrigen waren jene Dorfbewohner, die so wenig Kraft in sich hatten, um diesem Entsetzen zu begegnen, daß sie sich leicht überzeugen ließen, der lichte Geist, den sie so sehr verehrt hatten, sei in Wirklichkeit ein Bote des Teufels. Jemanden zu haben, dem sie die Schuld anlasten konnten, linderte ihre eigene Qual. Es half ihnen, zum Opfer zu werden und auch die kleinste Möglichkeit von Schuld von sich zu werfen. Und so versammelten sie sich, während die dunklen Beulen auf ihrer Haut wuchsen und das Fieber an ihren Kräften zehrte, in Maria Luigis Garten, schlugen auf Suppentöpfe und Pfannen, schleuderten Steine durch die Fenster und verlangten, Miriam solle herauskommen und sich ihrem heißen Zorn stellen.

Miriam bemerkte kaum, daß sie da waren. Denn jeder einzelne ihrer Gedanken, jede Faser ihres Seins konzentrierte sich auf die Kerzen in ihrem Alkoven. Anfangs hatte sie ihre Gebete für den jungen Komödianten gesprochen – sie flehte darum, daß seine Qualen gelindert würden, daß die schwarzen Flecken, die sie gesehen hatte, heilten und verschwanden. Als sie die gleichen Flecken jedoch am eigenen Körper entdeckte, richteten sich ihre Gebete auf Nicolo. Sie war von ganzem Herzen überzeugt, daß sie, solange sie vor dem Altar kniete, solange ihre Augen offen blieben und die Kerzen weiterbrannten, ihren Sohn mit der

Kraft erfüllen konnte, dieser schrecklichen Krankheit Widerstand zu leisten. Einzig wichtig war, daß er nicht berührt wurde; und sie würde nicht aufhören zu beten, bis sie wußte, daß er in Sicherheit war.

Während die Tage vorüberzogen, nahm Miriams Fähigkeit, die Kerzen nicht ausgehen zu lassen, immer weiter zu – und je mehr diese Fähigkeit zunahm, um so mehr von ihnen entzündete sie rings um den Alkoven. Zwei, sechs, zwölf, zwanzig; allmählich füllten sie den winzigen Raum mit Wärme und kräftigendem Licht. Am Abend des zweiten Tages nach Faustos Tod jedoch – am ersten Abend, nachdem die kleine Gruppe der Vigilanten vor ihrer Tür erschienen war – spürte Miriam, wie eine Veränderung mit ihr vorging. Die Spannung in Rücken und Schultern nahm zu. Gegenstände, die verschwunden waren, tauchten plötzlich wieder auf, um ihre Konzentration zu stören. Und der entnervende Chor der Stimmen draußen vor ihrem Fenster, der bisher nur wie das schwache Gesumm eines Fliegenschwarms geklungen hatte, drang mit seinen häßlichen Worten deutlich bis zu ihr durch.

«Pockenmädchen!»

«Mörderin!»

«*Strega!*»

«Hure!»

Miriam spürte die Worte auf ihrem Körper wie winzige Schläge; sie war zu sehr in ihre Gebete vertieft, um zu erkennen, daß die Rufe von einem Schauer winziger Steine begleitet wurden. Sekundenlang schwankte sie in ihrem Glauben, und der dünne Faden der Konzentration, der es ihr ermöglicht hatte, die Kerzen brennen zu lassen, drohte zu zerreißen. Aber die Wärme des Kindes in ihren Armen, das Gefühl von Nicolos feuchter Haut auf ihrer eigenen, das absolute Bedürfnis, dafür zu sorgen, daß er weiterlebte – das alles wirkte zusammen, um sie diese Prüfung überstehen zu lassen. Und als der Faden wieder geknüpft war und die Geräusche wieder verstummten, erhielt sie das Zeichen, auf das sie gewartet hatte: Als plötzlich ein greller Schmerzensstich durch ihren Körper fuhr, schloß sie die

Augen – und die Kerzen brannten weiter. Von diesem Augenblick an brannten sie weiter, ob sie die Augen öffnete oder schloß – und Miriam wußte, daß ihr kleiner Sohn, ganz gleich, was die Krankheit oder die Stimmen vor dem Fenster ihr antaten, unversehrt bleiben würde.

Ermenegilda und Valentina erfuhren von der Krankheit, sobald sie vor die Tür der Kate traten. Es lag Erregung in der Luft und ein Geruch wie nach ranziger Butter, und beide begegneten sie jemandem, der ihnen von dem Grauen erzählte, bevor sie Zeit hatten, sich Gedanken über den ersten Punkt auf ihrer Liste zu machen.

«Hast du schon Flecken?» rief die Vedova Scarpa, als Ermenegilda an ihrem Garten vorübereilte.

«Ist Piarina gestorben?» erkundigte sich Armida Barbon, als Valentina die Calle Alberi Grandi entlangging.

Rasch fragten beide Frauen ihre Gesprächspartner aus und erfuhren innerhalb von Sekunden, was geschah, wem es geschehen war, wem es demnächst geschehen würde, wann es begonnen und wie es sich über die Insel verbreitet hatte. Aber obwohl Ermenegilda und Valentina beide die bleierne Schwere und die leichte Empfindlichkeit in der Seite erkannten, machten sie sich keine Sorgen über das, was sie erfuhren. Piarinas Rezeptur hatte jetzt ihre Krankheit gefunden: Solange sie ihr alles brachten, was sie verlangte, waren sie überzeugt, daß sie nichts zu befürchten hatten.

Bevor sie die Kate verließen, hatten sie die Liste halbiert: Ermenegilda übernahm die ersten vier Zutaten, Valentina die drei letzten. Daher ging Ermenegilda, nachdem sie mit der Vedova Scarpa gesprochen hatte, zunächst zu den westlichen Bootsstegen, um nach einem Stück Seetang zu suchen. Davon gab es mehr als genug: im jungen Gras, entlang des Ufers und an den Pfosten, an denen die Boote vertäut waren. Doch da fast alles von der Sonne ausgetrocknet war, stieg sie in eins von

Giuseppe Navos Booten, ruderte die kurze Strecke zu Albertinos Insel hinüber und holte sich dort ein dickes Büschel.

Die zweite und die dritte Zutat waren einfacher. Sie wußte zwar nicht genau, was Piarina mit einem Streifen meinte, aber sie riß und zerrte an der Rinde der Pinie herum, bis sie ein brauchbares Stück zu haben glaubte. Wegen der Pfauenfeder brauchte sie nur in den Torta-Garten zurückzukehren, doch da Ermenegilda nicht zufällig Orsina über den Weg laufen wollte, kletterte sie auf die Wistarie an der Mauer neben dem engen Kanal, lief hinter einem der Pfauen her, riß ihm eine Feder aus dem Schwanz und kletterte über die Mauer zurück, bevor jemand sie bemerken konnte.

Der einzige, der ihr beim letzten Punkt helfen konnte, war Brunetto Fucci. Der hatte seine Apotheke schon lange in einen Gewürzhandel verwandelt, doch da durchaus die Möglichkeit bestand, daß er noch einige Substanzen aus seinem früheren Beruf besaß, machte sich Ermenegilda zu seiner Kate auf. Als sie eintraf, warf er sich vor Fieber im Bett herum und war im Gesicht zwischen schwärzlich-grün und grünlich-schwarz verfärbt. Als sie ihm jedoch erklärte, daß sie von Piarina komme und die Zutaten für eine Rezeptur suche, erklärte er ihr, wo sie einen Kasten mit Fläschchen und einen Schrank finden konnte, in dem eine Flasche Quecksilber stand. Da Ermenegilda noch niemals zuvor Quecksilber gesehen hatte, rann es, als sie es in das Fläschchen zu füllen versuchte, auf den Boden der Kate und zersprang in tausend Perlen. Sie mußte sich auf Hände und Knie niederlassen und hinter ihnen herjagen, doch schließlich gelang es ihr, eine ausreichende Menge aufzusammeln, um es mit den anderen Ingredienzien zu Piarina zu bringen.

Valentinas Aufgabe war in gewisser Hinsicht einfacher, in anderer jedoch weitaus schwieriger. Die sechs Pignoli hatte sie innerhalb von Minuten gesammelt, und hätte sie sechshundert gebraucht, es hätte nicht viel länger gedauert. Die Speierlinge fand sie in Siora Bertinellis Obstgarten; anschließend trug sie sie nach Hause zurück und legte sie auf einem Stück weißen Musselin in die Sonne. Um einen Wespenflügel zu finden, mußte sie jedoch zunächst eine Wespe finden. Also nahm sie einen langen Stock, marschierte zu den Moorwiesen am Nordrand der Insel hinaus, um dort im Gras herumzustochern, bis sich etwas rührte. Als sie an der Wiese mit dem wilden Thymian vorüberkam, sah sie Piero zusammengerollt inmitten der Pflanzen liegen. Sie erwog, ihn mit ihrem Stock zu stoßen – es war lange her, seit sie sich diese Genugtuung gegönnt hatte –, doch da sie es eilig hatte, ging sie weiter, bis sie fand, wonach sie suchte.

Genauer gesagt fand das, was sie suchte, eher sie. Denn als sie zufällig den kugelförmigen Gegenstand anstieß, der zwischen den Binsen verborgen lag, schwirrten Massen von zornigen Wespen empor und stachen sie – stachen sie in Stirn und Unterarm, in Hals und Knie –, aber sie schwang ihren Stock, schlug damit immer wieder auf den Boden und hatte schließlich eine unter ihrem abgebrochenen Besenstiel gefangen. Dann bückte sie sich, entfernte behutsam einen der schlanken, durchsichtigen Flügel, packte ihn in ein kleines Tuch und brachte ihn zu Piarina nach Hause.

Seit zwölf Jahren hatte sich Albertino gewissenhaft an den Standardkalender für das Säen und Pflanzen gehalten: dicke Bohnen im April, Auberginen im Mai, Brokkoli im Juni, Juli oder sogar August. In diesem Jahr beschloß er jedoch, alles so schnell wie möglich in den Boden zu bringen. Blumenkohl und Karotten. Mangold und Zwiebeln. Pastinaken und Rüben, Kohl, Fenchel und Erbsen. Was immer auch geschehen mochte, was immer das Schicksal oder die Position der Sterne bestimmte, er war entschlossen, dafür zu sorgen, daß das Gemüse auch ohne ihn weiterwuchs. Denn Albertino hatte endlich begriffen, warum der Frühling im vergangenen Jahr so spät nach Riva di Pignoli gekommen war. Warum sollte er seine Fülle auf einen Ort der Krankheit und des Todes verschwenden? Warum sollte er eine Landschaft mit leuchtenden Farben schmücken, wenn die Menschen sich zu einem schwärzlich-grünlichen Grau verfärbten?

Albertino spürte die Schwere erst am Abend von Pieros Versammlung auf dem neuen Dorfplatz. Er redete sich ein, es sei nur Müdigkeit, doch als er am anderen Morgen erwachte und die Schmerzen in der Seite verspürte, wußte er, daß die Krankheit begonnen hatte. Also suchte er seine Samen und Zwiebeln zusammen, nahm die Schößlinge, die er in einer Reihe flacher Kisten gezogen hatte, und fuhr übers Wasser, um sich ans Pflanzen zu machen. Es war eine anstrengende Arbeit, und die Beule in seiner Seite machte das Graben sehr schmerzhaft, aber er wollte den größten Teil in die Erde bringen, solange er noch die Kraft dazu hatte.

Als er vor dem Graben kniete, den er gezogen hatte, um den Fenchel zu säen, roch er den Duft der frischen Erde. Er liebte diesen Geruch, er konnte sich nicht vorstellen, ohne ihn zu leben; aber er würde ja nicht ohne ihn leben, er würde ohne ihn tot sein; wenn er lebte, würde er ihn riechen können; aber er würde nicht leben, er würde tot sein; es sei denn, man konnte die Dinge auch nach dem Tod riechen; obwohl er das bezweifelte; obwohl er sich vorstellte, daß es im Himmel eine Menge Blumen gab; aber es war besser, nicht über Himmel und Hölle nachzudenken; und außerdem würde es möglicherweise gar nicht so weit kommen; also war es am besten, wenn er jetzt einfach das Gemüse aussäte. Bis zu diesem Punkt gelangte er jedesmal, wenn er versuchte, über die Schmerzen in seiner Seite hinauszudenken: sechs Schritte einen gewundenen Pfad entlang, der im Morast endete. Gemüse zu pflanzen war das einzig Sinnvolle für ihn; solange er das tat, kam ihm alles, was morgen möglicherweise sein würde, unwichtig vor.

Den ganzen Vormittag lang arbeitete Albertino. Als er mit dem Fenchel fertig war, begann er mit dem Blumenkohl – Stück um Stück rückte er die Reihe entlang, arbeitete behutsam mit den Händen und drückte liebevoll die Erde an, während sein Blick fest auf die winzigen Schößlinge gerichtet war. Als er die Mitte der Reihe erreichte, spürte er plötzlich, daß noch jemand im Garten war; und als er sich nach rechts wandte, entdeckte er Gianluca, der nur wenige Meter von ihm entfernt Schößlinge aus einer anderen Kiste in die dunkle Erde versenkte.

«Gianluca!» rief er.

«*Ciao*, kleiner Bruder.»

«Was machst du da?»

«Wonach sieht es denn aus? Glaubst du, ich hätte vergessen, wie man eine Reihe Blumenkohl pflanzt?»

Er sagte es, ohne den Blick zu heben; seine Aufmerksamkeit konzentrierte sich auf die einfache Verrichtung, die Schößlinge in den Graben zu versenken und sie mit Erde zu umgeben. Albertino war gerührt von seiner Hingabe und kehrte schweigend an die eigene Arbeit zurück. Nach etwa einer Viertelstunde jedoch wandte er sich wieder zu seinem Bruder um und sagte:

«Du hast sie auch.»

Gianluca nickte kurz.

«Rechts oder links?»

«Beides.»

Albertino spürte die heiße Sonne auf seinem Nacken, seinem Rücken, seinen Schultern. Daß er die Krankheit hatte, war eines; daß Gianluca sie hatte, war etwas ganz anderes. Er spürte etwas in seiner Kehle aufsteigen, ein Verdicken der hinteren Zunge, ein leichtes Brennen in den Augen. Doch da er nicht wußte, was er von diesen Gefühlen halten sollte, kehrte er zu seinem Graben zurück und pflanzte weiter.

«Als nächste sollten wir die Auberginen einsetzen. Und dann den Kohl. Bis morgen abend möchte ich alles fertig haben.»

«Ich bin hier, Albertino», gab Gianluca zurück. «Du brauchst mir bloß zu sagen, was ich tun soll.»

Sie arbeiteten schweigend – Reihe um Reihe, Gemüse um Gemüse. Gianluca erwähnte kein Wort von Miriam; Albertino erwähnte kein Wort von Ermenegilda. Sie gruben nur und pflanzten, siebten und räumten, während das Licht schwächer wurde und die Schatten näherkrochen und die Dunkelheit über sie hereinbrach.

Nach der Versammlung auf dem neuen Dorfplatz, bei der Maria Luigi die Glocken geläutet hatte, ging Piero ans Nordende der Insel und stellte sich mitten auf die Wiese mit dem wilden Thymian. In all den Jahren, die er auf Riva di Pignoli weilte, hatte Piero immer wieder erlebt, wie die Menschen sich von Tragödien erholten: ob Hungersnot oder Überschwemmung, das Ausbleiben des Frühlings oder die Verwüstung des neuen Dorfplatzes – stets hatten sie eine bemerkenswerte Kraft bewiesen. Doch was im Augenblick geschah, konnte nicht durch festen Willen und frohe Hoffnung bewältigt werden.

Jetzt beherrschte der Tod die Insel, das wußte Piero. Er sah ihn in den Augen eines jeden, mit dem er Kontakt hatte. Er roch ihn auf ihrer Haut und hörte ihn in ihren Stimmen. Und trotz der tapferen Gelassenheit, die er den anderen Dorfbewohnern zuliebe an den Tag legte, wurde er immer wieder von einem vernichtenden Gefühl der Schuld für die Entwicklung der Dinge zerrissen. Was, wenn er den Dorfbewohnern von dem Leichnam erzählt hätte? Was, wenn er die Warnung beachtet hätte, die der Tote darstellte – jene Warnung, die die Natur in Gestalt des verspäteten Frühlings und des verheerenden Unwetters geschickt hatte –, statt die Menschen aufzufordern, ihre Kraft in den Bau eines sinnlosen *campo* zu stecken? Vielleicht hätte er die Insel evakuieren und damit die Krankheit abwenden, das Grauen verhindern können, das sich jetzt wie eine tödliche Gerüchtewoge im Dorf verbreitete.

Stundenlang stand er da und versuchte ein Schema in diesem Grauen zu entdecken, doch nichts war geeignet, ihn eine Logik erkennen zu lassen. Schließlich legte er sich auf das Grab, weil er hoffte, der Schlaf könne ihm Begreifen bringen. Doch als er am nächsten Morgen erwachte, waren seine Hilflosigkeit und Verzweiflung noch genauso stark wie am Abend zuvor, als er die Augen geschlossen hatte.

Als er zu Beppe Guancios Kate zurückkehrte, berichtete ihm Beppe, daß Anna Rizzardello und Gesmundo Barbon gestorben waren, daß Siora Scabbri, Maria Patrizia Lunardi und Paolo Guarnieri das Stadium des Fiebers erreicht hatten und daß er selbst die erste schwarze Beule an seiner Seite gefunden hatte.

«Es brennt, Piero», sagte er. «Es fällt schwer, an etwas anderes zu denken als an die Schmerzen.»

Piero brachte Beppe sofort zu Bett und packte ihm heiße und kalte Kompressen auf die Schwellung. Den ganzen Tag blieb er bei ihm sitzen, drängte ihn, einen Schluck Fleischbrühe zu trinken, wickelte ihn, sobald er Schüttelfrost bekam, in warme Wolldecken und tat, als sei er nicht beunruhigt über das schnelle Fortschreiten der Krankheit. Am Abend war die Beule bereits aufgebrochen, und die Flecken verbreiteten sich über Beppes Bauch. Er wimmerte wie ein kleiner Welpe, umklammerte Pieros Hand und zog daraus eine Kraft, die er allein nicht aufgebracht hätte.

Am späten Abend besserte sich Beppes Zustand so weit, daß er ein wenig schlafen konnte. Piero, der seit dem frühen Morgen bei ihm gesessen und ihn getröstet hatte, war erschüttert und erschöpft und sehnte sich selbst nach Schlaf. Doch bevor er es sich erlaubte, sich in seinen Winkel zu verkriechen und auf seinem Strohlager auszustrecken, trat er noch an den Arbeitstisch, an dem er den *campanìl*, den *campo* und das Denkmal entworfen hatte, zog ein sauberes Stück Pergament unter den Zeichnungen hervor und schrieb mit seinem besten Federkiel: *«Deus non est.»*

Es gibt keinen Gott.

Doch noch bevor er den letzten Buchstaben beendet hatte, durchlief ihn ein Schauer des Entsetzens. Er faltete das Pergament so klein, wie es nur ging, und steckte es sich unter Kittel und Hemd, wo niemand erfahren konnte, daß er es geschrieben hatte. Mit vorsichtigen Schritten näherte er sich seinem Bett, fest überzeugt, daß er vom Blitz getroffen werde, bevor er es erreichte, oder daß sich die Erde auftun werde, um ihn ganz und gar zu verschlingen. Doch nichts geschah. Also schloß er die Augen und wartete darauf, daß ihn der Tod holte wie die anderen.

Piero fürchtete sich nicht vor dem Tod. Zum Teil hieß er ihn sogar willkommen. Das Problem war nur, daß er bis jetzt keine Schmerzen verspürte, keinerlei Übelkeit und überhaupt nicht das geringste Anzeichen der Krankheit.

Nachdem Piarina alle Zutaten erhalten hatte, begann sie sie zu untersuchen. Über eine nach der anderen hielt sie die Hände, schloß die Augen und wartete auf eine Art Bestätigung. Sobald sie sie erhalten hatte – in Gestalt eines leisen, hohen Summens im Kopf –, stellte sie einen kleinen Schemel vor den Herd, stieg hinauf, warf alle Zutaten in den Kessel, füllte ihn zu drei Vierteln mit Brunnenwasser und brachte die Mischung langsam zum Kochen. Dann nahm sie einen Löffel und rührte das Ganze kräftig durch.

Ermenegilda und Valentina suchten sich zu beschäftigen, während Piarina in der hoffnungsbringenden Brühe rührte. Sobald das Wasser verkocht war, füllte sie es wieder auf: Sie rührte und kochte, rührte und reduzierte, rührte und füllte auf. Ein neues Glühen brach aus ihr hervor – sie wurde so durchsichtig wie der Wespenflügel –, aber sie rührte mit gleichmäßigen Bewegungen weiter, während die Mixtur an Wirksamkeit gewann.

Gegen Ende des Tages spürten Ermenegilda und Valentina, wie sich die empfindlichen Stellen an ihren Seiten zu steinernen Zentren des Schmerzes verhärteten. Am folgenden Morgen waren die Beulen da, aber obwohl sie sich beide Sorgen machten, geriet keine von ihnen in Panik. Solange Piarina dastand und in der Brühe rührte, waren sie überzeugt, daß ihre Rezeptur ihnen helfen werde.

Am Abend des zweiten Tages legte Piarina plötzlich mitten im Rühren den Löffel neben das Feuer und ging in die Ecke, wo Ermenegilda sich ihren Schmerzen hingab. Nachdem sie ihre flimmernden Hände in der alten, vertrauten Berührung an die Wangen der Freundin gehoben hatte, führte sie Ermenegilda zu dem dampfenden Kessel hinüber, stieg auf den Schemel und begann die Mischung mit schnelleren, kraftvolleren Bewegungen zu rühren. Es lag eine Art Sendungsbewußtsein in ihren Hantierungen, das Ermenegilda überzeugte, der Zaubertrank werde ihr helfen.

«Gott segne dich, Piarina!» sagte sie. «Gott segne dich! Wenn man bedenkt, daß du die ganze Insel mit einer Handvoll gar nichts retten kannst!»

Piarina rührte weiter – dann jedoch hielt sie inne und wandte sich zu Ermenegilda um. Sie schien verwirrt zu sein über ihre Worte und sah sie mit leuchtenden Augen verständnislos an. Dann begriff sie und schüttelte den Kopf.

«Was ist denn?» fragte Ermenegilda. «Soll das heißen, die Tinktur hilft nicht?»

Piarina schüttelte heftiger den Kopf; sie tätschelte den Kessel und zeigte mit dem Finger auf Ermenegilda.

«Für mich?» fragte Ermenegilda. «Du willst, daß ich die erste bin? Wie lieb von dir! Du bist eine gute Freundin.»

Piarina wurde sichtlich erregt. Sie legte den Löffel hin und strich sich eine Haarsträhne aus der Stirn. Dann tätschelte sie den Kessel, tätschelte Ermenegilda und machte mit ihren Händen eine Bewegung, die Ermenegilda nur allzugut kannte.

«*Basta così?*» fragte sie. «Was sagst du da? Du meinst, du hast das nur für mich gemacht?»

Piarina lächelte zufrieden und begann wieder in der Suppe zu rühren.

«Aber du kannst sie nicht nur mir geben!» rief Ermenegilda. «Die ganze Insel liegt im Sterben! Und du bist die einzige, die sie alle retten kann, Piarina!»

Piarina hörte wieder auf zu rühren, und wieder schien sie verwirrt zu sein. Dann strömten ihr ganze Bäche von Tränen aus den Augen, und sie hob den Finger.

«Himmel?» fragte Ermenegilda, weil sie glaubte, Piarina zeige empor. «Wir werden alle in den Himmel kommen?»

Piarina schüttelte heftig den Kopf, tippte an die Wand, schlug sich auf die Brust und hob abermals den Finger.

«Einer», sagte Ermenegilda. «Nur einer.»

Piarina nickte.

«Du meinst, du kannst nur einen Menschen retten?» Wieder nickte Piarina, und wieder zeigte sie auf Ermenegilda.

«Du kannst nur einen Menschen retten, und das soll ich sein.» Ermenegilda schloß die Augen. «Und was ist mit dir?»

Piarina hob ihren Kittel, und als Ermenegilda die Augen öffnete, sah sie, daß sie mit schwarzen Flecken, schwarzen Beulen und einer Anzahl offener, eiternder Schwären bedeckt war.

«Dio mi!» rief Ermenegilda. «Warum hast du uns nichts davon gesagt?»

Piarina ließ den Kopf hängen, tätschelte den Kessel und zeigte auf Ermenegilda.

«Du willst mich retten!» rief Ermenegilda. «Ich weiß! Aber was ist mit dir? Warum sollte ich leben wollen, wenn du dahingerafft wirst?»

Piarina rührte nicht mehr, tätschelte nicht mehr, zeigte nicht mehr. Naß von Tränen schlang Ermenegilda ihre dicken Arme um sie und flüsterte in ihre Haare hinein.

«Wenn du nicht mehr da bist, möchte ich bei ihm sein. Wenn er nicht mehr da ist, möchte ich auch nicht mehr da sein.»

Dann löste sie sich aus der Umarmung und lief zur Kate hinaus; erstarrt blieb Piarina am Feuer zurück.

Ein paar Minuten verstrichen. In der Kate herrschte Schweigen. Dann hob sich aus den Schatten heiser flüsternd eine Stimme.

«Piarina! Ich habe Durst! Bring mir Wasser!»

Piarina erschrak über den Klang der Stimme ihrer Mutter; sie hatte fast vergessen, daß es sie auch noch gab. Doch als sie sich umwandte und sah, wie sie an der Wand kauerte, wurde ihr auf einmal klar, was sie tun mußte. Sie fragte sich nur, ob sie ihr nach allem, was zwischen ihnen geschehen war, tatsächlich verzeihen und es tun konnte.

Als die Schwellung an ihrer Seite zur Größe einer Melone angewachsen war und die grünlich-schwarzen Flecken sich über ihre Arme und Kehle verbreiteten, ließ Miriam Piero und Gianluca durch Maria Luigi bitten, sie aufzusuchen. Sie war sich klar darüber, daß sich der größte Teil der Inselbewohner inzwischen mit der Pest angesteckt hatte, aber dennoch wollte sie nicht, daß die beiden merkten, wie krank sie war. Also wickelte sie sich in endlose Längen von Maria Luigis blauem Satin und lehnte sich mit Nicolo in den Armen gegen einen Stapel Baumwollstoffe.

Als Piero Maria Luigis Kate erreichte, sah er zu seinem Entsetzen, daß sich eine Gruppe zorniger Dorfbewohner vor Miriams Fenster versammelt hatte. Falls jemand für diese Krankheit verantwortlich war, dann höchstens er selbst; bei dem Gedanken, daß diese Menschen Miriam zum Gegenstand ihres Hasses ausgewählt hatten, wurde ihm übel. Er versuchte sie zu vertreiben; er flehte sie an, mit ihren Schmerzen in ihre Betten zurückzukehren. Aber sie ignorierten ihn und setzten ihr unermüdliches Skandieren fort.

Piero betrat die Kate und durchquerte sie. Als er den kleinen, von brennenden Kerzen beleuchteten Alkoven erreichte, hätte er fast das Grauen vergessen, das die Insel beherrschte. Miriam und Nicolo wirkten unendlich friedlich, das Kerzenlicht schimmerte so sanft und tröstlich auf dem blauen Satin, daß er seine Gedanken einen Moment von den Bildern von Krankheit und Tod zu befreien vermochte. Erst als er Miriams Gesicht sah – bleich, mit tiefen Schatten und seines zarten Blühens beraubt –, wußte er, daß man dem Grauen nicht entfliehen konnte.

«Danke, daß du gekommen bist», sagte Miriam, als er eintrat. «Bitte, nimm irgendwo Platz.»

Piero ging zur hinteren Wand und ließ sich auf dem Stroh nieder. Als er sich im Alkoven umsah, fiel sein Blick auf die Statue der Madonna, golden vom schimmernden Kerzenlicht übergossen.

«Es ist sehr hübsch hier», sagte er.

«Es gibt mir Kraft», antwortete Miriam.

Piero dachte an seine eigene Madonnenfigur – die Skulptur von Miriam und Nicolo – und an die Hoffnungen, die er für die Zukunft der Insel gehegt hatte.

«Erzähl mir, wie es steht da draußen», bat Miriam.

Piero versuchte die Rufe draußen vor dem Fenster zu ignorieren.

«Es hat die ganze Insel ergriffen», berichtete er. «Es gibt keinen, der den Sterbenden helfen, und keinen, der die Kranken pflegen könnte.»

Miriam schloß die Augen.

«Ich hörte, daß sie es ‹Teufelstanz› nennen», sagte sie.

«Es gibt da einen Moment – eine Art Raserei, die ganz zum Schluß auftritt.»

«Ich weiß. Ich hab's bei Fausto erlebt. Es ist furchtbar.»

«Giuseppe Navo ist rausgefahren nach Burano, Pescatorno, Ponte di Schiavi. Sie haben's alle. Es hat sich über die ganze Lagune verbreitet. Und über das gesamte Festland.»

Eine Weile saßen Piero und Miriam schweigend da; die Rufe draußen vor dem Fenster wirkten wie das Trommeln eines schweren Regens. Sie versuchten die Gewalttätigkeit in diesen Rufen zu vergessen, sich auf die Kerzen, den Satin, die Energieströme zwischen ihnen zu konzentrieren. Dann brach der Lärm ganz unvermittelt ab, und Gianlucas Stimme war zu vernehmen.

«Verschwindet!» rief er aufgebracht. »Weg hier! *Sofort!*»

Piero und Miriam vernahmen keinerlei Reaktion – nur das Klappern der Töpfe und das Schlurfen der Füße, als sich die Menschengruppe auflöste. Kurz darauf hörten sie, wie die Tür von Maria Luigis Kate aufgestoßen wurde und einen leisen Schrei von Maria Luigi am Herd; dann erschien Gianluca am Eingang zum Alkoven. Er lehnte sich an die Wand – offensichtlich hatte er starke Schmerzen –, doch seine Augen funkelten in dem gewohnten Trotz.

«Die werden euch nicht mehr belästigen», verkündete er. «Und wenn doch, werd ich sie umbringen.»

«Sie umzubringen ist keine Lösung», sagte Miriam. «Sie werden ohnehin bald sterben.»

«Vielleicht ist dies wirklich das Ende der Welt», meinte Piero.

Miriam hob Nicolo – der, wie gewohnt, absolut still und ruhig gewesen war – an ihre Schulter.

«Es ist nicht das Ende der Welt», sagte sie.

«Woher weißt du das?» fragte Gianluca.

Sanft, mit regelmäßigen Bewegungen, strich sie über die Locken des Kindes.

«Weil Nicolo gesund ist», erklärte sie. «Er ist nicht von der Krankheit angesteckt.»

«Und was ist mit dir?» wollte Gianluca wissen. Miriam zögerte.

«Bei mir hat es vor Tagen begonnen. Aber Nicolo ist gesund. Und bestimmt gibt es noch andere wie ihn.»

Als Miriam das sagte, wandte Piero den Blick ab; er hatte nicht den Mut zuzugeben, daß ihn die Pest genauso verschont hatte wie Nicolo. Miriam bemerkte jedoch seine Reaktion und deutete sie richtig.

«Ist es wahr?»

«Ich glaube schon.»

Miriam schloß die Augen.

«Grazie, Dio», sagte sie. *«Grazie.»*

«Wovon redet ihr?» wollte Gianluca wissen.

«Dann war das die ganze Zeit die Lösung», sagte Miriam, noch immer Piero zugewandt. «Ich konnte mir nicht vorstellen, wie Nicolo überleben sollte, wenn außer ihm kein anderer überlebte. Aber du wirst dich um ihn kümmern. Du wirst mit ihm dorthin gehen, wo es keine Krankheit gibt.»

«Ich weiß nicht, ob es einen solchen Ort gibt», antwortete er, «aber ich will's versuchen.»

«Du Schwein!» rief Gianluca.

«Du mußt mir versprechen, daß du ihn holst, sobald ich nicht mehr bin», sagte Miriam.

«Hör endlich auf mit diesem Gerede!» rief Gianluca. «Du wirst nicht sterben!»

«Ich werde sterben, Gianluca», widersprach Miriam. «Fast alle auf der Insel werden sterben.»

«Nein!»

«Hört mir zu», sagte sie. «Wir haben so wenig Zeit.» Sie beugte sich vor und zog eine der Kerzen zu sich heran, damit ihr Licht direkt auf ihr Gesicht fiel. «Ich habe euch hergebeten, weil unser Leben vom ersten Moment, da ich Riva di Pignoli betrat, miteinander verbunden war. Ich habe mir das nicht ausgesucht – und ihr habt es euch auch nicht ausgesucht. Ich habe euch beide gebeten, Vater für mein Kind zu sein. In Wirklichkeit ist keiner von euch sein Vater. Ich habe Nicolo schon unter dem Herzen getragen, als ich nach Riva di Pignoli kam.» Sie hielt einen Augenblick inne und ließ ihre Worte wirken. «Nun sieht es so aus, als würde nur Piero meinen Sohn großziehen können. Deswegen bitte ich dich, Gianluca, bei mir zu bleiben. So lange, bis einer von uns von diesem gräßlichen Tanz befallen wird – bitte, Gianluca, bleib hier bei mir!»

Gianluca betrachtete sie, deren Schönheit hinter einer Totenmaske verborgen lag, deren Körper von zahllosen, den winzigen Raum zersplitternden Kerzen beleuchtet war. Es fiel ihm schwer zu akzeptieren, daß all die Eifersucht, die er Piero gegenüber empfunden hatte, unbegründet gewesen war – daß es einen namenlosen, unbekannten anderen gab, der Miriams Kind gezeugt haben mußte. Er versuchte zu begreifen, was sie ihm anbot: Selbst wenige Stunden an ihrer Seite würden mehr Ekstase bedeuten, als er sich jemals erhofft hatte, und wenn diese Stunden mit dem Tod endeten, würde es ein grandioses Ende sein. Nur der Gedanke, daß sie zuerst sterben könnte – daß er womöglich zusehen mußte, wie sie immer schwächer und ihr Fieber immer stärker wurde, bis sie sich in diese endgültige Konvulsion stürzte –, überstieg seine Kräfte.

«Nein», sagte er fast flüsternd. «Nein.» Damit machte er kehrt und taumelte in die Nacht hinaus.

Miriam schloß die Augen und versuchte trotz ihrer Schmerzen zu atmen. «Geh ihm nach», sagte sie. «Bitte, Piero – sorg dafür, daß es ihm gutgeht.»

Sekundenlang blieb Piero, den Blick auf Miriam geheftet, wie erstarrt sitzen; dann stand er auf und folgte Gianluca. Der hatte sich inzwischen in Trab gesetzt: Piero vermochte gerade noch zu sehen, wie er über die Wiese neben der Kate der Vedova Scarpa lief. Trotz seines Schmerzes eilte Piero ihm nach; er erkannte, daß sein Leid über sein Begriffsvermögen hinausging. Und erkannte ebenfalls, daß sie so schnell laufen konnten, wie sie wollten, daß sie so weit laufen konnten, wie sie wollten, und dennoch dieses Grauen nicht hinter sich zu lassen vermochten, das ihnen so dicht auf den Fersen war.

18. KAPITEL

Am Ende der ersten Woche gab es nicht eine einzige Kate auf der Insel, in der die Krankheit nicht Einzug gehalten hätte. Die Dorfbewohner, die sich noch im ersten Stadium befanden, versuchten jene, die gestorben waren, übers Wasser zu bringen, damit sie auf dem Friedhof begraben werden konnten. Als das zu schwierig wurde, verscharrten sie sie in ihren Gärten und auf ihren Feldern. Schließlich blieb ihnen nichts anderes übrig, als ihnen ein Stück Musselin und einen alten Umhang übers Gesicht zu legen und sie dort liegen zu lassen, wo immer die letzten Krämpfe sie hingeführt hatten. Der Gestank war grauenhaft; die Menschen entzündeten Feuer aus Wacholder und Asche entlang der Calle Alberi Grandi, aber der dicke, süßliche Rauch verstärkte nur den Gestank des Todes.

Einige der Dorfbewohner versuchten, Piarina zu imitieren und sich mit eigenen Tinkturen zu kurieren. Paolo Guarnieri hielt sich einen gesegneten Distelzweig über den Kopf und lief in seiner Kate im Kreis herum. Siora Bertinelli rieb ihre Beulen mit einer Mixtur aus Sumpfklee, Blättern von Grüner Minze und Meerrettich ein, die daraufhin so furchtbar brannten, daß sie sich in einem Waschzuber voll Schmalz wälzte. Silvano Rizzardello – der schon in den ersten Tagen Frau und Zwillinge verloren hatte – kroch auf sein Dach und überschüttete sich mit Salz.

Die Vedova Stampanini und Giuseppe Navo erwarteten das Gespenst des Todes mit einem gewissen Gefühl der Vertrautheit. Die Vedova hatte ihre zehn Kinder, ihren Ehemann und die meisten Menschen, mit denen sie aufgewachsen war, dahingehen sehen; und Giuseppe Navo hatte die Vedova gesehen, wie sie dies gesehen hatte. Und so beschlossen sie jetzt, da ihr eigenes Ende nahte, sich eine letzte Mahlzeit zuzubereiten – ein letztes, üppiges Festessen –, bevor die schweren Leiden der Krankheit sie überwältigten. Giuseppe fuhr auf die Lagune hinaus und brachte zwei glänzende *cefalo* mit nach Hause. Die Vedova arbeitete stundenlang an der Zubereitung von Bohnenpüree mit Schinkenspeck, Mandelmilchpudding, *sopa di pollo*, getrockneten Bohnen mit Anis, Brotsuppe, *zampone* und Nelken-Ingwer-Törtchen. Sie stellte alles auf den kleinen Tisch, an dem sie schon so viele Mahlzeiten eingenommen hatten, und aßen schweigend sieben Stunden lang. Dann nahmen sie einander in die Arme, zuckten im Tanz wie zwei sehr junge Liebende und starben.

Die Vedova Scarpa war seit der Versammlung auf dem neuen Dorfplatz in ihrer Kate geblieben. Als die Krankheit sie überfiel, sammelte sie jedoch ihre Habseligkeiten in ein Leinenbündel, zog das hellgrüne Kleid an, das sie getragen hatte, als sie Luigi Scarpa kennenlernte, und ging hinaus zu den westlichen Bootsstegen, von denen aus er vor über sechsundzwanzig Jahren davongerudert und auf rätselhafte Weise verschwunden war. Drei Tage lang stand sie da, mit ihrem kleinen Netz, und hoffte, wenn sie sich zu einem Geist auflöste, werde er sie entdecken, ihr seinen Fang aushändigen und sie in den Himmel führen.

In der Ca' Torta herrschte tiefe Stille. Die drei Marias befanden sich im Fieberzustand, während Orsina stöhnend im Bett lag und auf Enricos Rückkehr wartete. Sie hatte alle Dienstboten, die sich noch rühren konnten, angewiesen, die Schlafzimmer, den *androne*, das Eßzimmer, den *salone* und den Haupt*portico* vollständig auszuräumen, alles in der Mitte des Rosengartens aufzutürmen und in Brand zu stecken, denn sie verließ sich auf die Theorie, es sei niemals zu spät, auf irdische Güter zu verzichten, und der Heilige Geist werde möglicherweise auch noch auf dem Sterbebett in sie fahren. Sie wußte, daß Enrico kommen würde: Sosehr er sich während ihrer langjährigen Ehe auch bemüht hatte, ihr aus dem Weg zu gehen, im Tod würde er sie niemals allein lassen. Und tatsächlich, am Abend nachdem sie sich zu Bett gelegt hatte, erschien er an ihrer Zimmertür –

barfuß, in einem härenen Hemd und mit häßlichen schwarzen Schwären bedeckt –, und sie beteten gemeinsam zu Gott, er möge ihnen ihre kleinen Exzesse vergeben.

Nur Beppe Guancio und Romilda Rosetta kamen auf die Idee, zur Chiesa di Maria del Mare zu gehen. Beppe war als erster dort; er schleppte sich aus dem Bett, als Piero Miriam besuchen ging, und stolperte durch die Wiesen und Felder zu der kleinen Kapelle hinüber. Er ging hinein, hatte jedoch nicht genug Kraft, auch nur eine Kerze anzuzünden. Aber er wußte, daß Gott ihn sehen konnte, ob es nun hell oder dunkel war, und so schlich er auf Zehenspitzen den Mittelgang entlang, kniete vor dem Altar nieder und betete um Erlösung von seinen Schmerzen.

Romilda Rosetta fand ihre Schmerzen belebend. Von dem Moment an, da ihre Seite empfindlich zu werden begann, betrachtete sie sie als ihre letzte, größte Herausforderung. Während die Krankheit sich in ihrem Körper ausbreitete, blieb sie in der Ca' Torta und folgte, da Ermenegilda nicht da war, Orsinas Befehlen. Doch als die Schmerzen unerträglich wurden, schleppte sie sich in die *chiesa*, kroch in der Dunkelheit, ohne es zu wissen, bis unmittelbar hinter den ausgestreckten Beppe Guancio und legte sich in Form eines flehenden Kreuzes nieder.

Es war eine Geste, die fast jeder auf Riva di Pignoli, hätten sie sie dabei gesehen, verstanden hätte. Denn wenn sich das Fleisch schwarz verfärbte und aufbrach und eiterte, gab es keine andere Möglichkeit, als sich an den Geist zu halten. Romilda Rosetta war ihnen nur um einen Schritt voraus.

Während die Krankheit die Körper der anderen Dorfbewohner schwerer machte, fühlte sich Piarina leichter denn je; ja, sie schwebte fast durch die Tür, als sie zum erstenmal nach ihrem Sturz während des Unwetters das Haus verließ. Piarina hatte versucht, sich zu überwinden und Valentina zu retten – aber auch nachdem sie einen ganzen Tag lang vor der einzigen Kerze im Winkel der Kate gebetet hatte, war es ihr immer noch unmöglich, sich zu diesem Entschluß durchzuringen. Nachdem sie sich monatelang mit Mordgedanken herumgeschlagen hatte, war es nicht mehr so einfach, derartige Dinge zu verdrängen. Also nahm sie, als Valentina einschlief, die Kerze in die Hand, wanderte zum Strand der Insel und schwor sich, den Kreis, den sie in der Nacht abgeschritten hatte, als sie den Frühling herbeigerufen hatte, so lange abzuschreiten, bis sie die Größe fand, der eigenen Mutter das Leben zu retten.

So wanderte sie durch die Nacht, machte eine um die andere Runde rings um die Insel und rang um die Güte, die vergessenen Momente der Zärtlichkeit, das plötzliche Verständnis für das Wesen der Mutter, das es ihr ermöglichte, über ein Leben voller Schläge und Püffe hinauszuwachsen und sie an ihr Herz zu nehmen. Die Vedova Scarpa, die bei den Bootsstegen auf Luigi wartete, war überzeugt, daß es nicht Piarina war, die sie da sah, sondern ihr Geist: Die Füße des jungen Mädchens berührten kaum den Boden, und ihr knochendürrer Körper glühte heller als die Kerze, die ihr den Weg wies. Siora Bertinelli, die sich zur Ostküste begeben hatte, um ihre Schwären in der Lagune zu baden, behauptete, gesehen zu haben, wie Piarina übers Wasser ging: Es gab eine Stelle an der Küste, wo das Ufer einen Bogen landeinwärts machte und eine seichte Bucht bildete, in der man waten konnte – Siora Bertinelli schwor, daß Piarina den Bogen ignoriert habe und geradewegs quer über die Wasserfläche der Lagune gewandelt sei. Aber solange sie auch die Insel umrundete – Piarina fand nichts, das ihr geholfen hätte. Als der Tag anbrach, suchte sie Gras, Bäume und Horizont nach einem winzigen Hinweis ab, der ihr Verständnis gebracht hätte. Doch da sie nur noch daran denken konnte, wie sehr die Schmerzen der Krankheit den Schmerzen der Schläge glichen, gab sie schließlich auf und ging nach Hause.

Als sie in die Kate zurückkehrte, schlief Valentina immer noch, allerdings an einer anderen Stelle, weil sie im Verlauf der Nacht offensichtlich vor Schmerzen erwacht war. Schwer atmend, mit fahlem Gesicht, eingefallen von dem Fieber, das in ihr wütete, schleppte sich Piarina zu ihr hinüber. Sie dachte daran, wie oft sie zu ihren Knien gesessen, wie sehr sie sich bemüht hatte, es ihr recht zu machen, wie furchtbar schmerzhaft die Schläge gewesen waren. Und wußte, daß sie sie immer noch liebte; und wußte, daß sie sie noch immer haßte; wußte, daß sie ihr, sosehr sie sich auch bemühte, nicht verzeihen konnte. Sie wischte Valentina ein wenig Speichel ab, der ihr aus dem Mundwinkel rann, und schleppte sich zum Herd, auf dem ihre Brühe vor sich hinköchelte.

Ermenegilda konnte sie den Trank nicht geben, und Valentina wollte sie ihn nicht geben, also blieb ihr nichts anderes übrig, als ihn ins Feuer zu gießen. Sie hob den Kessel von seinem Haken und stellte ihn zu Boden; dann kippte sie ihn zur Seite, bis die heiße, klebrige Flüssigkeit langsam hinauszusickern begann. Aber kaum waren die ersten paar Tropfen vergossen, da wurde krachend die Katentür aufgestoßen.

«Warte!»

Der Klang von Ermenegildas Stimme ließ Piarina innehalten. Ohne den Kessel loszulassen, wandte sie sich zur Tür, während die alte Freundin an ihre Seite eilte.

«Das kannst du nicht tun!» sagte Ermenegilda. «Das ist nicht recht.»

Piarina blickte auf ihren Kessel hinab, der auf der Kippe stand, um seinen Inhalt in die Flammen zu ergießen. Dann leuchteten ihre Rehaugen mit einem letzten Funken Hoffnung auf; sie sah Ermenegilda an und deutete ein letztes Mal mit dem Finger auf sie.

Ermenegilda schloß die Augen.

«Das hatte ich nicht gemeint.»

Piarina wandte sich zum Herd zurück und begann den Kessel wieder zu neigen.

«Na schön», gab Ermenegilda nach. «Na schön. Mach's fertig.»

Vor Freude errötend, senkte Piarina den Kessel wieder zu Boden. Dann hastete sie zum Tisch, nahm eine kleine Tonschale, kehrte damit zum Herd zurück, löffelte den Inhalt des

Kessels hinein und überreichte sie ohne weitere Umstände Ermenegilda.

Ermenegilda umfaßte Piarinas Hände, die die Schale hielten. Eine ungeheure Hitze entstand zwischen ihnen – ein Strom von Liebe, durch Krankheit entflammt. Statt jedoch die Schale zu nehmen, schob Ermenegilda die Schale zu Piarina hinüber.

«Trink du», sagte sie. «Bitte, Piarina.»

Piarina erschauerte bei Ermenegildas Wunsch. Sie ließ den Kopf hängen und schüttelte ihn heftig; sie versuchte sich von der anderen zu lösen, doch Ermenegilda hielt ihre Hände fest und wollte sie nicht loslassen.

«Diese Krankheit wird nicht viele übriglassen», sagte Ermenegilda. «Wer weiß, wie schrecklich die Welt danach sein wird? Aber was immer übrig bleibt, was immer geschehen wird, sie werden möglichst viel gute Magie brauchen. Du hast den Trank gebraut, Piarina. Und du solltest ihn trinken.»

Piarina starrte in die Schale, die sie in den Händen hielt. Sie dachte daran, wieviel Konzentration notwendig gewesen war, um die Ingredienzien zu finden, wieviel Schmerzen in den Kampf um die Herstellung des heilenden Tranks geflossen waren. Und sie merkte, daß ihr niemals der Gedanke gekommen war, ihn selbst zu benutzen. Ihre Begabung, mit all ihrer Magie, war immer nur für andere dagewesen: Ihr Geist war so sehr an Schmerzen gewöhnt, daß er die Chance, geheilt zu werden, nicht erkannte.

«Nimm du das Leben, das du mir schenken wolltest, Piarina», bat Ermenegilda. «Ich will es nicht. Nimm du es selbst.»

Piarina spürte, wie die Hitze in ihren Händen durch ihre Arme aufstieg und sich in ihrem ganzen Körper verbreitete. Ermenegilda löste ihren Griff. Dann setzte das durchsichtige Kind die Schale an seine Lippen und trank sie leer. Als sie sie bis auf den letzten Tropfen geleert hatte, nahm Ermenegilda sie auf die Arme und trug sie zum Bett.

«Ruh dich ein bißchen aus», sagte sie und deckte sie zu. «Ich bin bald wieder da.»

Damit verließ sie die Kate.

Piarina lag mit geschlossenen Augen da und lauschte auf das Schnarchen der Mutter. Sie spürte, wie ihr die Hitze in den Kopf stieg und sich nach unten durch ihren Bauch bis in die Beine senkte. Und allmählich, während die Hitze stärker wurde, spürte sie ein leichtes Brennen in sich. Anfangs war es nicht mehr als ihr übliches Glühen, aber es wuchs und wuchs, bis sie so hell strahlte, daß die Kate zu vibrieren begann. Valentina stöhnte; versuchte sich die Augen zu bedecken; beschwerte sich, bei diesem Leuchten könne sie nicht schlafen. Doch Piarina hörte sie nicht. Sie spürte nur noch das Licht.

Das heller wurde. Und heller. Und heller. Und heller. Und heller.

An dem Abend, als Gianluca aus Miriams Alkoven floh, leuchtete ihm kein Licht; sein Körper rannte los, ohne zu wissen, wohin, während sein Geist bei einem einzigen, unerträglichen Bild verweilte: dem Ausdruck des Todes, der sich über Miriams Gesicht gelegt hatte. Er lief bis zum Dorfplatz, wo sein Blick auf die Statue von Miriam mit ihrem Kind fiel. Genauso unfähig, dies zu ertragen wie den Anblick der lebenden, lief er zum Eingang des *campanìl* und begann die provisorische Treppe emporzusteigen, die zu den Glocken führte. Als er den Glockenstuhl erreichte, riß er die mittlere Glocke von ihrem Platz, stemmte sie fest auf die Unterkante der steinernen Öffnung in der Südmauer und begann das Holzgerüst, das er eben erst erklettert hatte, in Stücke zu hauen. Die Wucht seiner Schläge war so groß, daß das gesamte Gerüst innerhalb weniger Sekunden zusammenstürzte. Auf die Trümmer warf Gianluca die Bronzeglocke hinab; dann stellte er sich auf den Mauervorsprung unterhalb der Fensteröffnung und begann zu brüllen.

Es war kein Gebrüll wie das Heulen in der Nacht des Unwetters. Während jenes eine Katharsis gewesen war, war dieses reine Wut. Er konnte nicht akzeptieren, was mit seiner Insel geschah, und er konnte sich selbst nicht daran hindern, der Wut darüber, daß es geschah, Luft zu machen.

Als Piero den *campanìl* erreichte, hatte Gianluca bereits mit seinen wilden Schreien begonnen; er stand da, wenige Schritte vom Fuß des Turmes entfernt, und die schrecklichen Laute hallten weit in die von Pestilenz erfüllte Nacht hinaus. Als er den Turm betrat, um zu ihm hinaufzuklettern, mußte er jedoch feststellen, daß Gianluca das innere Gerüst völlig zerstört und es ihm dadurch unmöglich gemacht hatte, ihm zu folgen. Also schloß er die Augen und lehnte sich an die Steinmauern, während das Klagegeschrei, das über den *campo* getragen wurde, einer Wut Ausdruck verlieh, die er selbst nicht auszudrücken vermochte. So blieb er, bis der Mond aufging. Dann verließ er den Turm und kehrte zu Beppe Guancios Kate zurück, um einsam Wacht über die sterbende Insel zu halten.

Miriam saß vor dem Altar und beobachtete die Kerzen. Die Schmerzen tobten jetzt in ihr wie Feuer, aber wenn sie gleichmäßig atmete und die Kerzen beobachtete, konnte sie sie ertragen. Nicolo lag in ihren Armen und blickte mit großen Augen zu ihr empor; Maria Luigi lag wimmernd im Nebenzimmer. Und obwohl Miriam sich wünschte, zu ihr gehen und sie in ihrer Qual trösten zu können, war ihr klar, daß sie sofort wenn sie sich zu bewegen versuchte, vom Teufelstanz überfallen würde.

Als sie dasaß, den Blick auf die Flammen gerichtet, dachte sie über ihre Zeit auf Riva di Pignoli nach. Sie dachte daran, wie freundlich Fausto und Maria Luigi gewesen waren, sie dachte an den Eifer von Siora Scabbris Hühnern, an die Verzweiflung der Dorfbewohner, die sich vor ihrem Fenster versammelt hatten. Und sie dachte an Piero und Gianluca. Wie treu die beiden gewesen waren – wie großherzig und ergeben, obwohl sie nicht zwischen ihnen wählen wollte. Und sie erkannte, daß sie sich zwar auf das konzentriert hatte, was sie ihnen glaubte beibringen zu können, daß die beiden sie aber in Wirklichkeit sehr viel mehr gelehrt hatten. Über Beständigkeit. Und Mitgefühl. Und die komplizierten Verbindungen zwischen Leidenschaft und Frömmigkeit.

Als die Schmerzen schlimmer wurden, dachte Miriam an das Sehnen, das sie zeit ihres Lebens begleitet hatte. Nicht einmal Nicolo hatte sie von diesem Druck erlösen können, und als sie da saß, erkannte sie, daß sie ihr ganzes Leben lang versucht hatte, es zu absorbieren, zu entfernen, zu leugnen. «Nehmt es von mir», hatte sie weinend Mutter und Vater angefleht. «Nimm es von mir», hatte sie den Esel, die Männer, ihr Kind gebeten. Aber das Sehnen war nur für kurze, transzendente Momente verschwunden, durch die es nach seiner Wiederkehr um so unerträglicher wurde.

Miriam schloß die Augen. Sie spürte das warme Kerzenlicht auf ihren Lidern und fühlte Nicolos Gewicht in ihren Armen. Sie wechselte ihn in ihren linken Arm und hielt ihn eng an ihren Körper gedrückt, während sie mit der Rechten das kleine Bündel aus dem Versteck unter einem der Kissen hervorholte, auf denen sie saß. Es war ein Kopftuch aus weißem, mit Blättern besticktem Leinen und enthielt einen kleinen, goldenen Ehering: der letzte der Gegenstände aus dem Bündel, das sie auf die Insel mitgebracht hatte. Den Ring hatte ihr die Mutter kurz vor ihrem Tod gegeben, und obwohl Miriam ihn ständig bei sich getragen hatte, hätte sie doch niemals gedacht, daß sie ihn tatsächlich tragen würde.

Sie zog das Bündel an ihre Brust und legte es auf Nicolos in Windeln gehüllte Beine; dann öffnete sie das Tuch und legte den Ring frei. Sie nahm ihn zwischen Daumen und Zeigefinger und hielt ihn empor – ein perfekter Kreis aus blitzendem Metall, der das flackernde Licht reflektierte. Er wirkte so fremd auf sie, als hätte sie ihn noch nie gesehen, niemals seinen Sinn begriffen. Jetzt aber kannte sie diesen Sinn und steckte ihn sich mit einer schnellen Bewegung auf den dritten Finger der linken Hand.

Als sie da auf dem Fußboden des Alkovens saß, während der Schmerz sie durchfloß wie heißes Wachs, hatte Miriam das Gefühl, es werde endlich Zeit, ihrem Sehnen nachzugeben. Es zu einem weißglühenden Verlangen anwachsen und dieses Verlangen zu etwas werden zu lassen, für das es keinen Namen gab. Sie spürte, wie ihre Brust zu hämmern begann. Sie spürte, wie die Hitze in ihre Schultern, ihre Wangen, ihre Ohren stieg. Ihre Augen, obwohl bereits offen, schienen sich abermals zu öffnen – sie sah die Figur der Jungfrau Maria, die Wasserschale, die endlosen Stoffballen, als sehe sie sie zum erstenmal. Und obwohl ihre Umrisse präzise, fast starr waren, ergossen sie sich mit einer erstaunlichen Fülle aus sich selbst heraus. Und Miriam wußte, wenn sie sich konzentrierte, würde dieser Moment ewig währen.

Als sie sich gerade ihrem Zustand überlassen wollte, fühlte sie ein Zupfen an dem Satin, den sie sich um die Schultern gelegt hatte. Als sie hinabblickte, sah sie durch das Meer von Licht, das sie umhüllte, Nicolos Gesicht, das vor Angst und Verwirrung verzerrt war. Er schien sehr weit entfernt zu sein, ein Gegenstand in einer anderen Welt. Doch es gelang ihr, die Entfernung mit den Fingern ihrer rechten Hand zu überbrücken und die Sorgenfalten auf seiner Stirn zu glätten.

«Ist ja schon gut», flüsterte sie. «Ich werde auf dich warten.»

In diesem Augenblick begriff Miriam, daß das Sehnen, das sie ihr Leben lang empfunden hatte, der Wunsch nach der Rückkehr zu Gott gewesen war. Und während sich ihr Körper verkrampfte und sie in jenen letzten Tanz ausbrach, wußte sie, daß sie Nicolo unbesorgt zurücklassen und der strahlenden Sternenexplosion bis an ihre Quelle folgen konnte.

Wie sich das Licht in Miriams Alkoven ausbreitete, so breitete es sich in Piarinas zartem Körper aus. Eines nährte das andere, bis die schäbige Kate, die das hellsichtige Kind beherbergte, heller leuchtete als ein Freudenfeuer im Herbst. Valentina blieb in ihrer Ecke liegen, die Arme fest über die Augen gedrückt, während Piarina schlief und glühte und schlief und glühte und schlief. Schließlich wurde sie von Ermenegilda geweckt, die mit einer Schubkarre und einem eleganten Spitzenkleid zurückkehrte.

«Ich hab dir hier das mitgebracht», erklärte sie Piarina und schützte ihre Augen, während sie das Kleid emporhielt. «Das hab ich getragen, als ich so alt war wie du.»

Das Kleid, obwohl für ein Kind gemacht, war mehr als viermal zu groß für Piarina, aber sie duldete, daß Ermenegilda es ihr über den Kopf zog und um sie ausbreitete, bis ihr winziger Körper fast in den schweren Falten verschwand. Dann kniete sich Ermenegilda, die so mit Schwären bedeckt war, daß sie sich kaum bewegen konnte, ohne laut aufzuschreien, neben das Bett, legte den Kopf auf Piarinas Brust und sang ihr ein letztes Wiegenlied, bevor sie ging. Die drei boten ein krasses Bild – Ermenegilda und Piarina eng umschlungen, Valentina allein in ihrer Ecke –, bis das Lied aus war und Ermenegilda sich erhob.

«Ein Letztes noch», sagte sie, während sie sich an der Wand hinter dem Bett abstützte. «Ich hätte gern die Schatullen zurück.»

Piarina nickte, und Ermenegilda begann die Dosen und Schachteln einzusammeln, die in der ganzen Kate verteilt waren, und sie in ihrer Schubkarre zu verstauen. Als sie alle eingepackt hatte, drehte sie sich zu Piarina um.

«Addio, cara mia», flüsterte sie.

Piarina hob beide Hände an ihre Wangen und streichelte sie zum Abschied. Dann wandte sich Ermenegilda ab und verließ die Kate.

Das Licht in Piarina fuhr fort, immer strahlender zu brennen. Valentina suchte sich davor zu verstecken, doch als das Leuchten sie fast blendete, zwang sie sich aufzustehen, spritzte sich Wasser auf Hals und Stirn und blickte sich im Zimmer um. Als sie sah, daß das Licht von Piarina ausging, bedeckte sie ihre Augen und wankte zum Bett.

«Du leuchtest», sagte sie.

Piarina nickte.

«Was bedeutet das?»

Piarina deutete auf die leere Schale neben dem Herd.

«Soll das heißen, du hast es getrunken?»

Wieder nickte Piarina und wollte Valentinas Hand ergreifen.

«Bei Gottes Blut», sagte Valentina, «du bist also doch nicht ganz so dumm.»

Noch immer die Hand der Mutter haltend, legte Piarina den Kopf zurück; Valentina ließ sich auf den Boden nieder und lehnte sich ans Bettgestell. Piarina sah zu, wie das Licht intensiver wurde, sah zu, wie es die Ritzen zwischen den Dachbalken füllte und um den Rand der Strohbündel glänzte; Valentina hielt die Augen fest vor diesem ständig zunehmenden Glanz geschlossen.

So blieben sie lange liegen. Dann fuhr Piarina plötzlich hoch, während Valentina die Hitze einer Explosion verspürte. In diesem selben Moment spürte Miriam, wie ihr Sehnen bis auf die andere Seite der Insel hinüberfloß, wie die winzige Kate, in der Piarina und Valentina wohnten, wie ein Holzsplitter beim Erdbeben erzitterte und in Flammen aufging.

Albertino litt so große Schmerzen, daß er sich nicht niederlegen konnte. Also wickelte er sich in eine der Decken, die er von der Vedova Stampanini hatte, und lief in seinem Zimmer umher wie eine wild gewordene Taube. Er versuchte, nicht an Gianluca zu denken, dessen Geheul vom *campanìl* herunter sein Herz zu zerreißen drohte. Er versuchte nicht an Ermenegilda zu denken – er war zur Ca' Torta gegangen, aber niemand öffnete die Tür, er war zum Fenster im dritten Stock emporgeklettert, aber das Zimmer war leer. Er wollte nicht darüber nachdenken, was diese Leere bedeutete, doch tief im Herzen fürchtete er, daß er sie niemals wiedersehen werde.

Deswegen hielt er es für eine Fieberphantasie, als er ihre Stimme «Albertino!» rufen hörte, doch als er sich zur Ostwand umwandte, sah er sie quer über das Radicchiobeet auf seine Behausung zukommen. Sie schob die Karre mit seinen Schatullen, und ihre Miene drückte eine Begeisterung aus, die ihre gespenstische Blässe Lügen strafte. Als sie den ihm zugewandten Rand des Radicchiobeetes erreichte, ließ sie die Schubkarre los und lief auf Albertino zu, der seine Decke fallen ließ und ihr bis zur Wand entgegenstürzte. Beide Körper brannten von der Pestilenz wie Feuer, aber sie umarmten einander und schmiegten sich in einem hungrigen, leidenschaftlichen Kuß aneinander.

«Komm», sagte Ermenegilda, als sie sich von ihm löste. Dann wandte sie sich um und lief in Richtung Friedhof davon. Albertino warf einen Blick auf die Schubkarre voller Schatullen – die Truhe aus Elfenbein, das Tönnchen aus Quarz –, aber sie wirkten nur wie eine Ansammlung von Griffen und Scharnieren, ein Berg aus Metall und Holz. Also setzte er über die Mauer und folgte Ermenegilda.

Sie liefen durch den Steinbogen mit dem eingerosteten Tor, sie liefen an der Parzelle mit den Rosenbüschen, den Palmen und den Pinien vorbei, sie liefen an dem reich verzierten Marmor der Silvana Zennaro und dem kannelierten Granit des Guido Bo vorbei, bis sie wieder zum schlichten Grab der Cherubina Modesta Colomba Ernesta Franchin kamen. Ermenegilda war als erste dort; sie stieg auf den flachen Grabstein, der in die Erde eingelassen war, drehte sich um und sah Albertino entgegen. Als er jedoch den Rand des Grabes erreichte, hob sie, bevor er sich zu ihr gesellen konnte, abwehrend die Hand. Dann begann sie langsam – Bändchen um Bändchen, Spange um Spange – die Kleider abzulegen.

Zitternd sah Albertino zu, wie sie allmählich ihr Fleisch entblößte: weich, füllig und mit gräßlichen Schwären bedeckt. Ihre Brüste waren von heißen, roten Striemen übersät, ihr Bauch war ein *campo* aus harten, schwarzen Küssen, ihre Arme und Beine waren mit Blasen und Geschwüren bedeckt. Für Ermenegilda war dieses Ritual wesentlich. Sie bot Albertino ihre Seele dar, aber der Preis dafür war, daß er sie in voller Erkenntnis der Krankheit nahm, die ihren Körper zerstörte. Wenn er es ertragen konnte, wie sie aussah – ohne den Blick abzuwenden –, könnte sie den Zorn vergessen, der sie so vollkommen beherrscht hatte, als er sie nach ihrer ersten Begegnung verließ.

Albertino war entsetzt – zugleich aber auch wahrhaft erregt. Und sein größter Wunsch war es, irgendwie ihre Schmerzen zu stillen. Also zog er, nachdem sie den letzten Strumpf abgelegt hatte, seinen Kittel aus, streifte die hautenge Hose herunter, zog sich das Musselinhemd über den Kopf und stand gleich darauf ebenso nackt vor ihr. Auch sein Körper war vom Tod gezeichnet, aber die Zeichen des Lebens, die sich unterhalb seines Bauches bemerkbar machten, ließen Ermenegilda sehnsüchtig erschauern. Als Albertino vortrat, legte sie sich auf ihr Kleid zurück und zog ihn auf sich herunter. Der Kontakt der beiden Körper verstärkte ihrer beider Schmerzen, aber sie unterdrückten sie, als Albertino sich in ihr bewegte. Es begann als ganz langsame Bewegung – eine zierliche Fuge –, aber es stieg und stieg, bis es zu einem gewaltigen Toben wurde. Beide schrien, als ihre Körper aufeinanderprallten; Schmerz ging in Lust über und Lust wieder in Schmerz.

Ermenegilda erreichte das Ende als erste. Sie grub die Finger in Albertinos Rücken und überließ sich einer hitzigen, süßen Konvulsion. Albertino reagierte prompt, und so traf Tremor auf Tremor, während die wilde Woge sie durchfuhr.

Als der letzte, zuckende Krampf eintrat, war es unmöglich zu unterscheiden, ob es das Zucken der Liebe oder das Zucken des Todes war. Aber für Albertino und Ermenegilda spielte das keine Rolle mehr. Sie waren nur noch zwei Körper, die auf einem Grab ineinander verschlungen waren. Ein Haufen faulendes Fleisches, von den letzten Nachwehen der Ekstase ganz leicht gerötet.

19. KAPITEL

Als Piero erwachte und alles still war – keine Schreie, kein Stöhnen, keine geflüsterten Gebete zu Gott –, wußte er, daß das Grauen vorüber war. Das Licht, das durch das einzige Fenster der Kate hereinströmte, zitterte nicht mehr auf seinem Weg. Der Geruch, der seit Tagen immer durchdringender und widerlicher geworden war, wurde plötzlich vom Salz in der Luft gemildert. Nur Nicolos leises Glucksen, das aus dem Korb neben ihm kam, zwang ihn, sich aus seiner Träumerei aufzuraffen, und erinnerte ihn an das, was vor ihm lag.

Am Morgen nachdem er Miriams Alkoven verlassen hatte, um Gianluca zu suchen, und ihn brüllend hoch oben auf dem *campanìl* entdeckte, hatte Piero begonnen, stündlich einen Besuch in Maria Luigis Kate zu machen. Gegen *mezzogiorno* hatte er Maria Luigi zusammengesunken neben dem Herd gefunden. Kurz nach Einbruch der Abenddämmerung hatte er Miriam ausgestreckt vor dem Altar gefunden, während Nicolo neben ihr im Stroh ruhte und zu den brennenden Kerzen emporblickte. Er legte Miriam auf den blauen Satin und schloß ihr die Augen; dann nahm er Nicolo, wickelte ihn in seine Seetangdecke, legte ihn auf die Fischfaßkarre, blies die Kerzen aus und kehrte zu Beppe Guancios Kate zurück.

Bisher hatte Piero noch nie einen Säugling versorgen müssen. Er staunte darüber, wie winzig er war und wie beweglich und wie leicht. Er war nicht sicher, womit er ihn als Ersatz für Miriams Muttermilch füttern sollte, aber Nicolo war ein ruhiges und unproblematisches Kind und reagierte gut auf kleine Löffel des *brodo corto*, von dem Piero sich ernährte, seit die Krankheit aufgetreten war. Als er nun auf ihn hinabblickte, wie er friedlich in seinem Körbchen lag, war er bemüht, nicht an die schwere Verantwortung zu denken, die das Kind darstellte, sondern versuchte einfach, das Vertrauen des Kleinen zu gewinnen.

«Bon di», sagte er.

Nicolo bewegte die Händchen und gab einen Ton wie eine Zwerghenne von sich. Piero hob ihn aus dem Stroh und ging in die Ecke, wo er sich das Gesicht mit Wasser wusch, urinierte und ein frisches Hemd sowie einen frischen Kittel anzog. Dann packte er Nicolo aus seinen Windeln, wusch ihn, packte ihn wieder ein, legte ihn auf seine Decke in der Fischfaßkarre und machte sich mit ihm auf, die Lage auf der Insel zu erkunden.

Als er die Wiese zwischen Beppe Guancios Kate und der Calle Alberi Grandi überquerte, wurde er sich wieder der Stille bewußt, die ihn beim Erwachen begrüßt hatte. Es war keine absolute Stille – er hörte die Geräusche der Vögel und den sanften Atem der frischen Frühlingslandschaft –, aber was Piero auffiel, war das Fehlen von Konflikten in der Atmosphäre. Anfangs hielt er es lediglich für das Fehlen des qualvollen Kampfes gegen den Tod, der in der letzten Woche stattgefunden hatte, doch bald schon wurde ihm klar, daß es auch das Fehlen von Konflikten des täglichen Lebens auf der Insel war: die mühevolle Arbeit des Butterns; das Feilschen um das Gewicht eines Fisches; die Anstrengung, dem Tag in die Augen zu sehen. Es war eine friedliche Stille, aber es war auch eine leere Stille. Im Dorf Riva di Pignoli gab es keine Bewohner mehr.

Als er die Calle Alberi Grandi erreichte, entdeckte er den Leichnam der Maria Patrizia Lunardi. Sie lag mit einem erstaunten Ausdruck auf dem Gesicht bäuchlings im Morast. Ein paar Schritte weiter fand er Brunetto Fucci, der lang ausgestreckt quer über dem Weg lag, so daß sein Leichnam in zwei verschiedene Richtungen zugleich zu streben schien. Doch erst als er sich dem neuen Dorfplatz näherte, stieß er auf die Gestalt, die ihn wahrhaft überraschte: Dort auf dem Pfad, der sich durch die Piniengruppe wand, stand Piarina – das Kleid vom Rauch geschwärzt, die Wangen versengt, das Haar verfilzt und mit Holz- und Strohresten durchsetzt.

«Piarina!» rief er. «Du lebst!»

Als sie Pieros Stimme hörte, erstarrte Piarina. Dann wandte sie sich langsam um und begann sich ihm mit stolpernden Schritten zu nähern. Als sie ihn erreicht hatte, machte sie halt und blickte auf die Karre hinab, in der Nicolo lag. Piero kniete neben ihr nieder; dann drehte sie sich zu ihm um, barg ihren Kopf an seiner Brust und fing an zu weinen. Es war ein nacktes Weinen, erfüllt von weit mehr Verstehen, als ein Kind ihres Alters besitzen sollte. Und Piero legte zwar die Arme um sie und drückte sie an sich, weinte aber nicht mit ihr zusammen. Denn er wußte, wenn er damit anfing, würde er möglicherweise nicht mehr damit aufhören können.

Als sich ihr leises Wimmern schließlich erschöpfte, löste sich Piarina aus Pieros Armen, wischte sich mit ihren Fäusten zwei schmierige Streifen übers Gesicht und trat zurück, um Piero in die Augen zu sehen.

«Was sollen wir tun?» fragte sie ihn.

Piero war verblüfft, als er sie sprechen hörte.

«Wir gehen fort», antwortete er. «Wir versuchen, andere Menschen zu finden.»

An den Pinien vorbei blickte er zu der Lichtung auf dem Weg hinüber; dort sah er eine weitere Gestalt im Gras liegen, konnte aber nicht erkennen, wer es war.

«Aber zuerst muß ich sie begraben», sagte er. «Auf dem Friedhof. Es wird wohl eine Weile dauern, aber ich möchte sie alle begraben.»

Piarina zupfte sich ein verkohltes Stück Pinienzapfen aus dem Haar.

«Und was kann ich tun?»

Piero überlegte einen Moment.

«Ich werde die Karre des Jungen brauchen», erklärte er. «Sie ist zwar klein, aber sie ist solide und leicht zu manövrieren. Wenn wir ihn in meine Kate bringen, kannst du bei ihm bleiben, bis ich fertig bin.»

Piarina nickte und trat hinter Nicolos Faßkarre. Dann führte Piero sie die Calle Alberi Grandi entlang und über die Felder, bis sie Beppe Guancios Kate erreichten. Er tat, was er konnte, um es ihnen bequem zu machen, sorgte dafür, daß Nicolo frisch gewickelt war und daß sich Piarina wohl und sicher fühlte. Dann kehrte er zum *campo* zurück, um Gianluca zu suchen.

Gianlucas Gebrüll hatte drei Tage und drei Nächte gewährt; es war mit einer bluterfüllten Wut über die Insel hinweggestürmt, die dem ganzen Dorf aus der Seele sprach. In der dritten Nacht jedoch, als die meisten Dorfbewohner schon der Krankheit erlegen waren, stieß er seinen letzten Schrei aus und sank am Fenster des Glockenstuhls zusammen. Als Piero jetzt zu der leblosen Gestalt emporblickte – fast so wie damals, als er zu Piarina emporgeblickt hatte –, beschloß er, ihn zuerst zu begraben und dann Miriam neben ihm.

Er holte eine Leiter aus dem Garten der *chiesa* und stellte sie an den Turm; dann kletterte er zu dem toten Gianluca hinauf. Er war ziemlich schwer – es kostete Piero große Mühe, ihn über den Rand des Glockenstuhlfensters zu ziehen und die Leiter hinabzutragen. Während er Sprosse um Sprosse hinunterstieg, merkte er verwundert, wie gut es tat, Gianlucas Gewicht zu spüren. Die Kraft seines Fleisches war noch immer wirksam, und endlich begriff er, was Miriam empfunden hatte.

Als er es schließlich geschafft hatte, bettete er Gianluca – mit baumelnden Armen und Beinen – auf die Faßkarre, schob ihn zu den westlichen Bootsstegen und fuhr ihn übers Wasser zum Friedhof. Am Anfang der Stege kam er an der Vedova Scarpa vorbei; mitten auf dem Friedhof fand er Albertino und Ermenegilda. Aber er konzentrierte sich auf seine Aufgabe, bis Gianluca mit Miriam an seiner Seite begraben war.

Anschließend begrub er Albertino und Ermenegilda, die in einem weiteren Doppelgrab gegenüber von Gianluca und Miriam ihren Platz fanden; dann kehrte er zur Hauptinsel zurück und holte nach und nach die anderen Dorfbewohner. Die Guarnieris, die umschlungen in einem Winkel des Räucherschuppens lagen; die Tortas, die, ihre Kreuze umklammernd, auf ihren abgezogenen Betten ruhten; Siora Bertinelli vor ihrem Backofen; Beppe Guancio und Romilda Rosetta im Mittelgang der Chiesa di Maria del Mare; und all die anderen Leichen, die verwesend in Eingängen oder vor Herden lagen, ein paar Haarkämme umklammernd, ein buntes Band, mit offenem Mund, erstarrten Bewegungen, ersticktem Leben. Jeden behandelte er so sorgsam wie alle anderen, schaufelte jedes Grab so tief wie die anderen, bettete jeden Leichnam so behutsam und respektvoll wie möglich hinein. Den ganzen Tag lang arbeitete er, die ganze Nacht und bis in den folgenden Nachmittag hinein. Und als er die letzte Tote beerdigt hatte – Armida Barbon, auf einem Platz zwischen Gesmundo und einer kräftigen Pinie –, kehrte er übers Wasser zur Nordküste der Insel zurück, grub aus, was von dem ersten, aufgedunsenen Leichnam übriggeblieben war und beerdigte auch ihn – zum allerletzten Mal – in der Nachbarschaft der anderen. Dann kehrte er zu Beppe Guancios Kate zurück, wo Piarina mit Nicolo wartete.

Als er sich der Kate näherte, hörte er den sanften Rhythmus einer flötengleichen Stimme in der Luft; als er durch die Tür trat, hörte er die Worte, die dem Rhythmus unterlagen.

«Man muß sie so lange erhitzen, bis der Bodensatz nach oben steigt – wenn man es richtig macht, ist er wie eine Haut, die man abschaben kann. Mit gutem Wachs ist es nicht wichtig, aber da man nicht viel gutes Wachs bekommt, muß man lernen, was man mit dem, was man kriegt, alles machen kann.»

Piarina stand mit dem Rücken zur Tür und ließ in einem flachen Topf, der über dem Feuer hing, einen Stapel Kerzen schmelzen. Nicolo lag neben ihr in einem Haufen Stroh auf Beppe Guancios Schneidetisch und sah sie unverwandt an, während sie sprach.

«Die Lauge darf man erst hinzufügen, wenn sie ein bißchen abgekühlt ist. Das ist das schwierigste. Aber du wirst es schon schaffen. Das weiß ich genau. Du bist ja nicht dumm.»

Piero trat an den Herd und legte ihr die Hand auf die Schulter.

«Ich bin fertig», sagte er.

Piarina trocknete sich die Hände an ihrem verrußten Kleid und sah zu ihm auf.

«Ich bin furchtbar müde», fuhr er fort. «Gibt es irgendwas zu essen?»

«Ein bißchen Brei», antwortete Piarina. «Leg dich nur hin. Ich werde ihn dir bringen.»

Piero legte sich auf sein Bett, während Piarina den Topf mit dem Wachs vom Herd nahm und durch einen anderen ersetzte, der einen wäßrigen Erbsbrei enthielt. Nachdem sie ihn aufgewärmt hatte, brachte sie ihm eine große Portion und ein Glas Bier. Piero aß hungrig; dann machte er die Augen zu und schlief ein. Er träumte tief und intensiv, eine Reihe zusammenhängender Bilder von geschwärzten Körpern und von Entsetzen gezeichneten Gesichtern. Nur eine stumme Gestalt mit vorwurfsvoller Miene kehrte immer wieder: Piero wurde aufgefordert zu erklären, warum er von der Pestilenz verschont worden war, doch jedesmal, wenn er den Mund öffnete, strömte eine Flut von *sardine* heraus. Als er am folgenden Morgen sehr früh erwachte, stand Piarina in der Tür und blickte hinaus.

«Ist es schön draußen?» fragte er.

Piarina nickte.

«Wir sollten zeitig aufbrechen», sagte Piero. «Möglich, daß wir tagelang reisen müssen.»

Piarina wandte sich zu ihm um; ihr Kleid war frisch gewaschen, ihre Wangen und Hände waren sauber geschrubbt.

«Wohin gehen wir?» fragte sie.

«Ich weiß es nicht. Wenn wir da sind, werden wir's wissen.»

Piarina sammelte mehrere Händevoll *pignoli* in einen Leinenbeutel und hob Nicolo in den Strohkorb. Piero nahm sein zweites Paar Stiefel, seine Kopien von Dante, St. Augustinus und Marcus Aurelius, Beppe Guancios Laterne und seinen Bildhauermeißel. Dann machten sie sich auf, quer über die Insel zu den westlichen Bootsstegen. Die Luft war frisch und duftend, als sie durch die Felder und Gärten wanderten; Piero vermochte kaum zu glauben, daß sich der Gestank des Todes so schnell verzogen hatte. Als sie die Chiesa di Maria del Mare erreichten, wandte sich Piero an Piarina.

«Möchtest du hineingehen?»

Piarina lächelte nur, und Piero begleitete sie mit Nicolo in seinem Körbchen in die *chiesa*.

Als sie über die Schwelle traten und die Tür sich hinter ihnen schloß, fiel Piero wieder einmal die überirdische Stille auf, von der seine letzten Tage auf Riva di Pignoli gekennzeichnet waren. Ein warmes Licht wurde durch die dicken Fenster neben der Correlli-Madonna mit dem Kind gefiltert, doch die Kapelle schimmerte noch im Zwielicht der Träume und des Schlafs.

Piarina ging auf den Tisch mit den Kerzen zu, der in der Ecke neben dem Eingang stand. Es gab nur noch drei, und die waren über die Hälfte niedergebrannt; da aber ein Zündstock danebenlag, setzte sie sie in Brand. Das Licht, das sie spendeten, war schwach und matt – ganz anders als die herrliche Glut, mit der Piarina noch vor kurzem gebrannt hatte. Doch Piarina fand sie beruhigend und taufte sie spontan Ermenegilda, Valentina und Piarina. Sie wußte, daß Freundin und Mutter von ihr gegangen waren, doch als sie vor den Kerzen stand, verspürte sie – zum erstenmal in ihrem Leben –, daß ihre eigene kleine Flamme selbständig brannte und daß sie auch ohne die Zärtlichkeiten der einen oder die Mißhandlungen der anderen zu überleben vermochte.

Als Piero den Mittelgang entlangschritt, bemerkte sie, daß sich das Licht ausbreitete, während er sich dem Altar näherte. Die *chiesa* wirkte auf ihn ganz anders als der Ort, den er so oft zum Beten aufgesucht hatte – ein großer Raum mit einer reich verzierten Empore und ein paar kostbaren Lampen –, und dennoch erschien ihm der Gedanke, sie zu verlassen, schier unerträglich. Er tastete nach dem Stück Pergament unter seinem Hemd, der unverblümten Behauptung, die er während der anstrengenden Arbeit der letzten beiden Tage stets bei sich getragen hatte. Es war von seinem Schweiß getränkt und an den Kniffen gebrochen, die Ränder hatten sich aufgerollt, die Oberfläche war verschmutzt und vergilbt. Doch als er es jetzt herauszog, entfaltete und las, waren die Worte genauso klar und stark wie zuvor, als er sie geschrieben hatte.

Er kniete nieder. Er schloß die Augen. Zu wem sollte er beten, wenn diese Worte zutrafen? Er öffnete die Augen und blickte zum Gesicht des Christuskindes auf. Zur Madonna.

Zum Fisch. Er blickte zu den polierten Dachbalken hoch über seinem Kopf empor und folgte ihnen bis zu den hellen Steinmauern und weiter hinab bis zu den dunkleren Steinen des Bodens und wieder zurück über die Bänke bis zu der strohbedeckten Stelle, an der er kniete.

Das Werk Gottes.

Das Werk der Menschen.

Piero wußte es nicht. Dort, im weihevollen Dämmerlicht der Kapelle, wirkte die Gegenwart Gottes auf einmal wieder unleugbar, und kaum etwas schien ihm zu bleiben als diese Stille und schlichte Gebete. Aber er hatte die Worte geschrieben, und sie hatten ihn verändert. Er würde abwarten müssen.

Also stand er auf, ging zu dem Tisch mit den Kerzen hinüber, vor dem Piarina stand, und übergab das Stück Pergament den Flammen. Er sah zu, wie es knisterte und rauchte und schließlich Feuer fing. Dann nahm er den Korb mit Nicolo, ergriff Piarinas Hand und verließ mit den beiden zusammen die *chiesa*.

Als sie die Bootsstege erreichten, schlug Piero vor, Giuseppe Navos kleinstes Fischerboot zu nehmen, denn es war leicht und schnell. Piarina stieg als erste ein, und Piero reichte ihr die Gegenstände hinunter, die sie mitnehmen wollten. Als er den Beutel mit *pignoli* aufhob, die Piarina gesammelt hatte, fand er ihn unhandlich und viel zu schwer; als er ihn öffnete, fand er zwei schlafende Turteltauben, eine frische Fleischpastete und eine Schicht Obstwaffeln, alles zusammen auf einem Bett aus Münzen. Er sah Piarina an; sie errötete. Dann schloß er den Beutel und lud ihn ins Boot.

Als er alles – auch Nicolo – hinuntergereicht hatte, stieg er selbst ebenfalls ein und wollte die Taue lösen, die sie mit dem Ufer verbanden. Als er gerade das letzte löste, hörte er ein Grunzen und sah die Sau der Guarnieris, die hoffnungslos vom Rand des Bootssteges herüberstarrte. Piero wandte sich an Piarina; Piarina kicherte; also winkte er dem Tier, ins Boot zu springen, und sie fuhren los.

Auf der Lagune war es so still wie in einem der Gräber, die Piero geschaufelt hatte. Die Sonne warf einen weißlichen Schein auf die Wasserfläche, der nur gelegentlich von einem Vogel auf Nahrungssuche und von den Wellen unterbrochen wurde, die ihr Boot hinter sich herzog, als sie ins freie Wasser hinausruderten. Als sie die vertrauten Umrisse der Friedhofsinsel – mit den verlassenen Mauern von Albertinos Zimmer – hinter sich ließen, stieß Nicolo plötzlich einen lauten Schrei aus. Es war der erste Schrei seit seiner Geburt und hallte mit entfesselter Trauer über die Lagune. Piarina erzitterte bei diesem Klang, aber sie holte den Jungen aus dem Korb, nahm ihn in die Arme und streichelte ihn so sanft, wie Ermenegilda es sie gelehrt hatte.

Wäre einer der alten Vögel der Lagune über der Insel herabgestoßen – einer von jenen, die sich gelegentlich auf den Fischbuden niedergelassen oder ein paar Körner aufgepickt hatten, die die Vedova Stampanini übriggelassen hatten –, er hätte nichts weiter gesehen als leeres Land mit ein paar Katen, ein paar Brunnen, ein paar Gärten, ein paar Feldern, ein paar Brücken, einem Palazzo, einer *chiesa*, einem *campanìl*, einem *campo* und einem Denkmal. Nur wenn er sehr tief hinabgeflogen wäre, hätte er die durchsichtigen Schemen einer Gruppe von Dorfbewohnern wahrgenommen, die fröhlich in der Mitte des *campo* tanzten. Und nur wenn er sehr hoch hinaufgestiegen wäre, hätte er bemerkt, daß die ganze Insel nichts weiter als ein winziges Fleckchen in der Seelandschaft war: ein Stückchen Seetang, ein Streifen Baumrinde. Und nur wenn er Richtung Süd-Südwest davongeflogen wäre, hätte er die winzige *barca da pesca* entdeckt, das Boot mit dem Mann, dem Kind, dem Säugling und dem Schwein, das langsam schneller wurde, dem Horizont entgegenglitt und seine Silhouette vor das Licht der noch immer aufgehenden Sonne zeichnete.